AHRIMAN: IMMUTATUS

JOHN FRENCH

Etwas wie ein rasselnder Atemzug erklang hinter ihm. Er spürte etwas Warmes am Hinterkopf.

+Es wird vorbeigehen+, sagte eine Stimme hinter ihm. +Genau wie alles vorbeigeht. Ich habe dein Ritual nicht beendet. Es wird weitergehen. Sein Ende ist kaum abzuwenden, und ich habe nicht das Bedürfnis, dich scheitern zu sehen. Noch nicht.+

Eine Gestalt trat vor ihn. Ihre Haut war flammend blau und die neun Flügel auf ihrem Rücken leuchteten trübe. Sie sah Ahriman nicht an, sondern richtete den Blick auf die Landschaft vor ihnen.

+Dein Scheitern und dein Untergang werden bald kommen, aber erst, wenn du reif bist.+ Der Eindringling drehte sich zu ihm um. Ein einzelnes blaues Auge brannte im Schatten eines Überwurfs. +Hast du gedacht, ich würde mich nicht an dir rächen, mein treuloser Sohn?+

Aus derselben Reihe

AHRIMAN: EXIL
AHRIMAN: HEXER
AHRIMAN: IMMUTATUS
John French

Mehr Warhammer 40.000

Der Pfad der Eldar

DER PFAD DES KRIEGERS
DER PFAD DES SEHERS
DER PFAD DES AUSGESTOSSENEN
Gav Thorpe

Die Dark-Eldar-Trilogie

DER PFAD DES RENEGATEN
DER PFAD DES INCUBUS
DER PFAD DES ARCHONS
Andy Chambers

Space Wolves

BLUT VON ASAHEIM
STURMRUFER
Chris Wraight

Die Mechanicus-Trilogie

PRIESTER DES MARS
HERRSCHER DES MARS
GÖTTER DES MARS
Graham McNeill

Der Macharius-Kreuzzug

DER ENGEL DES FEUERS
DIE FAUST VON DEMETRIUS
DER FALL DES MACHARIUS
William King

Space Marine Battles

LEGION DER VERDAMMTEN
Rob Sanders

ZORN DES EISENS
Chris Wraight

DAS VERDERBEN VON ANTAGONIS
David Annandale

ENDE DER TUGEND – August
Guy Haley

AHRIMAN:
IMMUTATUS

JOHN FRENCH

BLACK LIBRARY

Für Aaron Dembski-Bowden.

EINE PUBLIKATION VON BLACK LIBRARY

Englische Erstausgabe 2015 in Großbritannien herausgegeben von Black Library
Deutsche Erstausgabe 2016 herausgegeben von Black Library
Black Library ist eine Abteilung von Games Workshop Ltd., Willow Road, Nottingham, NG7 2WS, UK.

10 9 8 7 6 5 4 3 2 1

Titel des englischen Originalromans: *Ahriman: Unchanged*
Deutsche Übersetzung: Jan Knackstedt
Produziert von Games Workshop in Nottingham
Umschlagbild: Fares Maese
Tzeentch-Symbol: John Blanche
Vertrieb: EGMONT Verlagsgesellschaften mbH

Druck und Bindung: CPI Group (UK) Ltd, Croydon, CR0 4YY

ISBN13: 978-1-78193-212-4

Gedruckt und gebunden in Großbritannien.

Wir schreiben das 41. Jahrtausend. Seit mehr als einhundert Jahrhunderten sitzt der Imperator reglos auf dem Goldenen Thron von Terra. Durch den Willen der Götter ist er der Herr der Menschheit und durch die Macht seiner unerschöpflichen Armeen der Gebieter über Millionen von Welten. Er ist ein verwesender Leichnam, der von unverstandenen Kräften aus dem Dunklen Zeitalter der Technologie durchströmt wird. Er ist der verfallene Herrscher des Imperiums, für den jeden Tag eintausend Seelen geopfert werden, auf dass er niemals wirklich sterbe.

Doch auch in seinem unsterblichen Schlaf wacht der Imperator auf ewig weiter. Mächtige Kriegsflotten durchqueren das von Dämonen heimgesuchte Miasma des Warp, die einzige Verbindung zwischen fernen Sternen, ihr Weg erleuchtet durch das Astronomican, die psionische Manifestation des Willens des Imperators. Gewaltige Armeen ziehen auf zahllosen Welten in seinem Namen in den Kampf. Die mächtigsten unter ihnen sind das Adeptus Astartes, die Space Marines – biotechnisch veränderte Superkrieger. An ihrer Seite stehen Tausende und Abertausende Soldaten der Imperialen Armee, unzählige planetare Verteidigungsstreitkräfte, die ewig wachsame Inquisition und die Techpriester des Adeptus Mechanicus. Dennoch reichen ihre Taten kaum aus, um die immerwährende Bedrohung durch Xenos, Häretiker, Mutanten und Schlimmeres in Schach zu halten.

In jener Zeit zu leben bedeutet, einer unter vielen Milliarden zu sein. Es bedeutet, unter einem unvorstellbar grausamen und blutigen Regime zu leben. Dies ist die Geschichte jener Zeit. Vergiss die Macht der Technologie und der Wissenschaft, denn vieles ist vergessen worden, um nie wieder erlernt zu werden. Vergiss das Versprechen des Fortschritts und der Aufklärung, denn in der dunklen Zukunft gibt es nur den Krieg. Es existiert kein Frieden zwischen den Sternen, nur ewig währender Kampf und das Gelächter blutdürstiger Götter.

Es ist nicht an uns, die Vergangenheit zu besitzen. Wir denken, nur weil wir uns an sie erinnern können, dass sie uns gehört, dass wir zu ihr zurückkehren können, dass wir noch immer jene Person sind, die diese Momente durchlebt, diese Luft geatmet, diese Entscheidungen getroffen hat.

Wir sind sie nicht mehr.

Wir sind Fremde, die mit Erinnerungen leben, die jemand anderem gehören.

Die Vergangenheit gehört sich selbst.

– Kallista Eris, aus Notizen für ein Manuskript
über die Entwicklung der Geschichte (unterdrückt)

PROLOG

Ahriman klappte das Buch zu. Stille umfing ihn, als die Stimmen seiner Gedanken und Erinnerungen verblassten. Das schwindende Licht der Kerzen erwartete ihn, als er die Augen aufschlug. Die Siegel und Linien an Boden und Wänden flüsterten leise, als sein Geist sie berührte. Der Raum war klein, kaum eine Zelle. Es gab nur eine Tür, eine rostige Luke mit einem Rad. Er saß mit überschlagenen Beinen und geradem Rücken auf dem Boden, seine weiße Robe war schweißgetränkt. Symbole erstreckten sich in Spiralmustern von ihm fort. Das Metall funkelte, wenn die Kerzenflammen flackerten. Beide Kerzen waren heruntergebrannt; erstarrte Wachstropfen sammelten sich an der Unterseite der Schwebescheiben, auf denen sie standen. Er hatte den Raum vor einundachtzig Stunden betreten, und sobald er ihn verließ, würde er nicht zurückkehren. Für ihn würden sich dieser Raum und die Zeit, die er darin verbracht hatte, niemals wiederholen.

Er blinzelte langsam und fuhr sich mit der Hand über den Kopf.

»Das ist es also«, sagte er schließlich. »Das ist die Antwort.« Die Worte klangen redundant, sobald er sie ausgesprochen hatte, aber er hatte das Gefühl gehabt, dass er etwas sagen musste. Es war nötig, diesen Moment irgendwie zu betonen.

Er blickte auf das Buch, das vor ihm auf dem niedrigen Tisch lag. Es war so dick, wie seine Handfläche breit war. Der Einband bestand aus gegerbtem Leder voller schwarzer Flecken. Die Seiten bestanden aus Schilf, das gemahlen, gepresst, getrocknet und dann zurechtgeschnitten worden war. Ruß und Wasser hatten die Tinte ergeben, mit der er jedes Wort geschrieben und jedes Symbol gemalt hatte. Seine rechte Hand war immer noch fleckig davon.

Als ein Objekt war das Buch denkbar einfach, ein Ding ohne jede Kunstfertigkeit oder Verzierung. Es war einfach das, was es sein musste. Er verspürte einen Stich der Verbitterung, als er an die Reise dachte, die es verkörperte. Er hatte Monate gebraucht, um seine Seiten zu füllen. Jeder Schritt hatte aus langen Stunden beim Athenaeum bestanden, während derer er dem Plappern der Erleuchtung gelauscht hatte, und dann Wochen der Analyse, Ableitung und Komposition. All diese Schritte hatten auf den Seiten des Buches vor ihm stattgefunden.

So mancher würde es ein Grimoire nennen, doch das war es nicht. Es war ein Mysterium, das er Stück für Stück, Seite für Seite, Buchstabe für Buchstabe entschlüsselt hatte. Am Anfang hatte er nicht gewusst, wie das Ende aussehen würde. Er hatte nicht einmal gewusst, ob es überhaupt ein Ende geben würde. Doch das tat es. Letzten Endes hatte er eine Antwort gefunden.

»Ich hätte es wissen sollen«, sagte er.

Er hob die Hände und rieb sich die wunden Augen. In seiner Brust rückten die silbernen Splitter näher an seine schlagenden Herzen heran.

Der Rubrica-Zauber … Das Wort hallte durch seinen Schädel.

»So eine kleine, so eine große Sache, und ich habe sie beim ersten Mal nicht gesehen.« Er schüttelte langsam den Kopf. »Niemand darf es wissen. Nicht vor dem Ende. Vertrauen … Das war *mein* Fehler. Sollen sie ein wenig wissen, aber nicht alles. Sollen sie sich wundern, bis es zu spät ist.«

Er hielt inne und ließ die Worte in der Luft hängen wie einen Geschmack auf der Zunge.

»Lass es vorbei sein«, sagte er in die Stille hinein, dann stand er auf und ging zur Tür. Das Buch ließ er auf dem niedrigen Tisch zurück. Die Barrieren im Warp brachen, als er die Schutzzauber um den Raum mit einem Gedanken auslöschte. Die Präsenz des Schiffes und der Geister darin griff nach ihm wie mit unsichtbaren Händen. Seine Sinne waren wieder vollständig.

Ein simpler Gedanke formte sich in seinem Geist und bildete einen Funken im Warp. Flammen schlugen aus dem Buch und gingen innerhalb einer Sekunde von rot zu blau über. Ascheflocken tanzten durch die Luft und legten sich als grauer Film auf seine Haut.

Ahriman stieß die Tür auf und trat hindurch, ohne zurückzublicken.

TEIL EINS

SÖHNE DES VATERS

I
ZAUBERER

+Ich bin nicht hier, um dich zu brechen+, sandte der Eidhüter, als er einen weiteren Schritt auf die einsame Gestalt im Zentrum des Raumes zutrat. Vor dem groben Loch in der Wand zuckten Blitze. Die Luft war faulig vom Gestank verrottender Vegetation und abgestandenen Wassers. +Ich bin hier, weil ich dich brauche, Memunim. Ich bin hier, um dich in meine Dienste aufzunehmen.+

Der Eidhüter trat noch näher. Die polierte Bronze seiner Rüstung verschlang die Dunkelheit des Raumes und machte ihn zu einem Schatten unter Schatten. Die blauen und grünen Steine, die von Federn und Klauen gehalten wurden, waren ebenfalls dunkel, als wären es geschlossene Augen. Nur der große Saphir inmitten der glatten Helmfront leuchtete blau, kalt und ohne zu flackern. Bei jedem Schritt schlug das Ende seines silbernen Stabes auf den Boden. Das Geräusch war leise, doch gleichzeitig laut genug, um selbst über den fernen Kampfeslärm hörbar zu sein.

Ein weiterer Blitz erhellte das verrottende Land weit unter ihnen, dann noch einer. Donner hallte durch den Raum. Dem Ausblick aus dem Loch in der Wand nach zu urteilen, lag der Raum hoch in einem Turm. Doch es war kein Turm; es war ein Schiff. Sein Heck war im

Sumpf vergraben und sein Bug bildete ein verrostendes Minarett aus Panzerplatten und Geschützbatterien. Überall am Rumpf hatten sich Pilze ausgebreitet und verschluckten die Befestigungen. Sein Rückgrat war so verdreht, dass es einem gekrümmten Finger glich, der die grauen Wolken anlocken wollte.

+Ich bin jetzt dein Meister, Zauberer+, sandte der Eidhüter.

Memunim schwankte, dann fing er sich wieder. Der hohe Kamm auf seinem Helm war ein Echo der Traditionen von Prospero, doch es war ein kümmerlicher Versuch. Gravierte Schlangen wanden sich über den Kamm und die Helmfront, auf der Zähne und Kristallaugen prangten. Seine Robe war zerrissen und glomm an den Rändern noch. Das Blut war unter seiner Panzerung verborgen, doch es war da, quoll ihm aus dem Mund und unzähligen Wunden. Er litt Schmerzen.

+Ich werde mich nicht fügen+, zischte Memunim.

+Oh doch, das wirst du+, sagte der Eidhüter. +Du bist stark. Du bist stark, und du hast Ehrgefühl. Nur von beidem nicht genug, um den Hass auszugleichen, den du in Blut ertränken willst.+

Ohne Warnung traf den Eidhüter eine Welle aus Energie. In einem Augenblick war der Warp still gewesen, im nächsten war er schon ein grober Hammer. Sein Wille erhob sich, doch es war beinahe zu spät. Er taumelte. Splitter aus Licht funkelten in der Luft. Memunim schlug erneut zu und knurrte vor Schmerzen und Anstrengung.

Dieses Mal war der Eidhüter vorbereitet. Sein Geist begegnete der Energiewelle einen Augenblick lang mit gleicher Kraft, dann verdichtete er ihn zu einer einzelnen Spitze. Die Welle zerbrach. Aktinisches Licht schoss in alle Richtungen davon. Ein Ton erfüllte die Luft und hallte in Knochen, Zähnen und Augen wider. Hinter dem einzelnen Auge seines Helms roch der Eidhüter heißes Metall und versengte Haare. Er ließ den Stab sinken und entspannte sich. Memunim lag am Boden.

Der Eidhüter trat direkt neben ihn und sah auf ihn herab.

+Du wurdest an den Hängen der Cattabar-Berge oberhalb von Tizca geboren+, sandte der Eidhüter. Seine Gedankenstimme war ruhig. +Das erste Licht der Sonne über dem Meer hat dich immer als Ersten im ganzen Haus geweckt. Manchmal bist du mit ihr aufgestanden, hast dich auf die Fensterbank in deinem Zimmer gesetzt und der Sonne dabei zugesehen, wie sie durch Tizca marschierte. Der Wind vom Meer her schmeckte nach Salz und nach Tau, der sich mit Staub mischt. Als die Legion –+

+Wer bist du?+ In Memunims Aura zeigte sich Wut als wirbelndes Rot und scharfes Schwarz.

+Als die Legion dich holen kam, hatte sich einer der seltenen Stürme über die Berge geschoben und der Regen tanzte auf dem Pflaster und auf den Pyramiden.+

Memunim zitterte.

+Du kannst das nicht wissen –+

+Deine Mutter war stolz auf dich.+ Die Gedanken des Eidhüters schnitten durch ihn hindurch. +Doch dein Vater wollte nicht, dass du gehst. ›Wie kann ich ihn ziehen lassen?‹. hat er gefragt. ›Wie kann ein Vater seinen Sohn in eine solche Zukunft gehen lassen?‹ Du hast gesagt –+

+Wie kannst du das wissen?+ Der Gedanke war ein Brüllen voller Verwirrung und Zorn.

+Du hast gesagt, dass das alles ist, was du dir je gewünscht hast. Dass er stolz sein sollte.+

Memunims Aura zog sich zusammen. Verhärtete sich. Der Eidhüter legte den Kopf schief. Das Kristallauge in seinem Helm leuchtete wie ein kalter blauer Stern.

+Dein leiblicher Vater starb zehn Jahre später, ohne dich je wiederzusehen. Er sah auch nie, wie seine Welt durch die Legion verbrannte, der er seinen Sohn gegeben hatte. Er sah nie, was aus dir wurde.+

Das Brüllen zerriss den Warp. Etwas erhob sich aus Memunim. Für den Eidhüter manifestierte es sich als eine geflügelte Schlange aus rotem Licht und silbernen Reflexionen. Es war eine Gedankengestalt, ein Konstrukt aus Willenskraft, das ein Psyker aus seinem Körper in die rohe Energie des Warp projizieren konnte. Es war Macht ohne die Beschränkungen von Fleisch und Materie, ein Schatten, der vom Licht der Seele geworfen wurde, und es war außerordentlich gefährlich. Es warf sich auf den Eidhüter.

+Jetzt+, sandte der Eidhüter. Die Gedankengestalt war beinahe bei ihm. Ihr Maul war ein breiter Schlitz voller Feuer und Dolche. Er starrte sie nur an.

Dröhnende Stille flutete den Raum. Zwei Umrisse aus Sternenlicht fielen über Memunims Gedankengestalt her und rissen sie aus dem Warp. Raureif huschte über Boden und Decke, dann verging er in schwarzen Flammen. Memunim war auf den Knien. Blut sickerte aus seinem Helm. Doch er war am Leben. Der Eidhüter sah, wie der Schmerz in Memunims Geist pulsierte.

Er drehte den Kopf und sah die Gestalten an, die aus dem Nichts gekommen waren. Die saphirblauen Schuppen auf Zurcos' Rüstung verstreuten das schwache Licht, als er vorwärts schwebte, und seine zerfetzte Robe tanzte in einem unsichtbaren Wind. Calitiedies näherte sich langsamer, mit flammendem Zepter und gezogenem Bolter. Die Erschöpfung nach der Manifestation ihrer Gedankengestalten war ihren Auren deutlich anzusehen. Hinter ihnen folgten neun Rubrica-Marines, deren roten und knochenfarbenen Rüstungen vom Übergang in die Realität dampften.

+Ist er bereit?+, fragte Zurcos mit einer Stimme wie weißes Rauschen und trockener Sand.

Der Eidhüter sah Memunim an, der noch immer versuchte, genug Kraft zu schöpfen, um aufzustehen.

+Ja.+

+Hat er geschworen?+, fragte Calitiedies.

Der Eidhüter antwortete nicht, sondern hob eine Hand mit ausgestreckten Fingern. Memunim erhob sich in die Luft. Sein Geist wehrte sich, bis der Eidhüter seinen Griff verstärkte. Memunims Helm löste sich mit dem Klacken der Siegel und einem leisen Zischen, dann schwebte er von seinem Kopf. Das Gesicht, das zum Vorschein kam, war voller Brandnarben und hässlicher Nähte. Halb geronnenes Blut sickerte aus Augen, Mund und Ohren.

+Niemand …+, sagte Memunim. +Niemand weiß all das über mich.+

+Ich schon. Ich kenne dich besser als dein leiblicher Vater, der nie gesehen hat, wie du zum Krieger herangewachsen bist. Du bist stark, aber du bist schwach. Du fragst dich, was mit dem Traum geschehen ist, der dich hergebracht hat. Du betrachtest dich im Spiegel und siehst eine Kreatur, die sich an Schatten klammert, mit den Krähen fliegt. Du willst wieder mehr sein, aber du weißt nicht, wie. Du willst dem Licht folgen, nicht einfach nur in den Schatten überleben.+ Memunim drehte den Kopf. Der Eidhüter begegnete seinem unsteten Blick. +Ich kenne dich, Memunim, und deswegen weiß ich, dass du leisten wirst, weswegen ich hergekommen bin.+

+... Dienste ...+ Memunims Gedanke verschwamm, während er das Bewusstsein verlor.

Zurcos lachte. Der Klang vermischte sich mit dem fernen Lärm der Schlacht, der vom Boden her zu ihnen hinauf hallte.

+Ich werde dir mehr geben, als du dir erträumen kannst. Von dir will ich die eine Sache, die zählt: deinen Eid.+

Die Stille im Raum war absolut. Selbst der Warp verstummte zu einer kaum wahrnehmbaren Woge der Möglichkeiten.

+Du hast mich gefragt, wer ich bin+, sandte der Eidhüter. Sein Wille zog den Helm von seinem Kopf. Er war so nah an Memunim, dass er in dessen plötzlich großen Augen sein Spiegelbild sehen konnte: ein Gesicht mit glatter Haut ohne Narben oder Mienenspiel, ein gerader Mund, über dem zwei Augen saßen, die keine Augen waren. Zwei Pfuhle aus Feuer starrten ihn aus seinem Spiegelbild an. Er lehnte sich vor und spürte, wie Memunims Geist vor ihm zurückschreckte.

»Mein Name«, sagte er, und der Klang seiner wahren Stimme ließ den Zauberer überrascht zusammenzucken, »ist Astraeos.«

Das Flüstern der Dämonen verfolgte Ctesias noch nach dem Erwachen. Er rieb sich das faltige Gesicht und spuckte aus. Er schmeckte Asche und Zucker, was nie ein gutes Zeichen war. Er nahm den silbernen Kelch von der Armlehne des Steinthrons und trank den Wein darin in einem einzigen Schluck aus. Es half nichts. Der süße, brennende Geschmack in seinem Mund hielt sich hartnäckig und würde es noch stundenlang tun. Das Flüstern würde weitaus länger bleiben.

Langsam stand er auf. Seine Gelenke knackten, als er sich streckte. Seine Muskeln hatten sich im Schlaf verspannt.

Schlaf. Der Gedanke hätte ihn beinahe zum Lachen gebracht. Er schlief nie, wenn er es verhindern konnte, und wenn er doch schlief, dann träumte er nicht.

Er betrachtete die Rüstung, die auf einem Gestell an der Wand gegenüber dem Thron hing. Messingkabel verbanden sie mit einer großen Maschine hinter der Wand, die ihre Energiezellen auflud. Neben der Rüstung hing sein mit Pergamenten und getrockneten Hautstreifen verzierter Stab.

Ctesias trat von dem Thron auf die Plattform darunter. Seine Beine zitterten, als er sie mit seinem vollen Gewicht belastete, und der

Geschmack nach Asche und Zucker drehte ihm beinahe den Magen um.

Er warf einen Blick auf die Rüstung, dann auf die zwölf Schritte über Steinfliesen, die ihn von ihr trennten. Er schloss die Augen.

»Das ist die Mühe wirklich nicht wert«, seufzte er, dann schnippte er mit den Fingern. Stränge aus Energie hoben die Rüstung und den Stab von der Wand. Die Kabel lösten sich, als die Panzerplatten durch die Luft flogen. Ctesias hob die dünnen Arme, als wartete er auf eine Umarmung. Die Rüstung legte sich Stück für Stück an ihn an. Als Letztes flog sein Stab in seine Hand. Er knisterte, als seine Finger sich darum schlossen. Die Gesichter, die in das kalte Eisen und Silber eingraviert waren, verzogen sich und grinsten ihn an. Er ignorierte es und konzentrierte sich stattdessen auf das Gefühl von Macht, das ihm seine Rüstung verlieh.

In Wahrheit war er nicht schwach, zumindest nicht für die Begriffe der Sterblichen. Er konnte einem Menschen mit einem Hieb den Arm brechen und tagelang kämpfen, ohne wirklich Müdigkeit zu verspüren. Doch Stärke war relativ, und für einen Krieger der Thousand Sons war er eine verwelkte, beinahe gebrochene Kreatur. Zumindest sein Körper. Sein Geist war eine ganz andere Sache.

Er ließ die Schultern kreisen und hörte die Faserbündel schnurren, als sie die Bewegung nachahmten. Es fühlte sich gut an. Wann immer er sich auf der *Wort des Hermes* oder einem der anderen Schiffe von Ahrimans kleiner Flotte bewegen musste, tat er das bevorzugt in seiner Gefechtsrüstung. Gilgamos, Kiu, Gaumata und die anderen Mitglieder von Ahrimans innerem Kreis trugen häufig Roben, wenn keine Schlacht bevorstand. Ignis tat das natürlich nicht – ihn sah man nur selten ohne seine feurig orangefarbene Terminator-Rüstung. Ctesias lächelte bei dem Gedanken, dass er von all seinen Legionsbrüdern ausgerechnet mit dem Herrn des Ruins eine Gemeinsamkeit aufwies.

Er verachtete seine Schwäche nicht. Sie war seine Entscheidung gewesen – eines der vielen Dinge, die er hingenommen hatte, um die Namen der Dämonen zu lernen, die nun in seinem Gedächtnis auf die Freiheit warteten. Dieses Wissen war mehr wert als die Stärke von Muskeln und Knochen. Trotz alldem bevorzugte er es, unter seinen Brüdern in seiner Rüstung zu verkehren, um über den leeren Raum hinwegzutäuschen, den sein welkender Körper hinterlassen hatte. Alles hatte seinen Preis, dieser Tatsache war er sich seit jeher bewusst. Er diente Ahriman aus dem gleichen Grund, aus dem ihn das Wissen in seinem Kopf so viel von seinem Körper und seiner Seele gekostet hatte: Es war der Preis für eine Gegenleistung, oder vielleicht Buße für eine vergangene Missetat. Wie bei allem kam es darauf an, wie man es betrachtete.

Er nickte bei sich und leckte sich über die Lippen. Es würde nicht mehr lange dauern. Ahriman würde sie schon bald rufen, und dann … Dann würde er seine Aufgabe erfüllen müssen.

»Und dann was?«, sagte er laut und lauschte dem trockenen Krächzen, das aus seinem Mund drang. »Was wird Ahriman mit dir machen, wenn er erst fertig ist?«

Er schüttelte den Kopf. Diese Frage hatte keine zufriedenstellende Antwort, und er hatte keine Zeit. Er wollte noch einmal zum Athenaeum, bevor ihn der Ruf erreichte.

Mit ächzenden Muskeln und sirrender Rüstung verließ er den Raum.

+Helio Isidorus+, sandte Ahriman. Ein Willensimpuls so sanft wie Seide zog sich durch den Namen. Der Rubrica-Marine blieb auf seinem eisernen Podest stehen; seine blaue Rüstung regte sich nicht, das Licht in seinen Augen war fort. Ahriman wartete und gönnte seinem Geist einen Moment Ruhe.

Geduld ist die erste Tugend der Weisheit, dachte er bei sich.

Der Rubrica-Marine bewegte sich immer noch nicht. Die Feuerschalen über dem Altar verzehrten das letzte Öl. Der Warp hatte die Ordnung abgeschüttelt, die er ihm aufgezwungen hatte, und floss wieder in wilder Unruhe. Die Symbole, die wie Blätter auf einem Bach über die Rüstung des Rubrica-Marines geglitten waren, waren wieder in ihr versunken.

Er konzentrierte sich und ließ die Ruhe des Raumes durch sich strömen. Er befand sich in einer der kleineren Schmieden der *Wort des Hermes*. Riesige Schmelztiegel und pneumatische Hämmer verbargen sich still und kalt in den Schatten. Was er als Altar benutzt hatte, war in Wirklichkeit ein Amboss. Auf seiner glatten Oberfläche wurden normalerweise Metalle zu Blechen geschlagen und Waffen geformt. Er hatte jedoch seinen Zweck erfüllt.

+Helio Isidorus+, rief er noch einmal.

Ein Licht funkelte in den Augen des Rubrica-Marines. Ahriman atmete ein und setzte erneut seine Willenskraft ein.

Der Rubrica-Marine erhob sich vom Amboss. Während er sich bewegte, fielen silberne Lichtpunkte wie Schneeflocken von ihm ab. Er richtete sich auf und sah ihn mit kristallenen Augen an. Ahriman hörte eine Stimme, doch sie war zu schwach, um sie zu verstehen. Einen Moment lang dachte er, sie riefe seinen Namen.

Hinter ihm öffnete sich eine Tür und das Summen von Servos, die eine schwere Rüstung bewegten, durchbrach die Stille.

+Ein Erfolg?+, sandte Ignis und erfüllte Ahrimans Geist mit dem Gefühl harter Kanten und ratternder Zahnräder.

+Ein Erfolg+, antwortete Ahriman, ohne sich umzudrehen.

Ignis marschierte in den Raum. Hinter ihm kam sein metallener Leibwächter. Die Maschine hieß Credence, und sie folgte Ignis überallhin.

Helio Isidorus zuckte, als das Paar näher kam, dann fuhr er mit erstaunlicher Geschwindigkeit herum und richtete den Bolter auf sie, bevor Ahrimans Wille ihn erstarren ließ. Credence hatte ebenfalls die Fäuste erhoben und lud die Waffe auf seinem Rücken durch.

»Halt!«, rief Ignis, und der Automat hielt inne. Eine Sekunde lang standen die beiden Leibwächter einander mit einsatzbereiten Waffen gegenüber. »Nicht«, sagte Ignis. Ahriman sandte seinen Willen nach Helio Isidorus aus. Der Rubrica-Marine ließ den Bolter sinken.

+Dieser Rubrica-Marine erscheint mir ungewöhnlich aggressiv+, sandte Ignis, als er an Ahrimans Seite trat.

+Sein Name ist Helio Isidorus+, erwiderte Ahriman. +Du solltest dich an ihn erinnern. Er hat bei drei Feldzügen an deiner Seite gekämpft.+

+Ich versuche, mich nicht an die Toten zu erinnern. Es ist den Gedanken nicht wert.+

Helio Isidorus kehrte in seinen Zustand absoluter Reglosigkeit zurück.

Ignis trat an den Altar und ließ eine silbrige Klinge aus seinem linken Handschuh ausfahren, mit der er den Amboss antippte. Ein hoher, klarer Ton hallte durch den Raum.

+Hat dir diese letzte Sektion gezeigt, was du wissen wolltest?+

Sektion. Ahriman verspürte einen Stich des Zorns bei diesem Wort, doch er unterdrückte ihn. In Ignis' nüchternem Universum aus symbolischer Bedeutung und Numerologie gab es wohl kein besseres Wort für das, was Ahriman getan hatte. Er hatte Helio Isidorus' Geist unterdrückt, bis er nur noch ein Murmeln in der leeren Hülle seiner Rüstung gewesen war. Dann hatte er die Macht an die Oberfläche gezerrt, die die Rüstung belebte, und sie untersucht wie ein Chirurgus, der sich durch Eingeweide wühlte. Er hatte es schon zuvor getan. Hunderte Male zuvor. Es gefiel ihm nicht, aber die Rubrica-Marines kehrten in ihren Ausgangszustand zurück, wenn er fertig war. Ja, Sektion war ein ebenso gutes Wort dafür wie jedes andere. Ihn störte nur der gleichgültige Unterton des Wortes.

Ahriman schluckte seine Wut herunter. Er war nach diesen Ritualen immer anfällig für Emotionen.

+Es wird nicht noch einmal geschehen. Ich habe alles erfahren und bestätigt, was vonnöten ist.+

+Für den zweiten Rubrica-Zauber+, sagte Ignis.

+Ja+, antwortete Ahriman, dann kamen seine Gedanken zum Stillstand. Etwas stimmte nicht. Ignis war jemand, der in klaren Linien und sorgfältig geplanten Pfaden dachte, doch hier und heute waren seine Gedanken ungeordnet, als folgten sie ungewohnten Mustern.

+Wird er funktionieren?+, fragte Ignis und sah Ahriman direkt an.

+Der Zauber?+

+Ja.+

Ahriman nickte langsam.

+Natürlich, du warst keiner von uns, als ich ... Als die Kabale den Rubrica-Zauber zum ersten Mal wirkte. Du hast nicht gesehen, welche Schritte zu seiner Vollendung führten. Du hast nur das Ergebnis gesehen.+

+Bin ich jetzt einer von euch?+

+Interessiert dich meine Antwort?+

+Nein.+

Ahriman studierte Ignis' starres Gesicht, über das sich die Elektoos wanden.

Wie fühlt es sich wohl für einen solchen Geist an, Zweifel zu haben?

Er nickte wieder.

+Es wird nicht wie der erste Rubrica-Zauber enden+, sandte er behutsam. +Er hat das gleiche Ziel. Das Ergebnis ist das gleiche, das wir ursprünglich im Auge hatten, doch *er* wird nicht der gleiche sein. Dafür hat sich zu viel verändert.+

Er blinzelte und spürte eine Welle der Müdigkeit über seine Gedanken hereinbrechen. Vielleicht hatte ihm das Ritual doch mehr abverlangt, als er gedacht hatte? Seine Fingerspitzen zitterten. Schmerzen leckten an seinen Herzen und er schmeckte Silber. Seine Hand lag auf seiner Brust, bevor ihm klar wurde, dass sie sich bewegt hatte. Er dachte an die scharfen Silbersplitter, die sich langsam in seine Herzen fraßen, wenn seine Konzentration zu sehr nachließ, um sie an Ort und Stelle zu halten. Sie stammten vom Boltgeschoss einer Inquisitorin namens Iobel, und sie ließen sich weder durch eine Operation noch durch Magie entfernen.

Nein, dachte er. *Noch nicht. Noch nicht.* Sein Wille verhärtete sich und der Schmerz in seiner Brust ließ nach. Doch er schmeckte das Silber immer noch, als er aufsah.

Ignis betrachtete ihn still und regungslos.

+Ich wusste weniger, als ich ihn zum ersten Mal wirkte.+ Er hielt inne, um sich das Blut von den Lippen zu tupfen. Ein bitteres Lächeln spielte über seine Züge, als er das Rot auf seinen Fingern betrachtete. +Damals war ich … naiv. Und der Fluch, der auf unserer Legion lastete, war sehr viel leichter zu erkennen. Unsere Brüder waren aus Fleisch und Blut – sie ertranken in Mutationen, aber sie waren aus Fleisch und Blut. Nun haben wir es mit Geistern, mit Staub, mit dem Echo einstiger Wesen zu tun. Die Heilung kann nicht identisch sein, weil es der Ausgangspunkt auch nicht ist. Darüber hinaus gibt es noch mehr zu bedenken.+

Er deutete auf Ignis, dann auf das Schiff und alles jenseits davon. +*Wir* sind weniger als die Kabale damals, und wir müssen den Zauber wirken, während wir gegen Magnus und unsere Brüder kämpfen, die ihm dienen.+ Er ging in Gedanken die Möglichkeiten, Unsicherheiten und Myriaden von Faktoren durch. Die Komplexität steigerte sich ins Paradoxe, bis sie außer Sicht in einem grauen Dunst verschwand. Er seufzte. +Was wir vollbringen werden, wird der Rubrica-Zauber sein, da er aus derselben Saat erwachsen ist und den gleichen Zweck teilt, doch er ist ein Bruder des ersten, nicht sein Kind.+

Ignis wartete neun Sekunden lang, dann legte er den Kopf schief und blinzelte einmal.

+Eine äußerst präzise Antwort …+, begann er.

+… auf eine andere Frage+, schloss Ahriman. +Ich bin mir sowohl deiner Frage als auch meiner Antwort durchaus bewusst, Ignis.+ Er wandte sich ab, sandte einen Strang seines Willens aus und löschte die letzten Flammen in den Feuerschalen. Sofort legten sich kalte Schatten auf den leeren Altar.

+Ich schuf den ersten Rubrica-Zauber aus dem Werk von Magnus+, sandte er. +Ich erinnere mich an jede Einzelheit. Ich bin bis zu den Wurzeln seiner Arbeit vorgedrungen. Ich habe sein Wissen und seine Gedanken analysiert, wie sie das Athenaeum verkündet. Ich habe die Fehler gefunden und für jeden eine Lösung parat. Ich habe die Natur dessen untersucht, was uns und unseren Brüdern widerfahren ist. Ich habe es nachgestellt, und dann noch einmal, und dann noch einmal. Der Zauber wird funktionieren, weil er dieses Mal auf Wissen basiert, das es zuvor nicht einmal gegeben hat. Er ist makellos.+

+Aber nicht getestet?+

+Er kann nicht getestet werden. Ein Test würde bedeuten, ihn durchzuführen, und dafür brauchen wir mehr Macht. Jedes Element muss perfekt sein. Dafür müssen wir dorthin zurückkehren, wo der erste Rubrica-Zauber gewirkt wurde, und wir brauchen die Macht eines derart gewaltigen Sturms, dass er eine Narbe im Warp hinterlassen wird. Wir müssen am Fuße von Magnus' Thron stehen, im Staub jener Welt. Dann, und nur dann können wir es vollbringen, nur dann wird es funktionieren.+

+Ich weiß, was dafür vonnöten ist.+

Ahriman nickte.

+Ich habe mich nie bei dir bedankt, Ignis+, sandte er und ließ ein müdes Lächeln auf seinem Gesicht zu. +Dafür, dass du hierbei an meiner Seite stehst. Für alles, was du getan hast.+

+Schmeichelei.+

+Nein. Aufrichtigkeit.+

Ignis schüttelte den Kopf.

+Ich kam zu dir, als du jemanden brauchtest, der deine Pläne voranbrachte. Ich weiß, wie wertvoll ein Außenseiter sein kann, jemand, den niemand mag, dem niemand vertraut. Besonders für jemanden wie dich.+

Ignis' Aura und Gedanken hatten sich nicht geregt, während er sprach. Es war keine Herausforderung, nur eine nüchterne Zusammenfassung dessen, was er als Tatsache ansah.

Diese Unternehmung ist für ihn keine ehrenvolle Aufgabe, dachte Ahriman. *Sie ist eine Problemstellung. Das hält ihn an meiner Seite, nicht das Ziel, sondern die Herausforderung, die Schönheit ihrer … Komplexität. Zumeist glaubt das der Großteil von ihm.*

+Ich weiß, dass du den Traum nicht teilst, Ignis, aber das hält dich nicht davon ab, ein Teil von ihm zu sein.+

Der Herr des Ruins nickte und die Elektoos auf seinem Gesicht erstarrten.

+So wie Sanakht jetzt ein Teil von ihm ist.+

Ahrimans Haut kribbelte, als er an den Schwertkämpfer dachte, der ihm so lange so treu gedient hatte. Wahnsinn und Bitterkeit hatten diese Treue in Verrat verwandelt. Ahriman hatte ihn bestraft, indem er ihn zum lebenden Gefäß für das Athenaeum von Kalimakus gemacht hatte. Vor seinem geistigen Auge sah er das Feuer des Athenaeums, in das er Sanakht gestoßen hatte. Nun saß er in der Kammer der Käfige und sprach die geheimen Gedanken von Magnus. Nur Ignis wusste, dass Sanakht sich diesem Schicksal nicht willentlich unterworfen hatte.

+Ja, er hat seinen Teil erfüllt. Er ist fort, aber Sterblichkeit ist keine Zeitspanne, sondern eine Welle, die sich im Ozean der Existenz ausbreitet. Sie endet nicht, wenn unser Leben endet.+

+Wie poetisch+, sandte Ignis. +Ich habe Poesie nie gemocht.+

Ahriman bewegte sich auf den Ausgang und seine nächste Aufgabe zu.

+Wir haben ein Problem+, sandte Ignis, bevor Ahriman mehr als zwei Schritte zwischen sie bringen konnte.

+Ja?+ Ahriman drehte sich um. Die Müdigkeit in seinen Knochen und seinem Blut war mit einem Mal wieder frisch und hartnäckig.

+Mit dem Athenaeum+, sandte Ignis, und die Linien auf seinem Gesicht zuckten erneut. +Und mit Ctesias.+ Ahriman wartete ab. +Er schöpft Verdacht+, fuhr Ignis fort. +Er scheint vom Athenaeum besessen zu sein. Er verbringt alle Zeit, die er nicht mit den Nimmergeborenen spricht, in der Kammer der Käfige.+

+Es war von Anfang an ein Risiko.+

Ignis zog eine Augenbraue hoch.

+Was, wenn ihm klar wird, dass Sanakht nicht willentlich ins Feuer gegangen ist?+

+Keiner der anderen darf wissen, was geschehen ist+, sandte Ahriman und ging weiter auf die Tür zu. Er schmeckte immer noch Silber. Das war nicht gut.

+Das ist die zweite Frage, auf die du mir keine Antwort gegeben hast+, sandte Ignis.

+Die zweite?+, erwiderte Ahriman, ohne anzuhalten.

+Du willst den Rubrica-Zauber ein zweites Mal wirken. Woher willst du wissen, dass er funktionieren wird?+

Ahriman hielt inne und schluckte den Geschmack hinunter.

+Er wird funktionieren+, sandte er schließlich und ging weiter. +Ich weiß es.+

II
WORTE UND UNWORTE

»… auferstehen … Ich kann nichts sehen …«

Die Stimme murmelte weiter. Jedes Wort war bar jeden Gefühls.

»… mit ihm kommt der Krieg …«

Ctesias hörte zu und ließ die Worte über sich hinweg gleiten, ohne ihre Bedeutung an seinem Geist rühren zu lassen. So war es besser. Wenn er darüber nachdachte, wäre er lieber irgendwo anders. Aber er hatte sich dazu entschieden, herzukommen. Also blieb er stehen und lauschte, ohne zuzuhören.

»… Zerstörung ist Wandel …«

Er verlagerte sein Gewicht und spürte, wie seine Rüstung im Einklang mit seinen Knochen knarzte. Sein Gesicht glich einem Totenschädel und Symbole zogen sich über Stirn, Wangen und Hals. Bei jedem Atemzug hörte er Knorpel in seiner Brust knacken. Seine Nerven brannten und seine Finger zitterten. Der Raum und das eingesperrte Ding in seinem Zentrum hatten diesen Effekt auf ihn, doch sie lockten ihn auch immer wieder her.

»… Asche ist die Wiege der Zukunft …«

Der Raum war als die Kammer der Käfige bekannt geworden. Seine Wände bildeten einen Zylinder aus Adamantium, den Ctesias mit zwölf Schritten durchschreiten konnte. Die Decke war ein ferner Schatten. Der Boden war eine Luke aus fleckigem Metall. Der einzige andere Ausgang war eine kleine Tür in der Wand direkt hinter Ctesias. Einst war der Raum ein Lager für Torpedos gewesen, nun war er ein Gefängnis. Mitten in der Kammer hing eine Sphäre aus silbernen Streben in der Luft, und in ihr drei weitere Sphären, die jeweils kleiner und feiner gesponnen waren. Blaue Flammenzungen leckten über die Käfige und erfüllten den Raum mit waberndem Licht. Es war, als betrachtete man die Sonne vom Boden eines Ozeans aus.

»... was würdest du ihm sagen ...?«

Ctesias versuchte, die Gestalt im Käfig so wenig wie möglich anzusehen. Sie war von menschlichen Proportionen, jedoch sehr viel größer und vom Delirium neu geformt. Ihr Umriss sprang zwischen dem Menschlichen und dem Monströsen hin und her wie mehrere Blatt Papier mit verschiedenen Zeichnungen, die man so schnell durchblätterte, dass alles verschwamm: ein Vogelschädel, Hörner, Schuppen, Federn, Schwänze, Feuer, Dornen, trockene Blätter, tote Augen, Klauen, Zähne, aufgequollene Haut, Rauch und Hitzeflimmern, ein junger Krieger mit Hoffnung und Kummer im Blick.

»Ctesias?«

Beim Klang seines Namens hob Ctesias den Blick. Die Gestalt im Käfig war nicht länger verschwommen und ihre Stimme klang lebendig, und verwirrt, und panisch. »Ctesias. Wo bin ich? Was geschieht hier?«

Ctesias schluckte. Er hatte Sanakht nie gemocht. Nein, das stimmte nicht. Er hatte den Schwertkämpfer *verabscheut*, und das mit einer Intensität, die er sonst nur einem anderen seiner Brüder entgegenbrachte. Doch was aus Sanakht geworden war, was er sich selbst angetan hatte, sandte ein Echo von Emotionen durch Ctesias, das er nicht verstand.

»Du...«, begann er. In diesem Raum musste er seine eigene Stimme verwenden, und als er das Wort formte, stellte er fest, wie trocken sein Mund war. »Du bist bei uns, Sanakht. Du bist bei deinen Brüdern, auf einem Schiff.«

»Ich ... kann mich nicht erinnern. Ich kann mich nicht erinnern ...«

»Du ...«, sagte er noch einmal, dann verstummte er. Warum redete er mit dem Ding im Käfig? Er schüttelte den Kopf. »Du hast dich dem Feuer des Wissens hingegeben, Bruder. Du hast die Bürde auf dich genommen, die Stimme des Athenaeums zu werden. Nun spricht der Warp durch dich. Du siehst und sprichst die Gedanken unseres Vaters, alles, was er weiß und sieht.«

»Ich kann mich nicht erinnern …« Das Ding im Käfig schüttelte den Kopf und blinzelte. Es sah genauso aus wie Sanakht, als er noch gelebt hatte, bevor er mit Ahriman nach Apollonia gegangen war, bevor er zu einem Sprachrohr geworden war, aus dem Magnus' Geheimnisse sprudelten wie Wasser aus einem geborstenen Kelch.

»Du wirst dich nicht erinnern«, sagte Ctesias behutsam. Er wusste nicht, warum er mit ihm sprach. Es hatte keinen Sinn. Sanakht war fort; er redete mit einem Abdruck dessen, was einst gewesen war. Er leckte sich über die Lippen. »Es gibt nichts, woran du dich erinnern könntest.«

Die Gestalt, die so real und lebendig aussah, erzitterte.

»Feuer.« Sanakht atmete plötzlich schwer, sah sich mit blinden, panischen Augen um. »Ich fühle Feuer, Ctesias.«

Ctesias trat einen Schritt auf den Käfig zu.

»Ich kann nichts sehen«, sagte die Gestalt.

»Das ist nicht real, Bruder. Du bist fort. Du fühlst nichts.«

»Ich kann dich nicht sehen«, sagte Sanakht. Seine Stimme war voller Schmerz und Verwirrung. »Was geht hier vor? Bitte. Was geht hier vor? Ich –« Seine Stimme versagte, aber sein Mund formte weiter Worte, die als roter Rauch aus seiner Haut quollen, während sie sich in Asche verwandelte. »Ich sehe seinen Schatten, aber nicht seine Form. Hilf mir. Er kommt, und mit ihm kommt der Krieg. Bitte Bruder, du warst der beste meiner Söhne. Ist Rache genug Bezahlung für die verlorene Erlösung …«

»Sanakht?«

Die Flut aus Worten ebbte ab und seine Augen richteten sich auf Ctesias. Sie waren vor Entsetzen weit aufgerissen. Um sie herum wandelte sich sein Körper und nahm Gestalten direkt aus Albträumen an.

»Ich …«

Sanakht presste die Worte heraus, während sein Körper zuckte und sich verformte.

»… brenne …«

Sanakht warf sich gegen die silbernen Stäbe des innersten Käfigs. Blaues Feuer kroch über seine wabernde Haut.

»… ewig …«

»Sanakht!«, rief Ctesias, aber die Gestalt im Käfig war zurückgefallen und ihr Kopf hing lose auf der Brust. Ctesias atmete schwer. Sein Blut raste durch seinen verwelkten Körper. »Sanakht?«, rief er, aber ihm antwortete nur ein endloser Strom von Worten.

»Er spricht noch.«

Ctesias drehte sich um. Er hatte nicht gehört, wie sich die Luke geöffnet hatte. Ignis trat hindurch. Seine Rüstung surrte bei jeder Bewegung. Credence wartete hinter der Tür; seine orangefarben lackierten Panzerplatten bewegten sich, als wäre der Automat unzufrieden damit, nicht eintreten zu können.

»Ja«, sagte Ctesias. »Er spricht noch.«

»Ich habe eine Tatsache festgestellt«, sagte Ignis ausdruckslos. »Es ist offensichtlich, dass das Athenaeum noch spricht. Es gab keinen Grund für dich, es zu bestätigen.«

Ctesias schloss die Augen und atmete langsam aus.

»Warum hast du dann überhaupt etwas gesagt?«

»Es bot sich kein anderer Eröffnungssatz an.« Ignis sah zu den Käfigen auf, die die Gestalt gefangen hielten, die einst Sanakht gewesen war. »Deine Konstruktion hält noch.«

»Eine weitere Feststellung?«, seufzte Ctesias.

»Korrekt.« Ignis warf Ctesias einen Blick zu. Sein Gesicht blieb ausdruckslos, aber seine Tätowierungen arrangierten sich neu. »Du siehst aus, als beunruhigte dich etwas. Das sieht dir nicht ähnlich, Ctesias. Ist deine verschrumpelte Seele aufgebracht?«

Ctesias schüttelte einmal den Kopf.

»Ich habe keine Seele.«

»Das glaube ich dir«, sagte Ignis und wandte sich wieder dem Käfig und der Stimme des Athenaeums zu. Er wirkte, als wollte er etwas sagen, doch Ctesias kam ihm zuvor.

»Es hat mich überrascht, dass er es getan hat«, sagte Ctesias. »Sanakht war Ahriman immer treu, aber er ist auch Amon gefolgt. Dass er sich geopfert hat, dass er der Kanal geworden ist, damit Ahriman an Magnus' Geheimnisse gelangte … Das erscheint mir widersprüchlich. Findest du nicht?«

Ignis zuckte mit den Achseln.

»Aber er hat genau das getan. Das ist Antwort genug.« Er sah Ctesias an. »Dinge ändern sich. Menschen ändern sich.«

»Ja, das tun sie«, sagte Ctesias, dann wandte er sich vom Käfig ab. »Wie lange noch, bis wir wieder in den Sturm eintreten?«

»Ein Tag, maximal zwei. Der Navigator braucht eine Pause.«

»Das klingt beinahe mitfühlend.«

»Der Navigator hat um eine Pause gebeten und Ahriman hat zugestimmt.«

»Wusste ich doch, dass es nichts mit deiner Herzensgüte zu tun hatte«, sagte Ctesias mit einem kalten Grinsen. Ignis lächelte nicht zurück. Ctesias kam zu dem Schluss, dass es verstörender gewesen wäre, wenn der Herr des Ruins die Geste erwidert hätte.

Die Stille kehrte zurück und wurde immer länger. Ctesias hielt den Blick auf die gefangene Gestalt gerichtet.

»Warum lässt Ahriman das Athenaeum hier? Er hört ihm monatelang zu und stellt Fragen, aber jetzt redet er nicht einmal darüber. Wenn er alles hat, was er von ihm braucht, warum lässt er es … am Leben?«

»Wissen«, antwortete Ignis. »Wissen direkt aus dem Geist unseres Vaters Magnus, ohne dass er davon weiß. Erwartest du, dass Ahriman *das* wegwirft?«

»Nein … Aber vielleicht sollte er das.«

»Dass ausgerechnet *du* so etwas sagst …«

»Ja«, sagte Ctesias und nickte, doch er sah seinen Bruder nicht an. »Irgendetwas fühlt sich nicht richtig an. Irgendetwas verschweigt uns Ahriman, etwas, das er getan hat, das er vorhat.«

»Du sprichst von absoluten Wahrheiten, als wären sie Mysterien«, sagte Ignis. »Er ist Ahriman. Offensichtlich hast du nichts aus eurer gemeinsamen Vergangenheit gelernt.«

»Nein.« Ctesias schüttelte den Kopf. Er sah immer noch das Athenaeum an und erinnerte sich daran, wie es mit Sanakhts Stimme gesprochen hatte. »Nein, ich denke, ich habe eine Menge aus der Vergangenheit gelernt.«

»Dann gib dich damit zufrieden.«

»Warum bist du hier, Ignis?«, fragte er und ließ die Schultern kreisen, um die Verspannungen loszuwerden, die seine halb verwelkten Muskeln plagten. »Bestimmt nicht, um dein neu entdecktes Verlangen nach Gesellschaft zu befriedigen.«

Ignis zuckte mit den Achseln, als wäre die Antwort offensichtlich.

»Ich bin hier, um dich zu holen. Ahriman hat uns zusammengerufen. Es beginnt.«

+Ich habe versagt.+ Ahrimans Worte hallten durch den Raum.

Ignis spürte, wie die Geister der Lebenden vor Überraschung flackerten. Stille erstickte jede Bewegung, jeden Atemzug. Es war nicht einfach nur das Fehlen von Geräuschen, sondern das Erstarren von Gedanken, das Unterdrücken aller mentalen Vorgänge. Ahriman drehte sich, um alle Krieger anzusehen, die auf den Rängen um ihn herum standen. Jeder Zauberer, der Ahriman diente, war anwesend, dazu ihre Gefolge aus Rubrica-Marines. Es waren nur wenige verglichen mit der einstigen Legion, aber sie allein waren eine Streitmacht, mit der man eine Welt in die Knie zwingen konnte. Jedes Auge und jeder Geist war auf Ahriman gerichtet. Der Druck all dieser Aufmerksamkeit überlagerte die Versammelten wie ein Hitzeschleier. Ignis sah zu. Selbst für ihn waren Ahrimans Worte wie ein Messerstich. Hinter ihm verstummten selbst Credences brummende Servos.

+Ihr alle habt Pfade beschritten, die ich niemals für euch gewählt hätte+, fuhr Ahriman fort. +Ihr habt sie meinetwegen beschritten, wegen der Zukunft, von deren Möglichkeit ich euch überzeugt habe. Ihr habt mir geglaubt. Ihr seid mir gefolgt, und dieser erste Traum ist gescheitert. Wir alle haben für diesen Fehler bezahlt. Selbst jene, die nicht hier sind, sondern weit entfernt, auf anderen Welten, wo sie einem anderen Schicksal folgen, alle Thousand Sons haben für ein Versagen gelitten. Für mein Versagen.+

Ahriman hob den Kopf, als blickte er durch die Decke und alle Ebenen darüber zu einem fernen Lichtpunkt.

Ignis sah zu und zählte die Sekunden, analysierte Takt und Abfolge jeder Geste und jedes Wortes. Alles war perfekt. Unglaublich perfekt. Ignis war schon so lange der Herr des Ruins der Thousand Sons, dass er sich daran erinnerte, dass ein solcher Titel einmal mehr als ein Zeichen des Stolzes und des Unvermögens, die Vergangenheit hinter sich zu lassen, gewesen war. Die Numerologie der Zerstörung war seine Obsession und die Konfiguration und Bedeutung aller Dinge sein Handwerk. In seinem Universum war jede Einzelheit von Bedeutung.

+Wir sind die Exilanten+, sandte Ahriman und senkte den Blick wieder. +Wir sind die Söhne, die Magnus von seiner Seite vertrieben hat und die dafür bestraft wurden, dass sie es wagten, das Schicksal herauszufordern, ein gebrochener Zirkel am Rande der Existenz, Flüchtlinge, Ausgestoßene, der Beweis dafür, was jene erwartet, die dem Willen der Götter trotzen. Wir haben an unsere Vision geglaubt. Wir haben nach den Sternen gegriffen und wurden dafür niedergeworfen.+

Er knallte das Ende seines Stabs auf die Plattform.

+Aber das Schicksal ist noch immer eine Lüge!+

Eine Welle breitete sich durch den Warp aus. Die Lebenden taumelten und selbst die Rubrica-Marines zuckten zusammen.

+Nichts ist unausweichlich! Nichts ist sicher! Nichts ist in Stein gemeißelt! Wenn der Pfad zur Erlösung durch das Fegefeuer geht, dann ist es eben so!+

Die Worte verhallten nur langsam. Ahriman blickte sich im Raum um und die Tausenden Toten und Lebenden blickten zurück. Gegen seinen Willen stockten Ignis' Herzen zwischen den Schlägen. Emotionen waren kein Teil seines Universums. Doch in diesem Moment, unter Ahrimans Blick, spürte er etwas, das er nicht verstand.

Ahriman nickte.

+Wir haben gelitten, aber wir stehen noch. Wir sind Krieger, die gegen das Schicksal kämpfen, meine Brüder, und nun ziehen wir ein letztes Mal in den Krieg. Wir kehren an den Ort zurück, von dem wir verbannt wurden. Wir werden wieder auf dem Planeten der Zauberer stehen. Dort werden wir einen zweiten Rubrica-Zauber wirken. Der Traum der Vergangenheit wird wiederauferstehen. Dafür werden wir sorgen, ihr und ich.+

Ignis beobachtete im Warp, wie eine Wolke aus Gedanken und Emotionen sich von den versammelten Zauberern erhob wie ein fraktaler Nebel aus Überraschung und Hoffnung. Er sah zu, wie sie aufblühte. Hitze spielte über seine Haut. Er sah zu Ahriman hinüber, der still und starr stand in der Pause, die er selbst geschaffen hatte. Die Zeit verrutschte. Ignis konnte beinahe spüren, wie die Ereignisse ins Rollen gerieten, als wäre ein großer Stein aus einem Berg gebrochen und rollte unaufhaltsam ins Tal. Er zitterte einmal, ohne es verhindern zu können.

Aber, dachte er bei sich, *du hast uns immer noch nicht gesagt, wie wir zurückkehren werden, Ahriman.*

Er hörte, wie Credence sich mit klappernden Getrieben regte. Ignis nickte, ohne sich zu seinem Leibwächter umzudrehen.

»Nein«, sagte er. »Ich bin mir auch nicht sicher, ob ich es wissen will.«

III
DEIN WILLE GESCHEHE

Knekku hatte seinen Vater einundachtzig Jahre lang nicht gesehen, als der Turm des Zyklopen erneut am Horizont des Planeten der Zauberer erschien. Er war erstarrt, als er ihn zum ersten Mal aus dem Fenster seines Turms gesehen hatte.

»Exzellenz?«, hatte er geflüstert und dann nur noch das Bauwerk angestarrt, während sich in ihm Emotionen und Gedanken überschlagen hatten. Seine Instinkte hatten ihn angeschrien zu fliehen, doch seine Selbstbeherrschung – der Kern seiner mentalen Architektur – hatte ihn das Ritual zusammenbrechen lassen, an dem er gearbeitet hatte, und nun ging er durch die Stadt auf den Turm zu.

Werden wir Antworten erhalten?, fragte er sich. *Wird er uns sagen, wo er gewesen ist? Wird er uns sagen, warum?* Diese Gedanken bargen keine Hoffnung. Er wusste es besser, als zu hoffen, doch er konnte nicht umhin, sich diese Fragen zu stellen. Magnus war schon immer ein Wesen voller Geheimnisse gewesen, selbst vor seinem Aufstieg, doch seit Jahrzehnten hatte Knekku kein Zeichen seines Herrn gesehen. Das bereitete ihm Sorgen. Er konnte nicht anders. Es war der Preis der Loyalität.

Die Stadt hatte sich verändert, seit Knekku sie zuletzt betreten hatte.

Die Pfade, die er erst gestern beschritten hatte, waren verschwunden. Er erkannte nichts wieder. Sogar die Luft roch anders; der Wind trug einen Hauch von Qualm und Eis heran. Nur der Turm des Zyklopen blieb unverändert. Er war immer am Horizont. Manchmal war er so nah, dass sein Schatten auf ihn fiel, doch wenn er aufsah, war er so fern, dass er ihn kaum sehen konnte. Doch Knekku verlor ihn nie aus den Augen. Er konnte es nicht, selbst wenn er es gewollt hätte. Er würde immer da sein und auf ihn warten, bis er ihn erreichte. Seine Anwesenheit war ein Ruf.

Die Stadt veränderte sich, während er sie durchquerte. Er sah es nicht, aber das musste er auch nicht. Der Planet der Zauberer *war* Veränderung. Wie der Karminrote König, dessen Domäne er war, waren sein Erscheinen und sein Zweck eher eine Wahl als eine Notwendigkeit. Er existierte sowohl im Reich der Realität als auch in dem gewaltigen Meer der Möglichkeiten, das der Warp darstellte. Mundane Planeten wurden von den Gesetzen der Physik bestimmt. Auf dem Planeten der Zauberer waren die Naturgesetze Diener des Karminroten Königs.

Bei diesem Gedanken sinnierte Knekku, dass der Versuch, Magnus zu verstehen, ebenso aussichtslos war wie der Versuch, einen Mond zu verschlucken. Doch das hatte ihn nie abgehalten. Andere waren gekommen und wieder gegangen, hatten den Karminroten König verraten oder einfach nur seine Dienste verlassen, um ihr eigener Herr zu werden. Aber nicht Knekku. Er war nichts gewesen, bevor Magnus ihn in die Thousand Sons aufgenommen hatte, und er war geblieben, um seinem Herrn und König zu dienen.

Er ging weiter. Mit jedem Schritt setzte sein Speer auf dem Kopfsteinpflaster auf. Der Wind zerzauste seine weiße Seidenrobe. Er trug einen Helm, dessen hoher Kamm im selben tiefen Blau und funkelnden Gold erstrahlte wie der Rest seiner Rüstung. Der Staub in der Luft setzte sich in den Vertiefungen des Widderschädels ab, der seine Helmfront zierte. Er betrachtete die Welt jenseits der roten Augenlinsen durch einen Schleier aus projizierten Symbolen und Linien.

Es begann zu regnen. Silberne Tropfen fielen vom blauen Himmel und explodierten auf dem staubigen Stein zu seinen Füßen. Um ihn herum und über ihm erhoben sich andere Türme bis zu den Wolken und bildeten einen Wald aus Silber, Saphiren und Jade. Hinter den hohen Fenstern flackerten Lichter und der Wind trug Stimmfetzen zu ihm hinunter.

»... was gefunden wurde, kann nicht ungefunden bleiben ...«

»... das fünfte, gekreuzt mit dem Aleph des ersten ...«

»... es ist eine Spielart der Weisheit, doch sie ist nicht perfekt ...«

»... ruh dich aus und versuch es noch mal ...«

»... das Herz sollte ausreichen. Das Blut ist nicht notwendig ...«

Er erkannte einige der Stimmen. Die meisten waren ihm unbekannt. Von manchen wusste er, dass ihre Besitzer seit Jahrhunderten tot waren. Er ließ seine Gedanken nicht bei ihnen verweilen. Wie die sich verändernde Stadt waren auch die Stimmen ebenso ein Teil seines eigenen Geistes wie der Welt, durch die er schritt. Das hieß nicht, dass sie nicht real waren. Nichts auf dem Planeten der Zauberer war so einfach.

Eine Bewegung erregte seine Aufmerksamkeit. Er legte den Kopf in den Nacken und sah einen Schwarm geflügelter Kreaturen, der über und unter den Brücken aus gesponnenem Glas entlangflog, die manche der Türme miteinander verbanden. Er dachte, er hätte eine Gestalt auf einer der Brücken gesehen, jemanden mit krummem Rücken und verhülltem Gesicht in einer zerrissenen roten Robe. Er hatte niemanden gesehen, seit er seinen Turm verlassen hatte, doch die Stadt war alles andere als verlassen. Ihre Stille und Leere war nur für ihn bestimmt; der Planet spiegelte die Isolation in seinem Geist wider. Doch er hatte die Gestalt in Rot bereits zweimal aus dem Augenwinkel gesehen, seit er seinen Marsch zum Turm des Zyklopen begonnen hatte.

»Komm schon, zeig dich«, rief er in die Richtung, wo er die Gestalt gesehen hatte. Seine Stimme hallte in zerstückelten Fragmenten zu ihm zurück.

»Zeig dich ...«

»...Zeig dich ...«

»... Dich ...«

»... Dich ...«

»... Dich.«

Er blinzelte und die Gestalt in der roten Robe war fort. Knekku blieb mit dem Gefühl zurück, beobachtet zu werden.

Er drehte sich um und ...

Der Turm des Zyklopen ragte vor ihm in die Höhe und schien immer weiter zu wachsen, während Knekku ihn ansah. Sein Fundament erstreckte sich zu beiden Seiten bis jenseits seiner Sichtweite, als wären es die Wurzeln einer Gebirgskette. Gravuren erstreckten sich über das schwarze Glas. Wirbel, Zacken und einzelne Tropfen verschmolzen mit Balkonen, Treppen und Plattformen. In hohen Fenstern brannten Lichter. Es schien, als wäre er schon immer dort gewesen, als hätte die Realität keine andere Möglichkeit, als so zu sein. Es gab keine Tür am Boden und keine Treppe.

Knekku beruhigte seinen Geist, schloss die Augen und ging auf den Turm zu. Nach siebenhundertneunundzwanzig Schritten in Dunkelheit öffnete er die Augen wieder.

Die Wand des Turms lag unter seinen Füßen. Der Gipfel war eine scharfe Spitze, die vor ihm in den Himmel ragte wie eine Halbinsel ins Meer. Hinter ihm ragte der Boden als Klippe empor, aus der die Stadt wie eine Palisade silberner Nadeln hervorstach. Er ging um Fenster herum und kletterte über Balkone hinweg. Er musste nicht sehen, wohin er trat; alle Tritte und Wege und Brücken waren immer da, wo er sie brauchte, auch wenn seine Augen ihm etwas anderes sagten. Es war ein Spiel und eine Lektion, und Knekku wusste gleichermaßen, wie man spielte und dass er noch nicht alles gemeistert hatte, was es zu lernen gab.

Die Zeit verstrich in Tagen, in Sekunden, in Stunden; sie alle dauerten nicht länger als ein Schritt den Turm hinauf.

Als er die Spitze erreichte, trat er über die Kante und stieg auf den Turm hinab. Die Welt richtete sich auf, ohne dass er erkannte, wie. Er kniete nieder und legte seinen Speer auf dem Boden ab, während er gleichzeitig die Steinfliesen mit der Stirn berührte. Hinter seiner Helmfront schloss er die Augen.

Erst dann erkannte er, dass er nicht allein war. Acht andere Geister waren mit ihm auf der Turmspitze. Sie alle waren Sterne aus Macht und Willenskraft. Sie waren seine Brüder, die mächtigsten Thousand Sons auf dem Planeten. Jeder von ihnen verfügte über Kräfte, die die Realität in einen Traum verwandeln und Träume wahr machen konnten. Doch keiner von ihnen kam der Präsenz gleich, die über ihnen aufragte. Knekku konnte es selbst mit geschlossenen Augen sehen.

Ein Schemen aus weißem Feuer saß auf einem Thron mitten auf der Spitze des Turmes. Gleißendes Licht formte nackte Gliedmaßen und glatte Muskeln. In der linken Hand hielt er ein Zepter aus schwarzem

Eisen, über dessen rundes Ende Schwärze und Sternenlicht huschten. Ein einzelnes blutrotes Auge saß inmitten des Gesichts unter einer Krone aus gekrümmten Hörnern. Es war ein Anblick voller Erhabenheit und voller Schrecken, und es war eine Lüge. Knekku wusste, dass jeder der Zauberer, die neben ihm knieten, etwas anderes sah, und dass nichts davon die Wahrheit war.

Magnus, der Karminrote König der Thousand Sons und Oberster Zauberer alle Zauberer, sah auf sie herab.

Wie kann ich dienen? Die Worte schwebten auf halbem Wege zwischen Gedanken und Laut, als Magnus sprach.

+Die Exilanten kehren zurück+, sagte der Karminrote König.

Die Worte erfüllten Knekkus Kopf und er spürte, wie ihm Schweißperlen auf die Haut traten. Der Schock setzte einen Moment später ein. Der ruhige Teich im Zentrum seines Geistes schlug Wellen.

Das kann nicht wahr sein. Das darf nicht sein. Wie kann das sein?

Magnus' Gedankenstimme ertönte erneut und grollte wie ferner Donner.

+*Er* kommt, und mit ihm kommt der Krieg.+

Es war unmöglich. Eine Lüge. Etwas, das nicht wahr sein konnte. Ahrimans Exil war nicht einfach nur ein Urteil, es war ein Bann, der über bloße Bedeutung hinausging. Er hätte bereits versucht haben können zurückzukehren, doch er würde niemals Erfolg haben. Sein Exil war ein Wall in der Existenz, nicht nur ein Wort. Aber der Karminrote König hatte gesagt, dass Ahriman zurückkehren würde, und diese Wahrheit breitete sich aus wie eine lautlose Explosion.

Sar'iq durchbrach die Stille. Sar'iq, Günstling des Feuers, oberster Magister der Thousand Sons und Magnus' bevorzugter Adjutant in Zeiten des Krieges.

+Er lebt also, Exzellenz? Ahriman lebt?+

Magnus drehte sich um. Das Feuer seines Körpers loderte einen Sekundenbruchteil hochrot auf. Dann richtete er den Blick auf Knekku. Im Fokus seiner Aufmerksamkeit war es eiskalt. Neben Knekku vibrierte der Speer auf dem Steinboden.

+Erhebt euch, meine Söhne.+ Magnus' Befehl brachte die neun Zauberer auf die Beine. Knekku richtete sich auf und nahm seinen Speer an sich. Er spürte die Blicke der anderen auf sich ruhen. Der Schock verflog und hinterließ Fragen.

+Hat er einen Weg gefunden, Eurer Verbannung zu trotzen, Exzellenz?+

Magnus schien Knekku direkt anzusehen. Er fragte sich, ob alle anderen den gleichen Eindruck hatten.

+Er kommt näher.+

+Aber der Bann. Er kann nicht zurückkehren. So ist es verfügt.+

Dann tat Magnus etwas, das Knekku zum zweiten Mal einen Schauer über den Rücken jagte. Der Karminrote König ließ den Blick sinken und schüttelte langsam den Kopf.

+Er wird einen Weg finden. Daran habe ich keinen Zweifel.+

Einen Augenblick lang dachte Knekku, einen Hauch von Stolz in Magnus' Stimme zu hören.

+Wie kann er –+, begann Knekku.

+Ihr müsst bereit sein+, sandte Magnus und starrte ins Leere. +Du wirst uns vorbereiten, Sar'iq.+ Knekku spürte, wie der Karminrote König mit einem Atemzug aus kaltem Licht Macht auf seinen Bruder übertrug. +Ich gebe dir die Worte, die dir Macht über mein Reich verleihen werden. Du wirst meine Hand und meine Stimme sein, während wir uns darauf vorbereiten, was kommen wird.+

Werdet Ihr nicht bei uns sein, Exzellenz?, wollte Knekku sagen, aber er wusste, dass Magnus die Worte bereits gehört hatte. Der Karminrote König schwieg und Knekku senkte den Kopf.

+Es wird geschehen, Exzellenz. Euer Wille geschehe+, sandte Sar'iq, dann wiederholten Knekku und die anderen seine letzten Worte mit vereinter Gedankenstimme.

+Euer Wille geschehe.+

Astraeos war niemals allein.

Es gibt keinen Weg zurück. Du musst bald handeln. Deine Gelegenheit für Vergeltung wird verwirkt sein, wenn du zögerst.

In seinem Schädel flüsterten Stimmen, während er durch den Tempel schritt. Immer und immer weiter.

Die Zukunft ist tot. Die Hoffnung ist eine Lüge. Es gibt keine Erlösung.

Manchmal waren es die Stimmen seiner toten Brüder, Thidias, Kadin, eintausend mehr.

Hoffnung ist das schlimmste Gift. Vertrauen führt nur zu Verrat. Nichts besteht fort.

Manchmal waren es die Stimmen von Ahriman, von Carmenta, von Silvanus.

Vergeltung ist die einzige Wahrheit.

Doch egal, welche Stimme sprach, er wusste, dass es nicht seine Gedanken waren.

Die Krieger in der Säulenhalle wandten den Blick ab, als er sie passierte. Niemand sprach mit ihm und niemand schien ihn zu beachten. Einst hatten seine Brüder sich verbeugt und ihn respektvoll gegrüßt, doch sie waren fort, und nun wurden seine Sklaven von Furcht beherrscht. Es kümmerte ihn nicht. Furcht oder Schwäche oder Machthunger banden sie an seinen Willen, und solange die Ketten stark waren, kam es nicht darauf an, aus welchem Metall sie geschmiedet waren.

Er erreichte die Stufen unterhalb des Sanktuariums und begann den Aufstieg. Das Gebäude am Ende der Stufen war klein, neun Meter im Durchmesser an der breitesten Stelle, und die Dachkuppel erhob sich am Zenit sechsunddreißig Meter über den Tempelboden. Es hatte nur eine Tür, eine einzelne Platte aus glattem Obsidian in einer Fassung aus Gold und Lapislazuli. Die Wände des Sanktuariums bestanden aus Granit, der so auf Hochglanz poliert worden war, dass die Kristalle darin funkelten wie Sterne am Nachthimmel.

Der Tempel selbst war groß genug, um eine Titan Legion zu beherbergen. Gewaltige Säulen erhoben sich zu einem Gewölbe, das so weit entfernt war, dass es wie ein gestalteter Himmel aussah. Weihrauchschwenker von der Größe eines Kampfpanzers verströmten ihren Dunst in die warme Dunkelheit, wo sie sich wie Wolken auf die Säulen legte. Der Klang von Gongs und Gesängen hallte unablässig durch die Luft.

Er trat vor die Obsidiantür, die sich in Rauch auflöste und ihn hindurchließ. Als sie sich hinter ihm wieder schloss, sperrte sie den Lärm aus und die Stille der Sanktuariumskammer umfing ihn. Roter Samt ergoss sich an den Innenwänden hinab. Auf langen Stäben brannten Feuerschalen in kaltem Blau. Ein Stuhl aus Silber und Ebenholz stand auf einem schwebenden Kreis aus weißen Flammen.

Astraeos' Helm löste sich und hob sich von seinem Kopf. Er ließ seinen Stab los, der sich dem Helm anschloss. Nach und nach schwebten alle Teile seiner Rüstung davon wie glänzende Schuppen. Unter den Panzerplatten kam ein Körper mit perfekter Muskulatur zum Vorschein. Einen Augenblick später verformte sich seine Haut zu schrecklichen Narben und seine Augen verfielen zu leeren Höhlen in einem verwüsteten Gesicht.

Im nächsten Augenblick war er eine Gestalt aus tobenden Flammen unter transparenter Haut und sein Schädel ein grinsender Rahmen für lidlose Augen.

Dann eine Kreatur mit Klauen, Hörnern und Flügeln und einem Lächeln aus Sägezähnen.

Schließlich bestand er wieder aus Fleisch und Blut, aber das Feuer in seinen Augen blieb bestehen. Eine Robe nahm über ihm Gestalt an und legte sich um seinen Körper. Er nahm langsam auf dem Stuhl Platz.

Dies war ein besonderer Ort für ihn, ein Ort, an dem der Warp und die Realität eins waren, ein Ruhepunkt, eine neutrale Zone in seiner zerrissenen Existenz.

Hörst du mich jetzt?, fragte eine Stimme in seinem Kopf. Dieses Mal war es kein Flüstern, sondern das Tosen berstender Gletscher.

Ich wünsche mir Frieden, erwiderte Astraeos. Er wusste, dass der Dämon jeden seiner Gedanken hören konnte, noch bevor er Gestalt angenommen hatte.

Wenn du Frieden wolltest, wäre ich nicht hier, Astraeos.

Nur einen Moment Frieden.

Ist das Schwäche, mein Sohn, mein Bruder, mein Fleisch? Die Stimme des Dämons klackte und rasselte. Er spürte, wie seine Präsenz durch ihn hindurchglitt.

Es ist ein Moment, sagte Astraeos, *das ist alles.*

Ein Moment ist eine Menge Zeit. Solltest du deinen Moment bekommen, werden dir Möglichkeiten durch die Finger gleiten und nie mehr wiederkommen.

Ein Moment.

Du kannst dir ein solches Opfer nicht leisten. Du hast mir deine Seele gegeben, weil du dich für die Vernichtung deiner Brüder, deiner Ehre und deiner Zukunft an Ahriman rächen wolltest. Ein solches Vorhaben ist keine Kleinigkeit, und Ahriman ist kein Schwächling. Zaudere einen Moment, zögere für einen Moment, zweifle für einen Moment, und alles fällt in sich zusammen.

Was kümmert es dich, wenn meine Rache sich in Luft auflöst, Dämon?

Es kümmert mich, weil es dich kümmert.

Deinesgleichen besteht aus Lügen und Bosheit. Du kümmerst dich um nichts. Du bist das Aas der Existenz.

Aber ich kümmere mich. Du hast mich gerufen und ich habe geantwortet. Ich bin nichts als die Antwort auf das, was du willst. Ich bin nicht deine Geißel, Astraeos. Ich bin die Antwort auf deine Gebete.

Astraeos' Geist schwieg eine Sekunde lang.

Zeig dich, befahl er.

Brauchst du einen Spiegel?

Zeig dich.

Wie du wünschst, sagte der Dämon.

Vor ihm erschien eine Gestalt, als entstiege sie einer unsichtbaren Tür mitten in der Luft. Ihre Glieder hingen bis zum Boden und hatten zu viele Knochen mit zu vielen Gelenken. Klauen aus gesplittertem Glas ragten aus langen Fingern. Ihre Haut war blau wie das Zentrum einer Flamme. Gelber Stoff wallte aufbauschend um ihren Körper. Ihr Kopf war ein verhüllter Klumpen, der tief zwischen den Schultern saß. Zwischen den Bahnen, die das Gesicht verdeckten, ragten gebogene Hörner hervor. Neun Flügel mit zerrupftem, vielfarbigem Gefieder zitterten auf ihrem Rücken. Aus einem Riss im Schleier starrte Astraeos ein einzelnes Auge an.

Einst war dieses Ding an den Körper von Cadar, Astraeos' Bruder, gebunden gewesen, doch er hatte es an sich gebunden, um Ahriman vor dem Tod zu bewahren. Erst später, als ihn die Verzweiflung gepackt hatte, hatte Astraeos ihn gerufen. Nun teilte er Körper und Geist mit ihm – zwei Flammen, die unter ein und derselben Haut brannten.

Der Dämon begegnete Astraeos' Blick und spreizte mit klappernden Knochen die Flügel. Das Licht im Raum wurde schwächer.

Lässt dein Hass nach, Astraeos?, fragte der Dämon immer noch in Astraeos' Gedanken. *Ahriman hat dich angelogen. Er hat zugelassen, dass du ein Instrument des Untergangs wurdest, der Grund dafür, dass das Imperium deinen Orden ermordet hat. Willst du ihm dafür etwa vergeben?*

Astraeos spürte jedes Wort des Dämons als einen Schub alten Schmerzes, so strahlend und so real, dass die Gegenwart einen Moment lang verblasste.

Er erinnerte sich.

Er sah, wie er ein Todesengel wurde. Er sah, wie seine Heimatwelt brannte und seine Brüder der Rache des Imperiums zum Opfer fielen. Er sah Ahriman, einen halb gebrochenen Krieger in der Rüstung eines Toten. Er hörte noch einmal die Eide, die er abgelegt hatte, die Versprechen, gegen die er sie eingetauscht hatte. Er sah, wie seine letzten Brüder starben oder zu Monstern wurden. Er sah die Gesichter der Inquisitoren, die ihn auf seinem Bett aus Eisen anstarrten. Er sah, was er gesehen hatte, als er hätte sterben sollen, es aber nicht getan hatte. Ein Kreis aus Feuer, der sich durch die Zeit erstreckte, ein Paradoxon, das der Warp zur Realität gemacht hatte. Das Imperium hatte seinen Orden seinetwegen vernichtet. Er war sowohl Grund als auch Konsequenz seines Falls. Und im Zentrum dieses Kreises stand Ahriman.

Aber du löst mich auf, dachte er. Seine Gedanken und Emotionen und Erinnerungen zerfielen: Stunde für Stunde, Sekunde für Sekunde, Augenblick für Augenblick. Das Gleichgewicht seiner Seele schwand und hinterließ nur Hunger. Er wurde zu einer Messerspitze – scharf, glänzend, mit nur einem Zweck.

Ich löse dich nicht auf, sagte der Dämon in ihm. *Ich mache dich zu dem, was du sein musst. Wenn du all den Unrat und die Verwirrung deiner Menschlichkeit behalten willst, solltest du Ahriman vergeben. Du solltest ihn in Frieden lassen und dich damit abfinden, dass er ungeschoren davonkommt.*

Astraeos sah den Dämon an und spürte, wie das Feuer in seinen Augen aufloderte.

Wie ich bin, so soll er sein. Seine Zukunft wird sterben. Seine Hoffnung wird zu Gift werden.

Der Dämon zitterte. Seine Klauen klapperten und seine Flügel raschelten wie leises Gelächter.

Dein Wille geschehe, sagte er.

+So werden wir zurückkehren.+ Ahrimans Geist schwieg. Stille folgte seinen letzten Worten. Einen Augenblick lang spürte er die Spannung, die nur darauf wartete, in Reaktion umzuschlagen, wie ein Stein, der auf einer Klinge balanciert wurde.

Jetzt haben sie ihre Antwort, dachte er.

Die fünf Mitglieder des Zirkels standen um Ahriman herum und bildeten die Spitzen eines Pentagramms. Er sah sie einen nach dem anderen an und kostete Form und Natur ihrer Geister. Gaumatas stets kontrollierte Wut brannte wie ein Kohlefeuer hinter seinem breiten Gesicht und seinen roten Augen. Ihm gegenüber stand sein leiblicher Bruder Gilgamos wie eine Säule ständig im Wandel befindlicher Gedanken. Ctesias' Geist war ein explodierter Wust aus Widersprüchen und überwundenen Schäden. Kiu wirkte so ruhig wie die Klinge seiner brutalen Axt, doch Ahriman konnte spüren, dass der Krieger damit rang, den Schock zu verarbeiten. Nur Ignis, dessen Geist eine Blüte aus geometrischen Symbolen war, zeigte keine Überraschung.

Seit sie zusammengekommen waren, hatten sie darauf gewartet zu erfahren, wie sie Magnus' Bann brechen und zum Planeten der Zauberer zurückkehren würden. Er war sich sicher, dass die Antwort keinem von ihnen gefiel. Er machte ihnen keine Vorwürfe; Zweckmäßigkeit hatte immer einen bitteren Beigeschmack.

Er wartete und beobachtete, wie sich Reaktionen formten, als ihre Geister die Worte verarbeiteten, die er gerade gesprochen hatte. Das Licht im Raum pulsierte leicht und spiegelte die lebendige Stille wider.

Der Raum befand sich auf der *Pyromonarch*, Gaumatas Schiff und der Befehlsstand für Ahrimans Hauptangriffselemente. Jedes Mal wenn der Zirkel sich versammelte, geschah es auf einem anderen Schiff der Flotte, damit sich jeder einmal begünstigt, aber keiner bevorzugt vorkam. Der Raum, den sie für dieses letzte Treffen benutzten, war ein Ort inmitten eines Irrgartens aus flammendem Gold. In jeder Ecke drang Flammenschein durch die Wände, als würden sie ein Inferno zurückhalten.

Gaumata brach als Erster die Stille.

+Das wird schwierig werden.+

+Es wird so gut wie unmöglich werden.+ Ctesias spie den Gedanken förmlich aus. +Denkt ihr, der Planet ist noch immer so, wie er gewesen ist? Dass alles, was ihm angetan wurde, nur die Oberfläche verbrannt und die Luft mit Säure erfüllt hat?+ Der Beschwörer hielt inne und atmete ungläubig und verächtlich aus. +Es wird eine Wunde geblieben sein, die immer noch blutet. Der Äther wird so dünn sein wie Eis auf einem hungrigen Meer. Das ist der beste Fall; alles Schlimmere ist weitaus wahrscheinlicher.+

Gaumata wandte sich ihm zu. Er strahlte Missfallen aus wie ein Stern Hitze.

+Weißt du mit Sicherheit, dass du die Wahrheit sprichst?+, fuhr er Ctesias an. +Hast du es gesehen?+

+Ich habe es nicht gesehen, und ich muss es auch gar nicht wissen+, gab Ctesias zurück. +Genauso wenig wie du, oder hast du dich dazu entschieden, Allwissenheit zu deinen Fähigkeiten hinzuzufügen?+

+Früher hat es Wege gegeben+, merkte Kiu an. Seine Gedanken waren bedächtig, im Gleichgewicht zwischen Feststellung und Frage. +Stabile Routen durch den Äther.+

+Alle stabilen Routen, die es einst gegeben hat, sind nun kreischende Stromschnellen aus Agonie und Zerstörung.+ Ctesias schüttelte den Kopf. +Ohne Ausnahme.+

Er hat Angst, dachte Ahriman. *Oder zumindest etwas Ähnliches wie Angst. Sie alle. Und,* sinnierte er, *das sollten sie auch.*

+Es könnte andere Wege geben+, sagt Kiu. +Wo die eine Tür zufällt, öffnet sich eine andere, oder nicht?+

+Ach, erspar uns deine müden Weisheiten+, höhnte Ctesias. Seine Verachtung war, als bisse man in eine bittere Frucht.

+Es gibt immer Wege.+ Ahrimans Gedanken schnitten durch den Tumult. Es war alles so abgelaufen, wie er es vorhergesehen hatte. Sie hatten ihre Zweifel und ihren ersten Schock gebraucht, doch nun mussten sie über diese Emotionen hinaus blicken. +Es gibt Wege, den Planeten zu erreichen. Diese Wege werden bewacht und sie sind gefährlich. Ich habe sie durch fremde Augen gesehen. Ich habe diese Reise bereits unternommen, Brüder. Sie ist möglich und sie birgt Risiken jenseits aller Vorstellungskraft. Doch dies ist nur die erste und kleinste Gefahr auf dem Pfad, den wir nun beschreiten.+

+Du hast den Planeten gesehen?+, sandte Gilgamos.

+Ich habe ihn gesehen.+

+Wie?+, fragte Gilgamos. Ahriman konnte die Begierde und die Ehrfurcht in der Frage des Augurs beinahe schmecken.

+Die Inquisitorin+, sandte Ignis ausdruckslos.

Ahriman nickte. Er dachte an Iobel, an den Geist aus den Erinnerungen einer Fremden, der in seinem Kopf lebte.

+Iobel ist dort gewesen. Sie hat herausgefunden, dass der Planet noch existiert, und dann hat sie einen Weg gefunden, ihn zu erreichen. Ihr alle habt ihn seit Jahrtausenden nicht gesehen, ich hingegen schon. Ich bin mit ihren Füßen durch die Asche gelaufen und habe die

Luft mit ihren Lungen geatmet. Er ist immer noch da, er kann erreicht werden, und wir werden dorthin gehen.+

Ahriman sah Gaumata an. Die Flammenkrone seiner Psimatrix war eine schwache Silhouette unter einem Halo aus widersprüchlichen Emotionen und Gedanken.

Wie bei allen von ihnen, dachte Ahriman bei sich. *Wie bei mir.*

Ctesias zerstörte den Moment.

+Auch wenn wir fürs Erste ignorieren, dass er sich verändert haben könnte, wird er sicherlich bewacht werden. Das Imperium wird eine solch berüchtigte Stätte nicht einfach für jeden zugänglich gelassen haben.+

+Das Imperium erinnert sich nicht daran, dass er jemals existiert hat+, sandte Ahriman, dann sah er die Mitglieder des Zirkels an und nickte ihnen zu. +Sein Name ist wie jeder von unseren durch Zeit und willentliche Selbsttäuschung verloren gegangen. Die Tugend der Blinden, die Panzerung der Verachtung, der Schild der Ignoranz, nennt es, wie ihr wollt. Wir und unsere Vergangenheit sind für sie nicht einfach nur tot, wir haben nie existiert. Es gibt nur noch Mythen, die durch die Zeit und die Diskrepanz zwischen Wissen und Furcht verzerrt wurden. Wir sind die Geister und Monster dieses Zeitalters, Kreaturen, die aus dunklen Orten hervorkriechen, um jene zu bestrafen, die denken, sie stünden im Licht. Die sehr kleine Gruppe derer, die noch von uns wissen, fürchtet uns sogar noch mehr und hütet dieses Wissen selbst unter Anwendung von Gräueltaten. Während wir unsere eigenen Kriege austrugen, hat uns das Imperium aus der Geschichte getilgt.+

+Aber er wird doch bewacht und beschützt, oder?+, fragte Ctesias. Die Finger des Beschwörers spielten mit seinem Stab. Er sah sich hilfesuchend unter den anderen um. +Ich mache mir keine Sorgen um die unwissenden Massen. Die Inquisitorin hat die Verteidigungsmaßnahmen überwunden, weil sie von ihresgleichen aufgestellt worden sind. Wir haben nicht den Vorteil, loyale Mitglieder des Imperiums zu sein und uneingeschränkte Autorität zu besitzen.+

+Er hat nicht unrecht+, sandte Gilgamos. +Wenn wir ernsthaften Widerstand überwinden müssen, wird unsere Kraft für alles, was folgt, deutlich gemindert sein.+

Ahriman sah Gilgamos an. Der Augur hielt seinem Blick stand. Er wusste, was Gilgamos meinte. Sie alle wussten, was er meinte. Ihr Bestimmungsort war nur ein erster Schritt, ein Wegpunkt auf der langen Reise zu ihrem eigentlichen Ziel. Sie mussten noch immer die Verteidigungsmaßnahmen rund um den Planeten der Zauberer durchbrechen, wonach sie sich ihren Brüdern und den Kräften, die sich um Magnus' Thron geschart hatten, gegenüber sehen würden.

Magnus... Sie würden sich ihrem Vater stellen müssen, dem Meister, der sie alles gelehrt hatte, der ein Wesen alles übersteigender Macht geworden war. Sie würden all dies tun und dann den Rubrica-Zauber durchführen müssen. Ahriman wusste, dass seine Überzeugung das Einzige war, was sie auf diesem Kurs hielt.

+Wir werden alles überwinden, wenn es sein muss+, sandte er schließlich. +Das steht außer Frage.+

+Hast du in die Zukunft gesehen? Weißt du, dass es gelingen wird?+, fragte Kiu. In seiner Gedankenstimme klang ein Verlangen mit – das Bedürfnis nach einem wohlwollenden Schicksal, das Bedürfnis nach Gewissheit.

+Ich weiß es+, sandte Ahriman, dann begegnete er jedem der Blicke, die auf ihm lagen. +Wir müssen uns vorbereiten. Ihr habt alle recht, jeder von euch. Selbst dieser erste Schritt wird uns viel abverlangen, und alles, was folgt, wird nur noch mehr fordern. Wir müssen bereit sein, wir müssen jede Gelegenheit und jede Möglichkeit sehen, und wir müssen alle Kraft sammeln, derer wir habhaft werden können.+

Seine Herzen schlugen je einmal, dann neigte Gilgamos den Kopf.

+Dein Wille geschehe+, sandte der Augur.

Der Rest folgte einer nach dem anderen.

+Dein Wille geschehe.+

+Dein Wille geschehe.+

+Dein Wille geschehe.+

Ctesias zögerte und sah jeden der Anwesenden an, dann nickte er knapp.

+Dein Wille geschehe+, sandte er.

Ahriman neigte ebenfalls den Kopf.

+Dies ist der wahre Anfang, Brüder+, sandte er. +Wir kehren zum Planeten der Zauberer zurück, doch erst gehen wir nach Hause. Wir gehen nach Prospero.+

IV
KONTROLLE

Die Dämonen zischten, als Knekku auf sie herabsah. Sie füllten den Kreis aus Bronze und sahen ihn mit schwarzen Augen wie funkelnde Juwelen an. Ihre feuchten, ledrigen Schwingen raschelten, als sie aneinander rieben. Er trat einen Schritt näher. Hinter ihm warteten seine menschlichen Sklaven. Jeder von ihnen trug eine weiße Seidenrobe und eine Maske aus geschwärztem Silber. Einer der Dämonen kreischte und schnappte nach Knekku. Die Sklaven wimmerten. Er spürte, wie viel Mühe ihre Geister hatten, die Macht in ihnen zu bewahren. Noch war keiner von ihnen gestorben, doch bei einigen zeigten sich Blutflecken auf den Gewändern wie rote Rosen. Bevor er hier fertig war, würden sie verbraucht sein. Von den anderen würde die Hälfte zu nichts mehr zu gebrauchen sein, da das Licht ihrer Kraft erlöschen würde. Bevor seine Aufgabe vollendet war, würden noch viele seiner Sterblichen geopfert werden müssen. Sehr viele.

Er betrachtete die dicht gedrängte Horde Dämonen. Eines der Monster öffnete das Maul und fuhr sich mit der rosigen Zunge über die Reihen dreieckiger Zähne. Ein Fauchen drang aus seiner Kehle, dann ließ es das Maul zuschnappen. Seine runden schwarzen Augen glitzerten vor Furcht und Abneigung. Die anderen rangelten miteinander, um an die Spitze des Haufens zu kommen. Keiner von ihnen kam den Grenzen ihres unsichtbaren Käfigs nahe.

Knekku hob die Hand und brachte seine Gedanken in eine Form, die mit dem Kreis am Boden harmonisierte. Eine Welle der Anspannung ging durch ihn hindurch. Die Dämonen zuckten zusammen und versuchten knurrend und fauchend vor ihm zurückzuweichen. Sie waren schwache Geschöpfe, die Überreste verlorener Seelen, die bei den großen Mächten des Warp in Ungnade gefallen waren. Hunger, Neid und Gehässigkeit waren ihr Blut und ihre Haut, aber sie waren zahlreich in den Lücken zwischen den Reichen, und es gab nur wenig, was sie nicht hörten oder sahen.

Knekku formte einen Befehl und ließ ihn in den Kreis der Dämonen fahren. Sie zischten, als sie fühlten, wie sein Wille sich um sie legte.

Beobachtet, hätte er gelautet, wenn er sich in Worten hätte ausdrücken lassen. *Beobachtet und berichtet.*

Die Dämonen fauchten und ihre Rufe erfüllten die Luft. Dann erstarrten sie. Alle Blicke waren auf Knekku gerichtet.

Geht, befahl er und ließ die Hand sinken. Der Bannkreis brach und die Dämonen erhoben sich mit schlagenden Schwingen in die Luft. Ihre Schreie hallten durch den Raum, als sie sich aus den Fenstern des Turms stürzten und in den roten Himmel davonflogen. Als sie höher stiegen, lösten sie sich in schwarzen Rauch auf.

Er sah ihnen noch einen Moment hinterher, dann ließ er den Blick sinken. Müdigkeit kratzte an der Rückseite seiner Augen wie ein scharfer Splitter. Er hatte einundachtzig Beschwörungen durchgeführt, seit die neunte Sonne aufgegangen war, doch er hatte seine Arbeit gerade erst begonnen. Sar'iq hatte angeordnet, dass die Furien entfesselt werden sollten, um die Strömungen des Immateriums zu beobachten. Es war gründlich, das stimmte wohl, aber er konnte nicht anders als zu denken, dass es sinnlos war. Wenn Ahriman unterwegs war, dann wandelte er auf Wegen, die diese Aasgeier nicht sehen konnten.

Kontrolle …

Er musste dem Willen seines Vaters Folge leisten, und dieser lautete, dass Knekku Sar'iq gehorchte und sich darauf vorbereitete, dass die Exilanten den Krieg brachten.

Er warf einen Blick auf die Bücher und Schriftrollen, die auf Schreibpulten und Bänken am Rand des Raumes lagen. Er machte einen Schritt auf sie zu, dann hielt er wieder an.

Kontrolle ...

Er hatte viel zu tun, wenn er seinen Teil von Sar'iqs Vorbereitungen treffen wollte, und die Frage, wie viel Zeit sie noch hatten, konnte keiner von ihnen beantworten. Ein paar seiner Brüder hatten ins Feuer geschaut oder die Zukunft im Blut von Dämonen gelesen, doch sie alle hatten nichts gesehen. Ahriman könnte im nächsten Augenblick erscheinen. Diese Blindheit hatte nicht nur die Auguren beunruhigt, sondern Magnus' gesamten Hofstaat. Unter solchen Umständen war Konzentration alles.

Kontrolle ...

Knekku richtete den Blick wieder auf die aufgeschlagenen Bücher. Er hatte wertvolle Zeit darauf verwendet, die Grimoires zusammenzusuchen und die Schriftrollen aus Gewölben herbeischaffen zu lassen, die nicht vollständig Teil der Realität waren. Symbole und Buchstaben wanden sich über das Pergament. Über ihnen lag ein leichter Dunst, als das Wissen, das in ihnen verewigt war, an der Luft zerrte. Er spannte sich an und wollte sich abwenden, um das nächste Beschwörungsritual zu beginnen.

Er rührte sich nicht und sah weiter die Bücher an. Jedes von ihnen war die Aufzeichnung einer anderen Vision eines Ortes, den jene, die um ihn wussten, das Labyrinth nannten. Von Träumen von Propheten bis hin zum Gemurmel gefolterter Dämonen lag alles, dessen er habhaft werden konnte, wenige Schritte um ihn herum verstreut.

Seine Hand zuckte, als wollte sie sich heben und eines der Bücher durch die Luft zu sich ziehen.

Das Labyrinth war etwas, von dem nur wenige seiner Art nichts gehört hatten, doch die meisten von ihnen sprachen nicht darüber, und wenn sie doch Energie aufwendeten, um seine Geheimnisse zu ergründen, dann behielten sie es für sich. Er hatte nur aus dem Mund von Dämonen davon gehört und es nie weiter verfolgt. Bis jetzt.

Es hieß, das Labyrinth sei überall zugleich und habe nie existiert. Seine Gänge bestanden aus Kristall, der jede Wahrheit und jede Lüge widerspiegelte. Es war der Warp, doch es war ebenso ein realer Ort, durch den man schreiten konnte wie durch die Irrgärten, die gebaut wurden, um Sterbliche zu verwirren. Es war gleichzeitig Metapher und

Realität. Alles, was je existiert hatte, war im Labyrinth zu finden. Und wenn Magnus irgendwo gefunden werden konnte, dann war es dort.

Nein, dachte er. Er sollte nicht weiter suchen. Er hatte bereits zu viel Zeit dafür aufgewendet, obskures Wissen zu durchforsten, und ihm blieb keine mehr. Magnus war sein Herr und König. Wenn er nicht bei ihnen war, dann hatten sie die Gründe dafür zu respektieren.

Ja. Was sonst könnte der Fall sein? Die Macht und die Einsicht des Karminroten Königs waren uneingeschränkt. Ja, das war die Wahrheit.

Ja.

Aber …

Was, wenn er nicht aus freien Stücken fort war? Knekku erinnerte sich an die Erschöpfung, die dem Karminroten König angehaftet hatte, als er auf dem Turm erschienen war. Was, wenn ihn etwas schwächte? Was, wenn er im Großen Ozean verloren war?

Knekku hatte von den Büchern zurücktreten wollen, doch er konnte es nicht.

Was, wenn sein Vater ihn brauchte? Sein Blick fiel auf ein silbernes Athame, das auf einem aufgeschlagenen Buch ruhte, dessen Seiten ein Diagramm ritueller Markierungen in roter und schwarzer Tinte zeigten, die sich zu bewegen schienen. Er zögerte. Im Labyrinth würde er Antworten finden.

Er trat einen Schritt vor, und die Seiten raschelten wild.

+Knekku?+ Sar'iqs Übertragung schnitt in seine Gedanken und ließ ihn innehalten.

+Mein Bruder+, antwortete er und unterdrückte den Zorn, der sich erhoben hatte, bevor er es verhindern konnte.

+Dein Meister, Knekku. Nicht dein Bruder. Nicht, solange wir uns im Krieg befinden.+

+Ich bitte um Entschuldigung, Meister.+ Der abrupte Tadel verriet Knekku, dass Sar'iq die Verzögerungen bei Knekkus Aufgaben bemerkt hatte. Was Knekku nicht sagen konnte, war, ob er den Grund dafür kannte oder erraten konnte. Er hatte seine Nachforschungen über das Labyrinth vor allen Augen und Gedanken außer seinen eigenen verborgen, doch es war nicht leicht, auf dem Planeten der Zauberer ein Geheimnis zu bewahren.

+Hast du unsere Beobachter in die Fluten entlassen?+

+Die Aufgabe ist so gut wie vollendet.+

+Du wirst sie ohne Verzögerung vollenden und dich uns anschließen, um weitere Türme in den Himmel zu erheben.+

Knekku wandte sich von den Grimoires ab und schloss für einen Moment die Augen.

Kontrolle …

+Ja … Meister.+

+Ich kann dich befreien.+

Der Eidhüter sprach in Memunims Geist. Sein Bewusstsein erwachte. Er hob den Kopf, doch die Bewegung trieb harte Metallzähne tief in seinen Hals. Schmerzen durchfuhren ihn. Instinktiv griff sein Geist nach dem Äther. Weiß glühende Agonie schoss durch ihn hindurch und riss seinen Geist in seinen Körper zurück. Seine Muskeln zuckten und er atmete abgehackt. Er versuchte, kraft seiner Gedanken seine Macht zu sammeln, doch die Schmerzen wurden schlimmer und er spürte, wie ihm der Warp entfloh. Er blinzelte und der Raum um ihn herum nahm Gestalt an.

Er hing an Handgelenken und Hals gefesselt von der Decke. Sie hatten ihm eines seiner Augen genommen und seine Hände gehäutet. Die Runen im dunklen Metall leuchteten rot auf. Rost und verkrustetes Blut bedeckten die niedrigen Wände. Ein einzelner gelber Lichtstrahl fiel durch ein Gitter über ihm und eine übel riechende Flüssigkeit sammelte sich um den verstopften Abfluss im Boden.

Der Eidhüter stand vor der verschlossenen Tür.

»Ich … werde … nicht … dienen«, sagte Memunim. Er hatte Mühe, die Worte zu formen. Der Eidhüter kam näher. Das kränkliche gelbe Licht schimmerte auf seiner bronzenen Rüstung; ölige Schatten hoben die Klauen, Flügel und Krallen auf ihrer Oberfläche hervor. Das blaue Juwel im Zentrum des ansonsten glatten Helmes funkelte.

Memunim verzog den Mund und spie aus. Der Klumpen aus Schleim, Säure und Blut verdampfte kurz vor der bronzenen Rüstung. Er spürte, wie etwas in seiner Brust aneinander rieb, und ließ den Blick sinken.

+Denk nicht, dass du allein bist, Memunim+, sandte der Eidhüter. +Du bist nicht allein. Ich war einst dort, wo du jetzt bist.+

Die Worte überraschten Memunim und er sah auf, bevor er es verhindern konnte. Seit er aus jenem Turm geschafft worden war, hatte er

Schmerzen gelitten. Das kümmerte ihn nicht, ebenso wenig wie sein fehlendes linkes Auge oder die abgeschälte Haut auf seinen Händen. Er war ein Wesen, dessen Körper und Geist geschaffen worden waren, um mehr Schmerzen auszuhalten, als ein Messer zufügen konnte.

+Du bist nicht allein+, sandte der Eidhüter noch einmal. Memunim starrte ihn an. Eine Sekunde lang hatten die Worte des Eidhüters an etwas in seinem Inneren gerührt, doch es war nichts, nur Getue. Er würde sterben. Er wusste es, und nun, da das Unausweichliche bevorstand, empfand er es beinahe als Erleichterung.

+Ein weiterer Herzschlag+, fuhr der Eidhüter fort, +eine weitere Sekunde Zukunft, die zu Vergangenheit wird. Schlussendlich ist das Leben nur Gewohnheit.+

Der Eidhüter – der im zerstörten Turm gesagt hatte, sein Name sei Astraeos – nahm den Helm ab. Das Gesicht darunter sah anders aus als beim letzten Mal. Narben zogen sich über die Wangen. Das Feuer, das seine Augen ausgestrahlt hatten, war fort und die linke Augenhöhle war leer. Es war das Gesicht eines Kriegers, der viel durchlitten hatte und die Beweise dafür auf der Haut trug.

»Du warst ein Kriegersohn Prosperos«, sagte der Eidhüter. Seine wahre Stimme war tief und ruhig. »Du hast gesehen, wie deine Heimatwelt verbrannte. Du bist dort gewesen, als alles, was du hattest, von dem Imperium zerstört wurde, das dich geschaffen hatte. Du hast durchgehalten, dich an dein Leben geklammert, während deine Brüder einer nach dem anderen gefallen sind. Du hast durchgehalten und gewartet. Eine Hälfte deiner Seele wusste, dass es keine Erlösung geben würde, während die andere danach suchte. Du hast dir gestattet zu glauben, dass es einen Weg gab, deine Brüder zu retten, dich selbst zu retten. Du hast vertraut, und dann hast du das Vertrauen Loyalität werden lassen, Hoffnung werden lassen.«

Mit den Worten kamen die Erinnerungen: graue Wölfe, die durch die im Feuer versinkenden Ruinen von Tizca liefen, die Türme des Planeten der Zauberer unter seinen vom Warp aufgeblähten Sonnen, das Licht des Rubrica-Zaubers, das sich durch verformtes Fleisch brannte, dann die Stille, mit der seine toten Brüder aus den Staubwolken schritten.

»Sag mir eins, Memunim, wohin hat dich die Hoffnung, die Ahriman dir verliehen hat, geführt?«

Memunim hielt dem Blick des Eidhüters stand. Erinnerungen an Dunkelheit und Blutvergießen flackerten auf; jeder Moment war ein Ausschnitt aus einem Leben, das er nicht mehr verstand. Das Gefühl für die Vergangenheit war mittlerweile realer als der Schmerz in seinen Händen oder die Zacken, die sich in seinen Hals bohrten. Er hatte an Ahriman geglaubt, hatte geglaubt, dass die Legion eine Zukunft haben könnte, dass sie mit dem Hebel des Wissens die Ordnung des Universums umstürzen könnten. Er hatte geglaubt, er hatte gedient, und er hatte dabei geholfen, die Zukunft zu ermorden, die ihm versprochen worden war.

»Du bist nicht allein«, sagte der Eidhüter, und Memunim blinzelte, als er sich wieder auf das Gesicht vor sich konzentrierte. Es hatte sich erneut verändert. Es war nun ein Gesicht, das er zu kennen glaubte, ein Gesicht, das sich irgendwo zwischen Erinnerung und Traum einfügte.

»Wer …«, setzte er an und stellte fest, dass aller Trotz aus seiner Stimme gewichen war. »Wer bist du?«

Der Eidhüter lächelte. In der Geste lagen Mitleid, Erschöpfung und die Kälte einer Messerklinge.

»Du weißt, wer ich bin«, sagte er.

Memunim erzitterte.

»Du klingst wie er«, sagte er mit trockener Zunge. »Du klingst wie Ahriman.«

Eine Sekunde lang dachte Memunim, einen Funken in der leeren Augenhöhle des Eidhüters gesehen zu haben. Als er sprach, war seine Stimme ruhig und gemessen.

»Wo du jetzt stehst, Memunim, ist das Ende eines Weges, den du beschritten hast, der dich jedoch nirgendwohin geführt hat.« Er nickte und trat zurück. »Doch es gibt noch andere Pfade und andere Ziele, die es zu erreichen gilt.«

Memunim schüttelte den Kopf. Er wollte aufhören zu reden. Er wollte, dass der Schmerz schlimmer wurde, damit er zurück in die Dunkelheit stürzen konnte, um zu vergessen.

»Du hast mir bereits meine Träume angeboten, aber ich werde keinen Träumen folgen, nicht noch einmal.«

»Ich kann keine Hoffnung anbieten. Sie ist für uns beide außer Reichweite. Aber ich kann dir einen anderen Traum anbieten.«

Memunim zögerte. Er könnte sich abwenden. Er könnte ins kalte

Dunkel der Nacht abtauchen, wo seine Erinnerungen noch intakt sein mochten, wo er sie jedoch nicht durchleben musste.

Der Eidhüter beobachtete ihn. Schatten hatten sich über sein Gesicht gelegt und sich in der leeren Augenhöhle gesammelt, von wo aus sie das Schimmern seiner Rüstung zu einem stumpfen Schein dämpften. Der Stab in seiner Hand war nicht länger silbern, sondern aus polierten Knochen und knorrigem Ebenholz.

Memunim dachte an Ahriman, an jenen letzten Moment auf dem Planeten der Zauberer, als sie zwischen den neu erschaffenen Rubrica-Marines gestanden hatten, an den Moment, als Magnus zu ihnen gekommen war. Er hatte gedacht, dass Ahriman auf die Knie fallen und um Vergebung bitten würde. Wie hätte es anders sein können? Doch Ahriman war unbeugsam geblieben und hatte erklärt, er wäre zufrieden. Memunim erinnerte sich an den Augenblick, bevor Magnus die Kabale zwischen den Sternen verstreut hatte.

»Welcher Traum bleibt mir noch?«, fragte er.

Der Stab des Eidhüters fuhr als Strahl blauen Feuers herum. Die Ketten, die Memunim hielten, fielen zusammen mit dem Stachelkragen von ihm ab. Er stürzte zu Boden. Der Warp flutete seine Gedanken.

»Rache«, sagte Astraeos, der auf ihn herabsah. »Ich werde dir Rache geben.«

Memunim zögerte noch einen Moment, dann schloss er die Augen und neigte den Kopf.

»Ich leiste den Eid«, sagte er.

Ahriman blieb in der Mitte des Raumes stehen und lauschte. Es war ruhig. Zumindest so ruhig, wie es ein Kriegsschiff jemals sein konnte. Die Luft wallte durch die Umwälzsysteme. Rohre und Leitungen summten in Boden und Wänden. Am Rande des Hörvermögens grollte etwas Tiefes, Mechanisches aus den Eingeweiden des Schiffes. Es war die Stille der Gedanken, die ihn traf. All die Stimmen, die am Rand seiner Wahrnehmung flüsterten, all die Gedanken und Emotionen, die ihm andere Geister entgegenschrien, all die Farben und Texturen der Wünsche und Gelüste und Ängste und Hoffnungen, die ihn umflossen; sie alle waren hier stumm.

Der Raum war nicht groß. Er hätte ihn mit sechs Schritten durchqueren können und die Decke war so niedrig, dass sein Kopf beinahe das blanke Metall berührte. Eine Pritsche nahm die Wand gegenüber der Tür ein. Die beiden anderen Wände säumten schmale Absätze direkt auf Augenhöhe, dazu leere Ständer für Rüstung und Waffen. In der Vergangenheit war dieser Raum eine Rüstkammer für einen Unteroffizier der Thousand Sons gewesen, vielleicht eines Sergeants. Nun war es seiner.

Er ging zu der einfachen Holztruhe am Fuß der Pritsche hinüber. Er hob den Deckel und wurde vom Duft trockenen Zedernholzes begrüßt, dann nahm er Tonschüsseln, Öl und Dochte heraus. Als er eine Schale nach der anderen mit Öl füllte und anzündete, durchdrang das Flackern der Flammen die Dunkelheit. Er hielt inne und ließ den Blick über jedes Objekt im Raum schweifen, während sein Geist ihre relativen Positionen analysierte. Alles war in Ordnung.

Er brauchte länger, um seine Rüstung abzulegen. Ohne die Kraft seines Geistes oder die Hände von Bediensteten musste er sich selbst aus den Panzerplatten schälen. Es brauchte seine Zeit. Ein Prozess, der mit einem einzelnen Gedanken hätte erledigt werden können, wurde zu einer Abfolge langsamer, mechanischer Schritte. Er ließ sich vom Rhythmus der Tätigkeit vereinnahmen. Sein Geist kam zur Ruhe. Seine komplexen Gedankenmuster kamen zum Erliegen. Seine Welt wurde zum Klacken und Knirschen von Metall und Ceramit, dem Gefühl der einzelnen Platten in seinen Händen.

Hin und wieder warf er einen Blick zur Tür. Helio Isidorus stand links der Schwelle wie eine Skulptur in blauer und goldener Rüstung. Die Augenlinsen des Rubrica-Marines glommen schwach grünlich. Die Inkantationen, mit denen der Raum belegt war, unterdrückten seine Präsenz. Doch er war noch da. Er konnte spüren, wie er ihn beobachtete.

Er packte seinen Helm an den Hörnern und hob ihn hoch. Er spürte, wie die minimalen Unreinheiten in seine Haut stachen. Er setzte ihn auf seinen Platz am Rüstungsständer. Die Kerzenflammen spiegelten sich im glänzenden Rot der Augenlinsen. Als er sich bückte, um einen Schulterpanzer aufzuheben, fiel sein Blick erneut auf den Rubrica-Marine. Helio Isidorus starrte ihn ausdruckslos an.

»Wünschst du dir, dass er sprechen könnte?«

Die Panzerplatte fiel scheppernd zu Boden, als Ahriman herumfuhr und in einer flüssigen Bewegung seine Boltpistole zog und durchlud.

Sein Geist griff nach den Schutzzaubern, um sie einzureißen und die Macht des Warp hereinzulassen. Helio Isidorus hatte sich nicht gerührt. Ahriman hielt den Atem an. Er drehte sich im Kreis und zielte mit der Pistole in alle Winkel. Nichts. Die volle Macht des Warp blieb ein dumpfes Wogen jenseits der intakten Schutzzauber. Alles war an seinem Platz. Langsam wandte er sich dem Rubrica-Marine zu.

»Helio Isidorus?«, sagte er. Der Rubrica-Marine antwortete nicht. Ahriman hielt die Pistole erhoben.

»Er kann nicht sprechen«, sagte jemand. Ahriman wirbelte herum. Sein Finger krümmte sich um den Abzug, dann erstarrte er.

Eine Gestalt saß am Boden. Eine rote Robe hüllte ihren zusammengesackten Körper ein und eine zerlumpte Kapuze bedeckte ihren Kopf. Sie hielt eine Rüstungsplatte in der Hand und drehte sie langsam. Ahriman hatte den Eindruck, dass sich unter dem roten Stoff missgestaltete Muskeln bewegten, und erhaschte einen Blick auf vernarbte, trockene Haut.

Sein Finger blieb am Abzug.

»Er kann dich auch nicht hören«, sagte die Gestalt. »Helio Isidorus ist nur ein Echo, der Klang eines Namens, den jemand in eine Flasche gesperrt hat.« Der Eindringling sah auf, und das Licht kämpfte gegen die Schatten an, die sein Gesicht verbargen. Ein einzelnes hellblaues Auge sah von Ahriman zu der Pistole in seiner Hand. »Aber natürlich weißt du das, mein Sohn. Wer kennt eine Kreatur besser als ihr Schöpfer?«

Ahriman ließ die Pistole sinken und schüttelte den Kopf. Er hatte die Gestalt schon zuvor gesehen, in seinen Träumen. Damals hatte sie behauptet, sein Vater zu sein, Magnus zu sein. Das vernarbte Gesicht verzog sich zu einem Grinsen.

»Du fragst dich, wie ich hier sein kann, außerhalb deiner Träume, nicht wahr?« Sein Gegenüber ließ die Panzerplatte fallen, die es untersucht hatte. Sie landete scheppernd am Boden. »Wie kann ich mich in der Realität bewegen?«

»Es sei denn, dies ist ein Traum«, sagte Ahriman, »und ich habe die Schwelle überschritten, ohne es zu bemerken.«

»Definitiv eine Möglichkeit. Oder ich könnte eine Halluzination sein, die durch mentale Anstrengung oder körperliche Ermüdung hervorgerufen wurde. Oder ich könnte die Stimme eines Teils deines

Geistes sein, der sich vom Hauptstrom deiner Gedanken losgelöst hat. Schließlich ist deine Inquisitorin etwas in der Art, oder etwa nicht?«

»Was auch der Grund sein mag, du bist nicht hier. Du bist nicht Magnus. Du bist nicht mein Vater. Du bist nicht real.«

»Und doch unterhalten wir uns noch.«

Ahriman schüttelte den Kopf und schloss die Augen. Er drehte sich um und ging auf die Tür zu, während er seinen Geist aussandte, um die Schutzzauber zu lösen und den Raum den Gezeiten des Warp auszusetzen.

»Willst du nicht wissen, warum ich hier bin?«, fragte die Gestalt.

»Ich will nichts, was du mir geben könntest«, sagte Ahriman.

»Nicht einmal eine Warnung?«

Ahriman blieb stehen. Die Tür war nur einen Schritt entfernt. Rechts von ihm stand Helio Isidorus und sah in den Raum hinein. Eine Sekunde lang dachte Ahriman, dass das Licht in seinen Augen heller wurde.

»Wenn er dich hören könnte, was würdest du zu ihm sagen?«, fragte der Fremde hinter Ahriman. »Was würdest du ihm darüber sagen, was bevorsteht? Würdest du ihm sagen, dass es bald vorbei ist? Würdest du ihm sagen, dass er nach all dieser Zeit an den Anfang zurückkehren wird? Würdest du ihm sagen, was der Preis sein könnte?« Er hob den rechten Arm. Der Ärmel rutschte zurück und entblößte eine Hand, die sich nach Helio Isidorus ausstreckte.

Ahrimans Hand schloss sich um den Arm der Gestalt, bevor ihre Finger die Helmfront des Rubrica-Marines berühren konnten.

Der Augenblick wurde immer länger, dann sah die Gestalt auf Ahrimans Finger, die ihr Handgelenk umschlossen hielten. Ein wirkliches, greifbares Handgelenk.

Ahriman ließ los und trat zurück. Schrecken und Abscheu schossen durch ihn hindurch wie eine Druckwelle, brandeten seine Nerven entlang und brachten sein Blut zum Sieden. Er griff nach der Vorstellung, dass, wenn dies ein Traum war, eine Illusion, jeder Aspekt real scheinen und es doch nicht sein konnte, doch alles, woran er zu denken vermochte, war das Gefühl runzliger Haut in seiner Hand.

»Ich bin hier, um dir etwas zu sagen, das du noch nicht weißt«, sagte der Fremde. »Ich bin hier, um dich zu warnen, Ahriman.«

Ahriman schüttelte den Kopf. Seine Herzen donnerten in seiner Brust, als wollten sie die letzten Minuten aufholen.

»Magnus würde mir nicht helfen. Wenn er wüsste, was ich vorhabe, würde er alles in seiner Macht Stehende tun, um mich zu vernichten.«

»Ja«, sagte die Gestalt. »Ja, das würde er.«

Ahriman sah in das blaue Auge, das unter der roten Kapuze verborgen lag. Er spürte, wie ihm die Worte kamen, doch bevor er sie aussprechen konnte, sprach der Eindringling erneut.

»Etwas naht, mein Sohn. Etwas, das ich nicht sehen kann, etwas, das du nicht gesehen hast. Etwas, das du übersehen hast.«

»Was …«, begann Ahriman, aber die Gestalt schüttelte den Kopf und trat zurück.

»Es kommt näher, aber sein Weg begann vor langer Zeit. Ich kann seinen Schatten sehen, aber nicht seine Form.«

Ahriman blinzelte. Er hatte Schweiß in den Augen, Schweiß überall. Er zitterte am ganzen Körper. Die Gestalt entfernte sich weiter und die Öllampen erloschen eine nach der anderen.

»Warum?«, rief Ahriman. »Warum solltest du herkommen, um mich zu warnen, obwohl du weißt, was ich vorhabe?«

»Du bist mein Sohn«, sagte die Gestalt.

Ahriman blinzelte wieder, und als er die Augen öffnete, stand er vor seinem halb gefüllten Rüstungsständer. Helio Isidorus betrachtete ihn regungslos. Die Ölkerzen brannten noch.

V
LEERE

+Bist du bereit?+

Knekku sah zu Sar'iq hinüber. Der andere Krieger trug seine Rüstung, jedoch ohne den Helm, und hob sein Schwert.

Knekku nickte einmal.

Sar'iq wirbelte vorwärts und Feuer schoss in einer Spirale aus ihm hervor. Knekkus Geist griff danach und zerschmetterte die Illusion. Splitter mentaler Macht fielen vor seinem inneren Auge. Sar'iq stand noch immer dort, wo er die ganze Zeit gestanden hatte. Knekku stieß mit seinem Speer zu, dessen Spitze blau aufloderte. Sar'iqs Abbild löste sich in Dunst auf. Knekku spürte, wie das Schwert des anderen Kriegers auf ihn herunterfuhr, als Sar'iqs Körper im Staub Gestalt annahm. Knekku sprang zurück und konzentrierte sich, während er den Schlag mit dem Speer abfing. Die Wucht des Aufpralls erschütterte seinen Arm. Eine stille schwarze Stoßwelle raste über die Turmspitze hinweg, als die beiden Waffen sich berührten. Das Schwert glitt am Speer entlang auf den Boden zu.

+Du bist langsamer als beim ersten Mal+, sagte Sar'iq lachend.

Knekkus Wille schlug zu. Sar'iqs Rüstung gab nach, als er in die Luft geschleudert wurde. Der Krieger wirbelte durch den Einschlag um die eigene Achse. Knekku sah zu, wie sein Bruder fiel, und spürte, wie sich ein Spalt in Sar'iqs mentaler Verteidigung auftat. Knekku stach mit seinen Gedanken zu und teilte sie in einen Sturm winziger Splitter auf. Tausende Empfindungen rissen an den Wänden von Sar'iqs Selbstbeherrschung.

Sar'iq landete am Boden. Die Steinfliesen barsten unter ihm. Knekku ließ den Speer herabfahren. Die beiden Zacken an der Spitze von Sar'iqs Schwert fingen die Klinge ab. Knekku zog den Speer zurück, doch Sar'iqs Geist wallte durch das Schwert und hielt den Speer fest. Sar'iq erhob sich, wirbelte herum und riss Knekku so von den Beinen. Nun war er derjenige, der fiel. Knekku stach erneut nach Sar'iqs Geist.

Die Zeit dehnte sich.

Dann schlug Sar'iqs Wille zu wie gewaltige Kiefer. Schmerzen durchfuhren Knekku. Farben explodierten vor seinen Augen, gleißende Sterne wie Saphire und Rubine. Feuer lief seine Nerven entlang. Seine Muskeln verkrampften sich und sein Blut drohte zu sieden. Er fiel zu Boden. Schadensrunen füllten sein Blickfeld, als Stein und Ceramit nachgaben. Er versuchte aufzustehen, aber seine Muskeln rührten sich nicht. Sar'iq stand über ihm. Grünes Feuer zuckte zwischen den Enden seines Schwertes hin und her.

+Fertig?+ Der Frage haftete das Echo eines Lächelns an.

+Fertig+, erwiderte Knekku, und sofort fielen der Schmerz und die Lähmung von ihm ab. Er stand auf. Seinen Speer hielt er noch immer in der Hand. Er ließ den Blick sinken und betrachtete die Risse, die sich von seinem Einschlagspunkt aus durch die Jade zogen. Er beschrieb eine Geste und der Stein floss in seine spiegelglatte Ursprungsform zurück.

+Deine Handlungen waren für jeden offensichtlich, der dich kennt+, sandte Sar'iq.

Knekku nickte. Sar'iq hatte natürlich recht. Darum hatte er so viele Krieger des Karminroten Königs in die niemals endenden Schlachten im Auge geführt. Knekku schätzte, er sollte dankbar sein, dass Sar'iq es für ihren Übungskampf bei einer einzigen Gestalt belassen hatte.

+Etwas nagt an dir und raubt dir alle Kraft, Knekku+, sandte Sar'iq. +Was ist es?+

Knekku wandte sich ab und ließ den Blick über den Turm schweifen. Die letzte der neun Sonnen schimmerte am Horizont und warf lange

Schatten, während sie immer tiefer sank. Der Himmel war klar und die Hülle aus ätherischer Energie verwandelte sich in eine dunkelblaue Kuppel. Der Wind hob an, während der Himmel dunkler wurde, und brachte die Klänge der vielen Türme und der schwarzen Berge hinter ihnen mit sich. Schwebende Silbertürme warfen das letzte Licht zurück, während sie über die Stadt zogen. Weit entfernte Stimmen und die Rufe von Vögeln erreichten Knekkus Ohren und Geist, doch sie waren schwach, die Klänge einer Welt, die sich zur Ruhe bettete, während der Tag in der Dunkelheit versank.

Einen Moment lang dachte er an das letzte Licht auf den Meeren Prosperos, das die Wellenkämme rot und golden färbte. Er hatte diese Meere befahren, als er ein Junge gewesen war, in den wenigen Jahren, die er seinen leiblichen Vater gekannt hatte. Er erinnerte sich nicht einmal an seinen Namen, aber er erinnerte sich an die Geräusche, die das Boot gemacht hatte, wann immer sie vom Meer zurückgekehrt waren. Und er erinnerte sich daran, wie die Sonne vom Himmel geflohen war, als sie das letzte Mal heimgekommen waren und Tizca gesehen hatten. Am nächsten Tag war sein leiblicher Vater allein in See gestochen und niemals zurückgekehrt. Danach waren Jahre vergangen – Jahre, an die er sich nicht erinnern konnte und die er mit Freuden geopfert hatte, um Teil der Legion zu werden, Teil der Thousand Sons zu werden. Aber die Erinnerung an jenen Sonnenuntergang und die Leere, die ihm gefolgt war, war geblieben.

+Sag es mir, Bruder+, sandte Sar'iq.

+Wann hast du unseren Vater zuletzt gesehen?+, sandte Knekku, die Augen auf den roten Horizont gerichtet.

+Nicht, seit er uns gerufen hat.+

+Ich auch nicht.+

+Ein König kommt und geht, wie es ihm beliebt+, sandte Sar'iq.

+Ja+, sandte Knekku, riss sich vom Horizont los und sah seinen Bruder an. +Aber warum ist er gegangen?+

+Vergiss es. Er sieht weiter als alle anderen und weiß mehr, als es zu wissen gibt. Wenn er nicht hier ist, dann nur, um seine Ziele voranzubringen.+

Knekku nickte, aber es geschah langsam und voller Zweifel.

+Und wenn es einen anderen Grund hat?+

+Es kann keinen anderen Grund geben. Er sieht es. Er weiß es.+

Knekku nickte. Die letzte Sonne war nur noch ein schmaler Streifen am Rand der Welt. Das Blau schwand vom Himmel und einen Sekundenbruchteil lang fingen die Türme die letzten Sonnenstrahlen ein und sowohl Himmel als auch Erde waren karminrot.

Niemand sah es geschehen.

An Bord der *Wort des Hermes* eilten Maschinenwesen auf klappernden Beinen zu ihren Bestimmungsorten. Der Antrieb summte und knisterte vor Energie. Die kybernetischen Wachen des Schiffes standen in ihren Nischen und warteten auf das Signal, das sie gänzlich erweckte; warteten darauf, dem Schmerz zu entkommen und die Tötungsmaschinen zu werden, die sie waren; warteten, wie sie immer warteten, ohne Hoffnung auf ein Ende, ohne die Fähigkeit zu hoffen. In ihren Kammern woben Zauberer ihre eigenen Träume oder saßen schlaflos da und vertrauten ihre Geheimnisse der Dunkelheit an. Tief im Inneren – wo das einzige Licht das trübe Glimmen der Wärmetauscher war und die Abwässer der zu oft gefilterten Luft in trüben Pfützen dahindümpelten – huschten Kreaturen, die einst Menschen gewesen waren, an Fleischmetallhaken über die Wände und dachten an nichts anderes als an den Geschmack von Blut und wann sie ihn wieder erleben würden.

Niemand von ihnen vermochte in die Kammer der Käfige zu sehen. Nicht einmal Ignis, der in der einem eisernen Schmelztiegel nachempfundenen Brücke saß, sah den Schatten dessen, was geschah, vor seinem inneren Auge.

In seinem Käfig wurde das Athenaeum still und rührte sich nicht mehr. Das Feuer in seinen Augen erstarb. Es saß da und keuchte, als wäre es erschöpft.

Es drehte den Kopf und atmete plötzlich noch schwerer. Blut lief ihm aus den leeren Augenhöhlen.

»Ich muss frei sein …«, sagte es. »Meine Söhne, wo sind meine Söhne?« Es versuchte aufzustehen, doch es brach wieder zusammen. Der runde Käfig hallte von seinem Schrei wider, während sich Rauch in die Höhe kringelte. »Wo seid ihr? Ich muss frei sein. Ich bin nicht … Ich bin nicht …«

Es krümmte sich auf der Plattform zusammen und erbebte bei jedem abgehackten Atemzug. Sein Körper zitterte und die innere Sphäre zitterte im Einklang mit ihm. Blitze zuckten über die Gitter. Rote Linien wie zwischen den Schollen erkaltender Lava zogen sich über seine Haut.

»Lasst mich nicht hier zurück! Ihr dürft mich nicht zurücklassen! Das dürft ihr nicht!«

Mit knackenden Knochen warf es den Kopf in den Nacken. Die Käfige schepperten, als sie einer nach dem anderen zu schwingen begannen. Die Siegel im kalten Eisen und reinen Silber leuchteten strahlend hell.

»Ich muss frei sein!«, schrie es. Rauch erfüllte die Luft und Raureif legte sich auf jede Oberfläche. »Ich werde einen Weg finden. Ich muss einen Weg finden.«

Die Käfige gaben nach. Nieten und Siegel ächzten.

Das Geräusch eiliger Schritte hallte durch den Korridor auf der anderen Seite der Luke. Rufe folgten. Die *Wort des Hermes* schlief nicht länger; jedes Lebewesen an Bord spürte den Druck, der sich in ihrem Herzen aufbaute.

»Meine Söhne, wo sind meine Söhne?«, rief das Athenaeum.

Der Verschluss der Luke begann sich zu drehen und quietschte unter dem dicker werdenden Eis.

»Warum …?«, rief das Athenaeum.

Die Luke fiel krachend auf. Ctesias stürmte mit erhobenem Stab hindurch und sah, wie das Eis und die Blitze sich zurückzogen und in nichts auflösten.

»Warum kann ich nichts sehen?«, krächzte das Athenaeum, während seine Zunge in seinem Mund umherirrte. Ctesias starrte es an. Das Feuer in seinen Augen kehrte zurück und es sank auf den Boden des Käfigs zurück. »Warum bin ich in diesem Labyrinth verloren?«, brachte es noch hervor, dann übernahm wieder der sinnlose Wortstrom.

Ignis trat durch die offene Luke. Ctesias starrte immer noch die Gestalt im Käfig an

»Ein Problem«, stellte er fest, während er den Blick durch den Raum schweifen ließ.

Ctesias schüttelte den Kopf.

»Eine Anomalie.«

»Was für eine Anomalie?«

»Ich …« Ctesias runzelte die Stirn. »Ich weiß es nicht.«

* * *

»Ihr habt auf mich gewartet.«

Ahriman sah von dem trockenen Laub auf, das der Wind über das Pflaster des Innenhofs trieb. Das Gesicht, das auf ihn herabblickte, war ein grauer Fleck in der Luft, dessen Ränder und Mund und Nase von leichten Schatten definiert wurden. Der Rest ihrer Gestalt war ein hauchdünner Umriss, der sich kaum wahrnehmbar vor dem Palast hinter ihr abzeichnete. Er konnte die Türme, Brücken und Minarette, die sich in den bewölkten Himmel erhoben, durch sie hindurch sehen.

»Ich war mir nicht sicher, ob Ihr kommen würdet«, sagte er.

»Der große Ahzek Ahriman und unsicher?« Selandra Iobel lachte kalt, als sie sich am anderen Ende der Steinbank niederließ, auf der er saß. »Ich fühle mich geschmeichelt.«

»Ich bin froh, dass Ihr gekommen seid«, sagte er.

»Die einzige Person, mit der Ihr reden könnt, ist die Erinnerung an eine Feindin.« Das Gelächter schien in ihrer Stimme durch. »Könnt Ihr noch tiefer fallen?«

Stille folgte ihrer Frage. Ahriman sah zu, wie eine Windhose das trockene Laub erfasste und in den Himmel hob.

»Ich wollte Euch etwas fragen«, sagte er schließlich.

»Es gibt nichts, was ich Euch sagen könnte. Alles, was ich weiß, wisst Ihr auch.«

Ahriman erhob sich. Der Stoff seiner blauen Robe glitt raschelnd über das Pflaster, als er sich Iobel zuwandte.

»Würdet Ihr ein Stück mit mir gehen?«

Einen Augenblick lang regte sie sich nicht. Dann stand sie auf und kam mit ihm, als er sich in Bewegung setzte. Sie verließen schweigend den Innenhof und passierten Korridore aus behauenem Stein und Bronze. An manchen Stellen fiel Tageslicht durch Fenster in Wänden und Decke – der Himmel war immer noch stahlgrau. An anderen kam das Licht von brennenden Fackeln an den Wänden oder Öllampen, die an Messingketten von der Decke hingen. Jeder Gang und jede Treppe war von Türen gesäumt: enge Öffnungen, die von schwarzen Brettern verdeckt waren, hohe Rundbögen mit Türflügeln aus Eisen und Silber, einfache Rahmen für geschnitzte Eichenplatten. Keine zwei Türen glichen einander und viele wirkten anders, wenn man sie ein zweites oder drittes Mal ansah. Von der anderen Seite drangen Geräusche herüber. Die Korridore selbst veränderten sich ebenfalls, während sie durch sie hindurch gingen. Wände verschoben sich, Schnitzereien zerfielen und wuchsen wie Blüten, Treppen erhoben sich aus dem Boden oder zerbröckelten zu Staub.

Der Palast war eine Erinnerung. Jeder Raum war ein Lagerraum für Vergangenes, jeder Korridor, jeder Flügel, jeder Turm eine Zusammenfassung von Wissen. Jedes Detail war ein Konstrukt aus Vorstellungskraft und Intellekt; nichts davon war real, aber alles war mit Sinn und Verstand erschaffen worden. Und der Palast ging weiter, immer weiter, wuchs beständig und wurde um neue Flügel und Etagen ergänzt. Er existierte in Ahrimans Geist, und der einzige Teil von ihm, von dem er wusste, dass er ihn nicht kontrollieren konnte, war die geisterhafte Erinnerung an Iobel.

»Ihr habt einen Weg gefunden, mich aus manchen Teilen Eures Geistes fernzuhalten«, sagte Iobel und legte eine durchscheinende Hand auf eine Tür, die mit golden und blau gefiederten Vögeln verziert war. »Selbst hier gibt es Türen, die sich mir nicht öffnen. Ich würde fast sagen, Ihr traut mir nicht.«

»Das tue ich auch nicht. Ihr seid ein Rätsel, eine Zyste in meinem Geist, die ich nicht entfernen kann. Ihr solltet nicht existieren. In Eurem früheren Leben habt Ihr alles getan, um mich zu vernichten. Nein, ich vertraue Euch nicht, Inquisitorin.«

»Vernünftig.«

Sie wurde still und ging ein paar Schritte weiter. Vor ihnen rahmte ein Torbogen den Blick über eine Marmorbrücke ein, die sich zwischen zwei Türmen spannte. Die Brücke hatte keinerlei Geländer. Wie der Großteil des Palastes war sie ein Ersatz, den Ahriman heraufbeschworen hatte, nachdem die letzte Version zerstört worden war. Nachdem Iobel sie zerstört hatte. Ein Teil von ihm konnte nicht anders, als sie dafür zu bewundern.

»Wie lange noch, bis Ihr Prospero erreicht?«, fragte sie, als sie den ersten Fuß auf die Brücke setzte. Ahriman warf ihr einen Blick zu und vermochte nicht, seine Überraschung zu verbergen. Er hatte penibel darauf geachtet, seine Pläne vor dem Echo der toten Inquisitorin zu verbergen. Zumindest hatte er das gedacht.

Iobel lachte. Es war trocken und ohne jeden Humor.

»Ihr habt so manche Tür vor mir verschlossen, aber Euer Geist ist meine Welt, Ahriman. Ich kann die Schemen selbst jener Geheimnisse sehen, die Ihr vor Euch selbst verbergt. Manchmal frage ich mich, ob ich nicht eigentlich Ihr bin und der einzige Unterschied zwischen uns ist, dass wir glauben, getrennt voneinander zu existieren.«

»Ist das nicht der einzige Unterschied zwischen allen Geistern?«

Iobels Schattenkörper zuckte mit den Achseln.

»Seid Ihr hier, um eine philosophische Debatte zu führen oder um mich etwas zu fragen?«

Sie waren beinahe in der Mitte der Brücke. Unter ihnen erstreckte sich eine Schlucht aus behauenem Stein und angelaufenem Metall in die Schatten. Ahriman hielt an und Iobel tat es ihm gleich. Der Himmel hatte immer noch die Farbe eines bleiernen Herbsttages. In der Ferne hingen noch dunklere Wolken am Horizont. Der Wind zupfte an seiner Robe und brachte den Duft von Regen mit sich.

»Magnus weiß, dass ich komme«, sagte Ahriman leise.

»Das sollte Euch nicht überraschen«, sagte Iobel. »Er ist jetzt eine Kreatur des Warp, ein Prinz des Wandels. Die Strömungen des Warp sind sein Blut und sein Atem. Schon der Gedanke an Euer Vorhaben sendet Wellen durch den Großen Ozean. Er wird auf Euch vorbereitet sein. Das wisst Ihr auch.«

»Mein Vater wird mir trotzen, genau wie zuvor. Er glaubt, dass das Schicksal, vor dem ich unsere Legion bewahren wollte, gar kein Fluch war. Wenn er überhaupt noch etwas fühlt, dann hasst er, dass ich mich gegen ihn gestellt habe, dass ich nicht seiner Meinung gewesen bin, dass ich einen anderen Weg gesehen habe und ihm gefolgt bin.«

»Genau wie er es mit dem Imperator getan hat.« Iobel nickte. »Genau wie er es mit Euch allen getan hat. Dieser Trotz hat Euch von einem Verrat zum anderen geführt. Magnus wird Euch vernichten, aber vielleicht werdet Ihr ihm auch Schaden zufügen. Er ist über den Tod hinausgewachsen, doch selbst so jemand kann verkrüppelt oder geschwächt werden.«

Ein finsteres Lächeln stahl sich auf Iobels Gesicht.

»Diese Aussicht erfreut Euch«, sagte Ahriman.

»Erfreuen?« Iobel schüttelte den Kopf. »Wenn ich Euch, Euren Vater und all Eure Werke zu Staub zerfallen sehen könnte, würde ich dieses Geisterleben mehr als zufrieden hinter mir lassen. Wenn ich das herbeiführen kann, werde ich es tun. Ihr und Magnus verdient nichts als den Ruin, Ahriman.«

»Ich bin nicht mein Vater.«

»Nein, aber Ihr gleicht ihm in Sachen Stolz, Weitblick und Ignoranz. Ihr verdient es beide, vergessen zu werden.«

Ahriman beobachtete einen Vogelschwarm, der um ein paar weit entfernte Türme kreiste.

»Ich verstehe ihn nicht. Vielleicht habe ich das nie getan.«

»Was spielt das jetzt für eine Rolle? Ihr kehrt zum Planeten der Zauberer zurück. Ihr werdet ihm erneut Widerstand leisten, ihm vielleicht sogar gegenübertreten. Dafür braucht Ihr kein Verständnis, nur Ignoranz und Blindheit.« Der Schatten eines Stirnrunzelns trat auf Iobels Gesicht. »Warum reden wir über Magnus?«

»Ich … habe ihn gesehen«, sagte Ahriman, der sich der Zögerlichkeit in seiner Stimme bewusst war. »Er kam zu mir und überbrachte mir eine Warnung.«

»Ihr habt ihn *gesehen*?«

Ahriman blickte starr in die Ferne und nickte.

»Ein vernarbter Mann in einem alten Umhang.«

»Habt Ihr ihn schon zuvor gesehen?«

»Ja, aber immer nur in Träumen.«

Iobels Umriss wurde dunkler.

»Ich denke, jetzt verstehe ich, warum Ihr mich gerufen habt.«

Ahriman sah sie an.

»Ihr sagt, dass ich nicht weiß, was ich bin«, sagte er, »dass ich mir selbst gegenüber blind bin.«

»Es gab nie eine Seele, die mehr gesehen und weniger verstanden hat.«

»Aber Ihr seht klar und deutlich, Inquisitorin. Habt Ihr das nicht immer behauptet?« Er warf ihr einen Blick zu, aber ihr Abbild schien in die Ferne zu starren. »Ihr sagt, dass Ihr selbst in meinem eigenen Geist Wege beschritten habt, die mir unbekannt sind.«

Iobels Schattengestalt flackerte. Ihre Umrisse wurden härter und dunkler.

»Ich werde Euch nicht helfen«, sagte sie mit Stahl in der Stimme. »Ich werde Euch niemals helfen.«

»Habt Ihr ihn gesehen, Iobel?«, fragte er. »Auf jenen verlorenen Wegen in meinem Geist, habt Ihr dort meinen Vater gesehen?«

Für einen langen Moment sagte sie nichts, sondern hing nur still vor ihm in der Luft. Ihre gazefeine Gestalt flatterte leicht, als sie ihn ansah.

»Nein«, sagte sie schließlich, drehte sich um und trat von der Brücke in die Schlucht darunter. Ahriman sah zu, wie ihr grau schimmernder Umriss im Aufwind herumwirbelte, dann verlor sie sich in den Schatten. Er nickte einmal bei sich, dann ging er über die Brücke. Über ihm erschütterte Donnergrollen den dunkler werdenden Himmel.

VI
PRÄLUDIUM

Ahrimans Flotte wartete in der Leere, während die Sterne um sie herum weiterzogen. Sie bestand aus Schiffen, die bereits in den Krieg gezogen waren, bevor das Imperium der Menschheit gegründet worden war, und anderen, die besiegten Feinden geraubt und mit neuen Namen versehen worden waren. Die drei größten unter ihnen lagen in ihrer Mitte: die *Wort des Hermes*, die *Pyromonarch* und die *Seelenschakal*. Ihre Rümpfe maßen Kilometer von Bug bis Heck. Waffen zierten ihre Flanken und Städte aus Türmen und Kuppeln erhoben sich auf ihren Rücken. Trotz all ihrer Ähnlichkeit unterschieden sie sich wie ihre Herren. Die *Wort des Hermes* war ein schwarzer Speer, an dessen Flanken sich eine Ebene voller Geschütze an die andere reihte. Die *Pyromonarch* hatte getrennte Rümpfe und glich einem riesigen Dreizack. Brennendes Gas strömte ohne Unterlass aus den Statuen überall auf der Außenhaut. Die *Seelenschakal* glomm mit einem kalten Licht, das sich an ihre versilberte Panzerung zu schmiegen schien.

In jedem Schiff arbeiteten die Sklaven, ohne je innezuhalten. Mutanten in Ketten schleppten Munition zu den Geschützen. Kreaturen aus Fleisch und Metall huschten über Obelisken und vermummte Massen versammelten sich, um Blut und Asche auf die Mechanismen der Makrowaffen zu schmieren. In den dunklen Nischen der tiefsten Decks wurden Gebete gemurmelt und geschrien, als sterblicher Abschaum die Götter anrief, um Schutz vor der Zukunft zu erbitten.

Auf den Flugdecks der *Wort des Hermes* zogen kybernetische Wesen unter den Augen der Zauberer die Flieger mit kalten Eisenketten an ihren Platz. Die Maschinen wanden sich, während sie über das Deck geschleift wurden und Mäuler öffneten sich in ihren vor Öl glänzenden Rümpfen. Jede von ihnen hatte in der Bindungskammer Fleisch und Blut gekostet, aber die Dämonen in ihnen waren noch immer hungrig. Es würde noch mehr Blut vonnöten sein, um sie zu besänftigen, und dann noch mehr, bis sie bereit waren, in den Krieg zu ziehen.

Ahriman stand allein in der Kammer der Käfige, betrachtete das Athenaeum und stellte seine Frage noch einmal.

»Gibt es einen anderen Weg?«

Das Athenaeum sah ihn an.

Lag in den leeren Abgründen aus Feuer Anschuldigung? Hass? Gelächter?

»... der zehnte Zirkel teilt den ersten, wenn das Licht des fünften erstrahlt ...« Die Worte gingen immer weiter.

»Der Rubrica-Zauber. Gibt es einen anderen Weg, wie er funktionieren könnte?«

» ... Licht durchdringt das Labyrinth, wartet, es ist keine Zeit im Labyrinth, alles ist bereits geschehen ...«

Ahriman schüttelte den Kopf und wandte sich ab. Er wusste nicht, warum er hergekommen war, um die Frage erneut zu stellen. Seine Flotte traf bereits alle Vorkehrungen und das Ritual hatte in dem Moment begonnen, als er seine Absichten kundgetan hatte. Und doch war er gekommen, in der Hoffnung, dass er eine andere Antwort erhalten würde.

»Der Rubrica-Zauber ...«, sagte die Stimme hinter ihm. Er drehte sich schnell wie eine Schlange um, als er es hörte. Das Athenaeum saß am Boden seines runden Käfigs und hatte die zuckenden Gliedmaßen um seinen Körper geschlungen. Das Licht in seinen Augenhöhlen glomm wie rote Kohlen. Die Haut, die sich über seine Knochen spannte, war schwarz und trocken. »Der Rubrica-Zauber ...« Die Worte knisterten wie brennende Holzscheite und das Athenaeum begann zu zerfallen, während es sprach. »Der Rubrica-Zauber ist ein Kreislauf; keiner seiner

Teile ist ein Ende, keiner geringer, keiner größer, alles in einem, eines in allem, Leben zu Leben, Tod zu Tod, Staub zu Staub ...«

Ahriman hörte zu, bis das Athenaeum nur noch ein Haufen Knochen und Hautfetzen war. Es war geschehen, wie es schon zuvor geschehen war, und es hatte die gleichen Worte gesprochen. Er sah auf den Haufen am Käfigboden herab, bis er Feuer fing. Nach wenigen Sekunden wurde der Umriss eines zusammengekrümmten Körpers in den Flammen erkennbar. Das Feuer erstarb und das Athenaeum saß an seiner Stelle da und fing an zu murmeln. Ahriman wartete einen Herzschlag lang, dann verließ er den Raum. Helio Isidorus folgte ihm als stiller Begleiter seiner kreisenden Gedanken.

»Die gleiche Antwort wie immer«, sagte Ahriman bei sich. »Es gibt keinen anderen Weg.«

Die Namen der Rubrica-Marines wanden sich um Ignis und zerrten mit kalten Fingern am Strang seiner Gedanken. Die Silben rasselten durch ihn hindurch, nahmen Gestalt an und lösten sich wieder auf, wenn sein Geist zur nächsten sprang. Immer und immer wieder, wie eine Rotorkanone, die sich durch ihre Munitionsreserven fraß. Er hatte die Augen geschlossen, aber vor seinem geistigen Auge stieg er durch einen Schleier aus blassem Dunst auf. Leichenlichter schwebten um ihn herum, während die Namen aus seinem Geist flossen. Hände zogen an ihm und Geräusche erklangen, als die Leere die Namen verschluckte. Es könnten Stimmen sein. Manchmal glaubte er, seinen eigenen Namen zu hören. Manchmal waren die Geräusche einfach nur Lärm, Fragmente der Sorge oder der Verwirrung, ein Grollen der Wut, das ihn mit knochentrockenen Fingern berührte.

Er sprach weiter Namen aus. Das konnte er. Der Akt der Wiedergabe hatte eine einfache, mechanische Reinheit an sich, die ihn angesprochen hätte – wäre da nicht das Gefühl gewesen, dass er auf einem dünnen Eisfilm über endlos tiefem Wasser tanzte. Das gefiel ihm nicht, überhaupt nicht. Es hatte keine Präzision.

Neben ihm regte sich Gaumatas lodernde Präsenz und huschte durch die Litanei der Namen. Der Geist des Pyromanten pulsierte und verströmte den Eindruck von Feuer und Rauch, während er sich durch das jenseitige Meer wand. Ignis spürte, dass Gaumata seinem eigenen, komplexeren Pfad folgte und seinen Namen mit jenen der

Rubrica-Marines zu großen Ketten formte. Zusammen bereiteten sie die Rubrica-Marines darauf vor, in die Schlacht zu ziehen. Die Geister vieler von Ahrimans Gefolgsleuten würden anderenorts gebraucht werden, sodass die Schar der Toten nur von wenigen geführt werden konnte. Die Verschmelzung und Verknüpfung der Namen war eine Vorbereitung für den Krieg.

Darüber hinaus war es eine Vorbereitung für den Rubrica-Zauber.

Ignis sah das Muster der nächsten Silbe vor seinem geistigen Auge. Ein kleiner Splitter seines Bewusstseins löste sich, um Gaumatas glänzenden Pfad zu betrachten.

Kaltes Eis prallte gegen Ignis. Er spürte Hände auf seinem Gesicht, die nach seinen Augen griffen. Staub kratzte an seiner Haut und wand sich um seinen Hals wie eine Würgeschlange. Seine Konzentration versagte. Die Litanei der Namen in seinem Geist kam zum Erliegen. Die Leere aus Nebel und Licht war verschwunden. Zwei leuchtende Abgründe in einer Totenschädelfratze starrten ihn an. Ein Mund öffnete sich und er sah Zähne aus dem kalten Licht der Sterne. Er versuchte, davor zurückzuweichen, aber überall um ihn herum waren Sand und Staub, die ihn zu verschlingen drohten. Die nüchternen Mechanismen der Logik, die seinen Verstand bildeten, drehten sich weiter und sagten ihm, dass er einen Fehler gemacht hatte, dass seine Überlebensaussichten im Nichts verschwanden.

Der Leichenmund vor ihm wurde immer größer und die Leere dahinter drohte ihn zu verschlingen. Er sah Gesichter, die ihn aus der Schwärze anstarrten. Seine Haut brannte und schälte sich von Knochen ab, die zu Asche zerfielen, und er schrie und schrie nach seinen Brüdern, nach Hilfe, nach jemandem, der es beendete, aber seine Stimme wurde ihm entrissen wie ein Seil. Dann hörte er, wie jemand seinen Namen rief, dann waren es Tausende und Abertausende, und dann hörte er nur noch Schreie, während die Vorstellung seiner selbst bröckelte, bis es nur noch Licht gab … Er wusste nicht, wer er war … Er wusste nicht, was er war … Er schrie, während sich ein Metallkäfig über ihm schloss und …

Hitze und Schmerz rasten durch Ignis hindurch. Er spürte, wie sich Krallen in sein Bewusstsein schlugen. Er warf seinen Willen gegen die erstickende Umschnürung und zwang die brennenden Splitter aus seinen Gedanken.

+Halt still, du Narr+, fauchte Gaumata.

Ignis' Gedanken erstarrten.

Die brennenden Krallen bohrten sich noch tiefer in seinen Geist.

Unter ihm tat sich ein Abgrund auf und rief nach ihm, zu fallen, zu fallen, ohne Anfang, ohne Ende. Die Krallen rissen ihn nach oben, fort von der Dunkelheit. Hinter ihm blieben halb geformte Gedanken zurück. Er meinte seinen Namen zu hören, als trüge ihn ein trockener, spröder Wind heran.

»Ignis … Ignis … Ignis …«

Er lag auf dem Boden und der polierte Bernstein drückte sich in sein Gesicht. Seine Haut und sein Kopf brannten innen wie außen. Sein Atem bildete weiße Wolken in der Luft.

Ein gespreizter Klauenfuß und ein Schienbein in orange-schwarzer Panzerung kamen in Sicht, als er den Kopf hob. Über ihm klackte etwas Elektronisches und Mechanisches.

Credence, dachte er und war überrascht, wie erleichtert er doch war.

»Ich … lebe«, sagte er. Der Boden erbebte, als Credence davonstapfte.

+Was nicht deinen eigenen Leistungen geschuldet ist+, erklang Gaumatas Gedankenstimme.

Ignis stand auf. Seine Rüstung zischte protestierend und die Schnittstellen an seinem Rückgrat sandten stechende Schmerzen durch seine Nerven. Er sah Gaumata an. Die Rüstung des Pyromanten war blau wie tiefes Wasser und mit dicken Goldrändern verziert. Er trug keinen Helm, sondern einen Reif aus Silber und Bronze, der sich wie ein gefrorener Nimbus aus Feuer über seinen breiten Zügen erhob. Feine Silberdrähte verbanden Reif und Schädel, und Ignis sah Funken an ihnen entlanglaufen. Immer ein schlechtes Zeichen.

+Ich dachte, dass du ein Mann der Präzision seist, Ignis, dass du dich nicht ablenken ließest.+ Gaumata starrte ihn an. Seine Pupillen waren wie schwarze Nadelstiche in blutroten Iriden.

+Ich bin es nicht gewohnt+, sandte er. +Danke dafür, dass du verhindert hast, was hätte geschehen können.+

+Bei den Göttern, bist du ein blutloses Reptil, Ignis+, knurrte Gaumata und schüttelte den Kopf. +Weißt du, manchmal bedauere ich, dass sie uns die Furcht genommen haben. Ein kleines bisschen Furcht kann beträchtlichen Wert haben, aber in deinem Fall wäre jedwede Emotion eine Verbesserung.+

Ignis blinzelte. Er hatte ähnliche Aussagen schon von anderen gehört. Er hatte sie nie verstanden. Er verstand sie auch jetzt nicht.

+Ich habe einen Fehler begangen. Es wird nicht wieder geschehen.+

Gaumata schnaubte, drehte sich um und legte die Hände aufs Geländer der Plattform. Er sah auf das weitläufige Deck unter ihnen hinab. Es war das größte Aufmarschdeck des Schiffes und obwohl Ignis bis zur gegenüberliegenden Wand sehen konnte, so wusste er doch, dass ein Sterblicher kaum mehr als einen Schimmer in der Ferne erkannt hätte.

Unterhalb der Plattform standen Reihen um Reihen regloser Gestalten, jede eine Statue in Saphirblau und Gold, jede mit einem Bolter vor der Brust. Sie alle starrten mit kühl leuchtenden Augen ins Leere. In diesem Raum waren mehr von ihnen versammelt, als er je an einem Ort gesehen hatte. Es war eine … *Legion* war nicht das richtige Wort. *Legion* hatte einst etwas anderes bedeutet, etwas, das nun zerbrochen und durch Blut verfärbt worden war. Er nickte bei sich. Es war nicht das richtige Wort, aber es würde genügen.

Gaumatas Augen glitzerten, als er in die Weite blickte. Er schüttelte erneut den Kopf, biss sich auf die Lippe und verzog den Mund, als würde er sich über etwas ärgern, das jemand gesagt hatte. Ignis wartete. Er versuchte gar nicht erst, die Mimik des Pyromanten zu deuten. Sie war, wie immer, eher menschlich. Das behagte ihm nicht. Er ließ die Stille andauern.

Letztendlich richtete Gaumata sich auf.

+Verlier nicht die Konzentration, wenn du mit den Rubrica-Marines interagierst. Denk nicht, dies sei nur ein Prozess.+ Gaumata streckte die rechte Hand und ließ rote Flammen über seine Fingerspitzen wallen. +Die Rubrica-Marines reagieren nicht, nur weil du ihren Namen rufst. Verstehst du? Sie reagieren, weil ihr Name ein Faden ist, der das, was von ihnen übrig ist, ein wenig näher ans Licht bringt. Wenn du zu fest ziehst, kommen sie zu nah. Sie erinnern sich an zu viel und sie …+

+Werden wütend.+

+Sie werden gefährlich. Potenziell.+

+Glaubst du das wirklich? Dass etwas von ihnen übrig ist, etwas, das sich erinnern kann, etwas, das fühlen kann?+

+Ja. Du nicht?+

Ignis sah auf die Reihen der Rubrica-Marines hinab. Er dachte den

Namen eines Kriegers, den er seit beinahe tausend Jahren nicht gesehen hatte. Einer der Helme bewegte sich und zwei blasse Lichtpunkte starrten ihn durch kristallene Augenlinsen an.

Er blickte zurück.

Leere Hüllen und Zauberei, dachte er. *Mehr nicht.* Er formte seinen Willen um. Der Rubrica-Marine, der ihn ansah, legte den Kopf auf die Seite. *Man kann ihre Namen nennen und sie reagieren, sie marschieren und sie kämpfen, aber wer kann schon sagen, ob das, was sie antreibt, überhaupt etwas damit zu tun hat, wer sie einst waren? Wir haben einmal geglaubt, dass uns Engel auf den Schultern saßen, doch sie waren Dämonen. Wie viel leichter ist es, der Lüge statt der Wahrheit Glauben zu schenken?*

Er zuckte mit den Achseln und ließ seine Gedanken in der angenehmen Spirale untergehen, in der sich Zahlen und Proportionen zur symbolischen Geometrie aller Dinge verbanden.

+Nein+, sandte er. +Ich denke nicht, dass sie mehr sind, als sie zu sein scheinen.+

+Und das wäre?+

+Die Toten.+

+Warum bist du einer von uns, Ignis?+

+Immer die gleiche Frage+, erwiderte er ausdruckslos. +Ich schätze, es ist nur vernünftig, sie zu stellen.+

Gaumata wartete, während Ignis schweigend die Rubrica-Marines betrachtete. Die Formeln wirbelten durch seinen Geist und er sah zu, wie die Zeit neue Winkel in seinen Gedanken hervorbrachte.

Nach einer langen Minute schüttelte Gaumata den Kopf und sandte das Äquivalent eines Achselzuckens.

+Wir müssen die Vorbereitungen abschließen. Die Rubrica-Marines müssen bereit sein. Wir müssen bereit sein. Wir werden erneut aufsteigen und ganz von vorne mit der Bindung beginnen.+

Ignis nickte und richtete sich auf. Der einzelne Rubrica-Marine, der zu ihm aufgesehen hatte, ließ den Blick sinken und wurde wieder zu einer Statue unter Tausenden.

+Dieses Mal werde ich deinen Rat beherzigen.+

Gaumata zuckte mit den Achseln.

+Tu es oder lass es, wie du magst. Wenn du erneut einen Fehler machst, werde ich dich womöglich nicht retten können. Oder ich entscheide mich dagegen, dich zu retten.+

+Und wieder bist du einfach nur vernünftig.+

Credence gab einen Schwall Maschinencode von sich. Ignis begegnete Gaumatas rotem Starren mit einem Gesicht und einem Geist bar jeder Emotion.

Gaumata atmete aus und wandte sich mit einem leichten Kopfschütteln ab. Ignis roch etwas Verbranntes und hatte das Gefühl, dass eine Flamme über seinen Geist strich, doch eine Sekunde später war es wieder vorbei und er spürte, wie Gaumata seine Gedanken neu ordnete, seinen Willen aussandte und am Warp zog. Das stille Murmeln der Namen begann von Neuem.

Ignis warf einen letzten Blick nach unten und einen Moment lang lief ihm ein Schauer über den Rücken.

Jeder einzelne Rubrica-Marine sah zu ihnen empor.

Er riss sich von dem Anblick los und schickte seinen Geist aus. Er und Gaumata wirbelten auf die wartenden Rubrica-Marines zu.

+Wenn du glaubst, dass in ihnen noch etwas lebt, Bruder, fragst du dich auch, ob sie wollen, dass wir Erfolg haben?+, fragte Ignis, als die staubtrockene Präsenz der Toten seinen Geist berührte. +Hast du je darüber nachgedacht, ob sie vielleicht gar nicht zurückkehren wollen?+

Gaumata antwortete nicht, und einen Moment später sagten die beiden wieder Namen auf und die Dunkelheit entbrannte in einem Netz aus kaltem Feuer.

…ih'hal'hrek. Ctesias sagte das Fragment in seinen Gedanken auf. Der Geschmack von Galle und verdorbenem Fleisch füllte seinen Mund und der Stein des Throns war kalt auf seiner Haut. Er hustete und konnte sich nur mit Mühe davon abhalten, sich die Lippen mit der Hand abzuwischen. Seine Finger zuckten auf seiner Handfläche. Seine Hand bewegte sich wie von allein und krabbelte seine Brust hinauf auf sein Gesicht zu wie eine Spinne.

Er brachte sie mit einem Ausbruch von Willenskraft zum Stehen.

Er hielt seine Gedanken für drei Sekunden an. Er musste vorsichtig sein. Die Bewegung seiner Hand, während er sprach, mochte für andere nach nichts aussehen, doch er hatte neun Jahrhunderte überlebt, weil er wusste, dass kleine Fehler die Saat des Untergangs waren.

Wenn er sich jetzt den Mund abwischte, könnte er es beim nächsten

Mal, wenn er etwas Derartiges spürte, wieder tun. Es könnte zur Gewohnheit werden. Jedes Mal wenn er daran dachte, Fleisch zu essen, würde er sich über die Lippen wischen. Nach einer Weile mochte sich die Gewohnheit ändern, zu dem Drang werden, den Geruch mit Weihrauch zu überdecken. Diese neue Angewohnheit, den Geruch des Verfalls mit süßlichem Rauch zu kaschieren, würde zu einem Zwang werden und dann zu einer Obsession, die sich tief in die Psyche grub und die ihn dazu trieb, alles zu verbrennen, was er berühren konnte, wenn er etwas Bestimmtes roch oder schmeckte.

Das war die Macht des Warp. Ganz egal wie unbedeutend die Verbindung war oder wie klein der Anfang, ein Dämon konnte den Geist eines Mannes benutzen, um ihn zu vernichten. Es könnte Jahrtausende dauern, aber die Legionen des Warp hatten die Geduld der Ewigkeit.

Ctesias spürte, wie sein Körper ruhig wurde, seine Herzen gelassener schlugen und der Geschmack verflog. Ganz vorsichtig richtete er seine Aufmerksamkeit auf einen anderen Teil seines Geistes und berührte die Erinnerung darin.

… vel'rek'hul'scb'th'rx …

Das Bild eines Schädels mit zerrissener Haut und wallenden Fettgeschwülsten tauchte vor seinem geistigen Auge auf. Er sah gesplitterte Hörner, Augen voller Eiter und Blut und einen Mund, der sich über einem glänzenden Kehlsack öffnete. Er verdrängte die Vision und besänftige das Zittern in seiner Wirbelsäule.

Er atmete wieder aus und öffnete die Augen. Die silbernen Symbole auf Boden und Thron schillerten in blau-grünem Geisterlicht. Die Kerzen, die er an den Hauptpunkten des Musters entzündet hatte, waren bis auf die letzten Talgreste heruntergebrannt.

Er wartete noch, bis er sich bewegte. Es lohnte sich immer, nach einer solchen Sitzung abzuwarten. Unerwünschte Missgeschicke oder Nachwirkungen für die Realität waren nicht immer sofort sichtbar. Geduld wurde, wie in allen Dingen, mit einem langen Leben belohnt.

Die Flammen leckten an den letzten Stummeln. Das Material der Kerzen war den Körpern toter Sklaven entnommen worden. Die menschlichen Psykers dienten im Tode wie im Leben als Brennstoff, nur sein Zweck unterschied sich.

»Genug«, flüsterte er und spürte, wie die Luft in seinen Lungen rasselte. »Genug … Fürs Erste.«

Neun Stunden. Er hatte neun Stunden lang in dem Kreis aus Kerzen auf seinem Steinthron gesessen. Er war sich sicher, dass Ignis ihn dafür getadelt hätte, dass er die Dauer seiner Meditation nicht auf die Sekunde genau vorhergesagt hatte.

Es war eine Meditation gewesen und kein Ritual, da das Ziel nicht gewesen war, etwas zu beschwören oder irgendeinen Effekt im Warp zu erzielen. Tatsächlich war genau das Gegenteil der Fall. Er hatte neun Stunden lang sein Gedächtnis durchforstet und jeden der isolierten Bereiche seiner Psyche berührt und überprüft. Jede Zelle in seinem Geist beinhaltete das Fragment eines Wortes, in manchen Fällen nur eine einzelne Silbe, in einigen wenigen sogar nur Teile davon. Barrieren aus Willenskraft trennten die einzelnen Fragmente. Zusammengefasst würden die Silben einen Namen ergeben: den wahren Namen eines Dämons.

Nur einen Teil eines solchen Namens zu hören, würde den Geist eines Sterblichen zerschmettern. Sogar unausgesprochen zersetzte er die Substanz, die ihn hielt. Schriebe man ihn in ein Buch, würde er das Papier verbrennen und in lebendes, schreiendes Fleisch verwandeln. Gösse man ihn in Metall, würde es rosten, schmelzen, Form annehmen und in die Schatten davonhuschen. Ritzte man ihn in ein Glas, würde es platzen und sich in Wolken scharfer Splitter auflösen, die es nach Blut gelüstete. Diesen Namen auszusprechen, ihn dazu zu benutzen zu beschwören, zu binden oder zu verbannen, war sowohl etwas Schreckliches als auch etwas Außergewöhnliches. Ctesias hatte genau das getan, und nicht nur einmal, sondern viele Male. Sein Geist beherbergte Tausende wahre Namen, von denen niederer Kreaturen bis hin zu denen großer Dämonen aus den obersten Zirkeln des Ruins. Sein Grimoire war seine eigene Seele und sein Geist war die Hand, die die Seiten umblätterte.

»Beweg dich«, sagte er zu sich, doch die Worte vertrockneten auf seiner Zunge. Er leckte sich die Lippen, blinzelte und atmete ein. »Beweg dich. Stärke liegt im Geist, nicht im Körper, also steh auf, du versteinerter Haufen Dung.« Seine Worte brachten ihn beinahe zum Lachen, doch stattdessen musste er husten und würgte eine zähe Flüssigkeit hoch.

Er stand auf, und die Robe, die seinen Unterkörper bedeckte, klebte an seiner schweißnassen Haut. Er schloss ein letztes Mal die Augen.

Winzige, geisterhafte Abbilder der dämonischen Fragmente, die er berührt hatte, hingen an den Ausläufern seiner Gedanken. Er würde sie ausmerzen müssen, bevor er den Kerzenschein hinter sich ließ.

Er bereitete sich vor, dann hielt er inne, als ihm plötzlich ein wilder Gedanke kam. Er spürte, wie sich seine Mundwinkel hoben. Es war sinnlos, ein großspuriger Akt, den niemand außer ihm sehen würde. Und diese Dinge waren gefährlich.

Ctesias grinste, klatschte einmal in die Hände und streckte die Arme hoch über den Kopf. Sein Wille fuhr aus und trug den Unrat der Meditation davon.

Eine Galaxie aus Bildern füllte den Raum. Er sah einen knurrenden dreiköpfigen Hund, einen Stierkopf mit Augen aus Nacht, ein flaches Wirrwarr aus Messingzähnen und geschmolzenen Augen, eine wirbelnde Masse aus Armen und Mündern, einen Stumpf aus Furunkeln und zerkautem Fett. Sie erstreckten sich in einer Explosion des Schreckens von ihm fort. Er sah zu, wie sie davonflogen und immer dünner wurden, je näher sie dem Rand des Kerzenlichts kamen.

Sein Lächeln verschwand, als die Kerzen eine nach der anderen erloschen.

Er nickte einmal und machte sich auf zur Tür und zu der wenigen Ruhe, die er noch finden konnte.

»Es wird reichen«, sagte er leise zu sich selbst. »Ich hoffe, dass es reichen wird.«

VII
SYNCHRONITÄT

Das Space Hulk hatte keinen Namen besessen, bevor der Eidhüter ihm einen gegeben hatte. Vielleicht hatte das erste Schiff, mit dem die Zusammenballung begonnen hatte, einen Namen gehabt, doch er war an die Zeit und den Wandel verloren gegangen. Jenes verlorene Schiff war von den Gezeiten des Warp hin und her geworfen worden, bis es mit einem anderen Wrack zusammengestoßen und mit ihm eins geworden war. Schließlich hatte der Warp die verschmolzenen Schiffe in den kalten Weltraum zurückgespuckt. Asteroiden waren mit der Masse kollidiert und hatten sie vergrößert. Dann hatte der Warp in die Realität gegriffen und seine Schöpfung zu sich zurückgeholt. Weitere zerstörte Schiffe hatten sie getroffen, bis der Kern ihrer Entstehung verschwunden und nur ein Ball aus Unrat übrig geblieben war. Letztendlich hatte sie ein Strom erfasst und in einen der toten Bereiche des Auges des Schreckens gezogen. Dort hatte sie gewartet, bis der Eidhüter sie gefunden hatte. Er hatte ihr viele Dinge gegeben, und eines davon war ihr erster und einziger Name. Er nannte sie *Monolith*, und durch seine Gaben veränderte sie sich erneut.

Aus der Ferne betrachtet glich die *Monolith* einem verdrehten Mond mit scharfen Kanten. Aus der Nähe – sodass man die Lichter der

Schiffe nahe der Oberfläche erkennen konnte – sah sie aus wie der aufgeblähte Kadaver eines Meeresriesen, an dem sich ein Schwarm Aasfresser labte. Für jene, die sie aus den Sichtfenstern jener Schiffe betrachteten, war sie eine schroffe Klippe, die die Sterne verdeckte. Schluchten, in denen ein Schlachtkreuzer verschwinden konnte, zogen sich über ihre Oberfläche. Buge ragten aus ihr hervor wie zerbrochene Schwertklingen. Funkelnde Gase hielten sich in kilometertiefen Taschen in ihrer Haut und kleine Lichtpunkte beleuchteten Gebirge aus zerschmetterten Rümpfen.

Der Eidhüter sah zu, wie kleinere Schiffe knapp über die Oberfläche der *Monolith* dahinzogen. Turmhohe Gerüste griffen nach den Schiffen und zogen sie an sich wie eine Mutter ihre Kinder. Jedes Schiff war mehrere Kilometer lang und transportierte Zehntausende Kreaturen. Die meisten von ihnen waren Mutanten von Welten tief im Auge. Schon jetzt lagen ganze Herden von ihnen miteinander im Krieg, um von ihm mit einer besseren Region in den Gefilden der zerstörten Schiffe bedacht zu werden. Es war eine Armee der Wahnsinnigen und Verdrehten, und viele von ihnen waren gekommen, ohne dass er sie überhaupt gerufen hätte. Sie waren wie Aasvögel, die vom Geruch des Todes angelockt wurden.

Der Geist des Eidhüters leckte an den unsteten Strömungen des Warp. Seine Stellvertreter standen hinter ihm wie eine Ehrengarde, als müssten sie für diesen Moment anwesend sein. Er hatte schon immer gedacht, dass die Thousand Sons einen Hang zu Ritualen und Bedeutung hatten. Nichts konnte einfach nur sein; jede Tat musste bedeutsam gemacht werden.

+Ahriman wird spüren, dass wir kommen+, sandte Calitiedies. Der Eidhüter drehte sich nicht um.

+Das mag sein, aber spielt es eine Rolle?+, erwiderte Zurcos.

+Das Überraschungsmoment ist ein Vorteil. Wer ohne Zwang einen Vorteil aufgibt, ist ein Narr+, sandte Calitiedies.

+Mit der Stärke, die wir hier versammelt haben –+

+Du vergisst, was uns erwartet.+ Calitiedies schüttelte den Kopf, als er Zurcos ins Wort fiel. +Du vergisst, *wer* uns erwartet. Ahriman und alle Exilanten, die er um sich scharen konnte. Allein ist er schon gefährlich genug. Mit den anderen an seiner Seite …+

+Wir waren schon immer nur wenige+, sandte Zurcos, +und Amon hat jene verstreut oder gebrochen, die sich ihm nicht anschließen wollten. Danach wurden die Wenigen immer weniger.+

+In gewisser Hinsicht ist Amon immer noch da draußen im Warp+, sandte der Eidhüter. Seine Stimme war sanft, doch sie brachte alle zum Verstummen. +Er ist da draußen und sucht nach euch und den anderen Exilanten, formt seine Bruderschaft des Staubs, bereitet sich auf einen Krieg vor, der niemals kommen wird.+ Er sah zu Memunim, der in frisch polierter Rüstung schweigend hinter seinen Brüdern stand. +Das ist einer der Gründe, warum Ahriman nicht sieht, was wir tun. Er hat nach euch allen gesucht und musste feststellen, dass ihr fort seid. Er hat geglaubt, dass es Amon gewesen ist. Er hat schon vor langer Zeit gehört, dass ein mächtiger Zauberer seine Kräfte sammelt, doch er nahm an, dass es Amon sei. Nun glaubt er, dass diese Gefahr vorüber ist. Wir verbergen uns in Amons Schatten.+

+Du hast gesagt, das sei einer der Gründe, warum er uns nicht sieht+, sandte Memunim voller Kälte. +Was sind die anderen?+

Der Eidhüter hielt inne und spürte, wie die Anspannung durch das Schweigen schlimmer wurde.

+Geht+, sandte er und gab ihnen zu verstehen, dass sie entlassen waren. +Die Gezeiten sind in Bewegung und der Warp flüstert. Die Zeit ist so gut wie reif.+

Die Festung, in der sie sich versammelten, existierte nicht und konnte nicht begriffen werden. Wenn ein sterblicher Geist *sie* erblickt hätte – die versammelten Kreaturen, den Raum und das Wesen in seiner Mitte, vor dem sie sich verbeugten –, wäre er dem Wahnsinn anheimgefallen, bevor er nur hätte beschreiben können, was er gesehen hatte. Hätte ein solcher Sterblicher lange genug gelebt und die Kraft besessen, davon zu berichten, hätte er eine Bibliothek beschrieben und Kreaturen mit gefiederten Schwingen und eine gewaltige Säule aus Mündern und Licht. Selbst wenn er all dies ausgesprochen hätte, wären all seine herausgeschrienen Worte Lügen gewesen, denn kein Sterblicher konnte den Palast des Wandels und den Wandler der Wege begreifen. Doch im Reich des Chaos war eine Lüge ebenso brauchbar wie die Wahrheit.

»Er muss weitermachen!«, kam eine zischende Stimme aus der Menge.

Federn raschelten und Schnäbel klackten aufgebracht. Blaue und rosafarbene Funken flogen durch den Raum. Blaue Gestalten kreischten und rannten davon, als gewaltige Papierstapel in sich zusammenfielen. Blätter voller unentdecktem Wissen explodierten und flogen nach oben und unten, verbrannten zu Asche oder verwandelten sich in Vögel. Die Anwesenden ignorierten die Störung. Sie mochte den Tod ganzer Welten verkünden oder das Ende von langer Hand geplanter Wagnisse, doch das alles war irrelevant, verglichen mit dem Streit, den sie ausfochten.

»Er schert sich nicht um seinen Platz im großen Ganzen«, knurrte eine Gestalt.

»Ehrerbietung ist wertlos«, entgegnete eine andere.

»Das sagen nur die Unverehrten.«

»Seine Ignoranz ist eine größere Verzückung als die Möglichkeit, dass er die Wahrheit anerkennt.«

»Er ist gefährlich.«

»Er ist schwach und scheitert mit allem, was er tut.«

»Liegt das nicht daran, dass entschieden wurde, dass er scheitert?«

»Nichts wurde in dieser Hinsicht entschieden.«

»Bist du sicher?«

»Es ist ein Paradoxon.«

»Plattitüden sind keine Weisheit.«

»Weisheit ist nicht Wahrheit.«

»Er hat uns gedient.« Die Stimme beendete das Gezeter. Hoch oben in der Bibliothek hielten die Wichtel des Wissens inne, als sich Stille im Raum breitmachte. An diesem Ort war es niemals still.

Die dicht gedrängten Dämonen kauerten sich furchtsam nieder.

Über ihnen regte sich das Wesen, von dem sie ein Teil und doch meilenweit entfernt waren, in seiner Hülle aus Blitzen und Licht. Die Sterblichen nannten es in ihrer Unwissenheit einen Gott, doch es war etwas, das über Götter und Gebete hinausging. Magie und Schicksal wanden sich um es herum wie Nebel um einen Turm. Unzählige Münder öffneten und schlossen sich überall auf seiner Haut. Zungen fuhren über Lippen. Scharfe Zähne blitzten. Schnäbel fielen klackend zu. Weit draußen in der paradoxen Unendlichkeit, die sich um die Festung herum erstreckte, ließ die Stille des Wandlers der Wege kleinere Dämonen angsterfüllt fliehen. Die Elite der Dämonen und Prinzen, die seinen Hofstaat ausmachte, wartete. Sie konnten spüren, wie sich das Schicksal veränderte und Lebensfäden rissen, als der Gott der Magie und der Lügen – der nur durch Diebstahl ein Gott war – über das Schicksal eines einzelnen Sterblichen nachdachte.

»*Er hat gedient, und er hat gut gedient*«, sagte der Gott. Jeder Mund sprach die gleichen Worte, doch jeder sprach eine andere Sprache und mit leicht anderen Nuancen. »*Ihm steht die Belohnung zu, die er sich verdient hat, aber nicht will. Er wird sie bekommen.*«

Bei dieser Ankündigung ging ein Beben durch den Raum. Auf den Regalen und Rängen der Bibliothek zischten die blauen Dämonen einander hinter vorgehaltener Hand an.

Der Gott – der nur aus Sicht der Sterblichen ein Gott war – regte sich und sprach erneut.

»*Bringt den Dieb der Antlitze.*«

Die Dämonen sahen einander an und überlegten, wie sie den Befehl ihres Herrn befolgen oder verdrehen konnten. Sie alle wussten, welches Wesen der Wandler der Wege gerufen hatte, doch niemand wusste, wo es war oder wie man es herbringen konnte. Es lag in seiner Natur, unbekannt zu sein.

»Ich bin hier«, ertönte eine Stimme, und die Menge der Dämonen teilte sich, um einen aus ihrer Mitte hindurchzulassen. Er grinste sie mit dem gehäuteten Gesicht eines Geiers an, dann war das Gesicht verschwunden. Eine neue Kreatur kroch vor ihnen durch die Luft. Blaue Seide verhüllte ihren Körper, und sie hatte kein Gesicht, nur ein schwarzes Nichts unter ihrer Kapuze. Die anderen Dämonen zischten das Wesen an, doch es neigte sanft seinen vermummten Kopf wie ein Watvogel, der seinen Schnabel ins Wasser tauchte. Wie sie alle hatte es viele Namen und Titel, doch für die Sterblichen, die vom Wissen um seine Existenz gequält wurden, war es der Wechselbalg, der Changeling für jene, die nur Niedergotisch sprachen, und nur der Gott – der mehr war als ein Gott – kannte seinen wahren Namen.

»*Du wirst zu Ahriman gehen*«, befahl der Wandler der Wege. »*Beschreite die heimlichen Pfade. Deine Anwesenheit darf seine Unternehmung nicht beeinflussen. Du darfst erst am Ende eintreffen. Nicht davor. Nicht danach.*«

Der Wechselbalg verbeugte sich tief.

»Und wenn ich ihn erreicht habe?«

»*Er wird alles gegeben haben, was er zu geben hat, und seinen letzten Tanz getanzt haben. Überbringe ihm meine Belohnung für seine Dienste. Wenn alles vorbei ist, werde ich ihn freilassen.«* Ein überraschtes Murmeln ging durch die Menge; keine der Spielfiguren im großen Spiel war je von ihren Ketten befreit worden. Selbst im Tode dienten die Seelen der Irregeleiteten und Verdammten noch dem Großen Verschwörer. Doch der Gott sprach mit klarer Stimme. *»Überbringe ihm die Belohnung des Vergessens. Wenn alles vorbei ist, wird Ahriman zu Staub werden. Er wird nichts werden. Das ist meine Belohnung, die du durch meine Hände erhältst und er durch deine.«*

»So soll es geschehen«, sagte der Wechselbalg zu dem Gott.

Ihre Geister versammelten sich in Stille. Ahriman sah und spürte sie, als die Präsenz seines Zirkels um ihn herum Gestalt annahm. Nur Ignis und Ctesias standen tatsächlich an seiner Seite. Gaumata, Kiu und Gilgamos standen in ihren eigenen Ritualkreisen auf Schiffen, zwischen denen Hunderte Kilometer leeren Raumes lagen. Jenseits der Schiffe glommen ferne Sterne und die Antriebsflammen glühten wie die Krater langsam erwachender Vulkane. Für Ahriman waren all seine Brüder nahe genug, um sie mit dem leisesten Gedanken zu berühren.

Jedes Mitglied des Zirkels erschien als ein symbolisches Konstrukt. Ctesias war eine Kugel aus grün angelaufenen Bronzeschuppen, auf denen Buchstaben geheimer Sprachen eingraviert waren und die alle von einem Augenblick zum anderen ihre Position wechselten. Ignis war ein Netzwerk aus weißen Linien, das sich beständig ausbreitete und dann wieder in sich zusammenbrach. Gaumata erschien als ein Muster aus weit verzweigten Flammen, Kiu als ein Schimmern aus harten Kanten in allen Farben des Regenbogens, Gilgamos als eine wabernde Wolke aus schwarzen Federn. Ahriman wusste nicht, wie er für sie aussah, genauso wenig wusste er, ob sie einander so sahen, wie er sie sah.

Gedanken und Gefühle huschten zwischen ihnen hin und her. Ahriman konnte ihre Geister schmecken und fühlen. Alle waren beherrscht, alle waren bereit, doch jeder war unsicher. Sie waren Pilger, die einen Pfad beschritten, dessen Ende sie nicht sehen konnten. Doch sie waren hier, bei ihm, wegen ihm.

+Es ist Zeit+, sandte er.

Der Zirkel vereinte seine Gedanken und seine Macht. Elmsfeuer tanzte über die Türme auf dem Rücken jedes Schiffes der Flotte. Die Reaktoren fuhren hoch. Besatzungsmitglieder fielen auf die Knie, als die Warpantriebe zu rumoren begannen.

+Silvanus+, rief Ahriman und spürte ein angewidertes Schaudern, als der Geist des Navigators antwortete.

Sie hatten dies schon viele Male zuvor getan, ihre Geister und ihre Schiffe mit reiner Willenskraft zusammengebunden, den Pfad vor ihnen kraft ihrer Gedanken erhellt. Doch dieses Mal war es anders. Wenn es jemals eine letzte Chance zum Umkehren gegeben hatte, dann war sie dieser Moment.

Sicher im Geist seiner Brüder ließ Ahriman den Moment verstreichen. Dann sandte er ein einzelnes Wort.

+Jetzt.+

Neongrelle Würmer hüllten die *Monolith* ein. Im Warp spürte Astraeos, wie in einhundert Opferkreisen Blut floss. Die Trümmerfelder um das Hulk herum erbebten. Zertrümmerte Rümpfe und Staubwolken flogen nach außen, hielten an und wurden wieder angezogen. Schreie drangen durch Tausende Kilometer Stein und Metall an Astraeos' Ohr. Sein Geist hob sich aus seinem Körper und vereinte sich mit der Macht, die die *Monolith* ergriff. Er konnte sie von weit weg sehen, von innen, vom kleinen dunklen Kern der Stille in ihrem Zentrum.

Die zusammengeballte Masse ächzte. Sie war eine Fläche aus waberndem Licht, eine mit dem Messer gezogene Linie im Raum. Sie war ein Staubkorn im Wind unter unzähligen anderen. Und er war ein Teil von ihr. Er war verantwortlich für all das. In ihm hob ein Kreischen an, hüllte ihn ein, nährte ihn, während Tausende sterbliche Zauberer ihre Seele zerrissen und ihren Geist ins Nichts stürzten.

Trümmer schlugen im Hulk ein. Körper aus Licht und Schleim formten sich auf der Oberfläche der *Monolith* und kratzten mit Klauen und Zähnen an Metall und Stein. Sie kicherten und keckerten, schrien vor Heimtücke und Vorfreude, während der Chor immer mehr von ihnen herbeirief.

Astraeos' Körper war weit entfernt, aber seine Sinne waren überall: in den eisernen Wänden, in den Mündern der schreienden Sklaven, in der nach Ammoniak und Salz riechenden Luft, in den Kehlen der Mutantenherden, die vor Schrecken und Bewunderung blökten.

Die Dämonen begannen, die Zusammenballung in der Realität hin- und herzuzerren wie die Wellen, die einen Stein aus dem Sand zogen. Blut und Silber flossen aus den Wänden. Angekettete Sklaven explodierten, als ihre Organe immer weiter wuchsen. Alle Farben waren ein Kaleidoskop, alle Geräusche ein einziger Schrei wie der eines einzelnen Raben in stiller, trockener Luft.

Mit dem Heulen plötzlicher Stille rissen die Dämonen das Hulk aus der Existenz und schleuderten es in die Tiefen des Vergessens.

Der Sturm brach über die *Wort des Hermes* herein. Klauen aus Licht kratzten an ihren Schilden. Wände aus schreienden Gesichtern erhoben sich über ihr zu unmöglicher Höhe. Das Kriegsschiff schoss davon und wurde von den wilden Strömungen durchgeschüttelt.

Hoch auf ihrem Rücken sah Silvanus in den Warp hinaus und versuchte, nicht zu blinzeln. Sein Atem drang keuchend aus seinem Mund und Schweiß lief über die Hautwülste in seinem Gesicht. Warplichter wirbelten über die schimmernde Oberfläche seines dritten Auges. Seine beiden anderen waren ebenfalls offen und zeigten gezackte Farbmuster, jedoch weder Iris noch Pupille. Er hatte seit Stunden, vielleicht sogar seit Tagen nicht geblinzelt. In seinen Wimpern hing verkrustetes Blut. In seinem Kopf spürte er die Anwesenheit Ahrimans und dessen Zirkels. Er war das Zentrum eines Netzes aus Gedanken, das Ahrimans Flotte zusammenhielt, während sie durch den wütenden Sturm fiel.

Ein riesiger Schlund tat sich vor der *Wort des Hermes* auf. Seine Gedanken zuckten und das Schiff erbebte. Es gab keinen Weg herum. Sie mussten hindurch.

Kurs halten, dachte er, ohne sich darum zu kümmern, ob die Zauberer ihn hörten. Sie taten es immer. Jedes Schiff in der Flotte würde seinen Anweisungen Folge leisten.

Der Schlund öffnete sich immer weiter. Jeder Zahn war mehrere Kilometer lang. Silvanus spürte, wie sich Erbrochenes aus seinem Mund ergoss, während seine Hände an den Armlehnen seines Stuhls kratzten. Der Sturm dröhnte in seinem Geist und in seinen Ohren. Er prallte gegen eine Wand aus Schreien. Die Kehle jenseits der Zähne war ein spiralförmiger Tunnel aus flehenden Händen und Gesichtern. Er schmeckte Blut und spürte, wie es ihm aus den Poren strömte. Er wollte die Augen schließen, die Stimmen aussperren, in einen traumlosen Schlaf fallen, einen Schlaf ohne Empfindungen, ohne alles. Er wollte wegsehen. Er musste.

+Silvanus.+ Die Stimme stach in seinen Geist.

Er sah nicht weg. Er *konnte* es nicht.

Der Tunnel verengte sich vor ihm. Die Hände berührten seine Haut. Finger zerrten an den Hautwülsten auf seinem Gesicht. Er spürte, wie Nägel an ihm rissen, bis er blutete. Das Ende des Tunnels war ein immer kleiner werdendes Rund aus Dunkelheit.

+Silvanus, hör mir zu.+

Die Hände waren überall, zogen an ihm, ließen ihn wild umhertaumeln.

+Silvanus, der Sturm hat uns erfasst. Du musst dich konzentrieren.+

Er musste die Augen schließen. Die Schreie hallten in ihm wider; die endlose Qual wirbelte ihn um die eigene Achse.

+Wir werden eine Öffnung schaffen, aber sie wird nicht lange Bestand haben. Du musst bereit sein. Verstehst du?+

Eine Spinne aus Fingern kroch auf seinen Mund und hielt ihn zu. Er konnte nicht atmen. Er zitterte am ganzen Körper.

+Verstehst du?+

Seine Lungen brannten. Etwas zog an seinen Augenlidern, etwas mit scharfen Krallen.

+Verstehst du?+

Er zwang seine Kiefer auseinander, fletschte die Zähne und biss zu. Seine Zähne krachten zusammen. Blutspritzer flogen durch sein Blickfeld. Er schmeckte Eisen. Etwas wand sich auf seiner Zunge. Er spuckte es aus, atmete keuchend ein und sprach.

»Ich verstehe«, sagte er laut und zwang die Worte zusammen mit einem Schwall Blut hervor.

Er erhielt keine Antwort und der Sturm brüllte ihn weiter an. Die Hände und Gesichter verschwanden unter einer Flut schimmernder Augen.

+Bereitet den Weg+, sagte Ahriman.

Hitze stach in Silvanus' Kopf. Sein Blickfeld verschwamm. Ein ungeheurer Druck legte sich auf seinen Körper. Er hörte Stimmen, die sich zu einer verbanden, während er lauschte. Er konnte die Augen nicht offen halten. Er wollte sie nicht offen halten.

Gleißendes Licht schoss aus seiner Stirn. Der Schmerz war unermesslich. Das Licht brannte hell und schnitt durch das Meer aus Augen vor ihm. Schreie hallten durch seinen Kopf. Der Lichtstrahl wurde breiter. Augäpfel explodierten in Sphären aus leuchtendem Ektoplasma. Die Stimmen in seinem Schädel waren ein einziger brüllender Ton mentaler Kraft. Er konnte sie spüren, sie alle, konnte die Textur jedes Geistes und jeder Persönlichkeit schmecken: Ctesias' gezackte Leere, Kius brennender Stolz, die zähflüssige geschmolzene Wut Gaumatas, Gilgamos' Netz aus silbernen Gedanken, das Brummen von Ignis' Intellekt, und Ahriman, der sie alle zusammenhielt.

Das Licht verschwand.

Einen Augenblick lang schwebte Silvanus still und ruhig dahin. Er roch etwas Verbranntes und schmeckte, wie sich die Galle in seinem Mund mit Blut verband. Vor seinen Augen wartete ein Pfuhl leerer Schwärze, dessen Rand aussah wie die ausgefransten Hautreste um eine Wunde herum. Er starrte ihn an und sein Herz schlug wie eine gerissene Trommel in seiner Brust. Er konnte noch immer die Abdrücke von Ahrimans Gedanken in seinem Geist spüren.

Ich hätte uns dem Sturm ausliefern sollen, dachte er. *Ich hätte uns mitten hinein steuern sollen.*

Er wusste, dass sie ihn hören konnten, genau wie er wusste, dass es ihnen egal war. Er hatte schon so oft sterben wollen, doch jedes Mal wenn sich diese Tür geöffnet hatte, hatte er sich abgewandt.

Sei verflucht, Ahriman, dachte er. *Sei verflucht bis jenseits der Zeit.*

Die Öffnung im Sturm war so gut wie verschwunden. Er warf sich auf das Loch zu und Ahrimans Flotte folgte ihm. Der Sturm tobte um ihn herum, riss an ihm, schrie ihn wutentbrannt an, lachte seine Feigheit aus. Dann war er vorbei und Silvanus schleuderte die *Wort des Hermes,* einen Sekundenbruchteil bevor er die Augen schloss, zurück in die Realität.

Als er aufwachte, roch er Exkremente, Erbrochenes und Schweiß. Er blieb noch einen Moment auf seinem Stuhl liegen, dann richtete er sich auf. Das Schiff trieb ruhig durch den Realraum, das konnte er aus den Vibrationen des Decks unter seinen Füßen schließen. Seine Haut war klebrig von eingetrockneten Flüssigkeiten und geronnenes Blut bedeckte seine Lippen. Er erinnerte sich an die Arme, die aus dem Sturm nach ihm gegriffen hatten, an die Hand, die sich auf seinen

Mund gelegt hatte, erinnerte sich daran, wie er sich den Weg freigebissen hatte. Reflexartig hob er die Hand, um sich das Kinn abzuwischen.

Er schmierte nur neues Blut in sein Gesicht. Er sah neben seinem Stuhl zu Boden, bevor er seine Hand ansah. Dort lagen die Spitzen drei seiner Finger, sauber abgebissen und ausgespuckt. Sein Blick fiel auf seine Hand. Das Blut darauf war noch frisch, aber die Haut auf den drei neu gewachsenen Fingern war frisch, rosafarben und glänzend wie bei einer Brandnarbe.

Du hättest in den Sturm gehen sollen, dachte er. *Du hättest vor langer Zeit den Mut fassen sollen zu sterben.*

Er starrte die neue Haut an, dann spürte er, wie sich sein leerer Magen zusammenzog, fiel aufs Deck und würgte.

TEIL ZWEI

PFADE INS NIRGENDWO

VIII
ÜBERGÄNGE

Am bleichen Horizont ging die rote Sonne auf. Iobel ging weiter und spürte die Hitze, die über sie kam und in ihrer Kehle zu Durst wurde. Sie sah sich nicht um; es hatte keinen Sinn. Der Sand erstreckte sich in alle Richtungen, bis er den Himmel berührte. Sie hatte einmal aufgesehen und das Schimmern von Wasser am Horizont erblickt, doch sie hatte gewusst, dass es nur eine Fata Morgana war, ebenso wie die Städte, die aus der Ferne lockten.

Sie ging weiter.

Sie hatte aufgehört zu schwitzen – ein schlechtes Zeichen. Sie wollte schon eine Weile anhalten und sich ausruhen, doch die Wüste bot nicht einen Hauch von Schatten. Das Versprechen von Wasser, Städten und Wäldern lockte sie aus der Ferne, nur um sich in nichts aufzulösen, wenn die Sonne weiterzog. Sie war müde und durstig und wollte einfach nur stehen bleiben. Jede dieser Empfindungen war seltsam, sehr seltsam sogar. In äußerst greifbarer Hinsicht bedeuteten sie nichts; sie hatte keinen Körper und die Hitze der Sonne war nicht realer als eine Erinnerung. In Wahrheit war es genau das, was diese Wüste darstellte: die kristallisierte Reflexion einer eingebildeten Welt. Mit ihr verhielt es sich ebenso.

Vom Standpunkt der meisten Menschen aus gesehen war sie tot, und der Schatten, der über die Dünen marschierte, war ein Geist, der in einem Reich wandelte, das nicht mehr Substanz hatte als ein Gedanke. Sie hätte die Hitze und die Erschöpfung abschütteln sollen, hätte sich vom Boden erheben und in die Lüfte schwingen sollen wie ein Falke. Doch sie konnte es nicht. Sie hatte es versucht und war gescheitert. Die Wüste bedrängte sie, presste sie in die Form einer schmächtigen Gestalt, die Sandhügel erklomm und Luft über gesprungene Lippen einsaugte.

Die Nacht kam schnell. Die Sonne schien dem Horizont entgegenzustürzen. Der Himmel verdunkelte sich von Blau zu Indigo zu Schwarz. Die Sterne leuchteten grell, während die Hitze schwand. Sie stellte fest, dass sie zitterte. Die Brise, die über die Dünen strich, wurde scharf wie eine Klinge.

Sie zog sich die Robe fester um den Körper. Im Sonnenlicht war der Stoff tiefblau gewesen wie die Oberfläche eines Ozeans. Im Sternenlicht war er schwarz und ihr kam der Gedanke, dass sie ein Schatten war, den der Tag übrig gelassen hatte.

Schatten haben keine klappernden Zähne, dachte sie. Sie ging weiter und folgte dem hellsten Stern am Himmel. Am Horizont wuchsen und starben keine Geisterstädte mehr. In der Ferne erklangen Geräusche, Schreie, die sich in ihren Ohren festsetzten, auch nachdem sie verhallt waren. Sie klangen nach Tieren, vielleicht Schakale oder eine Art Großkatze. Einmal dachte sie, eine menschliche Stimme gehört zu haben, und sie hatte angehalten, um zu lauschen und ins Dunkel zu blicken. Der Schrei war nicht noch einmal ertönt und sie war weitergegangen.

Sie sah das Licht lange, bevor sie es erreichte. Die Wüste war zu einem Meer aus gefrorenem Silber geworden. Das Feuer war ein winziges Flackern in der Ferne, doch in der Einöde aus Stahl und Schwärze war es leicht auszumachen. Sie beobachtete es eine Weile, während sie ständig blinzelte, damit ihr nicht vor Kälte und Erschöpfung die Augen zufielen. Dann verließ sie den Dünenkamm, auf dem sie Rast gemacht hatte, und rutschte in die Senke darunter. Das Feuer verschwand hinter der nächsten Düne, doch als sie den Gipfel erreichte, war es wieder da. Sie ging Schritt um Schritt darauf zu, bis sein orangefarbener Schein die nächste Senke ausfüllte.

Sie hielt inne. Sie konnte den Rauch riechen, sein schweres, harziges Aroma. Es fühlte sich vertraut an, auch wenn sie nicht sagen konnte, warum.

Wenn man überlegt, was du bist, wo du bist und wie weit du gekommen bist, dachte sie, *ist jetzt ein seltsamer Zeitpunkt, um schüchtern zu sein, Selandra.*

Sie stieg die Düne hinauf und sah hinter ihr hinab. An ihrem Fuß brannte ein Feuer. Es war groß und mehrere Äste stachen zwischen den Flammen hervor. Daneben saß eine zusammengekauerte Gestalt in einer Robe, wie sie eine trug. Sie konnte nicht genau sagen, ob die Gestalt wirklich klein war oder nur klein wirkte. Irgendwo in der Nähe durchdrang der Ruf eines Schakals die Nacht.

Sie warf einen Blick hinter sich, dann sah sie wieder zum Feuer und dem Fremden daneben.

»So einfach zu finden«, murmelte sie bei sich. »Kein gutes Zeichen.«

Sie rutschte still und leise wie eine sanfte Brise den Hang hinab. Die Gestalt am Feuer rührte sich nicht, als sie näher kam.

»Wusstet Ihr, dass ich Euch suchen würde?«, fragte sie, als sie sich setzte und ihr Gesicht zur Wärme drehte. »Oder soll das als glücklicher Zufall durchgehen?«

Der Kopf der Gestalt fuhr herum. Iobel erhaschte einen Blick auf große Augen unter dunklem Haar und die sanften Gesichtszüge eines Jungen. Sie zuckte überrascht zusammen, als er aufsprang und vor ihr zurückwich. Die Flammen spiegelten sich in dem Messer, das er in der Hand hielt. Er ging langsam seitwärts und brachte das Feuer zwischen sie, ohne je den Blick von ihr zu nehmen.

»Wer bist du?«, fragte er barsch, doch sie hörte ein Beben der Angst in seiner Stimme. Seine Augen waren dunkel und funkelten im Licht des Feuers. Iobel hob behutsam die Hände, ohne je den Blickkontakt zu dem Jungen zu verlieren. Die Ringe an ihren Fingern glitzerten.

»Es tut mir leid«, sagte sie mit ruhiger Stimme. »Ich wollte dich nicht erschrecken. Ich … habe das Licht gesehen. Ich dachte, dass jemand, nach dem ich suche, das Feuer entzündet hätte. Ich dachte, das wärst du.« Sie sah den Jungen einen Moment lang an. Etwas an seinem Gesicht kam ihr vertraut vor. »Du *bist* es nicht, oder?«, fragte sie vorsichtig. »Wenn doch, würde ich es zu schätzen wissen, wenn wir diesen … Mangel an Erkenntnis hinter uns lassen könnten.«

Der Junge schüttelte den Kopf und stach mit seinem Messer in die Luft.

»Du kommst von denen, habe ich recht? Ich werde nicht mit dir gehen. Werde ich nicht.«

Iobel legte den Kopf schief. Der Junge zitterte, während Adrenalin durch seine Muskeln rauschte.

Vertraut, dachte sie, *so vertraut* ... Doch es fühlte sich nicht an wie zuvor und sie bekam den Eindruck, dass dieser Unterschied im Reich der Träume und Erinnerungen eine große Rolle spielte.

»Lass mich allein!«, rief der Junge, aber er kam nicht näher.

»Es tut mir leid«, sagte sie noch einmal und ließ die Hände sinken. »Ich bin nicht deinetwegen hier.«

Der Junge bewegte sich nicht. Sie musterte ihn ruhig und gelassen. Langsam, einen Atemzug nach dem anderen, sank die Messerspitze tiefer. Schließlich sah er sie nachdenklich an und setzte sich.

»Darf ich beim Feuer bleiben?«, fragte sie.

Der Junge nickte, schwieg jedoch weiter. Er starrte ins Feuer. Das Messer war in den Falten seiner Robe verschwunden.

Die Wärme durchdrang sie, und sie spürte, wie sie langsam in die Bewusstlosigkeit abdriftete.

Sie fuhr mit aufgerissenen Augen hoch. Schlaf, Wärme, Müdigkeit ... Was tat sie da? Nichts davon war real. Sie hatte keinen Körper, keine Haut, um die Wärme des Feuers oder die Ungemach der Erschöpfung zu spüren. Alles hier – sie, der Himmel, der Sand und die Hitze – war Teil der Unterwelt von Ahrimans Geist. Nichts hier war real, und doch war alles real, alles seinetwegen.

Irgendwo aus der Ferne hallte der Ruf eines anderen Schakals durch die Nacht.

Sie sah den Jungen an. Sein Gesicht war schmal und die Sorgenfalten darauf wirkten bei jemandem seines Alters fehl am Platz. Wie alt war er, sieben, vielleicht acht?

»Für wen hast du mich gehalten?«, fragte sie. Sein Blick fiel auf sie, dann wandte er sich wieder dem Feuer zu.

»Ich dachte, du wärst eine von *denen*«, sagte er. »Sie wollen mich zurückbringen, aber ich werde nicht mitkommen. Ich habe nichts falsch gemacht.« Er legte die Stirn in Falten. Iobel wollte gerade ihre nächste Frage stellen, als er wieder sprach.

»Für wen hast *du mich* gehalten?«, fragte er mit einer berechnenden Schärfe im Blick.

»Für jemanden, den ich einst an einem Feuer getroffen habe«, sagte sie.

»Einen Freund?«

Das Kichern kam ihr über die Lippen, bevor sie es verhindern konnte.

»Einen Feind«, sagte sie. »Einen sehr alten Feind.«

»Warum suchst du dann nach ihm?«

Sie zuckte mit den Achseln.

»Weil … Weil ich keine unbeantworteten Fragen mag.« Sie hielt inne, biss sich auf die Lippe und zuckte noch einmal mit den Achseln. »Und weil ich, sollte ich ihn finden, vielleicht einen Weg finden kann, ihn und einen anderen Feind auf einen Schlag zu vernichten.«

»Vernichten …«, sagte der Junge vorsichtig, »Feinde … Du klingst nicht nach einem guten Menschen.«

»Gut?« Sie hätte beinahe erneut aufgelacht. »Nein. Nein, das bin ich nicht.«

Sie sah hinter sich in die Dunkelheit, als ein weiterer Schakal heulte, diesmal deutlich näher.

»Mach dir keine Sorgen«, sagte der Junge. »Sie kommen nicht näher, solange das Feuer brennt.«

Er nickte selbstbewusst. Das Stirnrunzeln war verschwunden.

Vertraut …

Sie war weit durch Ahrimans Gedächtnis gereist und hatte viel gesehen, doch niemals dieses Gesicht. Doch es war … so … vertraut.

Er wandte den Blick ab, nahm einen trockenen Ast, der neben ihm auf dem Boden lag, und legte ihn ins Feuer.

»Wie lautet der Name des Feindes, den du finden willst?«, fragte er, als das Holz schwarz wurde und in Flammen aufging.

»Magnus«, sagte Iobel und sah ihn dabei an. »Er heißt Magnus.«

Der Junge schüttelte den Kopf.

»Wie sieht er aus?«

»Er ist ein alter Mann in einem zerschlissenen roten Umhang. Er hat Narben im Gesicht und nur ein Auge. Es ist blau.« Der Junge zeigte nicht einen Hauch von Wiedererkennen. »Aber ich glaube, er könnte aussehen, wie auch immer er will.«

»Ein Djinn?«, fragte der Junge lächelnd. »Du jagst einen Geist aus

Staub und Luft?« Er schüttelte den Kopf. »Du weißt schon, dass es die nicht gibt? Sie sind nur ein mystisches Echo, ein Schatten der Vergangenheit.« Er setzte sich etwas gerader auf, als er sein Urteil verkündete, wie ein stolzer Schüler, der zeigen wollte, was er gelernt, wenn auch noch nicht vollends verstanden hatte. Sie hätte beinahe gelächelt.

»Vielleicht hast du recht«, sagte sie. »Vielleicht haben wir beide recht.« Sie atmete tief ein. Der Rauch des Feuers roch leicht süßlich. »Wer sind diese Leute, vor denen du auf der Flucht bist?«, fragte sie. Er sah nicht auf. »Du scheinst mir zu intelligent zu sein, um dich am Feuer vor Schakalen zu verstecken.«

»Ich verstecke mich nicht«, sagte er aufgebracht, doch dann seufzte er mit einer Inbrunst, als hätte er die Geste von einer sehr viel älteren Seele übernommen. »Ich habe etwas getan, das ich nicht hätte tun sollen. Ich habe etwas geschehen lassen, aufgrund dessen ich nicht zurückgehen will.«

»Was hast du getan?«

»Nichts, nicht wirklich. Aber sie werden es herausfinden. Sie werden es müssen, und dann werden sie mich holen. Das weiß ich.«

Wieder heulte ein Schakal, dann kam die Antwort aus der Ferne. Diese Mal drehte sie sich nicht um.

»Wer sind *sie*?«

»Mein Bruder«, sagte er und schüttelte den Kopf. »Und die Leute, die mein Bruder schickt.«

Ein kalter Schauer lief ihr den Rücken hinab. Sie atmete langsam ein.

»Dein Bruder?«

»Ja.«

Iobel versuchte, ihre Miene ausdruckslos und ihren Atem ruhig zu halten, obwohl ihre Gedanken rasten. Sie konnte nichts tun außer den Jungen anzustarren, die Augen, die im Flammenschein schwarz wirkten, die Einfachheit der Jugend und die Menschlichkeit in seinen Zügen. Die Vertrautheit wurde zu Wiedererkennen.

Der Junge redete weiter, ohne den Blick vom Feuer abzuwenden. Die Flammen waberten und flackerten im Wind. Doch es gab keinen Wind.

»Ich kann nicht zurückgehen. Meine Zeit ist noch nicht gekommen.« Er sah sie an und einen Moment lang sah sie das hellblaue Funkeln seiner Iriden.

»Wie heißt du?«, fragte sie.

»Ist das wichtig?«, fragte er zurück. Er starrte sie an. Seine Augen wirkten hart und alt in einem so jungen Gesicht.

Etwas knurrte direkt hinter ihr. Feuchter, nach Fleisch stinkender Atem wallte über ihren Nacken. Sie drehte sich um und stand auf, während sie die Hand nach einem brennenden Ast ausstreckte.

Eine Wand aus Augen sah sie aus der Finsternis an. Die Flammen beleuchteten Zähne und Zungen unter den glänzenden Sphären. Iobels Hand schloss sich um … nichts. Das Feuer war fort. Doch die Augen der Schakale funkelten weiter so kalt und hell wie Silbermünzen im Mondlicht.

Der Junge kam um sie herum. Er bewegte sich geschmeidig und streckte die Hand nach dem nächsten Schakal aus. Es war ein Monster. Blut glänzte im Fell auf seinem Schädel. Der Junge fuhr mit der Hand über seinen Hals, und ihm entfuhr ein zufriedenes Seufzen. Dann sah der Junge sie an, und seine Augen funkelten genau so wie die der Schakale hinter ihm.

»Ich habe den Djinn nicht gesehen, den du suchst, Selandra Iobel«, sagte er kühl und ruhig. »Doch dies ist ein Reich der Geheimnisse und jener, die sie hüten.«

»Ihr seid es, Ahriman, oder nicht?«, fragte sie. »Dies ist eine Erinnerung an Euch, wie Ihr gewesen seid, bevor Ihr in die Legion eingetreten seid. Eine Erinnerung, die Ihr an den Rand Eurer selbst verbannt habt.«

Zum ersten Mal lächelte der Junge und sie sah, dass seine Zähne schwarze Stummel waren, die hinter seinen zerrissenen Lippen zu Staub zerfielen. Die Schatten in seinem Gesicht waren Risse in papierdünner Haut.

»Ich bin nicht mein Bruder«, sagte er. »Ich bin ebenso tot wie du.« Die Augen der Schakale umgaben ihn, ohne je zu blinzeln. Um sie herum wurde die Finsternis immer undurchdringlicher. »Doch dies ist das Reich der vergangenen Toten und hier bin ich frei.«

Die Kälte kam über sie, schnitt sie, wrang sie aus.

»Frei?«, brachte sie hervor.

Der Junge schüttelte den Kopf, als wäre er müde.

»Du bist kein guter Mensch, Iobel, und auch kein aufrechter, aber danke dafür, dass du mir am Feuer Gesellschaft geleistet hast. Du magst nie das Ende deiner Reise erreichen, und falls doch, magst du dir wünschen, dass du es nie getan hättest.« Sie blinzelte, und auf einmal war sie allein inmitten von Schwärze und Kälte, und seine Stimme schien von hoch oben zu ihr herunterzuhallen. »Geh zum Anfang aller Dinge. Dorthin führt letzten Endes alles.« Dann schwebte sie in der Dunkelheit und hörte nichts mehr.

Sie kam zu sich mit dem Gesicht im Sand und der Sonne hoch über sich. Der Wind entriss ihrem Körper alle Kälte. Sie hatte nicht geschlafen, sondern einen Moment lang aufgehört zu existieren. Es gab keine Hinweise auf ein Feuer und auch keine Fußspuren außer ihren eigenen, die der Wind bereits verwischte.

Sie schlang ihre Robe fester um sich und erklomm die nächste Düne. Am Horizont schimmerten Städte aus Glas. Sie ging weiter und fragte sich, ob die Nacht zurückkehren würde.

Der Wechselbalg wartete. Geduld lag in seiner Natur, genau wie seine Ungeduld jedweder Ordnung gegenüber. Beide Eigenschaften trieben ihn an, seinen Schabernack für den Großen Unberechenbaren Wandler Aller Dinge zu treiben, doch es war seine Geduld, die sie überhaupt erst möglich machte. Die Aufgabe, der er sich verschrieben hatte, war eine der größten und prächtigsten. Sie bedurfte Verstohlenheit, großer Verstohlenheit, und eines langen, langen Pfades zwischen dem Ort, an dem er sich befand, und jenem, an dem er sein sollte.

Somit befand er sich in einer Flaute zwischen zwei Ereignissen: einem, das bereits geschehen war, und einem, das beinahe geschehen wäre.

Er beobachtete. Er sah die Einzelheiten der Vergangenheit in die Gegenwart taumeln und in die Zukunft davonfliegen. Er versuchte nicht zu sehen, wo die wirbelnden Rätsel aus Ursache und Wirkung landen würden. Er konnte es nicht sehen und es kümmerte ihn nicht. Es gab andere, die diese Dinge unermüdlich beobachteten, doch so, wie es ihrer Natur entsprach, vorherzusehen und zu formen, entsprach es der Natur des Wechselbalgs, zu verwirren, zu vereiteln und zu verderben. Er war die unendliche Gehässigkeit und Launenhaftigkeit seines Herrn.

Er beobachtete, wie ein Junge auf einem Planeten heranwuchs, der eines Tages untergehen würde. Der Junge wurde zu einer Kreatur, die jedem Menschen überlegen war, und entdeckte die Kräfte, über die er verfügte. Katastrophen und Unglücke brachten dem Jungen, der nun ein Krieger war, den Untergang. Der Wirbel aus Grausamkeit und Stolz war exquisit, oder zumindest wäre er exquisit gewesen, wäre der Wechselbalg in der Lage gewesen, Gefühle zu empfinden.

Er beobachtete. Jahrtausende vergingen, doch keine Zeit verstrich. Und dann geschah, worauf er gewartet hatte.

Es war eine Kleinigkeit, geradezu unbedeutend.

Ein Mensch auf einem Schiff ging schlafen. Es war ein Mann, und der Mann war auf dem Schiff geboren und dort alt geworden. Er wusste es nicht, aber er lag im Sterben. Sein Körper war schwach geworden von all den Jahren, die er Projektile an Ketten durch ein Loch im Boden gezogen hatte, bis sie im Deck über ihm verschwanden. Die Verschmutzungen in seinem Wasser und seiner Nahrung hatten ihr Übriges getan. In einer Woche oder einem Monat oder einem Jahr würde er stürzen, wenn er an der Kette zog, und nie wieder aufstehen. Nur würde das nicht passieren.

Der Wechselbalg griff nach den Träumen des Mannes, und er erwachte nicht mehr.

Auch wenn der Mann es nie begriffen hatte, so war er doch begabt gewesen. Genau wie der Junge, der zum Krieger herangewachsen war, hatte er die Saat des Außergewöhnlichen in sich gehabt, doch in ihm war sie niemals aufgegangen, und der Mann hatte nie bemerkt, dass die Träume, die er drei Jahrzehnte lang gehabt hatte, nicht die seinen gewesen waren.

Der Wechselbalg erhob sich anstelle des Menschen, als die Glocke den Beginn der nächsten Schicht verkündete. Er zitterte unter seiner Decke und hustete, genau wie es der Sterbliche, dessen Haut und Gesicht er trug, nach jedem Erwachen getan hatte.

»Auf und an die Arbeit«, ertönte eine Maschinenstimme und der Knall einer Peitsche hallte über das Deck. Der Wechselbalg zog die Decke weg und stand auf. Seine Umgebung bestand aus Lärm und schwitzenden Leibern in großer Eile. Er sah sich um und suchte nach dem nächsten Gesicht.

Das Ende einer Peitsche traf den Wechselbalg mitten im Gesicht. Er wich zurück und spürte, wie ihm das Blut über die Wange lief.

»Schneller«, sagte jemand über ihm. Der Wechselbalg sah auf. Ein kräftiger Aufseher blickte zu ihm herab. Seine untere Gesichtshälfte wurde von einem Metallkiefer dominiert. Seine Muskeln waren mit Öl eingerieben. Die Peitsche verschwand in seinem metallenen rechten Arm. »Starr mich noch ein bisschen länger an und ich zieh dir die Haut vom Gesicht.«

Der Wechselbalg senkte den Kopf und schlurfte davon.

Er würde warten müssen, bis er das Gesicht mit dem Aufseher tauschen konnte, aber er konnte nicht zu lange warten. Er musste das richtige Gesicht tragen, wenn das Schiff Prospero erreichte.

Knekku suchte die Stadt ab, doch er fand den Turm des Zyklopen nicht. Er hatte es auch nicht erwartet. Die Scheibe unter seinen Füßen war kreisrund und bestand aus poliertem Silber. Die feinen Tentakel an ihrem Rand flatterten im Wind. Knekku hörte, wie die Scheibe ihm leise etwas zuflüsterte, während sie sich von seinem Willen gesteuert fortbewegte. Brücken und Straßen huschten an ihm vorbei. Horden von Mutanten und Sklaven knieten nieder, als er an ihnen vorbeikam, und er bemerkte, wie ihnen die rituellen Worte über die Lippen kamen, doch er sah sie niemals an. Sein Blick war unentwegt in die Ferne gerichtet.

Der Wald aus Türmen veränderte sich, während er ihn durchquerte. Sogar ihre Größe und Beschaffenheit war im Wandel begriffen. Glas hatte sich zu Granit verdunkelt und aus den Wänden waren Geschütze und Klingen gesprossen. Am Stadtrand hatten sich Schluchten aufgetan. Wolken aus schwarzem Gas trennten ganze Landstriche ab. Ein schwerer silberner Nebel waberte um die Türme und Pyramiden herum, verdeckte und enthüllte zufällige Einzelheiten, und selbst Knekkus zweites Gesicht konnte ihn nicht durchdringen. Er hörte Geräusche hindurchdringen, hohe, lachende Rufe, die nach Grausamkeit und Hunger klangen. Im Äther schwangen und sangen große, scharfe Räder aus der Energie des Warp. Die Haut zwischen dem Realen und Unrealen war so dünn, dass er bisweilen hindurchsehen konnte. Der Planet der Zauberer wurde zu einer Festung; Seine Verteidigungsanlagen rasteten ein wie das Schaltwerk einer riesigen Maschine.

So sinnlos, dachte er. *Alles, um einen leeren Thron zu schützen.*

Es wuchs mit unaufhaltsamer Energie. Knekku beschäftigte nur ein Gedanke.

+Ein König kommt und geht, wie es ihm beliebt+, hatte Sar'iq gesagt.

Aber wo seid Ihr, Exzellenz?, dachte er. Er ließ den Blick über die Stadt schweifen, aber kein schwarzer Turm erhob sich aus dem Dunst. *Warum seid Ihr nicht hier? Die Zeit naht. Ihr solltet hier sein. Wo seid Ihr?*

Er erhielt keine Antwort und die Stadt huschte weiter an ihm vorbei und wuchs vor ihm zu neuen Höhen.

Was, wenn nicht diese Welt Schutz braucht, sondern Ihr? Was, wenn Ihr versucht, uns vor einer größeren Wahrheit zu beschützen? Er hatte tagelang, wochenlang mit diesem Gedanken gerungen, selbst während die anderen sich auf den Krieg vorbereiteten. Er zerrte an ihm, und er konnte ihn nicht kontrollieren, ganz egal, wie viel Zeit er der Meditation oder den Übungen mit seinem Speer widmete. Mit jedem verstreichenden Moment erwartete er, den Ruf in seinem Geist zu hören und den schwarzen Turm über der Stadt aufragen zu sehen. Doch es war kein Ruf gekommen und die Frage wurde immer lauter.

Wo seid Ihr?

Er schwebte um einen Turm herum, aus dessen Flanke silberne Dornen wuchsen. Vor ihm erstreckte sich ein kreisrunder Platz von einem halben Kilometer Durchmesser bis zur gegenüberliegenden Wand aus Türmen. In seiner Mitte erstrahlte ein goldenes Siegel in Form einer geflammten Sonnenscheibe. Er wurde langsamer, als er sah, dass mehrere Gestalten in blau-weißen Roben vom Zentrum des Siegels flohen und aufgeregt durcheinander riefen. Doch nicht alle Anwesenden rannten davon. Schlanke Wesen in Rot standen am Rand der Scheibe. Halos aus Fleischmetalltentakeln umgaben ihre Köpfe wie bei Anemonen, die Nährstoffe aus dem Wasser filterten. Chromschädel ragten aus ihren Kapuzen hervor.

Er hielt an, als ihm klar wurde, was hier vor sich ging. Ein metallisches Krachen ertönte und der Boden bebte. Mehrere der Gestalten am Rand der goldenen Scheibe stürzten. Die Maschinenschmiede hoben die Köpfe und Tentakel zum Himmel, und Knekku hörte, wie ihre binären Schreie immer lauter wurden. Das Siegel brach. Riesige Metallstücke brachen auseinander wie Blütenblätter und wurden von dröhnenden Mechanismen zur Seite gezogen. In der Ferne hallte das gleiche Geräusch noch neunmal durch die Stadt. Etwas erhob sich aus dem Boden und richtete sich auf, während es ans Licht gebracht wurde. Flüssiges blaues Feuer lief von seiner Panzerung wie Fruchtwasser. Gelenke von der Größe eines Menschen zuckten, als es seine Waffen entfaltete. Es hob den Kopf – einen riesigen Schnabel aus Metall und Knochen mit Augen aus rotem Feuer. Es sah über den Platz und die es umgebenden Türme hinauf, dann wandte es seinen Blick Knekku zu, der über ihm in der Luft hing.

Der dämonische Titan brüllte und seine Stimme erschütterte den Äther.

Knekkus Flugscheibe bockte unter seinen Füßen, doch er hielt sie mit reiner Willenskraft ruhig.

+Grüße, Czetherrtihor+, sandte Knekku leise, aber voller Autorität.

Der Titan schüttelte den Kopf und ein zweites stilles Brüllen donnerte durch die Stadt. Ein Chor aus gezügelter Wut und Stolz antwortete ihm. Knekku sah zu, wie Czetherrtihor zurücktrat und seine Panzerplatten die Farbe wechselten. Die Maschine sah Knekku an und neigte knirschend den Kopf.

Knekku nickte einmal, dann verfolgte er, wie die Dämonenmaschine vom Platz trabte und eine Karawane aus rot gekleideten Gestalten hinter sich herzog.

+Knekku …+ Er erstarrte, als er den Gedanken in seinem Kopf hörte. +Knekku …+

Er drehte sich langsam und mit einem unguten Gefühl um. Er hatte vergessen, was ihn durch die Stadt getrieben hatte. Während er dem Titan zugesehen hatte, waren ihm seine Sorge und der Grund dafür entfallen.

+Exzellenz? Mein Lord Magnus?+

Der schwarze Turm erhob sich weiter über allen anderen. Er sah schmal aus, als wäre er sowohl höher als auch weiter entfernt, als er ihn je gesehen hatte.

+Knekku, ich …+

Er flog höher und seine Scheibe verbrannte die Luft, als sie auf den schwarzen Turm zuschoss. Knekku hielt seine Sinne auf den Umriss gerichtet, der sich über ihm aufbaute. Er wollte nicht daran denken, was er in Magnus' Ruf gehört hatte. Die Stimme in seinem Kopf hatte müde, strapaziert, gebrochen geklungen. Sie hatte geklungen, als läge der Sprechende im Sterben.

IX
STIMMEN

Calculus Logi Primus Lensus Marr verbrachte seine Tage und Nächte damit, den Raum um die *Ewiger Krieger* herum im Auge zu behalten. Auspexe und Äthersensoren leiteten ihre Daten direkt in seine Augen- und Ohranschlüsse. Hunderte andere Apparate durchsuchten die Leere und lieferten Informationen, die über Nervenenden in seiner Haut eingeleitet wurden. Er erhielt eine gefilterte Zusammenfassung aller tertiären Sensoren und überprüfte gelegentlich die Arbeit seiner Untergebenen. Es gab fünfunddreißig Calculus Logi, die in vier Gruppen eingeteilt auf den unteren Ebenen der Sensoriumsplattform saßen. Marr saß an ihrer Spitze und sein Schädel war durch dicke Kabel mit der Brücke über ihnen verbunden. Er bewegte die Finger auf den Armlehnen seines Stuhls; sie zitterten unter den Signalen, die durch seine Nerven strömten. Er kaute an seiner Zunge, eine alte Angewohnheit, die er nie abzulegen versucht hatte. Sie war für seine Funktion unerheblich, denn diese Funktion bestand darin, alles zu sehen und zu fühlen, was sich um das Schiff herum bewegte. Er erfüllte diese Funktion bereits seit einundsechzig Jahren.

Die *Ewiger Krieger* hielt ihre jetzige Position bereits seit siebzig Stunden. Sie war nicht allein, doch da sie der einzige Schlachtkreuzer in der Wachformation war, bildete sie den Ankerpunkt für das halbe Dutzend leichte Kreuzer und Fregatten um sie herum. Der nächste – und einzige – Himmelskörper war ein einsamer Planet, der mitten in der Leere saß, ohne eine Sonne oder einen Mond. Die nächsten Sterne waren kleine Punkte, deren Strahlung seine Sensoren kaum zu einem Ausschlag verleitete. Es war ein toter Bereich, die einzige Materie ein paar Asteroiden, Staub und Gas, und natürlich der einsame Planet. Millionen von Kilometern in jede Richtung gab es nichts, das sich nicht absolut vorhersehbar bewegte.

Für Marr war der Raum, den er betrachtete, ruhig. Was noch schlimmer war, er war langweilig. Dies war kein Vergleich zu den Tagen, da er das Kreischen überladener Reaktoren gehört und die suchenden Energien der Zielerfassungen gespürt hatte, die auf der Suche nach Beute die Leere durchwandert hatten. Es gab keinen Grund dafür, dass sie hier waren. Natürlich davon abgesehen, dass die Inquisition der *Ewiger Krieger* und ihren Schwestern befohlen hatte, diesen Bereich zu überwachen. Marr wusste nicht, warum. Mehr zu wissen, als nötig war, bedeutete, die eigene Seele zu riskieren, doch das hieß nicht, dass er keine Vermutung hatte. Seine Aufgabe war es schließlich, zuzuhören und zuzusehen. Er hörte Signale und sah – wenn auch nur selten – die anderen Schiffe, die diesen Ort besuchten und wieder verließen.

Dann waren da noch die Anomalien. Während der Wache der *Ewiger Krieger* waren mehrere Male farbige Wolken erschienen und hatten sich wie eine Sturmfront vor die Sterne geschoben. Nur wenige andere an Bord der Kriegsschiffe hatten sie gesehen, aber Marr war einer von ihnen. Er hatte Gesichter in ihnen erspäht, riesige Gesichter voller Wut und Schmerz.

Es gab auch Stimmen, aber Marr war nicht der Einzige, der sie hörte. Oft waren sie einfach nur ein kaltes, hohes Heulen, dem das Versprechen von Blut und Eis innewohnte. Es hallte durch die Gänge des Schiffes und ließ die Männer und Frauen aus Träumen voller gelber Augen und scharfer Zähne hochschrecken. Die Commissars behielten die Besatzung ständig im Auge. Marr hatte gesehen, wie sie einen jungen Offizier standrechtlich erschossen, als dieser sagte, er könnte das Heulen die ganze Zeit über hören.

Als die wahren Stimmen erklangen, waren sie weitaus schlimmer.

Sie wirkten so real, immer ganz nah, noch immer gerade außer Sicht. Sie flehten. Sie bettelten. Sie schrien.

Noch andere Zwischenfälle erschütterten die *Ewiger Krieger* und ihre Schwestern. Gegenstände bewegten sich, wenn niemand hinsah. In den Kapellen weinten Statuen Blut und Silber. Rost und Ruß formten Muster auf dem Rumpf, Muster, die einem die Galle aufsteigen und die Augen schmerzen ließen. Nach diesen Vorfällen wandelten die Schwarzen Priester murmelnd durch die Schiffe und versprühten Asche und Wasser auf den Decks. Sie waren ein seltsamer Schlag, allesamt in Schwarz gekleidet und mit silbernen Langschwertern bewaffnet. Marr nahm an, dass die Inquisition sie geschickt hatte. Er mochte sie nicht – wo die Schwarzen Priester wandelten, traten sogar die Commissars zur Seite und wandten den Blick ab –, doch indem er ihnen zugesehen und zugehört hatte, hatten sie Marr ein Geheimnis anvertraut. Die *Ewiger Krieger* und ihre Kampfgruppe wachten über einen Durchgang zu einem anderen Ort, einem Ort, der für alle verboten war.

Marr beunruhigte diese Tatsache nicht. Sie passte zu seinem Lebensinhalt: Er diente als die Augen und Ohren eines Wächters aus Metall und Feuer, und nichts würde sich ungesehen an ihm vorbeischleichen. Zumindest redete er sich das ein.

Als es geschah, bemerkte er die ersten Anzeichen erst mehrere Sekunden später.

Am Rand der Sensorenreichweite begannen sich zwei Brocken interstellaren Unrats zu bewegen. Beide waren unförmige Klumpen aus Staub und Eis von der Größe eines Kampfpanzers. Ein Band ähnlicher Objekte umgab den einsamen Planeten. Sie waren zu klein und zu weit verstreut, um für ein Großkampfschiff eine Gefahr darzustellen, und sie bewegten sich so langsam und vorhersehbar, dass Marr sich nicht oft die Mühe machte, sie zu beachten.

Doch zwei von ihnen waren in Bewegung. Marr sah, wie sie in eine Richtung trieben, dann in die entgegengesetzte, bevor sie an Ort und Stelle immer schneller und schneller vibrierten.

Er erhöhte die Reichweite seiner Sensoren und rief laut nach den Enginseers, damit sie ihm mehr Energie für seine Instrumente zur Verfügung stellten. Währenddessen setzten sich weitere Objekte in Bewegung und tanzten durchs Vakuum wie Perlen auf einer gespannten

Trommel. Die Staubwolken begannen sich zu drehen, erst ganz langsam, dann immer schneller. Lichtstrahlen schoben sich aus der Schwärze und schimmerten, während sie wuchsen. Marr spürte, wie sein Mund sich öffnete, um Alarm zu geben. Der Staub und die Gesteinsbrocken tanzten, das Licht wechselte von Grün zu Türkis. Seine Zunge setzte sich in Bewegung. Und erstarrte.

+Nein, ich fürchte, das wird nicht geschehen.+ Die Stimme war tief und er hatte das Gefühl, als stünde der Sprecher direkt hinter ihm. Er versuchte sich umzudrehen, die Sensorverbindung von seinen Augen zu lösen. Er konnte es nicht. Sein Körper blieb an Ort und Stelle, wie es die letzten siebzehn Stunden seiner Schicht der Fall gewesen war. Er konnte sich nicht rühren, konnte nicht sprechen; er konnte nur zusehen, und was er sah, durchfuhr ihn wie ein Schwert aus Eis.

Eine Lichtkaskade hatte die Sterne verschluckt. Während er zusah, öffnete sich ein Riss in ihrer Oberfläche, dann noch einer und noch einer. Stumme Schemen glitten aus ihnen heraus und zogen Fäden widerwärtiger Farben hinter sich her. Es war eine Kriegsflotte. Die Brücke um ihn herum war still: keine Alarme, keine Notrufe, keine Befehle, die Geschütze bereitzumachen, keine Warnungen, keine Panik.

+Es wird nichts dergleichen geben+, sagte die Stimme. Marr hörte ein Klimpern in seiner Nähe und wusste, dass die losen Nieten in seiner Plattform in ihren Fassungen rasselten. +Du, deine Untergebenen und alle eurer Art auf allen Schiffen, ihr seid alle stumm. Ihr seht es alle, aber keiner von euch wird etwas sagen.+

Aber die Astropaths und die Navigatoren, dachte Marr. *Sie werden die Warpverdrängung spüren. Sie werden sehen …*

+Die Navigatoren werden nie erwachen und die Astropaths sterben, während du das hier siehst.+

Marr spürte, wie sich andere Bilder in seinen Geist drängten wie ein Traum, der sich bei vollem Bewusstsein abspielte. Er sah die Räume der Navigatoren, deren Körper über durchsichtige Röhren mit Nährflüssigkeit versorgt wurden. Er sah sie zucken, sah, wie sich die Flüssigkeit in den Röhren vor Blut rot färbte. Er sah die Kammer der Astropaths und die verwelkten Männer und Frauen, die versuchten aufzustehen, während ihnen Rauch aus den Mündern quoll und ihre Haut sich schwarz verfärbte und Blasen warf.

Nein, das kann nicht sein! Jemand muss es bemerken.

+Niemand wird es bemerken. Niemand wird erfahren, dass wir hier sind. Wir sind zu weit gekommen, um uns von deinesgleichen aufhalten zu lassen.+

Warum?, dachte er. *Warum sagt Ihr mir das?*

+Wenn deine Sensoren verstummen, würde es jemand auf der Brücke bemerken. Du siehst also, du musst noch ein wenig länger leben und zusehen.+

Marr sah die Schiffe die Löcher verlassen, die sie in die Realität gerissen hatten. Daten strömten in sein Bewusstsein, als die Hitze ihrer Triebwerke anstieg und ihre Waffen hochfuhren. Noch immer ruhte die Brücke um ihn herum.

Warum erzählt Ihr mir das alles?

Er hörte ein leises Lachen und ein Nachhallen von Grausamkeit in seinem Kopf.

+Weil jemand wissen sollte, dass wir nach Hause zurückkehren, auch wenn es nur du bist, Lensus Marr.+

Lichter flackerten über die Rücken und Buge der Schiffe, als sie Geschosse und Torpedos in die Leere schleuderten.

+Mein Name ist Ahzek Ahriman und wir sind die Söhne Prosperos. Wir kommen heim.+

Die ersten Projektile trafen die *Ewiger Krieger.* Auf einmal stellte Marr fest, dass er schreien konnte, wenn auch nur einen Sekundenbruchteil, bevor sein Blickfeld von weißem Feuer erfüllt wurde.

Silvanus steuerte das Schiff allein. Weder Ahriman noch der Zirkel steuerten seinen Geist. Sie waren bei ihm gewesen, als sie die brennenden Überreste der imperialen Schiffe an der Schwelle zurückgelassen hatten. Sie waren immer noch bei ihm gewesen, als die Flotte erneut in den Warp gesprungen war, um auf Prospero zuzuhalten. Er hatte gespürt, wie sie ihn verließen, als sie den Kanal durch die wogenden Fluten passierten. Sie hatten durch seine Augen zugesehen und sich dann einer nach dem anderen entfernt, bis er nur noch eine Präsenz im Hinterkopf spürte, und schließlich war er allein mit den Stürmen, die Prospero einhüllten.

Kummer und Wut erschütterten die *Wort des Hermes*. Für Silvanus waren die Gezeiten schwarzen Klippen und weiße Blöcke, die unablässig zerfielen und neu entstanden. Zwischen ihnen wurde der Weg so schmal, dass ein gezackter Ausläufer des Sturms das Schiff berührte. Silvanus keuchte auf und fiel und fiel. Er sah Gesichter, Tausende und Abertausende, in Blut gemalt, von Feuer erhellt, schmelzend im brennenden Regen.

»Warum geschieht das?«

»Bitte, lasst sie leben, bitte …«

»Warum habt Ihr uns das angetan?«

»Hier stirbst du, du Hund.«

»Warum …?«

Mit jeder Stimme und jedem Anblick fühlte er mehr Verwirrung, Tobsucht und Wut. Die anderen Schiffe der Flotte mochten bei ihm sein oder auch nicht. Ohne die psionische Verbindung zu Ahriman und dem Zirkel war jedes von ihnen auf sich gestellt. Es spielte keine Rollte. Sie alle konnten nur an einen Ort gelangen.

Er und das Schiff ritten durch den Sturm, rollten durch Zorn, Bitterkeit und Bedauern. Er wollte anhalten, doch er machte weiter und spürte, wie das Schiff von der Größe einer Metropole im Einklang mit den Stimmen einer ermordeten Welt sang.

»Es tut mir leid«, flüsterte er den Gezeiten zu, und mutterseelenallein in der vom Warp erleuchteten Navigationskammer weinte Silvanus Yeshar, ohne zu wissen, warum.

Ahriman stand neben einer Öllampe und betrachtete das Spiel der Flamme auf der Wand. Einen Moment lang griff er mit seinen Sinnen nach den Schatten und suchte in ihnen nach Bedeutung. Es gab keine. Die Flamme war nur eine Flamme und die Schatten nur ein Muster an der Wand.

Alles im Raum war ruhig. Selbst das Brummen von Antrieb und Schilden war kaum wahrzunehmen. Helio Isidorus stand neben der Tür. Der massige Rubrica-Marine war nur ein Umriss in der Dunkelheit und seine blau-goldene Rüstung schimmerte schwach.

Die Mitglieder des Zirkels hatten sich zurückgezogen, als sie die letzte Etappe begonnen hatten. Keiner von ihnen hatte ein Wort darüber verloren, was sie taten oder wohin sie gingen, seit sie die imperialen Wachschiffe zu Trümmern geschossen hatten.

Es ist so weit, dachte er. *Wir werden unser Zuhause wiedersehen.*

Ahriman legte seinen Stab in eine Aufhängung. Die Schwärze in seinem Kern schrumpfte vor seinem inneren Auge zu einer dünnen Linie zusammen. Die Konstruktion des Schwarzen Stabs war ein bedeutendes Unterfangen gewesen, beinahe so bedeutend wie die Eroberung des Athenaeums. Doch trotz all der Zeit, der Mühen und der Opfer, die beide gefordert hatten, so waren sie doch nur Teile des großen Ganzen.

Prospero wird sich verändert haben. Haben wir uns noch mehr verändert?

Er setzte den Helm ab.

Es gibt keinen Weg zurück. Es gab nie einen Weg zurück.

Er sah sich um. Er hatte das starke Gefühl, etwas gehört zu haben.

Bei ihm war nur Helio Isidorus, still wie eine Statue, und beobachtete, ohne zu sehen.

»*Es gibt Teile von Euch, die nicht mehr ganz Euch gehören*«, hatte Iobel einst zu ihm gesagt, *Teile, die außerhalb Eures Schädels denken und träumen.*

»Seid Ihr da?«, fragte er. Seine Stimme klang hohl in der Dunkelheit. »Wenn es den perfekten Zeitpunkt gäbe, Euch zu erkennen zu geben, dann wäre er jetzt gekommen.«

Nichts rührte sich und das einzige Geräusch war das Summen seiner Rüstung. Er wartete, doch keine Gestalt in roter Robe trat aus den Schatten. Schließlich ließ er den Blick sinken und ging zu der kleinen Truhe in einer Ecke des ansonsten leeren Raumes hinüber.

Er kniete sich daneben und hob den Deckel an. Er sah in die Augenlinsen eines Helms, dessen Schnabel von Ruß geschwärzt war. Er nahm ihn heraus und stellte ihn auf dem Boden ab. Er zog ein Stück Stoff zurück und sah die beiden Objekte darunter an. Er zögerte, als er die Hand nach dem silbernen Eichenlaub ausstreckte, aber als er es anhob, fühlte er nichts, weder vergangenen Schmerz noch Verlust. Er sah es einen Moment lang an, dann ließ er es in einen kleinen Seidenbeutel fallen, den er an seinem Gürtel befestigte.

Als er den Skarabäus aufhob, zögerte er nicht, sondern packte ihn entschlossen. Das schwache Licht fand die Risse und Absplitterungen in der Jade. Langsam ließ er seinen Willen in den Stein fließen und erfühlte die verschiedenen Schichten, aus denen er bestand. Er spürte die langsamen Gezeiten der Tektonik, die zu seiner Geburt geführt hatten, und das harte Metall, das ihn ans Licht der Welt gebracht hatte. Inmitten des Gemurmels der Vergangenheit spürte er die leiseste

Berührung, einen Moment der Verbindung zwischen dem Skarabäus und dem Geist von Magnus. In diesem Moment hatte er eine Bestimmung erhalten, und diese Bestimmung blieb bestehen. Er war Teil der Anstrengung gewesen, alle Thousand Sons zu verbinden, als sie von Prospero an ihre Zuflucht im Auge des Schreckens transportiert wurden, zum Planeten der Zauberer.

Ahriman schloss die Hand um den Skarabäus. Sein Geist nahm eine andere Gestalt an. Der Skarabäus begann zu glühen. In seinen Gedanken sprach er ein Wort und hielt den Stein auf die Panzerplatte über seinen Herzen. Ihm wurde heiß und die Warnsysteme seiner Rüstung kreischten, als ihre Oberfläche zu schmelzen begann. Er übte Druck aus und der Skarabäus versank im weichen Metall und Ceramit. Der Gedanke endete. Das Kreischen der Rüstungssysteme verklang. Er hob die Hand. Die geschnitzte Jade wechselte bereits die Farbe von Rot nach Dunkelgrün und die geschmolzene Panzerplatte war in einem Spiralmuster abgekühlt, das den Skarabäus an Ort und Stelle hielt.

+Ahriman …+

Er fuhr herum und Blitze sammelten sich um seine Finger, als er nach einer Gestalt in roter Robe Ausschau hielt.

Ahrimans Blick begegnete dem Glühen von Helio Isidorus' Augenlinsen.

+Ahriman …+

Er hörte, wie die Rüstung des Rubrica-Marines knirschte, als dieser langsam einen Schritt tat.

+Bleib stehen+, befahl Ahriman.

+Ahriman …+

Ein kalter Schauer lief ihm den Rücken hinab.

+Bleib stehen!+

Raureif bildete sich auf Helio Isidorus' Panzerung. Ahriman spürte, wie der Geist im Inneren sich wand, und fühlte dessen wilde Panik über ihre Verbindung.

+Ah … ri … man …+, rasselte die Stimme und der Rubrica-Marine blieb zitternd stehen.

Ahriman legte all seinen Willen in einen Befehl, ihn zum Schweigen zu bringen, ihn in einen Zustand des Sehens, ohne zu sehen, zurückzuversetzen.

+Sie …+ Die Stimme war ein ersticktes Keuchen voller psionischer

Bedeutung. Ahriman spürte Verzweiflung und Verwirrung von Helio Isidorus ausgehen. +Sie … Stimmen … Rufen … Nach mir …+

Der Rubrica-Marine verstummte. Ahriman atmete langsam aus. Sein Atem bildete weiße Wölkchen in der Luft.

+Es tut mir leid, Bruder.+

Er lauschte, aber da war nur das langsame Pulsieren seiner Rüstung und des Schiffes. Doch dann … Ganz am Rande seiner Wahrnehmung war ein anderes Geräusch, ein Murmeln wie ein Schrei im Wind.

Stimmen.

Stimmen, an die er sich aus einer Zeit erinnerte, die so lange her war, dass sie beinahe unwirklich schien.

»Wir kommen, meine Brüder«, sagte er laut zu den Toten. »Wir kommen.«

»Ich will nicht zurück.« Ctesias musste nach dem letzten Wort schlucken. Der Blick des Athenaeums war auf einen Punkt knapp über Ctesias' linker Schulter gerichtet. Sein Mund bewegte sich, doch es gab keinen Laut von sich.

Ctesias nickte, als hätte ihm die Gestalt im Käfig geantwortet. Er saß mit dem Rücken zur Tür auf dem Boden und hatte seine Rüstung heruntergefahren.

»Ich dachte, es würde mich nicht kümmern.« Er schnaubte. »Warum sollte es? Ich wurde nicht auf Prospero geboren. Die Zeit, die ich dort verbracht habe, war nur das, Zeit an einem Ort. Nicht wie bei dir.« Er hielt inne, dann nickte er entschieden. »Entschuldige, ich meine, nicht wie bei Sanakht. Er wurde dort geboren und hat auf den Pyramiden dort das Universum zu betrachten gelernt. Prospero gab ihm seinen Namen, sein Blut, seine Legion. Ihm hätte dies etwas bedeutet. So wie Ahriman, Gaumata und dem Rest.«

Ctesias schüttelte den Kopf, dann lehnte er ihn gegen seine Halsberge.

»Hätte ich die gleichen Anfänge durchlaufen, hätte ich mich vielleicht anders entwickelt. Vielleicht wäre ich einer von ihnen geworden, ein Mitglied der höchsten Kreise der Legion im Großen Kreuzzug, einer der Begünstigten, den man nicht nur für seine Macht, sondern für seine Weisheit respektiert.« Er lachte; es war ein trockenes Geräusch, das schnell in ein Husten überging. »Vielleicht auch nicht.«

Er atmete aus und spürte, wie seine Augenlider flatterten.

»Ich will nicht zurück. Ich will dies nicht tun müssen.« Er schüttelte den Kopf. »Aber was habe ich für eine Wahl?« Er nickte langsam. »Ja, ja, sehr richtig. Ich habe die gleiche Wahl, die ich immer habe. Keine. Gar keine. Und damit bin ich nicht allein. Zeig mir irgendjemanden, der glaubt, dass er eine Wahl hat, und ich zeige dir den größten Narren im Universum.«

Die großen, runden Käfige klimperten so leise, dass Ctesias es gerade noch hören konnte. Die Gezeiten des Warp tobten wild und stark. Zumindest hielten die Schutzzauber, die auf der Kammer lagen, das Schlimmste zurück. Zumindest gab es hier keine Stimmen.

»Ahriman ist sich so sicher«, sagte er nach einer Weile. »Er sieht die Erlösung. Für ihn ist sie zum Greifen nahe. Wir müssen sie nur erschaffen, sie vom Plan in die Realität umsetzen.«

Er schloss die Augen, als ein dumpfer Schmerz in seinen Schläfen pochte. Die Anstrengung seiner letzten Vorbereitungen verlangte ihm noch immer einiges ab. Sie war einer der Gründe gewesen, warum er in die Kammer der Käfige gekommen war. In Wahrheit war sie der einzige Ort auf dem Schiff, an dem er im Moment sein wollte, auch wenn er den Grund dafür nicht kannte.

Er schüttelte erneut den Kopf und nahm einen Kiesel aus einem Beutel an seiner Hüfte. Er war klein und grau und absolut unscheinbar, doch er kam von einer bergigen Insel auf einer Welt der Ozeane und des Eises. Eine eingeritzte Schlange wand sich über ihn und hielt eine Rune im Maul. Der Stein hatte nicht immer Ctesias gehört, doch er besaß ihn schon länger als der ursprüngliche Eigentümer. Sehr viel länger. Er ließ den Kiesel über seine Knöchel gleiten, ohne ihn anzusehen, ohne irgendetwas anzusehen.

»Es ist schlimmer als zuvor«, sagte er. »Schlimmer als beim ersten Mal, als wir den Rubrica-Zauber zum ersten Mal vorbereiteten. Er ist sich heute sicherer als damals. Ein solcher Glaube ist wie ein Feuer, das alles zu Asche verbrennen kann. Was die anderen betrifft … Manchmal wünschte ich, ich würde die Dinge sehen wie sie. Glaube ist so viel angenehmer als Zweifel. Und Ahriman ist sich *so* sicher … Nicht nur der Tatsache, dass er es tun kann, aber auch, dass er alle Möglichkeiten vorhergesehen und alle Fehler korrigiert hat. Ich denke, dafür müssen wir dir danken. All die Einsichten, die er je in Magnus' Werke und Wissen brauchte ... Ich schätze, ein gewisses Maß an Selbstsicherheit ist wahrscheinlich gerechtfertigt.«

Er lachte müde und ohne jede Belustigung. Der Kiesel wanderte langsam über seine Knöchel.

»Sanakht muss ihm geglaubt haben. Auch wenn er sich auf Amons Seite geschlagen hatte, der Keim seines Glaubens in Ahriman muss schon vorhanden gewesen sein. Warum sonst hätte er tun sollen, was er getan hat?«

Das Athenaeum drehte den Kopf, sodass seine blinden Augen Ctesias ansahen. Seine Lippen standen einen Moment lang still.

»Ich beneide ihn. Er hat geglaubt. Ich diene einfach nur.«

Er rieb sich den Nasenrücken.

»Weißt du, mich hat es nie gestört, dass die Wölfe gekommen sind. Oh, es hat mich gestört, dass sie den Ort vernichteten, der mich so viel lehrte und mich noch so viel mehr hätte lehren können. Aber ich habe es nie als ungerecht empfunden. Es *war* absolut gerechtfertigt.«

Er lachte.

»Mich hat noch nicht einmal die Heuchelei gestört, die ihr Schamanismus darstellt. Wir waren und sind Zauberer, und wir leben für die Macht und dafür, immer mächtiger zu werden. So war es damals und so ist es heute. Die meisten anderen glauben nur zu gerne, dass wir einen besseren Grund dafür hatten, was wir taten.«

Er ließ den Kiesel von seinem Handrücken schnellen und fing ihn zwischen Zeigefinger und Daumen.

»Den hier habe ich einem von ihnen abgenommen, als sie kamen, um meine Pyramide niederzubrennen. Er war quasi das Einzige, was noch von ihm übrig war, nachdem ich von ihm abließ. Alles, woran ich denken konnte, war, dass es Magnus' Fehler war, seiner und der der Sekhmet. Sie haben es über uns gebracht; die Wölfe waren nur die Reaktion. Ich erinnere mich daran, wie ich dachte, dass ich an ihrer Stelle nicht so blind gewesen wäre. Ich hätte es getan, weil es notwendig war, nicht, um einem Ideal zu huldigen. Darüber dachte ich nach, als ich die Wölfe zerriss. Der letzte von ihnen hatte eine bösartig aussehende Axt und eine Mähne, die auf seiner Rüstung rasselte, weil Steine in die Locken eingeflochten waren. Ich habe nur diesen einen an mich genommen. Habe ihn nie wieder verloren. Habe auch nie versucht, ihn zu behalten. Irgendwie ist er immer noch da, bei mir.«

Ein Hauch psionische Energie flackerte zwischen seinen Fingern und dem Kiesel auf. »So sind die Dinge einfach, nehme ich an. Sie verhalten sich nicht, wie man es erwartet.«

Er schwieg und das Athenaeum murmelte weiter, ohne ihn zu beachten.

Silvanus verließ den Sturm ebenso aus Instinkt wie aufgrund der Tatsache, dass sie am Ziel waren. Der Rumpf des Schiffes glänzte, als das Gellerfeld verschwand. Es lag in der Leere und wurde von Blitzen umspielt, während die Sterne hinter ihm von Wolken aus Gas und Staub verhüllt wurden, die sich schneller bewegten, als irgendetwas an diesem Ort es tun sollte. Der Stern im Herzen des Systems war als kränklich gelber Lichtpunkt zu erkennen. Silvanus sackte in der Navigationskuppel in sich zusammen. Seine Augen waren offen, doch er sah nichts wirklich an.

Der Sturm ist uns gefolgt, dachte er. Wogende Schwaden aus Energie rollten unter der Oberfläche des Vakuums daher und erfüllten das Blickfeld seines dritten Auges. Oder vielleicht waren sie schon immer da gewesen und er hatte sie nur … Nur gerade erst bemerkt.

Eine geballte Masse aus Müdigkeit und Schmerz stieg in seinem Schädel auf. Er würde den Medikamenteninjektor finden müssen, bevor es schlimmer würde. Süße, leere Bewusstlosigkeit: Er hatte sie sich verdient. Seine Aufgabe war erledigt. Es würde eine Zeit dauern, bis die anderen Schiffe eintrafen, und dann würde es noch Tage dauern, bis sie die Leere zwischen dem Punkt, an dem sie den Warp verlassen hatten, und dem Planeten zurückgelegt hatten. Es konnte noch so viel geschehen, doch egal was geschah, er hatte damit nichts mehr zu tun.

Mit zitternden Fingern griff er nach dem Vox und stellte die Verbindung her.

»Hier spricht Silvanus.« Er zögerte und leckte sich sauren Speichel von den Lippen. »Wir sind da.«

Ahriman schritt durch den Korridor und gab einen Gedankenbefehl nach dem anderen. Helio Isidorus folgte ihm auf dem Fuße.

Die Stimmung an Bord war angespannt.

+Wann fliegen wir zum Planeten?+, sandte Ignis, als er sich Ahriman anschloss. Die oberflächlichen Gedanken des Herrn des Ruins bildeten dichte Muster. Ahriman fiel auf, dass Ignis ihr Ziel nicht beim Namen genannt hatte.

+Wir starten, sobald alle anderen hier sind. Die *Pyromonarch* hat soeben den Warp verlassen und der Rest wird schon bald folgen.+

+Die Landungsschiffe absolvieren bereits die Startvorbereitungen.+

Ahriman sandte einen bestätigenden Gedanken. Er wusste, dass die Servitors und Sklaven begonnen hatten, die Schiffe bereitzumachen, und er wusste, dass Ignis wusste, dass er es wusste. Der Herr des Ruins redete, weil er es wollte, nicht, weil er es musste. Das war besorgniserregend.

Sie gingen ein paar Schritte und nur das Summen ihrer Rüstungen füllte die Stille. Er spürte, dass Ignis eine weitere Aussage vorbereitete und im Geist verschiedene Formulierungen durchging.

+Möchtest du etwas sagen, Bruder?+

+Es ist ruhig.+

+Ruhig?+

+Im Warp. Ctesias hatte recht. Er ist hochgradig instabil, und je näher wir dem System kommen, desto instabiler sollte er sein. Ich weiß es. Ich kann es sehen.+

Ahriman nickte.

+Worauf willst du hinaus?+

+Es ist ruhig, und das sollte es nicht sein. Der Warp und die Anwesenheit des Planeten sollten dabei sein, uns in Stücke zu reißen.+ Ahriman schwieg. Er wusste es, und er dachte zu wissen, warum. Ignis wartete eine geschlagene Minute lang, bevor er weiterredete. +Es fühlt sich an, als würde der Warp sich zurückhalten. Als würde er warten.+

Ahriman nickte.

+Das tut er+, sandte er. +Er wartet auf uns.+

Ctesias empfand das Übersetzen in die Realität als einen sanften Schlag in die Magengrube. Er hob den Kopf zur Decke und blickte in die Ferne zu einem Punkt, den er nicht sehen konnte, von dem er jedoch wusste, dass er da war.

»Wir sind da«, murmelte er, ohne den Blick zu senken. Er blinzelte, nickte einmal, warf den Runenstein in die Höhe und fing ihn wieder auf. Er öffnete die Hand und sah ihn noch einmal an. Die Rune für *Leben* funkelte ihn aus dem Maul der Schlange an.

»All …«, sagte das Athenaeum und das Wort ließ Ctesias herumfahren. Das Athenaeum stand in seinem Käfig und sah zur Decke empor. »All …«, sagte es noch einmal. »All meine Söhne … Wie ist es nur so weit gekommen?« Es sah Ctesias an. Seine Augen waren Kugeln aus kaltem Blau. Wie Sterne. Ctesias konnte sich nicht rühren. Seine Gedanken entgleisten. »Ihr werdet zu mir zurückkehren. Wenn es beginnt, werdet ihr zu mir zurückkehren. Und dann werdet ihr euch daran erinnern, was ich euch gesagt habe.«

X
KONVERSATIONEN

Die Überreste der imperialen Wachflotte trieben durch den kalten Weltraum. Hausgroße Brocken aus Felsbeton und Plaststahl drehten sich neben kleinen Punkten, die Leichen und Teile von ihnen darstellten. Mit der Zeit würde der Schutt von der schwachen Anziehungskraft des verwaisten Planeten erfasst werden, doch bis dahin würde er diesen Ort der Schande kennzeichnen.

Das Schiff näherte sich dem Schauplatz des Massakers mit Vorsicht und suchte das Trümmerfeld ab wie ein Trauernder, der auf einem Schlachtfeld nach einer bestimmten Person Ausschau hielt. Es war ein kleines Schiff, kaum einen halben Kilometer lang. Sein Rumpf war schwarz und die Besatzungsmitglieder, die durch die Gänge und Kammern huschten, trugen dunkle Gewänder mit roten und weißen Streifen. Dies war nicht einfach nur ein Kriegsschiff, sondern ein Gefährt, das von der Inquisition requiriert worden war und niemals zu den Kriegen seiner einstigen Existenz zurückgefunden hatte. Es hatte einen neuen Namen erhalten, als es seinen neuen Dienst angetreten hatte, und sein ursprünglicher Name war aus allen Aufzeichnungen getilgt worden. Sie war die *Thron des Blinden*, und sie umkreiste die Tore nach Prospero seit Jahrzehnten, überwachte die Wachflotten, ohne je in

Sensorreichweite zu gelangen, prüfte den Äther mit Kadern von Astropaths, deren Fähigkeiten die übliche Norm bei Weitem überschritten. Für jene, die Prosperos Geheimnis hüteten, war die *Thron des Blinden* die Antwort darauf, wer die Wächter bewacht.

Sie brauchte siebenundvierzig Stunden, um die Überreste von Calculus Logi Primus Lensus Marr zu finden.

Er erwachte unter Schmerzen und mit dem Gefühl von Nadeln im Körper.

<Subjekt ist bei Bewusstsein>, sagte eine mechanisch klingende Stimme. Marr konnte nichts sehen, und jeder Versuch, sich zu bewegen, resultierte in gleißender Agonie. <Fünfzig Prozent Kognition verbleiben, geschätzte Zeit bis zum Versagen der Biomaterie: sechshundertzwölf Sekunden.>

»Versucht nicht, Euch zu bewegen«, erklang eine krächzende Frauenstimme. Der harte Klang der Worte ließ Marrs Gedanken innehalten. »Ihr habt keine Arme oder Beine und auch kein Herz, darüber hinaus ist Euer Schädel gespalten.« Die kalte Tatsache hinter den Worten entging ihm.

Worüber redete sie? Was ging hier vor sich? Warum war er –

»Wir haben keine Zeit, und Ihr werdet bald sterben, Ihr müsst Euch also konzentrieren. Ihr müsst mir alles erzählen, woran Ihr Euch bezüglich der Zerstörung der Flotte erinnert.«

Er wollte etwas sagen, doch keine Worte folgten, nur ein hektisches Kratzen. Er hielt inne, als ihn neue Panik durchströmte.

Was war mit seiner Zunge passiert? Was mit seinen Gliedern? Sie hatte gesagt, dass er sterben würde.

»Ihr habt weder Kiefer noch Zunge. Eure Worte werden von einer Mnemofeder aufgezeichnet, die an Eure Wirbelsäule angeschlossen wurde. Sprecht und wir sehen, was Ihr sagen wollt. Konzentriert Euch auf meine Stimme und erzählt mir, was geschehen ist.«

Er erzählte es ihr. Er erzählte es ihr, während der Schmerz der Nadeln zu Unbehagen wurde und dann gänzlich verschwand. Er erzählte ihr alles, und das einzige Geräusch außer ihren Fragen war das Klappern und Kratzen, mit dem sich die Feder über das Pergament bewegte.

Er hielt inne, als ihm die Dinge ausgingen, die er erzählen konnte. Er fühlte nichts mehr.

Wie seltsam, dachte er mit kalter Losgelöstheit. *Ich habe mein ganzes Leben damit verbracht, mehr zu sehen und zu fühlen als jeder andere, und jetzt, wo das alles vorbei ist, vermisse ich es nicht einmal. Ich fühle mich frei. Ich fühle mich erleichtert.*

<Subjekt verliert kognitive Funktionen. Biomaterie versagt.>

»Was ist das Letzte, was die Stimme zu Euch gesagt hat?«, fragte die Frau beherrscht, aber dringlich.

Sie sagte ... Das Kratzen der Feder kam ins Stocken.

»Was?«

Sie sagte, sie seien die Söhne Prosperos. Sie sagten, dass sie endlich zurückkehrten. Sie sagte ...

Die Feder verstummte. Das einzige Geräusch, das blieb, war das sanfte Flattern des Pergaments, das sich auf den Boden ergoss.

In den letzten grauen Augenblicken seines Lebens lauschte Lensus Marr der Frauenstimme.

»Schickt die Signalbaken ab. Oberste Priorität. Versammelt die übrigen Wachflotten. Die Fünfzehnte Legion ist zu ihrem Grab zurückgekehrt.«

Marrs letzte Gedanken bildeten eine Frage, die niemand jemals hören sollte.

Warum ... Warum haben sie mir gesagt, wer sie sind?

Schwärze drang durch seine Gedanken und stellte sicher, dass seine Frage niemals beantwortet werden würde.

Der Wechselbalg streifte ein Gesicht ab und nahm das nächste an. Das letzte Gesicht war das einer Deckoffizierin gewesen. Sie war nicht gerade ideal gewesen, aber sie hatte es ihm gestattet, eine passendere Maske zu finden: das Gesichts eines Menschen mit Befehlsgewalt.

Auf der Brücke war er durch die Reihen von Servitors gegangen, hatte anderen Menschen zugenickt, die seinen Weg gekreuzt hatten, und die Tech-Adepten ignoriert, die sich um die monolithischen Maschinen kümmerten. Niemand hatte irgendetwas bemerkt. Der Wechselbalg wartete, bis er die breite Plattform unterhalb des Kommandothrons erreicht hatte.

Der Mensch auf der Konstruktion aus abgenutztem Stahl war ein Klumpen Fett in einer samtenen Uniform. Der Wechselbalg sah zum Commodore auf und salutierte.

»Second Lieutenant Cordat meldet sich zum Dienst als wachhabender Offizier, Commodore«, sagte er.

Der Blick des Commodores richtete sich auf den Wechselbalg. Seine Augen waren schwarze Perlen in einem unförmigen Gesicht.

»Ja, ja, kein Grund, herumzufuchteln und zu schreien, macht einfach.« Der Commodore wedelte dem anderen Menschen in Offiziersuniform am Fuß des Kommandothrons zu.

Der Wechselbalg trat näher und verbeugte sich. Der Offizier auf der Plattform erwiderte die Geste, dann überreichte er ihm einen Stab voller komplizierter Schaltkreise und eingelassener Reliefs von Sternen und Adlerschwingen. Der Wechselbalg nahm ihn entgegen und verbeugte sich noch einmal, dann richtete er sich auf und erklomm die Plattform mit präzisen, zackigen Schritten. Der andere Offizier bewegte sich gleichermaßen, nur von der Plattform fort.

Irgendwo auf der weitläufigen Brücke läutete eine große Glocke. Als sie verstummt war, schob der Wechselbalg den Stab in einen Schlitz auf der Plattform und versetzte dem Messinggehäuse den rituell notwendigen Schlag.

»Übernahme der Wache beim dritten Schlag der Stunde. Nichts rührt sich in der großen Weite der Sterne.«

»Verfluchte Pantomime«, knurrte der Commodore. Er hustete, dann zeigte er auf den Wechselbalg. »Ruft die *Verteidiger der Wahrheit* und findet heraus, warum sie so lange braucht, um mir eine Bereitschaftsmeldung zu übermitteln. Die gesamte Gruppe hätte vor sechs Glockenschlägen zum Übersetzen bereit sein sollen. Tatsächlich kenne ich die Antwort bereits. Es liegt daran, dass Helical in die Bilge hätte geworfen werden sollen, bevor er dieses Schiff unter seinem Arsch geparkt hat, und dass er wahrscheinlich Probleme mit dem Konzept hat, wie man einen Gedanken fasst. Aber …«, er lächelte und zeigte schimmernde silberne Falken auf seinen Zähnen, »wir müssen uns an die Etikette halten, nicht wahr, Cordat?«

»Aye, Commodore«, sagte der Wechselbalg und verlieh seiner Stimme den künstlich dienstbeflissenen Klang eines Mannes, der *wirklich* mehr sein wollte als ein Lieutenant. Genau wie Cordat es getan hätte. Der Commodore verzog die Lippen.

»Hm.« Der Commodore kniff die Augen zusammen. Ihm gefiel das Gesicht nicht, das der Wechselbalg trug. Dieses Missfallen war zu erwarten gewesen und bedeutete nichts anderes, als dass die Maskerade des Wechselbalgs perfekt war. Der Commodore öffnete den Mund, um fortzufahren, doch die Worte blieben ihm im Hals stecken. Aufgebrachte Stimmen klangen vom Rand der Plattform herüber. Der Wechselbalg drehte sich um und sah eine Gruppe von Soldaten, die eine schlanke Gestalt in grüner Robe auf die Brücke zerrten.

Der Wechselbalg trat ihnen entgegen. Arroganz prägte jede seiner Bewegungen.

»Halt. Was ist Euer Begehr?«, rief er. Hinter ihm schnaubte der Commodore, sagte jedoch nichts.

Der Mensch, der seinen Abzeichen nach das Kommando über die Gruppe hatte, trat vor.

»Wir bringen ihn her«, knurrte der Soldat und deutete mit der Klaue seines künstlichen Arms aus Messing und Plaststahl auf die Gestalt, die zwei der Soldaten hielten. Die grüne Robe war blutbefleckt und Speichel troff von den Lippen des Mannes. Er war einer der verstümmelten Psykers, die das Imperium benutzte, um über die unvorstellbaren Weiten der Galaxis hinweg zu kommunizieren. Dieser hier hatte nicht mehr als eine Handvoll albtraumhafte Jahre vor sich, bevor er ausbrannte, doch im Moment hatte der sabbernde Mensch noch genug Energie, um die ihm zugedachte Rolle zu erfüllen.

»Ihr dürft passieren«, sagte der Wechselbalg und rümpfte die Nase, als die Soldaten und der Astropath an ihm vorbeigingen.

»Kald«, sagte der Commodore zum Anführer und nickte knapp. Der Soldat erwiderte die Geste. Der Wechselbalg wusste, dass diese Zurschaustellung von Kameradschaft zwischen einem Offizier und einem Untergebenen Cordat verärgert hätte, und passte sein Gesicht dementsprechend an. Der Commodore bemerkte es, doch er ignorierte das Unbehagen seines wachhabenden Offiziers.

»Wir mussten ihn herbringen, Commodore.« Der Mann nickte in Richtung des Psykers. »Er sagte, er habe eine Nachricht, die er Euch persönlich überbringen muss.«

»Danke, Kald«, sagte der Commodore und wandte seinen Blick dem Psyker zu. Missfallen kroch förmlich über seine Speckfalten, als er den Mann ansah. »Was habt Ihr mir zu sagen, Astropath?«

Der Psyker nahm einen tiefen Atemzug und leckte sich über die Lippen.

Der Wechselbalg wartete. Er wusste, was kommen würde und warum. Immerhin war das der Grund dafür, dass er zu genau diesem Zeitpunkt auf genau diesem Schiff war.

»Eine blaue Sonne, die ein Auge ist, brennt an einem Himmel aus schwarzem Stein«, krächzte der Astropath. »Silberne Adler kreisen mit Blitzen in den Klauen. Speere fallen vom Firmament.«

»Silberzüngiges Hexenwerk«, flüsterte der Wechselbalg mit Cordats Stimme und schüttelte leicht den Kopf. Cordat hätte das gesagt – oder etwas anderes, wenn auch gleichermaßen Dämliches. Ihm wäre ebenfalls entgangen, dass der Commodore bei diesen Worten alle Farbe verloren hatte.

»Ruhe, Cordat!«, brüllte der Commodore von seinem Thron herab und verteilte Spucke auf seiner Uniform. Der Wechselbalg sprang zurück, als hätte ihn jemand geschlagen, und murmelte eine Entschuldigung. Der Commodore beachtete ihn nicht; er starrte den Astropath an.

»Bedeutung bestätigen«, sagte der Commodore mit belegter Stimme.

Der Astropath drehte den Kopf, als würde er sich umsehen, obwohl er schon lange keine Augen mehr hatte.

»Nicht alle sollten …«

»Bedeutung bestätigen!«

Der Astropath fuhr zusammen, dann sammelte er sich und nickte.

»Es ist, wie Ihr vermutet«, sagte er. Ein Schweißtropfen fiel ihm von der Nasenspitze.

Der Commodore nickte langsam, ohne den Blick vom Astropath abzuwenden.

»Kald.« Die Stimme des Commodores war leise, aber hart. »Findet Commissar Sarn. Sagt ihm, dass wir das gesamte Schiff in den strengen Wachzustand bringen müssen. Geht.« Der Soldat salutierte und verließ die Brücke.

Der Wechselbalg öffnete den Mund, um die Art von dummer Frage zu stellen, die der Commodore von Cordat erwartete. Der Commodore kam ihm zuvor.

»Cordat, ruft alle Schiffe. Sofortige volle Kampfbereitschaft. Wir setzen beim nächsten Glockenschlag in den Warp über. Alle Schiffe sollen in den strengen Wachzustand übergehen. Tut es umgehend, Cordat, und tut es, ohne die idiotische Frage zu stellen, die Euch auf der Zunge liegt.«

Der Wechselbalg blinzelte mit Cordats Augenlidern, dann setzte er sich in Bewegung und schrie andere Offiziere und Besatzungsmitglieder an. Die riesige Brücke füllte sich mit geschäftigem Lärm. Der Commodore gab auf dem Tastenfeld des Throns Befehle ein. Pictschirme senkten sich an Gelenkarmen aus Messing herab. Dem Commodore standen Schweißperlen auf dem fleischigen Gesicht und in jeder von ihnen spiegelten sich die blau leuchtenden Datenkolonnen.

Der Wechselbalg ließ von seinen Aufgaben ab und wandte sich dem Menschen auf dem Thron zu.

»Welchen Kurs, Commodore?«

Der Commodore sah ihn an.

»Sagt den Navigatoren, dass sie die Karten mit dem Symbol des Hammers nehmen und die Siegel brechen sollen. Sie werden uns an einen Ort namens Prospero bringen.«

Das Schiff um sie herum versank in einer Kakophonie verschiedenster Geräusche. Maschinen klapperten und summten, Stimmen riefen im Rhythmus der Befehle, das Deck vibrierte vom Brüllen der Reaktoren, die aus ihrem Schlummer erwachten.

Der Blick des Commodores huschte über die Schirme, die ihn umgaben. Seine Finger tanzten über die Elfenbeintasten in den Armlehnen. Die Schirme rotierten so schnell um ihn herum, dass man ihnen kaum folgen konnte. Sein Mund war eine dünne Linie inmitten aufgedunsener Wangen.

Der Wechselbalg setzte an, die Frage zu stellen, die Cordat sich nicht hätte verkneifen können.

»Commodore, warum –«

»Weil wir gerufen wurden, Dummkopf! Wir wurden von der Inquisition in den Krieg gerufen.« Der Commodore sah zum Wechselbalg herab und die Kreatur sah Furcht in den Augen des Menschen, große Furcht. »Und irgendetwas sagt mir, das wir nicht die Einzigen sind.«

Knekku brauchte eine Sekunde, um zu Magnus' Turm zu gelangen. Es war die längste Sekunde seines Lebens. Panik und Kontrolle rangen in seinen Adern und Nervenbahnen miteinander. Alles, woran er denken konnte, war der brüchige Klang von Magnus' Ruf, der in seinem Geist widerhallte. Als er die Spitze des Turms des Zyklopen erreichte, trat er von der Flugscheibe und kniete nieder, ohne den Thron vor sich anzusehen.

+Exzellenz+, sandte er.

+Erhebe dich …+, sandte der Karminrote König. Der Befehl brachte ihn auf die Beine, doch er hielt weiterhin den Blick abgewandt. Etwas hielt ihn davon ab, hinzusehen. +Sieh mich an.+ Knekku rührte sich nicht. Diese Worte waren kein Befehl gewesen, sondern eine Bitte. +Sieh mich an, mein Sohn.+

Er sah auf. Die Gestalt auf dem Thron war ein Engel aus Kupfer und Silber. Schwarze Hörner sprossen aus seiner Stirn und weiße Schwingen hingen über seinen Schultern. Er war ein Abbild der Erhabenheit und der Macht.

Doch an den Federn klebte Blut und unter der kupferfarbenen Haut zeichneten sich die Knochen ab. Sein Auge war halb geschlossen, als hätte er Mühe, es offen zu halten. Magnus verströmte kein gleißendes Licht, nur einen Nebel der Ermattung, der sich hob und senkte wie der Atem des Meeres.

+Wo seid Ihr gewesen, Exzellenz?+ Knekku spürte, wie die Frage sich seiner Kontrolle entzog, bevor er sie aufhalten konnte.

Der Karminrote König hob den Kopf und sah Knekku an, als hätte er ihn erst jetzt bemerkt.

+Mein Sohn …+, sandte er, und seine Lippen bewegten sich synchron zu seiner Gedankenstimme. +Mein Sohn …+

Knekku zwang eine Woge der Bestürzung nieder.

+Wie kann ich Euch dienen, Exzellenz?+

+Ich habe …+ Der Karminrote König starrte ihn an und ließ den Gedanken auslaufen. +Ich habe die Pfade beschritten. Ich habe die Stürme beschritten. Ich habe gesehen, wo die Blitze geboren werden, Ctesias. Bist du da? Ich war der Blitz und die Wut …+

Knekku spürte, wie ihm das Blut aus den Herzen wich.

Ctesias? Seine Gedanken rasten. *Warum hat er mich Ctesias genannt? Was hat diese ausgedörrte Abscheulichkeit mit …?*

Kontrolle, dachte er und überwand die Abwärtsspirale aus Fragen und Panik. *Kontrolle.*

Nicht zum ersten Mal musste er sich daran erinnern, dass jeder Wortwechsel mit dem Karminroten König bedeutete, mit einem Wesen zu reden, das an mehreren Orten zugleich und nicht immer mit der gleichen Person sprach.

+Exzellenz, ich werde Sar'iq rufen.+

+Nein!+ Der Befehl warf Knekku zu Boden. Schmerzen und Lichter flackerten durch seinen Schädel. Ein langer Moment verstrich, bevor Magnus wieder sprach, und diesmal waren seine Worte leise, beinahe zerbrechlich. +Nein … Sar'iq ist ein Werkzeug. Du verstehst es. Ich brauche dich, mein Sohn. Ich brauche dich.+

Knekku hob den Kopf und sah, dass der Karminrote König zitterte.

+Ich … Ich habe versucht, es zu sehen, Knekku. Ich habe versucht, im Herzen des ewigen Hofes um die Zukunft zu feilschen. Ich …+

Knekkus Gedanken erstarrten. Leere erfüllte ihn und er fiel, ohne sich zu bewegen, stürzte Hals über Kopf in die Bedeutung dessen, was sein Herr und Meister ihm sagte.

+Aber ich war nicht allein. Ich … Ich konnte sie nicht sehen.+ Der Karminrote König schüttelte den Kopf. Diese mundane Geste war erschreckender als alles, was Knekku je gesehen hatte. +Ich dachte, sie wären fort. Sie sollten fort sein. Es sollte nur noch ich sein.+ Bei den letzten Worten erhob sich die schmale Gestalt vom Thron. Ihre Haut riss auf und sie blutete Magma. Feuer loderte über ihren Körper. Sie verströmte Zorn und Stolz in spürbaren Wellen. Der Boden brach vor Hitze auf. Knekku trat zurück und spürte, wie der Zorn durch seine Gedanken brandete. Er kämpfte darum, die Kontrolle zu bewahren aber …

Der Karminrote König sackte auf seinen Thron zurück und das Feuer verschwand so schnell, wie es gekommen war. Sein Kopf fiel nach vorn und er schloss das Auge. Als er wieder sprach, war seine Stimme spröde.

+Ich brauche dich, Knekku. Ich habe …+

Der Gedanke verflog.

Knekku lief ein Schauer über den Rücken.

Wo seid Ihr gewesen, Exzellenz? Was ist passiert?

Der Karminrote König bog den Rücken durch und packte die Armlehnen des Throns. Der schwarze Stein splitterte. Seine Fingerspitzen zerfielen zu Asche. Knekku trat vor, als Magnus' Arme sich in einer Staubwolke vom Thron erhoben. Seine Haut war nicht länger kupfern, sondern dunkelgrau, seine Schwingen die verbrannten Zweige knorriger Bäume. Der Wind strich trocken über den Turm.

+Exzellenz!+, rief er, als der Karminrote König sich auflöste. Im Mittelpunkt des Staubsturms hob sich der gehörnte Kopf und das Auge öffnete sich einen Moment lang. Um den Mund herum taten sich Risse auf.

+Ich habe einen Fehler gemacht, mein Sohn. Ich habe einen schwerwiegenden Fehler gemacht.+

Der Wind hob an. Knekku sprang auf die Plattform und streckte die Hand nach seinem Herrn aus. Dann war der Wind fort und er stand vor einem leeren Thron.

XI
PROSPERO

Der tote Planet trug seine Verheerung wie eine Krone. Ein Leichentuch aus Wolken zog sich um ihn herum. Blitze zuckten durch niemals endende Stürme, die sich über Tausende Quadratkilometer erstreckten. Berge brachen durch die eisengraue Decke. Bisweilen zuckte ein Blitz irrsinnig hoch aus der Atmosphäre und berührte die Trümmer, die sich im Orbit drehten.

Ahriman stand auf dem höchsten Turm der *Wort des Hermes* und sah durch ein kristallenes Aussichtsfenster auf Prospero herab, das vor ihm immer größer wurde. Die Gedanken seiner Brüder zogen in seinem Geist ihre Kreise. Im leeren Raum über dem Schiff zog der Rest der Flotte dahin. Es gab keine Unruhe, keinen wahnsinnigen Sturmlauf zu den Landungsschiffen, nur präzise Befehle, die per Gedankenkraft übermittelt wurden. Sie würden kontrolliert so niedrig wie möglich vor Anker gehen. Und wenn sie erst in Position waren …

Er hob den Kopf und schloss die Augen.

+Bereitmachen zur Landung.+ Der Gedanke erreichte seine Brüder ohne jede Verzögerung.

+Wer wird mit dir gehen?+ Die Frage kam von Kiu, dessen Geist hart und angespannt war.

+Ihr alle+, erwiderte Ahriman. +Und alle unsere Brüder.+

Die Triebwerke fuhren herunter und verstummten. Außerhalb des Landungsschiffes tobte der Wind und warf den Regen gegen den Rumpf. Ignis sah sich um. Niemand im Abteil rührte sich.

Er verspürte den Drang, seine Gedanken auszusenden, dann hielt er inne. Er wollte den Warp hier nicht spüren. Noch nicht. Nicht, bevor er es musste.

Neben ihm gab Credence einen Stoß aus Binärcode und Rauschen von sich. Ignis antwortete nicht. Er sah Ahriman an. Ihr Anführer rührte sich nicht.

Das Blau und Rot von Ahrimans Robe wirkte im gelben Licht des Abteils schwarz. Er hielt seinen Stab quer über den Knien; sein Umriss verschwamm ständig von Neuem. Ctesias saß ihm gegenüber und hatte den Kopf an seinen eigenen Stab gelehnt. Streifen getrockneter Haut voller Schriftzeichen hingen von der Rüstung des Beschwörers wie ein Federumhang. Sie raschelten, während seine linke Hand mit einem Kiesel spielte. Ignis hätte gesagt, dass Ctesias betete, wenn diese Aussage nicht so lächerlich gewesen wäre. Neben ihnen saßen schweigend sechzehn Rubrica-Marines.

»Die anderen Schiffe dürften mittlerweile die obere Atmosphäre passiert haben.« Ignis' Stimme dröhnte durch sein Voxgitter. Es waren fünfundsiebzig Sekunden vergangen, seit das Landungsschiff die Triebwerke abgeschaltet hatte. Er hatte sie gezählt.

Ahriman drehte sich abrupt um, erhob sich jedoch nicht. Genauso wenig wie Ctesias.

Ignis wartete noch fünf Sekunden, dann stand er auf. Seine Terminator-Rüstung löste sich von der Wand, als er sich aufrichtete.

Ahriman sah sich noch einmal um, dann stand er auf. Die Luke war direkt neben ihm. Der Regen trommelte auf den Rumpf. Ctesias wuchtete sich begleitet vom Rascheln toter Haut auf die Beine. Ignis fühlte ein Murmeln der Willenskraft von Ahriman und alle Rubrica-Marines erhoben sich gleichzeitig.

Ahrimans Hand schwebte über dem Bedienfeld der Ausstiegsrampe. Ignis sah, wie seine gepanzerten Finger mehrere Tasten drückten. Er hielt den Atem an. In der stets im Fluss befindlichen Geometrie seiner Gedanken hatte er die verstrichenen Sekunden aus den Augen verloren.

Ahriman drückte die letzte Taste.

Kolben knirschten und zischten.

Ein dünner Streifen Licht erschien an den Rändern der Rampe.

Der Streifen wurde breiter und wuchs zu einem grauen Rechteck an, durch das Regen peitschte. Die Rampe senkte sich, bis sie im Matsch versank. Ahriman stieg aus. Wasser ergoss sich über seine Rüstung. Ignis sah, wie der Lack Blasen warf, als Säure ihn zersetzte. Ahriman erreichte das Ende der Rampe. Ignis sah die undeutlichen Umrisse von Bergen in der Ferne. Ahriman bückte sich und der Handschuh seiner linken Hand faltete sich mit einer Reihe von Klicklauten zusammen. Der Regen zischte, als er auf seine Haut traf. Langsam ging er noch tiefer und nahm eine Handvoll Schlamm auf. Der feine graue Schlick zerlief, als Ahriman die Finger bewegte.

Dann ließ er die Hand sinken.

Ignis spürte, wie die Luft, die er angehalten hatte, in einem langen Atemzug entwich. Ein Schimmern ging von Ahriman aus und ein feiner Dunst hüllte ihn ein, als der Regen verdampfte, bevor er ihn berührte. Die rote Haut auf seiner Hand glühte und wurde wieder glatt und unversehrt. Auf seiner Handfläche blieb ein kleiner Haufen grauer Staub zurück. Ahriman schloss die Hand darum und trat von der Rampe auf die Oberfläche Prosperos.

Irgendwo am Rande von Ignis' Wahrnehmung, an einem Ort, an dem sein Geist Muster bemerkte, die nicht einmal er erklären konnte, spürte er, wie sich etwas Gewaltiges, nicht Greifbares, aber Schreckliches regte.

Sie gingen durch die graue Welt. Der Regen fiel ohne Unterlass und zischte, als er den Lack von den Rüstungen der Rubrica-Marines ätzte. Ctesias wollte schreien. Er hatte schreien wollen, seit das Landungsschiff in die Atmosphäre eingetreten war. Nun, auf der Oberfläche, mit seinen Stiefeln tief im Schlamm, verlangte es ihm alles ab, den Schrei nicht einfach herauszulassen. Es war nicht sein Schrei. Es war Prosperos.

Er spürte sie, sie alle, all die gefangenen Echos der Pein und der Wut und der Verwirrung, die in jedem Staubkorn und jedem Regentropfen tobten. Prospero war nicht länger ein Planet. Es war ein Leichnam, und die Echos seiner Ermordung hielten sich an den Gebeinen fest.

Er warf Ignis einen Blick zu, aber der Herr des Ruins zeigte keinerlei Anzeichen, dass er Ctesias' Unbehagen teilte. Graue Sturzbäche liefen an seiner Terminator-Rüstung herab, ohne irgendwelche Spuren zu hinterlassen. Credence ging hinter seinem Herrn; seine mechanischen Füße krachten in den Schlamm und machten schmatzende Geräusche, wenn er sie wieder hinauszog. An der Spitze der Kolonne schritt Ahriman. Er war allein, und Hitze und Dampf ließen die Luft um ihn herum verschwimmen. Die Rubrica-Marines folgten ihm. Ihre blaue Rüstung war mittlerweile grau, als würde die Welt sie langsam zurückfordern. Der Rest der Landungsschiffe war angekommen, nachdem Ahriman das ihre verlassen hatte, und nun war jeder Thousand Son der Flotte bei ihnen auf der Oberfläche. Gilgamos, Kiu, Gaumata und die anderen Zauberer schritten irgendwo hinter ihnen durch die Düsternis und schleiften ihre toten Brüder vorwärts.

+Halt.+ Ahrimans Befehl durchschnitt die Schreie der Toten und Ctesias hielt an, bevor ihm klar wurde, was er tat. Die Rubrica-Marines erstarrten auf der Stelle. Credence kam mit rumpelnden Getrieben zum Stillstand.

Ahriman ging immer noch weiter. Seine Schritte brachten ihn zum höchsten Punkt eines kleinen Hügels, der vor ihnen aufgetaucht war. Der Regen umgab sie wie eine Wand aus Holzkohle. Donner erschütterte den Himmel und Blitze verwandelten den Regen in ein Dickicht fallender Pfeile. Ahriman blieb stehen und winkte Ignis und Ctesias zu sich.

+Kommt+, sandte er. +Das solltet ihr sehen. Ihr beide.+

Ctesias zögerte. Er spürte, wie ihm etwas Feuchtes aus Nase und Ohren rann. Er schmeckte Eisen. Ignis ging an ihm vorbei und an Ahrimans Seite. Ctesias blinzelte, als ein Schwall Geräusche über ihn hereinbrach. Eine Sekunde lang dachte er, er hätte einen Wolf heulen gehört. Nein, das stimmte nicht. Er hatte es nicht gedacht. Er *hatte* einen Wolf heulen gehört, aber dieses Heulen war vor Tausenden von Jahren ausgestoßen worden. Er schluckte das Blut in seinem Mund herunter und folgte mühsam Ignis und Ahriman.

Vom Hügel aus sah die Landschaft ebenso grau aus, wie sie an seinem Fuß gewirkt hatte.

+Was sollen wir hier sehen?+, fragte Ctesias, ohne sich die Mühe zu machen, seine Erschöpfung zu verbergen.

+Macht dir etwas zu schaffen, Beschwörer?+, fragte Ignis flach und kalt.

+Dieser Ort … Er …+

+Er ruft nach dir+, sandte Ahriman. Ctesias hob den Kopf und sah in Ahrimans Augenlinsen. +Der Schmerz und die Wunden der Vergangenheit sind hier sehr nah. Diese Welt ist eine Narbe über einem tiefen Einschnitt.+

Ctesias blinzelte und wankte.

Im Regen waren Schemen. Graue Schemen, goldene Gestalten, das Blitzen scharfer Kanten, das Brüllen des Feuers, das Kreischen einer Klinge, die eine Kehle durchtrennte, und Blut, rot wie verstreute Rubine, und Zähne, und …

»Ich kann sie hören«, stieß Ctesias durch zusammengebissene Zähne hervor. »Ich kann sie sehen. Sie sind noch hier.«

+Echos+, sandte Ahriman, und der Wirbelwind aus Geräuschen und Bildern heulte auf, als wollte er antworten. +Echos und Tod und Fragmente alter Leben, die sich wie Stofffetzen an Dornen verfangen haben.+

»Ich …«, knurrte Ctesias. Er spürte, wie all die sorgfältig errichteten Mauern in seinem Geist Risse bekamen. Warum geschah das? Er hatte mehr Kontrolle. Hatte ihn etwas geschwächt? Unzählige Scherben dämonischer Namen warfen sich gegen die Wände ihrer Gefängnisse. Er löste sich von innen heraus auf.

Eine Kettenklinge mit wirbelnden Zähnen schoss auf ihn zu. Feuer und Rauch wallten in die Höhe. Gestalten fielen, Gliedmaßen brachen wie Zweige, und überall waren die Wölfe. Sie sprangen durch die Feuer und ihr Pelz schien vor dem Inferno schwarz …

+Ctesias+, sagte jemand, und er spürte, wie Hände ihn vom Boden hochhoben. +Bruder.+

Bruder … Bruder … Bruder …

Mit dem Wort kam die Ruhe. Er blickte auf und sah keinen Wolf, sondern einen Berg aus Orange und Schwarz – Ignis. Der Herr des Ruins ließ ihn los und trat zurück. Ctesias hörte noch immer die Wölfe durch die Jahrtausende heulen.

+Ich höre sie auch, Bruder+, sandte Ignis. Ctesias blinzelte. Er wusste nicht, was er sagen sollte, oder ob er überhaupt etwas sagen sollte.

Bruder. Der Herr des Ruins hatte ihn nicht Bruder genannt, seit …

+Wir alle hören und sehen sie, Ctesias+, sandte Ahriman. Ctesias drehte sich zu ihm um. +Du bist vielleicht etwas anfälliger für sie.+

+Weil ich so für meine Sentimentalität bekannt bin?+

+Nein+, sandte Ignis gelassen. +Weil du immerhin eine halbe Seele hast.+

Ctesias hätte am liebsten gelacht.

+Wie immer danke ich dir für deine Einsicht+, sandte er, dann fügte er hinzu: +*Bruder.*+ Er sah in die vom Regen verhüllte Ferne. +Von diesem Moment der Bruderschaft abgesehen, warum hast du uns hergebracht, Ahriman? Ich sehe nichts, was diesen Ort von Hunderten anderen abhebt, an denen wir vorbeigekommen sind.+

Ahriman deutete in die Ferne. Ctesias folgte seiner Hand und der Vorhang aus Regentropfen hob sich vor seinen Augen.

Kristallsplitter ragten aus dem Schlamm und erstreckten sich in Richtung der grauen Berge wie die ausgeschlagenen Zähne eines Gottes. Manche erhoben sich Hunderte Meter in den aufklarenden Himmel, andere lehnten aneinander, als wollten sie sich gegenseitig stützen. Verdrehte Metallstreben und Schutthaufen lagen zwischen den Umrissen verfallener Steinbauten. Risse zogen sich über die offenen Flächen und um Inseln aus Trümmern herum. Wasser umspülte die Flanken steiler Aschedünen. In der Ferne sah Ctesias ein wogendes schwarzes Wellenband, das sich bis zum Horizont erstreckte.

+Das Meer …+, sandte er, ohne es zu wollen. Ahriman nickte langsam, ohne den Blick von dem Durcheinander aus Kristall und Asche abzuwenden. Ctesias sah Lücken in den Ruinen, Linien und Senken, die größere Ansammlungen unterteilten. +Dann ist das …+

+Tizca+, sandte Ahriman.

Ctesias blinzelte. Über der Asche und den Ruinen erhob sich eine andere Stadt, eine strahlend helle Stadt. Das Sonnenlicht spiegelte sich in den Flanken der Kristallpyramiden. Gepflasterte Straßen verliefen zwischen Gebäuden aus Marmor. Bronzestatuen starrten von den höchsten Punkten der Tempel in den Himmel. Dann kamen die Flammen und das Heulen der Drop Pods, die aus einem rauchverhangenen Himmel stürzten. Feuer wüteten in den Herzen der Pyramiden und die Straßen wurden von rennenden Gestalten und Mündungsfeuer bevölkert. Er blinzelte, und die Erinnerungen wurden von der Gegenwart überlagert. Die gleißenden Pyramiden wurden zu Haufen aus gesplittertem Glas und die Feuer zu Asche.

Ich stehe dort, wo einst das äußere Tor von Tizca gestanden hat, dachte Ctesias. *Dieser Haufen Asche ist einst die Schwelle zur Stadt des Lichts gewesen.* Ein letzter spärlicher Regenguss prasselte auf die Streifen getrockneter Haut, die von seiner Rüstung hingen.

Ctesias drehte sich um, als er schmatzende Schritte hörte. Kiu, Gaumata und Gilgamos kamen den Hügel zu ihnen herauf. Hinter ihnen folgten Reihe um Reihe Rubrica-Marines. Dampf stieg von ihren säurezerfressenen Rüstungen auf, doch er bemerkte, dass das Blau scheinbar über die Schäden zurückfloss. Die Augen der Rubrica-Marines waren helle Lichtpunkte.

Ctesias riss seinen Blick von ihnen los und sah wieder die Ruinen von Tizca an. Der Niederschlag zog sich weiter zurück, und der Himmel wurde heller. Die Stimmen der Vergangenheit in seinem Kopf wurden leiser.

+Prospero weiß, dass wir hier sind+, sandte Ignis.

+Es will uns nicht hier haben+, erwiderte Ctesias.

Niemand reagierte darauf. Ahriman stand ein Stück weit von ihnen entfernt. Er war regungslos und das Strahlen seines Geistes zu einer harten Kugel verdichtet. Ctesias fragte sich, was er vor sich sah, und war froh, dass er es nicht wusste.

+Die Zeit ist gekommen+, sandte Ahriman schließlich. Sein Geist dehnte sich aus. Er fühlte sich härter an, selbstsicher, und die Antwort bestand aus einem Murmeln wachsender Entschlossenheit. Sie alle wussten, was ihnen bevorstand. Sie alle hatten sich darauf vorbereitet.

Die Stimmen bedrängten Ctesias' Sinne. Er wollte zurück aufs Schiff, zurück in die Ruhe der Kammer der Käfige, zurück zum Athenaeum. Ihm fiel auf, dass er sich mit jedem Schritt mehr auf seinen Stab stützte.

Ahriman ging den Hang hinab auf die Ruinen Tizcas zu, und hinter ihm kamen alle Toten und Lebenden der Legion, die es einst Heimat genannt hatte. Niemand sprach ein Wort. Die Wolken über ihnen waren verschwunden; die Sonne war bereits im Sinken begriffen und der erste Hauch der Nacht färbte den Rand des Himmels dunkel.

Sie hielten inmitten einer weitläufigen Senke zwischen den Ruinen an. Ignis erkannte den Ort zuerst nicht. Breite Risse zogen sich durch den Boden und ein schiefer Finger aus Bronze und Kristall ragte aus einem Haufen Schutt hervor. Dann berechnete er, wie weit sie gelaufen waren, und setzte es in Relation zu den Bergen und dem Meer. Sie standen dort, wo einst der Occullum-Platz gewesen war. Die Schlacht, Zauberei und Erosion hatten den Boden zersetzt und ausgehoben, sodass sie nunmehr zehn Meter unter dem einstigen Platz standen. Die Spitze aus verdrehter Bronze in seiner Mitte war das Rückgrat des Kristalls, der das Licht der Sterne in die Spiegelhöhlen einen Kilometer unterhalb der Stadt gebracht hatte.

Ahriman stand nahe der Mitte des Platzes, der einst das Zentrum sowohl der Stadt als auch des Reichs der Thousand Sons dargestellt hatte, und hob den Schwarzen Stab.

Jeder Rubrica-Marine und jeder Zauberer auf dem Platz und in den Ruinen ging an seinen Platz. Von oben gesehen bildeten sie ein Muster, das der Geometrie der zerstörten Stadt nachempfunden war. Ignis spürte, wie das Muster alles andere aus seinem Geist verbannte. Er hatte es entworfen, aber es in der Realität zu sehen glich nichts, was er je empfunden hatte. Ein öliger Nebel löste sich von ihnen und verschmutzte die dunkler werdende Luft. Nebel stieg auf, als das Wasser in den Pfützen und Rinnsalen verdampfte.

Ignis spürte, wie Hitze und Eis unter seine Haut krochen, während er seine Gedanken mit denen seiner Brüder synchronisierte. Es gab einen Augenblick des Gleichgewichts, in dem er wusste, dass er mit jedem anderen Thousand Son auf Prospero verbunden war. Er spürte die geschmolzenen Gedanken von Gaumata, das Rasseln von Ctesias' Erinnerungen und hinter ihnen den kalten Ozean der Rubrica-Marines. Dann veränderte sich die Form von Ahrimans Willen und Ignis biss die Zähne zusammen, als ihn gewaltige Macht durchströmte. Er zitterte und spürte, wie Ahrimans Geist in die nächste Konfiguration überging, sich erhob und eine Ebene der Komplexität und Kontrolle nach der anderen erreichte.

+Ist das weise?+, hatte Ignis gefragt, als Ahriman sein Vorhaben erklärt hatte.

+Weise?+ Ahrimans Gedankenstimme war ruhig gewesen, ohne jede Spur von Überraschung oder Vorurteil. +Nein, weise ist es wohl nicht, aber es ist notwendig.+

Ein neuer Willensimpuls ging durch Ignis hindurch und er spürte, wie dieser seinem Geist eine neue Form verlieh. Er hörte Wörter in sich aufsteigen, knapp jenseits seiner Wahrnehmung.

+Du weißt nicht, was kommen wird+, hatte er gesagt und das Unbehagen gespürt, mit dem der Zirkel auf seine Gedanken reagiert hatte.

+Das tue ich, und sie müssen dort sein+, hatte Ahriman erwidert. +Ich schulde es ihnen.+

Der Himmel über den Ruinen von Tizca war klar. Polarlichter glommen über dem Platz und wechselten zwischen violetten und orangefarbenen Tönen hin und her.

+Sie werden nicht rechtzeitig ankommen+, hatte Ignis gesagt. +Die Gezeiten des Warp werden sie über die Jahrhunderte verstreuen. Manche könnten es bereits versucht haben und gescheitert sein.+

+Nein+, hatte Ahriman erwidert. +Der Ruf wird sie erreichen, und jene, die es können, werden kommen.+

Ignis' Geist war nicht länger in seinem Körper; er war über die zerstörte Stadt verteilt und am Himmel über ihnen und im Boden unter ihnen. Die Gebeine Tizcas heulten und vibrierten im Einklang mit den Gedanken der Thousand Sons. In den Spiegelhöhlen einen Kilometer unter der Oberfläche begannen die Kristalle zu leuchten.

+Sie werden ihn hören und kommen+, hatte Ahriman gesagt. +Der Moment wird rufen und der Warp wird zuhören. Wir haben ein Muster in Gang gesetzt, indem wir zurückgekehrt sind, ein Muster, das seine eigene Energie hat, ein Muster, das andere Ereignisse nach sich zieht. Du weißt es, Ignis. Prospero war unsere Heimat, und was geschehen wird, stellt den Nexus eines neuen Anfangs dar.+

Ignis spürte einen letzten Moment des Ausrichtens und die Worte, die in ihm aufgestiegen waren, brachen aus ihm hervor und schossen ins Jenseitige. Die Polarlichter glühten auf. Unter seinen Füßen bebte der Boden.

+Sie werden kommen, selbst wenn es unmöglich scheint, selbst wenn sie nicht wissen, warum. Die Zeit wird sie nicht aufhalten. Manche mag der Ruf bereits erreicht haben, auch wenn wir noch nicht einmal begonnen haben. Dies ist weder Kausalität noch eine Prophezeiung. Es ist Schicksal.+

Der Energieschub versiegte. Um Ignis herum war der Schlamm getrocknet und aufgesprungen. Er fühlte sich ausgezehrt und schwankte, doch er wusste, dass dies erst der Anfang war. Er sah zu Ahriman hinüber. Eine Aura aus staubbeladenem Sonnenlicht umgab ihn und pulsierte, als folgte sie dem Takt langsamer Atemzüge.

+Was tun wir jetzt?+, sandte Ctesias und flocht so viel von seinem Schmerz in die Nachricht ein, wie er konnte. +Warten?+

Ahriman deutete gen Himmel.

+Seht+, sandte er.

Dort – in Verlängerung von Ahrimans ausgestrecktem Arm – funkelten Sterne am dunkler werdenden Himmel.

»Schiffe …« flüsterte Kiu.

Ahriman ließ die Hand sinken.

+Sie haben uns gehört. Sie sind hier.+

XII
TORE

Die *Monolith* fiel in die Realität zurück. Die Dämonen an ihrem Rumpf verblassten zu Lichtflecken und schattenhaften Formen. Nur die stärksten blieben zurück und hielten an ihrer Präsenz fest, auch wenn ihre Körper zerfielen. Die *Monolith* hatte sich auf ihrem Ritt durch das Meer der Seelen verändert. An manchen Stellen waren Stein und Metall wie Wachs zerlaufen und in unmöglichen Formen erstarrt. Leichen lagen neben den Klauenspuren von Dämonen oder waren mit dem Hulk verwachsen. Im Inneren kreischten die Sterblichen, als der Warp sich aus den Korridoren zurückzog. Hunderttausende Überlebende weinten vor Freude, als die Realität zurückkehrte, doch noch mehr weinten, als die Berührung der Götter nachließ. Die Freude wie auch die Verzweiflung sollte kurzlebig sein. Die *Monolith* würde schon bald wieder in den Großen Ozean eintauchen und die Dämonen würden zurückkehren. Wie eine Pistolenkugel, die einen Körper durchschlug, durch die Luft flog und dann den nächsten Körper durchschlug, war ihr Ausflug in die Realität nicht mehr als ein Flackern auf ihrem Weg durch Raum und Zeit.

In der riesigen Halle um seinen Thronraum herum spürte der Eidhüter, wie die Realität sich um ihn herum verdichtete, und rammte sein

Schwert in den runden Pfuhl aus Blut zu seinen Füßen. Kaltes, helles Licht schoss von unten herauf. Rote Schlangen stiegen aus der brodelnden Flüssigkeit auf. Memunim, Zurcos und Calitiedies, die um den Pfuhl herum standen, wichen zurück. Die Schlangen stießen zu, flossen in sie hinein, durch sie hindurch und weiter zu den schwankenden konzentrischen Kreisen aus Sterblichen. Schreie durchdrangen die Stille und stiegen in schrillem Entsetzen höher und höher, während das Licht und das Blut sich weiter ausbreiteten.

Der Eidhüter sah zu und spürte, wie der Warp brodelte und sich in Bewegung setzte. Er hatte darauf gewartet, dass die *Monolith* wieder in die Realität übersetzte. Es war ein seltsamer Aspekt seines Vorhabens, dass die Verbindung zweier Orte im Reich des Körperlichen einfacher war, als zu versuchen, vom Warp aus zu einer bestimmten Zeit zu einem bestimmten Ort durchzubrechen. Das Blut vor ihm stammte von vierundsechzig Sklaven: Ein Drittel hatte ihn angefleht, für ihn sterben zu dürfen, ein Drittel hatte sich gewehrt und ein Drittel hatte nichts von seinem Schicksal geahnt.

Die Schreie der Sterblichen erreichten ihren Höhepunkt.

Da ist es, sagte etwas mit einem Lächeln in seinem Geist.

Die Oberfläche des Pfuhls kräuselte sich, dann erstarrte sie schlagartig. Die Schreie verstummten. Jede Gestalt im Raum war vornübergesunken und hielt den Kopf geneigt. In der Stille erhob sich ein langsamer Herzschlag.

Bumm-bumm. Bumm-bumm.

Der Eidhüter sah auf die spiegelglatte Oberfläche des Pfuhls hinab. Eine in Bronze gerüstete Gestalt sah ihn an. In der Hand trug sie einen Stab und in ihrem Helm leuchtete ein blaues Juwel wie ein einzelnes Auge. Hinter ihr regte sich ein gezackter Schatten.

Bumm-bumm. Bumm-bumm.

Jeder Lebensfaden in diesem Raum gehört dir, dachte er mit der Stimme des Dämons. *Jeder Herzschlag ist ein Moment Zeit, den du ihnen raubst und den du an dem Ort verbringen kannst, an den du gehst.*

Bumm-bumm. Bumm-bumm.

Er setzte einen Fuß auf die Oberfläche des Pfuhls. Unter ihr sank ein Wirbel durch die Realität herab. Er sah nach unten. Sein Spiegelbild war so deutlich, dass zwei Gestalten in perfektem Einklang beiderseits einer Glaswand entlangzuschreiten schienen.

Bumm-bumm. Bumm-bumm.

Bist du an meiner Seite, Dämon?, dachte er.

Immer, kam die Antwort, und sein Spiegelbild fiel von ihm fort in den Wirbel hinein.

Ahriman, dachte er, während der Wirbel sein geisterhaftes Abbild durch Stürme und Sterne von ihm fortzog. *Ich komme.*

Das Schiff in Schwarz und Gold war das letzte, das die Tore Prosperos erreichte. Ihr Name war *Inkarnation*, und sie glitt allein durch die Staubvorhänge, die die Sterne verhüllten. Ihr Rumpf war schwarz wie Schmiedeeisen. Verzweigte goldene Adern zogen sich über ihren Bug und ihr Heck; jede von ihnen war eine Narbe, die in der Schlacht verdient worden war. Sie war eine Herrin der Zerstörung, und alle, die ihren Namen kannten, zitterten bei ihrem Anblick – nicht aufgrund der Macht ihrer Waffen, sondern aufgrund dessen, was ihr Auftauchen bedeutete. *Wen* es bedeutete.

Fünf imperiale Schiffe lagen in der Finsternis. Das größte von ihnen war der leichte Kreuzer *Schwertkummer*. Neben ihr lagen je zwei Fregatten vor Anker wie Kinder neben ihrer Mutter, wenn die Wölfe heulten. Sie waren erst vor wenigen Stunden aus dem Warp gekommen. Die astropathischen Nachrichten, die sie von ihrer Patrouille der umliegenden Systeme abgezogen hatten, waren mit dem Siegel der Inquisition eingetroffen und hatten ihnen keine Wahl gelassen, als zu gehorchen.

Sie hatten gehorcht und nun bewachten sie den leeren Flecken Weltraum, der eines der verbotenen Tore nach Prospero darstellte. Ein Schiff, das an diesem Ort in den Warp übersetzte, konnte einen Weg einschlagen, der es durch die Stürme führte. Es war eine grobe und launische Passage und seit Jahrtausenden hatte kein Schiff mehr ihren Strömungen getrotzt. Der Wille der Inquisition war jedoch klar; niemand durfte das Tor passieren und in das jenseitige Reich eintreten.

Die *Inkarnation* näherte sich ungesehen und maskierte ihren Übergang im Tosen der Stürme. Weder die Astropaths noch die Navigatoren an Bord der *Schwertkummer* spürten die Ankunft des schwarz-goldenen Schiffes. Sensoren prüften die Leere, doch die *Inkarnation* hatte ihre Triebwerke abgeschaltet und ihren Reaktor heruntergefahren, nachdem sie ihren Kurs gesetzt hatte. Sie beobachtete mit Augen, die das Flackern der Seelen im Inneren der imperialen Schiffe sehen konnten.

Die Wächter würden schon bald erkennen, dass sie da war, doch dann würde es bereits zu spät sein.

Die erste Warnung bestand im Schrei eines Auspex-Servitors auf einer der Fregatten. Binnen Sekunden heulten Sirenen auf allen imperialen Schiffen. Die *Inkarnation* zündete ihre Triebwerke und durchbrach die Stille mit einer vollen Breitseite. Turbolaser und Ektoplasmabatterien nahmen die imperialen Fregatten unter Feuer. Deflektorschilde blitzten auf und erloschen einen Herzschlag später. Die Verteidiger lösten sich voneinander und hielten mit flammenden Antrieben und brüllenden Waffenbatterien auf die *Inkarnation* zu.

Die *Schwertkummer* wandte dem Angreifer die Flanke zu und feuerte. Eine lodernde Breitseite schmetterte in die Schilde der *Inkarnation*. Die Antriebe der Fregatten glühten weiß, als sie sich hinter das größere Schiff schoben. Es feuerte weiter und zwei der kleineren Schiffe vergingen in Plasmaexplosionen. Die *Schwertkummer* rollte um die eigene Achse, um der *Inkarnation* ihre andere Breitseite zuzuwenden. Die beiden überlebenden Fregatten feuerten erneut und zerstörten die letzten Deflektorschilde der *Inkarnation* in einem gleißenden Lichtschimmer.

Die Schiffsmeisterin der *Schwertkummer* sah, wie das schwarz-goldene Schiff näher kam. Sie waren beinahe in Reichweite, um es ohne die Hilfe der Auspexe zu sehen. So nah, doch das mussten sie sein. Jetzt zählte es.

Sie atmete ein, um den Feuerbefehl zu geben.

Der Befehl sollte niemals kommen.

Schreie hallten durch die Brücke. Männer und Frauen fielen zu Boden und hielten sich Augen und Ohren. Gleißende Risse erschienen mitten in der Luft. Raureif breitete sich auf allen Oberflächen aus, während die Risse breiter wurden. Aus ihnen traten Gestalten hervor. Blassgrüne Energien krochen über ihre schwarze Panzerung und leuchteten in Augenhöhlen unter den hohen Kämmen auf ihren Helmen. Sie bewegten sich gleichzeitig und hoben die Bolter. Die Schiffsmeisterin hatte genug Zeit, um einen halben Fluch zu murmeln und ihre Pistole zu ziehen.

Die schwarz gepanzerten Krieger eröffneten das Feuer. Geschosse donnerten durch die Luft. Grünes und blaues Feuer explodierte unter der Besatzung. Fleisch wurde zu Asche und das Röhren der lebenden Flammen verschluckte alle Schreie. Die Bolter feuerten drei Sekunden lang in perfektem Einklang. Als sie verstummten, störte nur noch das Feuer, das die Banner an der Decke fraß, die Stille. Die schwarz gepanzerten Gestalten senkten die Waffen und traten zurück in die Löcher in der Realität, aus denen sie gekommen waren.

Die *Schwertkummer* verstummte, als ihre Mörderin an ihr vorbeizog. Die beiden Fregatten versuchten zu fliehen, doch eine Salve später trieben sie mit aufgebrochenen und flammenden Rümpfen dahin.

Die *Inkarnation* erreichte den Übersetzungspunkt und kehrte in den Warp zurück. Jenseits des tobenden Sturms wartete Prospero auf sie.

Der Enterkorridor hallte von den Schritten gepanzerter Stiefel wider. Der Wechselbalg sah zu, wie die Krieger näher kamen, und nahm jede Einzelheit ihrer Rüstungen und Bewegungen, sogar ihre oberflächlichen Gedanken in sich auf. Sie waren zu fünft, alle gepanzert, alle mit Waffen behangen und mit einem Verstand ausgestattet, der einem Barren Schmiedeeisen ähnelte. Sie trugen unterschiedliche Symbole und Farben: zwei in Schwarz mit weißen Falkenköpfen, zwei in Rot und Schwarz mit geflügelten Schädeln auf den Schulterpanzern, der letzte in Sturmgrau mit goldenen Blitzen. Sie bewegten sich trotz ihrer Größe mit präzisen und entspannten Bewegungen vorwärts. Bedrohlichkeit ging von ihnen aus und färbte den Äther. *Space Marines*. So nannten sie die Sterblichen, ein Name, der ebenso inadäquat wie übertrieben war. Der Wechselbalg beobachtete sie und wägte sie gegeneinander ab. Er musste eine Auswahl treffen und das, bevor sich sein Fenster schloss.

Der Korridor war eine zweihundert Meter lange Röhre aus segmentiertem Plaststahl, die die beiden Kriegsschiffe miteinander verband. Die Luft war eiskalt und der Wechselbalg zitterte neben der Sänfte des Commodores. Die vier Servitors unter dem tragbaren Thron stießen graue Wolken aus den Stöpseln in ihren Hälsen aus. Ein halbes Dutzend Offiziere stand in vor Orden blitzenden Uniformen zu beiden Seiten der Sänfte. Sie alle sahen die Space Marines näher kommen und ihre Blicke huschten über lackierte Panzerplatten und Helme.

»Sagt nichts, es sei denn, sie sprechen Euch direkt an«, sagte der Commodore. Der Wechselbalg setzte eine Miene blasser Anspannung auf. Die anderen Offiziere waren ebenso nervös und bemühten sich, ihre Angst in den Griff zu bekommen. Er fand diese Reaktion seltsam, doch dann fragte er sich, was an der Natur sterblicher Kreaturen nicht jedem Verständnis zuwiderging. Ihre Nervosität würde ihm jedoch in die Hände spielen.

Die fünf Space Marines blieben vor dem Commodore stehen. Sie verbeugten sich nicht und salutierten auch nicht, sondern warteten einfach nur. Der Commodore rümpfte die Nase und nickte.

»Grüße. Ich bin Commodore Ishaf, Schiffsmeister der *Unvergängliches Wissen*.«

Der vorderste Krieger in Rot und Schwarz neigte den Kopf.

»Ich bin Umiel von den Angels Sanguine. Dieses Treffen ist reine Zeitverschwendung. Wir sind aufgrund alter Eide hier, genau wie Ihr, und wir müssen dorthin gehen, wo die Schlacht nach uns ruft.«

Der Wechselbalg ließ Cordats Miene erstarren und Farbe in seinen Wangen aufsteigen.

»Ihr werdet den Commodore als Meister der Flotte anreden, er hat –«

»Alle Autorität, die er benötigt«, knurrte Umiel. »Und nichts, das durch Worte oder Gesten gemehrt würde.«

Der Wechselbalg wich zurück und seine Hand zitterte auf dem Knauf seines Zeremonialschwerts.

»Hütet Eure Zunge, Lieutenant«, zischte der Commodore. Sein feistes Gesicht bebte vor Wut und seine Worte kamen gepresst. Er nickte den Space Marines erneut zu. »Vergebt meinem Offizier, er hat … Euresgleichen noch nie gesehen.«

Umiel schien die Worte nicht einmal zu bemerken, als ob ihre Bedeutung in seinem Universum nicht existierte.

»Wir sind dem Ruf gefolgt. Zehn Schiffe unserer Orden und zwölf Kompanien stehen bereit, unsere Eide zu ehren. Wir sind nicht hier, um das Knie zu beugen oder Nichtigkeiten auszutauschen.«

»Das weiß ich zu schätzen, aber Ihr müsst wissen, dass dies nicht mein Tun ist und ich auch nicht den Befehl über diese Streitmacht für mich beanspruche.«

»Wer dann?«, fragte einer der anderen Space Marines.

»Das wäre wohl ich«, erklang eine dröhnende Stimme aus dem Gang hinter dem Wechselbalg.

Der Wechselbalg drehte sich mit einem perfekten Ausdruck der Verstörung auf Cordats Gesicht um. Die Space Marines griffen nach ihren Waffen und der Wechselbalg spürte, wie sie den Instinkt unterdrückten, auf diese Überraschung mit Gewalt zu reagieren.

Eine Gestalt schritt durch den Enterkorridor und ließ das Metall erbeben. Sie überragte Sterbliche und Space Marines gleichermaßen. Vogelbeine aus dunklem Metall trugen sie mit wiegendem Gang. Kolben glitten geschmeidig unter Panzerplatten hin und her. Zwei Armpaare hingen von ihrem Torso und waren angezogen wie die Glieder einer Gottesanbeterin. Aus dem Zentrum des Torsos – hinter dicken anthrazitfarbenen Panzerplatten – lugte ein von der Zeit gezeichneter Schädel hervor. Weiße Haare klebten an einer Kopfhaut voller Altersflecken und die Gesichtshaut war so faltig, dass der Mund erst zu erkennen war, als er sich öffnete.

»Ihr folgt mir«, sagte sie und entblößte glänzende pechschwarze Zähne. »Und ja, Captain, dieses Treffen, das Ihr für so unnötig haltet, findet meinetwegen statt. Commodore Ishaf, ich werde Euer Schiff für die Dauer dieses Konflikts beziehen und befehligen.«

Der Commodore gab den Sänftenträgern ein Zeichen, woraufhin sie ihn am Boden absetzten, wo er sich so tief verbeugte, wie es ihm möglich war. Neben ihm fielen der Wechselbalg und die anderen Offiziere auf die Knie.

»Und Ihr seid?«, fragte der Space Marine in Sturmgrau. Der Kopf der Maschine fuhr herum und die tiefliegenden Augen funkelten.

»Ich hätte gedacht, dass das auf der Hand läge, aber ich bin mir noch nie ganz sicher gewesen, ob Euresgleichen so intelligent sind, wie Ihr gut darin seid, Dinge zu töten.« Der Space Marine rührte sich nicht. »Und Ihr sagtet, dass Worte und Gesten wertlos seien oder irgendetwas ähnlich Sinnentleertes.« Ihr Lächeln verblasste nicht. »Ich bin Inquisitorin Malkira, Hüterin des Zornessturms des Imperators und Einberuferin des Dritten und Fünften Konklaves von Vohal, und ich bin die Person, vor der Ihr nun – wenn auch widerwillig – *das Knie beugen werdet.*«

Sie stieß die letzten Worte durch zusammengebissene Zähne hervor. Umiel ging in die Knie und die anderen Space Marines taten es ihm gleich. Malkira sah ihnen mit geschürzten Lippen zu – ob die Geste Erheiterung, Verachtung oder Gewohnheit entstammte, konnte der Wechselbalg nicht sagen.

»Nun, da wir die ermüdende Diskussion hinter uns gebracht haben, wer wem Gehorsam schuldet, könnt Ihr alle wieder aufstehen.« Die Space Marines erhoben sich und die Servitors luden den Commodore wieder auf ihre Schultern. »Ihr seid hier, weil Ihr ein paar Dinge wissen müsst, bevor Ihr genau das tun werdet, was ich Euch befehle.«

Sie hatte ihre uneingeschränkte Aufmerksamkeit. Der Wechselbalg spürte die Konzentration und die Unsicherheit der Sterblichen. Sogar die Space Marines wandten sich ihr mit all ihren Sinnen zu. Um sie herum knirschte der Enterkorridor, als eines der Schiffe sich minimal bewegte.

Der Wechselbalg bemerkte, mit welcher Präzision Malkiras Auftritt erfolgt war. Die Inquisitorin hatte jeden Aspekt dieser Situation geplant, um die Anwesenden jedweder Macht und Autorität zu berauben. Sie standen im Nirgendwo, wortwörtlich zwischen zwei Orten, nur weil sie es so gewollt hatte. Es war eine sorgfältig arrangierte Lektion, dachte der Wechselbalg: *Ihr gehört jetzt mir und ich kann mit euch tun, was ich will.*

»Das ist alles«, sagte sie. »Mehr als die Streitmacht, die hier versammelt ist, wird nicht kommen. Wir können nicht länger warten. Ihr alle seid hier, weil Ihr Pakte ehrt, die Eure Vorgänger oder genetischen Ahnen mit Leuten wie mir geschlossen haben. In machen Fällen wurden die Eide mir persönlich geschworen, vor Hunderten von Jahren. Ich weiß …« Ihr Mundwinkel hob sich. »Die Jahre sind gnädig gewesen. Diese Eide wurden abgelegt aufgrund der Möglichkeit dessen, was jetzt geschieht.«

Sie seufzte und die Panzerung ihres Exoskeletts ächzte.

»Wir haben nicht wirklich Zeit für eine Lektion in Sachen Geschichte oder Gründe. Es muss genügen, dass ein altes Übel an den Ort zurückgekehrt ist, der es hervorgebracht hat. Wir wissen nicht, was es vorhat, doch das müssen wir auch nicht. Unsere Reaktion und unsere Pflicht liegen auf der Hand. Wir müssen dieses Übel um jeden Preis vernichten.« Sie hielt inne und mit einem Mal wirkten ihre alten Augen müde. »Die Feinde, denen wir uns gegenübersehen, wurden vom Imperium erschaffen. Sie waren einst wie Ihr. Sie waren einst Krieger. Doch lasst Euch davon nicht täuschen. Sie sind schlimmer als Verräter, sie sind Abscheulichkeiten. Der Tod ist für sie eine Gnade. Unendliches Leid sollte ihr Schicksal sein, doch Überleben ist wichtiger als Vergeltung. Deshalb sind wir hier. Die Menschheit muss überleben und dafür müssen ihre Feinde brennen.«

Alle Blicke ruhten auf Malkira, jeder Geist war von dem ergriffen, was sie sagte. Der Wechselbalg spürte, dass der Moment nahte, auf den er gewartet hatte.

»Von hier aus reisen wir zu einer Welt namens Prospero«, sagte Malkira, »und wenn wir dort sind, vollstrecken wir das Urteil des Exterminatus. Koste es, was es wolle, es muss geschehen.«

Umiel bewegte sich als Erster und legte die Faust auf sein linkes Herz. »Bei unserem Blute und dem Willen des Imperators, es wird geschehen.« Er neigte den Kopf. Die anderen vier Space Marines wiederholten die Geste.

Der Commodore hatte alle Farbe verloren, aber er nickte und salutierte.

»Wir werden tun, was Ihr befehlt, Inquisitorin«, sagte er steif.

Der Wechselbalg spürte, wie sich Entschlossenheit und Schock in den Worten des Mannes vereinten. Er wusste, dass er und seine Besatzung das, was ihnen bevorstand, nicht überleben würden. Sie waren nun Waffen der Inquisition, und er war intelligent genug, um zu wissen, dass nur wenige einen solchen Dienst unversehrt überstanden. Unwissenheit schützte das Reich der Menschheit. Selbst wenn sie Erfolg hatten, so war dieses Treffen für sie alle der erste Schritt zur Exekution gewesen.

»Gut«, sagte Malkira. Sie drehte sich um und marschierte den Korridor hinab, durch den sie gekommen war. »Bereitet Euch darauf vor, innerhalb der nächsten Stunde in den Warp überzusetzen.« Der Commodore folgte ihr und die Servitors mussten rennen, um mit ihr Schritt zu halten.

Der Wechselbalg blieb zurück.

Umiel und die anderen Space Marines warteten noch einen Moment, dann gingen sie in die andere Richtung davon. Der Korridor zwischen den beiden Schiffen erzitterte bereits unter den Vorbereitungen, ihn zurückzuziehen. Der Rest der Offiziere beeilte sich, um nicht hinter der Sänfte des Commodores zurückzubleiben.

Der Wechselbalg sandte sein Bewusstsein aus und jeder Augenblick der vergangenen Sekunden wurde zu einem Wirbel aus ineinandergreifenden Zahnrädern. Jeder Blick, jede Bewegung, jedes Geräusch: Er fühlte alles. Er wusste, dass niemand ihn ansah, dass weder Sterbliche noch Space Marines in seine Richtung sahen. Er stand in einem perfekten toten Winkel: an einem Ort, an dem sein winziger Splitter des Universums von nichts und niemandem gesehen wurde.

Er löste sich auf. Wo Lieutenant Cordat gestanden hatte, erhob sich eine Spirale aus Licht.

Er wartete eine Sekunde lang. Er wartete, bis Umiel einen Blick zurück warf.

Er wurde zu einem Band aus Feuer und durchstieß das linke Auge des Space Marines, brannte sich durch Kristall und Augapfel bis ins Gehirn hinein, bevor Umiel auch nur ein Geräusch von sich geben konnte. Das Feuer strömte durch Umiels Körper und verbrannte ihn zu Asche.

Die Finger von Umiels Rüstung zuckten einmal, dann waren sie still.

Der Wechselbalg füllte die Rüstung in einem Wimpernschlag aus. Seine Form und sein Gesicht waren nicht perfekt, aber das mussten sie auch nicht sein. Er hatte noch Zeit, bis er den Helm absetzen musste.

»Umiel, bekümmert Euch etwas?« Die grobe Stimme kam über das Vox, das in den Helm eingebaut war. Der Wechselbalg erkannte die Stimme aus Erinnerungen, die bis vor drei Sekunden noch Umiel gehört hatten. Die Stimme gehörte Castior, dem Captain der Fünften Kompanie der Black Consuls. Der andere Space Marine war fünf Schritte vom Wechselbalg entfernt stehen geblieben. Hatte er etwas gehört, das Zucken von Umiels Händen gesehen?

Der Wechselbalg schüttelte den Kopf und hielt den Blick abgewandt. Die geschmolzene Augenlinse floss wieder in ihre ursprüngliche Form.

»Nein, Bruder«, sagte der Wechselbalg mit Umiels Stimme, drehte sich um und trat neben den Black Consul. Zusammen gingen sie zu dem Angriffskreuzer, der am Ende des Enterkorridors wartete. »Alles ist, wie es sein sollte.«

XIII
GEISTER

Das erste Schiff senkte sich herab, als die Sonne beinahe Prosperos Horizont erreicht hatte. Dann folgte ein weiteres, und noch eines, und noch eines. Ahriman sah ihnen zu und ertastete die Geister in ihnen, die sowohl bekannt waren als auch gänzlich fremd.

Willkommen, Brüder, wollte er ihnen zurufen. *Willkommen zu Hause.*

Doch er tat es nicht, hielt stattdessen seinen Geist ruhig und wartete. Immer mehr Schiffe trafen ein, während die landenden Transporter noch ihre Spuren über den Himmel zogen.

Der Zirkel wartete an seiner Seite und teilte sein Schweigen, wenn auch nicht seine Ruhe. Ungeduld rumorte in ihnen wie statische Elektrizität. Er spürte, wie Kiu eine Frage zu formen begann.

+Wir warten+, sandte Ahriman, bevor Kiu sie stellen konnte.

+Was haben sie vor?+, fragte Gaumata.

+Ich weiß es nicht+, erwiderte Ahriman, ohne den Blick vom Himmel abzuwenden. Ein Landungsschiff hielt direkt auf sie zu. Seine Schwingen glühten und die Abgasstreifen seiner Triebwerke hingen wie Wimpel hinter seinem Rumpf. Es kam im Tiefflug heran und sein Überschallknall hallte über die zerstörte Stadt.

+Sehr freundlich+, sandte Ctesias.

Das Landungsschiff kam zurück.

Andere Schiffe schwärmten über die Stadt und überstrahlten die verblassende Sonne.

Ein kurzer Gedanke von Ahriman und die Rubrica-Marines überall in der Stadt setzten sich gleichzeitig in Bewegung, um Reihen zu bilden, wo einst Straßen und Plätze gewesen waren. Einen Moment lang wurde Tizca vom Licht in den Augen der Rubrica-Marines zu neuem Leben erweckt. Das erste Landungsschiff setzte zum Landeanflug an und Ctesias spürte, wie die Insassen die Stadt mit ihren Sinnen abtasteten. Andere Landungsschiffe gingen überall in der Stadt oder an ihrem Rand nieder.

+Sagt nichts+, sandte Ahriman.

Das Landungsschiff blieb über den Ruinen des Occullum-Platzes stehen. Die Hitze der Triebwerke ließ die Luft flimmern, als es zu Boden sank. Ctesias erkannte die Farbe des Rumpfes: gebürstetes Silber und alte Bronze. Auf seinen Flanken glommen Symbole. Er sah, dass sich ihre Bedeutung änderte, während er sie las. Die Rampe fiel auf und mehrere Gestalten traten mit vorgehaltenen Waffen und einer spürbaren Aura der Vorsicht heraus. Vogelklauen aus Bronze und Augen aus Smaragden bedeckten ihre silbernen Rüstungen. Sie waren zu zwölft und Ahriman erkannte einen von ihnen. Der Rest waren Krieger einer anderen Legion. Die silbern gepanzerten Krieger kamen zum Stehen.

+Ahriman?+, sandte der Anführer der Schar.

+Credus+, erwiderte er.

Credus' Geist flammte auf, verdunkelte sich und wurde dann wieder heller.

+Du *bist* es, aber beim Rad der Sterne, ich kann es nicht glauben.+

+Warum bist du gekommen, Credus?+

+Ich habe geträumt, dass du auf der Spitze des Tempels des Wissens gestanden hast. Es waren Sterne am Himmel. Du hast nichts gesagt, aber die Sterne haben sich bewegt und ich begriff, dass ich hierher zurückkehren musste.+ Er verstummte, aber Ahriman reagierte nicht. Kein Geist störte die Stille. Eine Sekunde später fuhr Credus fort. +Ich weiß nicht, warum ich hergekommen bin. Ich weiß nur, dass ich es tun musste.+

+Doch nun bist du hier, und ich bin hier, und deine Brüder sind hier. Du bist ein Krieger, Credus. Ein Krieger kommt, um zu kämpfen oder zu dienen. Warum bist du hier?+

Credus betrachtete die Reihen der Rubrica-Marines.

+Ich bin nicht hier, um zu sterben, Ahriman.+

+Das freut mich.+

Credus verneigte sich. Eine Welle der Überraschung ging durch die silbern gepanzerten Krieger an seiner Seite. Ahriman sah auf, gerade als ein Schiff in Smaragdgrün und Blau über ihnen entlang flog und im Randgebiet der Stadt landete. Die Lichter der Schiffe wurden größer und das Donnern der Schubdüsen lauter, während die Thousand Sons die Ruinen von Tizca füllten.

+Aber warum bist *du* hier, Ahriman?+, sandte Credus, als er sich wieder erhob. +Warum hast du uns gerufen?+

+Wir sollten warten+, sandte Ahriman. +Das ist etwas, das ihr alle wissen solltet.+

Er wartete, während immer neue Geräusche die hereinbrechende Nacht erfüllten.

Die Thousand Sons haben sich nicht versammelt, seit ich sie zerschlagen habe, dachte er. *Nun sind wir keine Legion mehr, und als wir diesen Ort zum letzten Mal sahen, waren wir so anders als heute.*

Er las die widersprüchlichen Emotionen von Ctesias und dem Rest des Zirkels. Sie hatten die Geister ihrer Brüder gespürt, die sich draußen in der Dunkelheit versammelten. Nicht alle, die gekommen waren, wollten hier sein. Viele würden kehrtmachen, wenn sie erfuhren, was sie in die Ruinen ihrer einstigen Heimat gelockt hatte. Manche mochten sich sogar gegen ihn wenden. Er war nicht ihr Gebieter und viele von ihnen kamen Feinden näher als Brüdern. Manche hatten sich so sehr verändert, dass er ihren Geist kaum wiedererkannte. Doch er kannte sie alle und er spürte, wie das Gewicht ihrer Seelen sich erhob und mit dem Schleier des Schmerzes über Prospero verschmolz.

Schließlich sank das letzte Schiff zu Boden und es kehrte Ruhe ein. Die Polarlichter waren verblasst. Die Schiffe im Orbit waren helle Flecken vor dem grünen und roten Hauch des schwindenden Tages. Das Universum jenseits des Schleiers hielt den Atem an. Ahriman spürte, wie seine Brüder überall in der Stadt warteten und ihm zusahen.

Was waren wir, als wir das letzte Mal hier standen? Was sind wir jetzt?

Er bückte sich und nahm eine Handvoll Staub vom Boden. Er hatte zu trocknen begonnen, aber er war noch zäh. Wie Schlamm. Wie Fleisch. Er ließ ihn durch seine gepanzerten Finger gleiten und sah zu, wie er die blaue Lackierung verunstaltete. Er sah auf und ließ den Blick über das Meer aus Toten und Lebenden schweifen.

+Brüder.+ Er sandte das Wort und fühlte die Reaktion wie einen kalten Windhauch. +Meine Brüder. Ihr wurdet hergerufen. Ihr wurdet hergerufen und ihr seid gekommen. Manche von euch aus Ehre, andere zweifellos aus Hass.+ Er zögerte und sah den grauen Klumpen in seiner Hand an. +Es spielt keine Rolle.+ Er sah auf. +Danke. Ich danke euch dafür, dass ihr dem Ruf gefolgt seid.+

+Wir sind nicht deinetwegen hier.+ Der Gedanke knisterte wie eine ferne Stimme durch den Warp. Hinter seiner Helmfront runzelte Ahriman die Stirn. Er hatte die Gedankenstimme beinahe erkannt. Beinahe, aber nicht ganz.

+Nein+, erwiderte er. +Ihr seid hier, weil ihr das Gefühl hattet, dass ihr hier sein musstet, ganz egal, wie weit ihr reisen musstet, wie viel es euch gekostet hat. Ihr musstet in diesem Moment auf dieser Welt stehen.+

Er hielt inne.

Ein letzter Schritt, dachte er. *Nur noch ein letzter Schritt.*

+Dies ist das Ende+, sandte er schließlich. Einfach und direkt, die Stimme eines Freundes, nicht die eines Herrschers. +Hiernach werden wir nicht mehr sein, wie wir gewesen sind. Wir haben Verrat und Tragödien und Fehler erlebt. Doch wir haben auch Bruderschaft erlebt. Wir haben ins Universum geschaut und seine Lügen haben uns verbrannt. Doch wir haben auch seine Schönheit gesehen und seine Wahrheit erkannt. Es ist ein langer Weg gewesen bis zu diesem Moment. Ein zu langer Weg. Doch dies wird das Ende sein. Wir wurden zu Fall gebracht. Unsere eigenen Taten und die Launen des Schicksals haben uns gebrochen. Doch dies *wird* das Ende sein.+

Er schloss einen Moment lang die Augen. Am Rande seiner Wahrnehmung spürte er, wie etwas Ungeduldiges unnachgiebig an seinem Willen zerrte.

Ein letzter Schritt …

+Ich bin hier, um Prospero ins Feuer zu stoßen.+ Er öffnete die Augen und sah, dass jenseits der Berge Wolken aufzogen. +Dieses Grab, das einst unsere Wiege war, wird zu einem Scheiterhaufen werden. Seine Flammen werden mich ins Reich unseres Vaters schicken, zum Planeten der Zauberer. Dort werde ich alles ungeschehen machen, was uns angetan wurde. Ich werde uns neu erschaffen.+

Die Stille breitete sich aus wie eine Explosion unter Wasser.

+Es wird geschehen. Ihr wurdet nicht gerufen, weil ich es wollte, sondern weil dies der Tod all dessen ist, was war, und der Anfang all dessen, was sein wird. Ihr seid hier, weil der Tod der Vergangenheit euch gerufen hat, damit ihr ihn bezeugen könnt.+

Er schüttelte den Kopf und blickte zu den regungslosen Rubrica-Marines.

+Ich bitte euch um nichts. Ich habe euch schon zu viel genommen. Wenn irgendjemand von euch sich mir anschließen will, kann er das tun. Wenn nicht, geht, oder haltet Wache über das, was hier geschehen wird.+

+Und wenn sie sich gegen das stellen, was du vorhast. Was dann?+

Die Gedankenstimme zog alle Blicke zur Dunkelheit am Rand des zerstörten Platzes. Purpurnes Feuer wallte durch die Luft. Die Flammen bildeten ein Dreieck, das sich zusammenfaltete und dann zu einem Raum öffnete, der gar nicht da war. Eine Gestalt trat durch das Loch in der Welt und auf den Platz. Es war ein Rubrica-Marine, aber seine Rüstung war kohlrabenschwarz mit goldenen Kanten. Er blieb stehen und drehte langsam den Kopf, während sein Blick über seine blau gerüsteten Brüder schweifte. Eine zweite Gestalt folgte.

Ahriman sah die schwarze Robe und spürte die Hitze des Warp in den eingestickten Symbolen. Die Gestalt blieb stehen und hinter ihr faltete sich der Tunnel durch die Realität zu nichts zusammen. Der Zauberer in Schwarz sah Ahriman an, ohne die Hand vom Bernsteinknauf seines Schwertes zu nehmen. Macht ging von ihm aus wie lichtlose Flammen. Ahriman begegnete seinem Blick.

+Ich wusste, dass du hier sein würdest+, sandte er.

+Wirklich?+ Der Zauberer neigte den Kopf und seine Aura flackerte kurz in amüsiertem Rot.

Ahriman schüttelte den Kopf. Im Hinterkopf erinnerte er sich an eine Wunde, die ins Nichts führte. Er sah Krieger aus dem Nichts steigen und das Feuer eröffnen, während Blitze durch die Luft zuckten. Unter ihnen war ein Krieger mit einer Axt gewesen, deren Blatt vom Feuer des erstarkenden Rubrica-Zaubers erleuchtet wurde.

Ahriman atmete langsam aus. Er hatte das natürlich nicht selbst gesehen. In jenem Augenblick hatte der Zauber seine ganze Aufmerksamkeit gefordert. Diese Erinnerung stammte von Sanakht. In diesem Moment hatte der Schwertkämpfer Ahriman das Leben gerettet.

+Bist du gekommen, um noch einmal zu versuchen, mich aufzuhalten, Khayon?+

Iskandar Khayon. Auserwählter des Vernichters, Lord Vigilator der Black Legion und einst Sohn von Magnus, ließ den Blick über die leuchtenden Augen schweifen, die ihn von jenseits des Platzes ansahen.

+Mir gefällt deine kleine Schar+, sandte er.

+Du bist allein gekommen+, erwiderte Ahriman einen Herzschlag später.

+Ich bin nie allein, Ahriman. Die kleinste Klaue der wahren Legion hat mich begleitet, doch sie wartet im Orbit.+

Ahriman sah auf und tastete nach den Schiffen in der Umlaufbahn, aber auf keinem von ihnen fand er eine Spur von Khayon. Er senkte den Blick wieder. Khayon hatte sich nicht gerührt.

+Du wirst dich wieder nicht auf meine Seite stellen?+

+Die Thousand Sons sind schon seit langer Zeit nichts mehr für mich, Ahriman.+

+Doch hier bist du, ohne deinen Herrn …+

+Abaddon ist mein Bruder, nicht mein Herr, und ich gehöre nun zur Black Legion. Ich bin hier, um eine Schuld zu ehren, keine Bruderschaft.+ Eine kühle Note mischte sich in die Gedankenverbindung.

Ahriman schüttelte den Kopf.

+Du warst nie jemand, der von Schuld getrieben wurde.+

Khayon lachte einmal. Das Geräusch klang hart in der unbewegten Luft.

+Ich bin nicht hier, weil ich versucht habe, dich umzubringen. Ein Mangel an Perspektive gehört seit jeher zu deinen besseren Qualitäten.+ Khayon wurde still, und als seine Gedankenstimme das nächste Mal in Ahrimans Kopf erklang, sprach er zu ihm allein. +Es gibt andere Taten, die einem Leben eine Bürde auferlegen können. Und die Legion begleicht ihre Schulden.+

Kälte kroch über Ahrimans Haut. Er spürte etwas Finsteres am Rand seiner Gedanken wie eine Leere, die sich unter vormals festem Boden auftat.

+Du sprichst von Dingen, dich ich … noch nicht erlebt habe?+

Ahriman ließ den Gedanken zwischen ihnen in der Luft hängen, aber Khayon wandte sich ab und sah in die dunkle Nacht, die von den Feuern der Kriegsschiffe durchbrochen wurde. Blitze zuckten auf die Berge herab und Sturmwolken zogen am Horizont dahin.

+Du wirst bald beginnen müssen+, sandte Khayon. +Der Warp erwacht und die Fackelträger kommen, um deinen feurigen Pfad zu entzünden.+

Regen trommelte auf die Rüstungen der Rubrica-Marines, während diese durch die Stadt marschierten. Ctesias sah ihnen von einem zerschmetterten Sockel aus zu. Die Hautstreifen an seiner Rüstung waren nur noch zerfetzte, in Tinte getränkte Lumpen. Er versuchte, sich nicht zu bewegen. Das war alles, was er tun konnte, um den Schmerz vor seinen Augen nicht seinen Schädel verschlucken zu lassen.

Die Blitze waren nicht weniger geworden, sondern tanzten nun durch die Ruinen. Er sah und spürte die Umrisse der Armeen, die sich durch sie hindurch bewegten.

Ja, dachte er, *Armee ist das richtige Wort.* Gepanzerte Gestalten marschierten durch die Ruinen und bildeten Muster, die sich veränderten, sobald sie vollendet waren. Kreise und Spiralen aus Gedanken erhoben sich aus den Geistern der Lebenden. Nichts stand still; alles bewegte sich und hallte sowohl in der Welt um sie herum als auch im Warp nach. Die Schritte des Rituals dauerten schon mehrere Stunden an und würden noch für viele weitere andauern.

Der Schmerz in seinem Kopf und die Stimmen hatten nicht lange nach Ahrimans Ankündigung wieder eingesetzt, zwar leiser als zuvor, jedoch beständig lauter werdend. Auch Tonfall und Beschaffenheit hatten sich geändert. Wo zuvor Wut und Kummer gewesen war, fühlten sie sich jetzt kalt an wie die Stimmen von Trauergästen am Grabe. Er wollte, dass es aufhörte, und alles, woran er denken konnte, war die Stille in der Kammer der Käfige. Selbst das unablässige Murmeln des Athenaeums hätte eine willkommene Abwechslung dargestellt zu dem, was in seinem Kopf tobte.

Landungsschiffe kamen und gingen durch die Nacht, um jene zu holen, die sich dagegen entschieden hatten zu bleiben oder die auf den Schiffen im Orbit warten würden. Über den Sturmwolken bewegten sich Hunderte Raumschiffe; manche brachen auf, andere manövrierten nur an einen anderen Platz in der Leere zwischen Prospero und dem Rand des Systems. Einige wenige sanken durch die Atmosphäre herab. Er sah die *Pyromonarch* in Position gehen. Gaumata kehrte mit mehreren Kohorten Rubrica-Marines auf sein Schiff zurück. Ihr Platz in dem, was kommen würde, war nicht auf der Oberfläche, sondern darüber.

Ctesias beobachtete, wie die Schiffe zu Inseln aus Eisen in den Wolken wurden. Unter ihnen war die *Wort des Hermes*, und an Bord war …

+Du bist nicht in Position.+ Die Übertragung schnitt durch seine Gedanken. Er sah mit zusammengekniffenen Augen zu Ignis und seinem unvermeidlichen Automaten hinüber. Ein Blitz zuckte durch den Himmel über der toten Stadt und tauchte Ignis' Rüstung in weißes Licht. Ctesias rührte sich nicht.

+Ctesias –+

+Nicht in Position, ja. Ich habe dich gehört und verstanden.+

+Berichtige deinen Fehler.+

+Ich werde gar nichts berichtigen, Ignis.+

+Du wirst –+

+Ich werde zum Schiff zurückkehren.+ Ctesias zuckte und packte seinen Stab fester. +Jetzt. Ich werde jetzt zum Schiff zurückkehren.+

Hinter Ignis rumpelte Credence und aktivierte seine Waffensysteme.

+Ach, halt die Klappe, du Haufen Kolben. Wenn du mich wirklich deswegen töten willst, dann mach es und bring es hinter dich.+

Credence richtete seine Schulterkanone auf ihn.

Ignis hob einen Finger. Der Automat erstarrte.

+Du kannst unmöglich gehen. Das nötige Muster –+

+Wird nicht wirklich dadurch beeinflusst, dass ich zum Schiff zurückkehre. Ich kenne den Plan, Ignis. Ich kenne meinen Platz und meine Bedeutung in diesem … Vorhaben, und hier und jetzt kann ich beiden nicht gerecht werden. Also kehre ich zum Schiff zurück, um …+ Er blickte über das wogende Meer aus Ruinen und den Gestalten zwischen ihnen unter dem von Blitzen zerrissenen Nachthimmel und dachte an die Kammer der Käfige. +Um etwas Frieden zu finden, solange das noch möglich ist.+

+Warum solltest du das wollen?+, fragte Ignis.

+Und da …+, sagte Ctesias kichernd, +haben wir eine Frage, die mehr offenbart als ihre Antwort.+

+Ctesias …+, sandte Ignis noch einmal, als ein Landungsschiff zwischen ihnen niederging.

Die Sturmwinde seiner Triebwerke peitschten Ctesias' Robe. Suchscheinwerfer unter den Tragflächen badeten ihn und Ignis in grelles Licht. Ctesias stemmte sich mithilfe seines Stabs in die Höhe, schwankte und tat einen Schritt auf das Landungsschiff zu, das mit brüllenden Schubdüsen aufsetzte. Die Frontrampe öffnete sich bereits.

Je mehr er darüber nachdachte, desto sicherer war er sich, dass er die Ruhe der Kammer der Käfige brauchte. Ja, das war, was er jetzt brauchte. Er war sich sicher. Er wusste nur nicht genau, warum.

+Ich werde da sein, um zu tun, was Ahriman verlangt+, sandte Ctesias. +Keine Sorge.+

+Jede Kleinigkeit ist von Bedeutung. Das weißt du. Wir haben ihm geholfen, diesen Moment ins Leben zu rufen.+

+Ja, das haben wir, aber ich begebe mich trotzdem zurück zum Schiff und in die Ruhe der Kammer der Käfige.+

Ctesias trat auf die Rampe. Ignis starrte ihn weiter an.

+Ich komme mit dir+, sandte Ignis und folgte ihm die Rampe ins Landungsschiff hinauf.

Ctesias war zu schockiert, um etwas darauf zu erwidern.

Das Heulen der Wölfe erhob sich vom Rande der Erinnerung. Ahriman lauschte ihnen. Sie waren nah und doch so fern, von ihm getrennt nicht durch echte Entfernung, sondern durch die Zeit. Schüsse ertönten vor dem Hintergrund eines Feuers, dann kamen die Böen großer Explosionen. Der Wind trug Stimmfetzen heran.

»… fallt zum Tempel zurück …«

»… geh, mein Sohn …«

»… die südlichen Bezirke stehen in Flammen …«

Er spürte etwas an sich vorbeiziehen und ihn leicht berühren. Seine Haut wurde kalt.

»… wir haben euch vertraut …«

Dann schüttelte ihn eine andere Präsenz durch und die Stimmen schienen näher, wurden lauter im Einklang mit dem Lärm von Feuer und Stahl.

»… stoßt zum Tempel vor …«

»… mein letztes Geschenk …«

»… wenn du sterben willst; dieses Geschenk kann ich dir geben …«

Der Lärm war überall um ihn herum. Granatsplitter prallten von seiner Rüstung ab. Waffenfeuer röhrte lauter und lauter. Der Boden bebte und bebte unter den Explosionen der Bomben.

»… Ahriman, tu, worum ich dich gebeten habe …«

»… Ahriman, was sollen wir tun?«

»… Ahriman …«

Er schlug die Augen auf und die Geister verschwanden. Regentropfen prasselten auf seine Panzerplatten und liefen in kleinen Rinnsalen daran herab. Blitze zerrissen den Himmel. Blicke und Gedanken wanderten über ihn, von der Ebene um ihn herum und vom Himmel über ihm. Sie alle waren, wo sie sein sollten. In Position. Beobachtend. Wartend. Sie hatten Tausende Stränge von Inkantationen in den Warp gesät und jede einzelne Seele in den Ruinen von Tizca war, wo sie sein sollte. Sie warteten. Und der Warp wartete mit ihnen.

Ahriman sah auf den Schwarzen Stab in seinem Griff. Er öffnete die andere Hand. Ein wenig getrockneter Schlamm war auf seiner Handfläche zurückgeblieben. Ein Regentropfen traf die Mitte der Asche. Mit einem behutsamen Gedanken hob er einen winzigen Seidenbeutel in die Luft. Die Asche hob sich von seiner Handfläche und schwebte in den Beutel. Er verknotete ihn kraft seiner Gedanken an der Spitze des Stabs.

Ein letztes Innehalten.

Ein letzter Herzschlag.

Ein letzter Atemzug.

Er hob den Stab.

Sein Wille und seine Gedanken brüllten auf.

Der Warp antwortete.

Die Geister Prosperos erhoben sich erneut.

Gespenstische Lichter stiegen aus der Asche auf und griffen nach der Leere. Riesige bleiche Schemen glitten über Prosperos Oberfläche. In den Sturmwolken taten sich heulende Münder auf. Blitze stachen nach den Sternen. Die psionische Stoßwelle traf die Schiffe im Orbit und verlief sich in der Finsternis. An Bord der *Wort des Hermes* hatte Silvanus eine Sekunde Zeit, um zusammenzuzucken, dann explodierte die Welt in seinem Schädel. Kreischende Wellen aus Farben nahmen ihm die Sicht. Er fiel und seine Muskeln verkrampften sich so stark, dass sie Knochen brachen.

Er schlug mit dem linken Arm zuerst auf dem Boden auf. Die Knochen splitterten vom Handgelenk bis zur Schulter. Er spürte es nicht. In seinem Kopf war kein Platz, um irgendetwas zu spüren. Farben und Geräusche bestürmten ihn: rote Schreie, Eis so weiß wie das Stechen von Nadeln. Durch sie hindurch wirbelten Linien, die Namen und Worte riefen, die er nicht kannte, aber trotzdem verstand.

+Erhebe dich+, rief der Warp, als er sich wand. +Erhebe dich.+

Ignis spürte, wie das Muster entstand, und geriet ins Wanken. Hinter ihm knurrte Credence eine Anfrage. Einen Schritt vor ihm stolperte Ctesias. Blitze tanzten über die Wände des Korridors. Der Rumpf der *Wort des Hermes* ächzte. Silberne Tränen liefen am Metall herab.

Er blieb mit einiger Kraftanstrengung aufrecht und zwang sich dazu, die Macht zu begrüßen, die durch seinen Geist wallte. Er hatte das Muster mit entworfen, das Ahriman benutzte, hatte die Inkantationen und die Verhältnisse der Abstimmung mit den Elementen geschaffen. Er spürte den Hauch seiner Formeln durch den Warp hallen, doch sie veränderten sich, gingen über alles hinaus, was er erdacht hatte.

Und er war am falschen Ort.

Ctesias war vor ihm und entfernte sich schnell.

»Warte«, rief er mit seiner wahren Stimme, aber Ctesias schien ihn nicht zu hören und wurde nicht langsamer. Ignis verspürte etwas, von dem er sich sicher war, dass es Zorn war. Dieses Verhalten musste etwas mit dem Athenaeum zu tun haben, und es sah Ctesias ähnlich, diesen kritischsten aller Momente zu wählen und unter seinem Deckmantel … Was? Hatte er herausgefunden, dass Sanakht ein Opferlamm gewesen war und kein heldenhafter Märtyrer? Hatte das Athenaeum ihm etwas gezeigt? Hatte er andere Absichten?

Ignis zwang sich vorwärts. Mit Mühe tat er einen Schritt auf die versiegelte Tür zu, die nur wenige Meter entfernt war. Rauch stieg von seinen Rüstungsgelenken auf. Der Warp vibrierte jenseits der Schatten. Er musste die Kammer zusammen mit Ctesias erreichen. Es spielte keine Rolle, warum Ctesias tat, was er tat; Ahriman hatte Ignis die Aufgabe übertragen, ihn im Auge zu behalten und sicherzustellen, dass ihre nützliche Waffe nicht auf einmal eine Gefahr darstellte. Ahriman hatte eisern darauf beharrt.

Er tat einen Schritt, dann noch einen. Hitze brandete durch seine Adern. Der Lärm der Schlacht umfing ihn wie eine Sturmflut.

»Ctesias!«, rief er, doch der Beschwörer wurde schneller, nicht langsamer, und der Warp wirbelte und schlug seine Klauen tief in Ignis' Gedanken. Feuer und tote Stimmen brüllten in seinen Ohren. Er war ein Teil davon, untrennbar verbunden mit dem großen Mechanismus, der sich von Prospero aus in den Warp erstreckte, als das tote Herz des Planeten erwachte. Er war ein Zahnrad, das sich im Rhythmus und nach den Bedürfnissen von etwas drehte, das ebenso riesig wie *fremd* war. Er spürte, wie seine Muskeln sich willkürlich anspannten, und schmeckte Metall.

Die Welt blinzelte.

Der Boden unter seinen Füßen war nicht länger das Deck der Wort des Hermes; *es war die Erde Prosperos. Detonationen überzogen den Himmel mit Feuer. Er hatte Mühe, sich zu bewegen; seine Rüstung hing in Fetzen von seinem Körper und er führte ein Manipel Kriegsmaschinen in die Schlacht. Die Wölfe stürmten durch den Rauch. Die Automaten verankerten sich und feuerten. Ihre Kanonen spuckten Geschosshülsen aus. Er hörte die Sekundenbruchteile, die zwischen den einzelnen Schüssen lagen.*

Credences Faust traf seinen Rücken.

Er drehte sich um und stieß ein Kommando aus …

Aber die Vision eines brennenden Prosperos war bereits fort. Credences Masse füllte den Gang hinter ihm aus. Vor ihm stand Ctesias an der Schwelle zum Athenaeum. Licht und Schatten spielten über Wände und Boden.

Ignis stolperte vorwärts. Zahlen fielen von seinen Lippen, ohne dass er sie aufhalten konnte. Er spürte, wie die Sekunden verrannen, spürte jeden Winkel jeder Ecke des Korridors.

Ctesias öffnete die Tür und warf sich hindurch. Von der anderen Seite schien blaues Licht in den Gang. Ignis' Muskeln verkrampften sich unter der Haut, als er seine Glieder mit all seiner Willenskraft zu einer Bewegung zwang. Dann war er hindurch und im Licht der Kammer.

Die Schreie Prosperos verstummten. Stille traf ihn wie eine Welle. Er fiel auf die Knie und keuchte auf. Ctesias stand direkt hinter der Tür. Die Käfigsphären hingen mitten im Raum, aber ihre Stäbe waren schwarze Streifen vor dem blendend hellen Licht.

»Ignis …«, zischte Ctesias. »Ich bin, wo ich sein soll. Hörst du sie? Hörst du die Stille?«

Ignis ließ all seine Kraft in seine Arme fließen, schmetterte die Fäuste in den Metallboden und richtete sich auf. Seine Muskeln und seine Rüstung schrien sich gegenseitig an.

Ctesias hatte den Helm abgenommen und blickte das Athenaeum an. Ignis sah seine Augen – sie waren kalt und blau. Wie Sterne.

»Ich bin hier«, sagte Ctesias, auch wenn Ignis nicht wusste, zu wem.

Die Stäbe der Käfige waren schwarz, doch ihre Ränder glühten orange. Lichtfäden wanden sich unter der Haut des Athenaeums wie Würmer. Seine Augen glichen strahlenden Sonnen. Unter seiner Gesichtshaut waren Knochen und Blut sichtbar. Es sah seine Hände an.

»Ich kann nichts … sehen.« Es krümmte die Finger einen nach dem anderen. »Ctesias?« Es drehte den Kopf und sah Ignis an. »Wo ist Ctesias?«

Ignis starrte zurück. Die Stimme und der Gesichtsausdruck gehörten nicht zum Athenaeum. Sie gehörten etwas anderem. Etwas, das einst ein Primarch und dann ein Dämon genannt worden war. Es war die Stimme von Magnus, dem Karminroten König.

»Warum bin ich hier?«, fragte die Stimme. Die leuchtende Gestalt stand an den Stäben der innersten Sphäre. »Ich bin verloren, Ctesias.« Ignis versuchte, sich zu bewegen; er konnte es nicht. »Ctesias«, sagte das Athenaeum. »Du musst mich befreien.«

Die Echos der Toten erhoben sich aus der Asche Prosperos. Sie schossen als Säulen aus Licht in den Himmel. Sie wuchteten sich als Körper aus Trümmern und Rüstungsteilen aus dem Schlamm. Sie brachten die Ruinen Tizcas mit ihrem Leid ins Wanken.

Ahriman sah einen Körper aus Kristall und verdrehten Stahlträgern vor sich aus dem Boden wachsen. Er ragte hoch auf und schrie mit einem Mund aus zerbrochenen Schwertern. Die Druckwelle zerschmetterte die Kristallruinen um den Occullum-Platz herum. Der Schrei ging immer weiter und wurde ständig höher, während die Schmerzen von Prosperos Tod in der Realität ein Ventil fanden. Es war ohrenbetäubend und seelenzerreißend. Ahriman spürte, wie das Ritual voranschritt und die Grenze zwischen Realität und Warp verwischte.

Die Kreatur vor ihm drehte sich um. Ahriman spürte, wie ihr Blick auf ihn fiel. Der Schrei aus ihrem Mund war das Kreischen von Geschossen und das Heulen von Wölfen. Ein Arm nahm Gestalt an und hob sich zum Himmel. Rüstungssplitter und Asche flossen zusammen. Der Regen stürzte herab und wurde zu Eis, wo er die Kreatur traf. Sie schlug nach Ahriman. Ihr Arm zerbrach. Sie bäumte sich auf und die Trümmer flossen in ihren Körper zurück, während sie in ihrem Zorn weiter wuchs.

Ahriman spürte Bitterkeit und Verwirrung aus dem Boden aufsteigen. All jene, die auf Prospero gestorben waren, all die Menschen, die hier verbrannt waren, all die Space Wolves und Thousand Sons, die hier gefallen waren, all ihr Zorn und all ihr Hass war freigesetzt worden. Es war wie ein Feuer, das sich durch einen Wald fraß.

+Haltet aus, Brüder+, sandte er und spürte, wie die Tausenden Geister, die mit seinem verbunden waren, ihn hörten. Er spürte keine einzelnen Individuen, aber das musste er auch nicht. Er war der Höhepunkt, der ruhende Pol von allem, was geschehen würde.

Am Rande seiner Wahrnehmung fühlte er Schiffe aus dem Warp brechen und auf Prospero zukommen.

+Sie kommen, Brüder. Das Imperium kommt.+

Er spürte, wie sie verstanden und ihre Gedanken anpassten. Die Veränderung waberte durch die Geister seiner Brüder, und im Warp –.

Die Blitzkaskaden erstarrten. Die Schreie der Toten verstummten. Der Regen wurde zu einem Vorhang aus glitzernden Perlen, der vor den dunklen Wolken hing. Ahriman konnte sich nicht rühren, nicht einmal blinzeln. Er verspürte weder Entsetzen noch Überraschung. Er konnte es nicht. Er war ein unbeweglicher Bestandteil eines Gemäldes, das er nur sehen und hören konnte.

Etwas wie ein rasselnder Atemzug erklang hinter ihm. Er spürte etwas Warmes am Hinterkopf.

+Es wird vorbeigehen+, sagte eine Stimme hinter ihm. +Genau wie alles vorbeigeht. Ich habe dein Ritual nicht beendet. Es wird weitergehen. Sein Ende ist kaum abzuwenden, und ich habe nicht das Bedürfnis, dich scheitern zu sehen. Noch nicht.+

Eine Gestalt trat vor ihn. Ihre Haut war flammend blau und die neun Flügel auf ihrem Rücken leuchteten trübe. Sie sah Ahriman nicht an, sondern richtete den Blick auf die Landschaft vor ihnen.

+Dein Scheitern und dein Untergang werden bald kommen, aber erst, wenn du reif bist.+ Der Eindringling drehte sich zu ihm um. Ein einzelnes blaues Auge brannte im Schatten eines Überwurfs. +Hast du gedacht, ich würde mich nicht an dir rächen, mein treuloser Sohn?+ Er legte den Kopf schief und kristallene Zähne schillerten unter dem brennenden Auge.

XIV
PERSPEKTIVEN

Die Stadt war da, als der Staubsturm sich legte. Iobel hatte den Sturm kommen sehen, als er über das Land gerollt war und sich hoch in den Himmel erhoben hatte. Der Wind war kurz abgeebbt, bevor er sie verschlungen hatte. Sie hatte einige wenige Sekunden gehabt, um aufzusehen und die ockerfarbene Klippe anzustarren, die über ihr aufragte. Dann war überall nur noch Staub gewesen, der ihre Haut gepeitscht und sich einen Weg in Nase und Mund gesucht hatte. Sie hatte sich am Boden zusammengerollt, die Robe um sich geschlungen und gewartet, bis der Sturm vorübergezogen war.

Als es schließlich vorbei war, waren ihre Glieder steif und schwer; der Sturm hatte sie halb begraben. Sie erhob sich, blinzelte gegen das helle Sonnenlicht an und erblickte die Stadt. Sie stand mitten auf einer freien Fläche, die einst ein Platz oder eine Promenade gewesen sein mochte. Die Reste von Wänden und Säulen ragten in den Himmel auf. Sanddünen erstreckten sich in alle Richtungen, so weit sie sehen konnte. Der Wind und der Sand hatten an den Trümmern genagt und sie zu Formen umgestaltet, die eher an halb geschmolzenes Wachs als an Stein erinnerten.

Sie drehte sich einmal im Kreis. Überall lagen die Steine einstiger

Bauwerke. Die meisten hatten die gleiche Farbe wie der Sand, aber manche waren grau oder leicht grünlich oder bläulich. Die Überreste von Statuen standen bis zur Hüfte vom Sand bedeckt. Jede von ihnen musste einst so groß wie ein Titan gewesen sein. Sie erkannte die Umrisse von Köpfen, Torsi und Armen, die jedoch alle bis zur Unkenntlichkeit verwittert waren. Sie konnte sich nur vorstellen, welch edle und grimmige Gesichter einst von hier aus bis zum Rand der Welt geblickt hatten. Natürlich war alles, was sie sah, genau so real, wie sie es sich vorstellen konnte. Die Statuen waren nicht durch Sand und Wind verwittert, sondern durch das Vergessen, das langsam die Einzelheiten abgeschliffen und sie unter Zeit vergraben hatte.

»Hallo?«, rief sie. »Wenn Ihr hier seid, Magnus, dann zeigt Euch.«

Die Worte klangen töricht, und sie erhielt nur ein Echo als Antwort.

»Wenn Ihr hier seid …«

»Zeigt Euch …«

»Zeigt …«

»Euch …«

»Eu …«

»Euch …«

Sie ging tiefer in die Ruinen hinein, ohne noch einmal zu rufen. Nach mehreren Hundert Schritten erkannte sie, dass die Schatten sich bewegten. Sie glitten um die Statuen herum, als würde die Sonne ihr folgen. Doch die Sonne bewegte sich nicht.

Sie blieb stehen und die Schatten wurden zu regungslosen Schemen. Vor ihr hob die Brise einen Streifen Sand von einer Düne. Ihr Blick fiel darauf, dann hielt sie inne.

Etwas stand neben ihr. Direkt neben ihr. So nahe, dass sein Gesicht neben ihrem war. Sie konnte es nicht deutlich sehen, nur seinen Umriss im Augenwinkel. Es war schon zuvor dort gewesen, am Rande ihrer Wahrnehmung, als sie die Statuen betrachtet hatte, doch es war weiter weg gewesen. Sie blieb ganz still. Sie war sich sicher, wenn sie sich umdrehte und hinsah, würde dort nichts sein. Doch es war da.

»Ihr habt mich beobachtet, nicht wahr?«, sagte sie.

»Ja«, antwortete eine schwache Stimme und der Schatten neben ihr trat ins Licht. Er war das Abbild eines ausgezehrten Mannes. Faltige und altersfleckige Haut hing von spröden Knochen. Sie sah die Muskelstränge an seinem Hals hervorstehen. Er atmete schwer; seine Rippen hoben und senkten sich unter einer tiefblauen Seidentunika. An seinen Fingern klimperten Ringe. Reife aus Ebenholz und Knochen hingen an seinen Handgelenken und um seinen Hals. Er sah aus wie ein Priester aus einem vergangenen Zeitalter, der sich ans Leben klammerte, noch während es aus ihm wich.

»Wer seid Ihr?«, fragte sie.

»Ich will Euch nichts tun«, sagte der Mann. »Aber ich habe noch nie jemanden in dieser Stadt getroffen. Niemand hat sie je gefunden.«

Iobel zog eine Augenbraue hoch. Ein befehlsgewohnter Ton hatte sich in die Stimme des Mannes geschlichen. Sie sah ihm in die Augen. Sie waren dunkel und ihr Blick ruhig. Sein Gesicht hatte einst von Kraft gezeugt, stellte sie fest.

Wenn kein Priester, dachte sie, *dann vielleicht ein König*.

Er richtete sich auf. Iobel musste den Kopf heben, um ihm ins Gesicht zu sehen. Mit dem Himmel hinter sich schienen seine Gesichtszüge an Form zu verlieren, und eine Sekunde lang schien er ein Scherenschnitt aus Dunkelheit zu sein.

»Ihr habt meine Frage nicht beantwortet«, sagte sie.

»Man nannte mich einst Amon«, sagte alte Mann.

Er zitterte und die Ringe an seinen Handgelenken und Fingern klirrten. Iobel ließ ihn nicht aus den Augen. Die Worte des Jungen am Feuer gingen ihr durch den Kopf.

»Amon …«, sagte sie. »Ich kenne diesen Namen. Ich habe gehört, wie das Athenaeum ihn einmal gesagt hat, und ich habe Ahrimans Erinnerungen an den Mann dieses Namens gesehen. Er war ein Thousand Son, ein Krieger. Er glich Euch in keiner Weise.«

Amon kicherte und trat aus den Schatten. Sein Gesicht war immer noch das seine, doch es wirkte jünger, war ohne Falten und gut aussehend.

»Ihr denkt, dass Erscheinen und Form unveränderlich sind? Schon in der Welt aus Fleisch und Knochen war das stets eine Lüge; hier ist es ein Witz.« Er schnippte mit den Fingern und seine Hand zerfiel zu grauem Sand, doch als er den Arm wieder hob, war die Hand unversehrt und voller glitzernder Ringe. »Kommt schon, Ihr wisst das. Haltet mich nicht zum Narren. Ich bin Amon, Tutor von Magnus und bis zu seinem Eintreffen der größte Gelehrte auf Prospero. Ich habe das Wesen getroffen, das Ihr den Imperator nennt, und habe jeden seiner Söhne gekannt. Diese Tatsache hat keine Form.«

»Geh zum Anfang aller Dinge«, hatte der Junge gesagt. »Dorthin führt letzten Endes alles.«

»Seid Ihr der Anfang für Ahriman?« Iobel sah sich in den Ruinen um. »Ist diese Stadt der Anfang? Habe ich Euch darum gefunden?«

»Beinahe die richtige Frage.« Amon kicherte wieder. »Nein, ich bin nicht der Anfang aller Dinge, Iobel.«

Sie fuhr herum. Er starrte sie an, ohne zu blinzeln.

»Ja. Ich weiß, wer Ihr seid, und ich weiß, dass Ihr den Vater der Thousand Sons sucht.«

Sie beobachtete ihn und wägte ihre Optionen ab.

»Habt Ihr –«

»Ihn gesehen? Nein.«

»Warum seid Ihr dann hier? Abgesehen vom Drang, bevormundend zu sein.«

Er lachte. Das Geräusch dröhnte durch die Ruinen und über die Dünen.

»Habt Ihr Euch je gefragt, warum Ihr nach Magnus sucht?« Er bemerkte ihren Gesichtsausdruck und grinste unfreundlich. »Nein. Dachte ich mir schon.«

»Ich habe meine Gründe.«

»Eure Gründe? Oder die Gründe von jemand anderem?«

»Wessen Gründe sollten das sein?«, fragte sie.

»Ahrimans«, sagte er und trat näher. »Dies ist seine Gedankenwelt. Es mag ein abgeschiedener Bereich seines Geistes sein, aber er besteht aus Bewusstem und Unterbewusstem. In gewisser Weise ist es sein Wille, dass ich diese Worte spreche, dass diese Sandkörner durch meine Finger rieseln.« Amon bückte sich, nahm eine Handvoll Sand auf und ließ sie langsam durch seine beringten Finger gleiten. »Wir sind Träume, die ihren Weg verloren haben, und unsere Gedanken sind nicht die unseren.«

Iobel dachte an ein Wesen in einem roten Umhang, das neben einem Feuer saß, während Ahriman ihr erklärte, dass sie tot war. Er hatte das Wesen nicht gesehen und auch nicht gehört, was es zu Iobel gesagt hatte.

»Er hat recht«, hatte es gesagt. »Aber nichts ist jemals so, wie es scheint.«

»Diese Welt gehört Ahriman nicht mehr ganz«, sagte Iobel und sah zu, wie Amon um sie herumging. »Zu viel des Warp hat sie berührt, zu viele komplexe Schichten liegen übereinander, zu viele Strukturen wurden errichtet, um seine Macht zu mehren. Er ist nicht länger Herr seiner selbst, und er hat keine Gewalt über mich. Ihr entscheidet, wie Ihr ausseht. Ich entscheide mich, diesem Weg zu folgen.«

»Entscheiden? Entscheiden? Können Gefangene in einer Zelle entscheiden, welche Lumpen sie tragen wollen? Das sind wir, wir beide.« Er hob die Hände, und ihr fiel auf, dass er keinen Schatten warf. Das war nicht alles; sein Körper verschwamm, wenn sie ihn nicht direkt ansah. »Ich bin, was Ihr hier seht, weil das alles ist, was von mir übrig ist. Ich bin Amon, aber der Amon, der den zersplitterten Erinnerungen entsteigt, die Ahriman noch hat. Fragmente, die in die Form von jemandem gebracht wurden, der einst gelebt hat.«

»Ihr seid also tot.«

»Sind wir das nicht alle?« Er schürzte die Lippen und Iobel erzitterte. »Aber ja, es gibt keinen lebenden Amon draußen in der Realität. Nachdem ich … endete, sandte er die Hälfte aller Erinnerungen an mich hierher an den Rand seines Wesens.« Er hielt inne und sah Iobel berechnend an. »Aber ich vergaß, das wisst Ihr natürlich …«

Iobel runzelte die Stirn.

»Ich habe Euch in Ahrimans Erinnerungen gesehen, als ihr ein Krieger der Thousand Sons wart, aber ich habe Euch niemals sterben sehen.«

Er verzog das Gesicht.

»Er hat sich dazu entschieden, diesen Moment zu vergessen. Darum bin ich hier. Ich bin ein Exilant seines Geistes, ein Dorn in seinem Selbstvertrauen.«

»An welchen Aspekt von Euch will er sich nicht erinnern?«

»Daran, dass ich einst ein Mensch war. Ein Mensch, der gealtert und gestorben wäre, wenn er kein Krieger des Imperators geworden wäre. Daran, dass ich sein Lehrer gewesen bin. Daran, dass ich öfter richtiglag als falsch. Daran, dass er mich lieber getötet hat, als zuzugeben, dass *er* falschlag.«

»Warum existiert Ihr dann überhaupt?«

»Das Gleiche könnte ich Euch fragen. Warum existiert Ihr noch, Inquisitorin?«

»Ich bin eine Anomalie, die Ahriman nicht entfernen kann«, antwortete sie.

Er zuckte mit den Achseln, als räumte er die Möglichkeit an und deutete gleichzeitig ihre Unwahrscheinlichkeit an.

»Wenn das wahr ist, bin ich das womöglich auch. Vielleicht überdauere ich in dem Gedanken, dass jemand anders recht haben könnte. Vielleicht ist Zweifeln meine Funktion.« Er atmete langsam aus; sein Gesicht war ein Sinnbild für Erschöpfung und Alter. »Wir sind so gut wie fertig. Danke, Iobel. Ich denke, wenn ich Euch zu Lebzeiten begegnet wäre, hätte ich Euch äußerst amüsant gefunden«, sagte er. Es wurde dunkler, als die Sonne am Horizont versank, ohne den Himmel überquert zu haben. »Stellt Eure Frage, Inquisitorin.«

»Wo hat es angefangen?«, fragte sie. »Wo hat für Ahriman alles angefangen?«

»Eine gute Frage.«

»Kennt Ihr die Antwort?«

»Es gibt so viele Möglichkeiten. Prospero … Der Planet der Zauberer … Beide könnten Anfänge darstellen, je nachdem, welche Reise Ihr meint.«

»Sagt mir die Antwort!«, rief sie aus.

Der Wind wehte über den nackten Sand.

»Um die Antwort auf Eure Frage zu erhalten, müsst Ihr eine andere stellen«, sagte eine verhallende Stimme. »Nicht, warum die Reise begonnen wurde, sondern *wer* sie begonnen hat.«

Sie sah auf.

Tageslicht erwärmte ihre Haut. Die Nacht war fort. Der Wind wehte vor ihr über den Boden. Sie runzelte die Stirn.

Ein kleines, dunkles Objekt ragte aus dem Sand. Sie bückte sich und schirmte ihre Augen vor der Sonne ab. Der Gegenstand sah aus wie ein Stück Holz von der Größe ihrer Hand. Sie packte es und zog es vorsichtig aus dem Sand. Das Holz war dunkel, abgenutzt und am Rand gesplittert. Die Oberfläche war mitgenommen, doch sie erkannte Vögel, die auf den Splitter einer zerbrochenen Sonne zuflogen. Sie drehte das Stück um und versuchte sich daran zu erinnern, wo sie es schon einmal gesehen hatte. Es war ihr vertraut, wie ein Teil von etwas, das sie einst gesehen und nicht verstanden hatte.

Sie richtete sich auf und steckte das Fragment in ihre Robe. Um sie herum erstreckte sich die leere Wüste bis zu einem Horizont voller Luftspiegelungen.

Der Wechselbalg rannte. Seine gepanzerte Hülle bewegte sich mit ihm. Hinter ihm rannten monströse Gestalten in Schwarz und Rot. Gelbe Lichter blitzten um ihn herum. Vor ihm standen Reihen von Enterkapseln. Dampf und Funken stoben aus Kabeln und Rohren, als sie sich von den Flanken der Kapseln lösten.

»Feindliche Schiffe in Sensorreichweite«, sagte eine menschliche Stimme in seinem Ohr. Der Wechselbalg erkannte sie als die Stimme eines von Commodore Ishafs Lieutenants. Die Worte zeugten von kontrollierter Anspannung.

»Einsatzgruppe Incarnidus in zweihundertdreißig Sekunden bereit«, sagte der Wechselbalg ins Vox. Umiels Stimme ging ihm perfekt von den Lippen.

Hinter ihm schwärmten die Space Marines aus. Kolben hämmerten die Luken an den Flanken der Enterkapseln zu. Magnetkräne senkten sich an rasselnden Ketten von der Decke. Eine Kapsel nach der anderen wurde angehoben und in die Startrampen abgesenkt. Jede von ihnen war ein schmaler Zapfen von der Größe eines Panzers. Waffenmündungen umringten die Irisluke im Boden. An ihren Flanken waren klingenförmige Beine zusammengefaltet. Wenn sie ein Schiff traf, würden sich diese Beine in den Rumpf bohren wie die Kiefer einer Zecke und die Waffen würden ein Loch hineinschneiden, durch das die Passagiere eindringen konnten.

Der Wechselbalg erreichte seine Kapsel und stieg ins dunkle Innere. Umiels Leibwache folgte ihm. Magnetharnische senkten sich auf sie herab. Ein metallisches Dröhnen hallte durch die Düsternis, als ein Kran die Kapsel ergriff und in die Luft hob. Als er sich wieder löste, schloss sich die Startrampe über ihnen. Der Wechselbalg warf einen Blick auf die anderen Space Marines, begutachtete die arretierten Waffen und überflog die Bereitschaftsrunen auf seiner Retinalanzeige. Genau wie Umiel es getan hätte.

»Einsatzgruppe Incarnidus zum Abschuss bereit«, sagte der Wechselbalg. »Der Hammer fällt auf Euren Befehl hin.«

»Bereithalten, Incarnidus«, erklang eine menschliche Stimme.

Der Wechselbalg wartete. Seine Sinne lösten sich von seinem Körper und glitten nach außen, fanden die Brückenbesatzung einen halben Kilometer weiter oberhalb und drangen in die Köpfe der Servitors und Piloten ein, die durch die Leere flogen. Er sah mit eintausend Augen zu, wie der nächste Schritt auf seinem Pfad näher rückte.

Das Schiff, auf dem sich der Wechselbalg befand, war eine Schlachtbarke. Blutrot und Schwarz zierten ihren hammerkopfförmigen Bug und kündeten von ihrer Rolle als Kriegsschiff der Angels Sanguine. Ihre Geschütze waren mächtig genug, um Städte zu zerschmettern, und dreihundert Krieger des Adeptus Astartes ritten auf ihr in die Schlacht. Wie alle anderen ihrer Art trug sie einen Namen, der die Kriegslust ihrer Schöpfer verkörperte. *Zorn der Zeitalter* war ihr Name, und sie war nicht allein.

Neben der *Zorn der Zeitalter* hielten noch Dutzende andere Schiffe auf Prospero zu. Das Feuer ihrer Antriebe loderte im Vakuum. Geschwader von nadelspitzen Eskorten flogen unter und über den größeren Schiffen. Schwärme von Jägern und Bombern huschten um sie herum und glitzerten bösartig im Sternenlicht. Prospero war eine undeutliche Scheibe in der Ferne. Seine Oberfläche zuckte und schimmerte, als wäre es eine runde Sturmwolke.

Selbst aus dieser Entfernung spürte der Wechselbalg, wie der Warp jenseits des Planeten wallte und die Wunden seiner Vergangenheit aufriss. Zwischen dem Planeten und der imperialen Flotte hingen Hunderte Schiffe in losen Haufen im Weltraum. Jedes einzelne von ihnen war vom Warp gezeichnet. Gesichter knurrten über Waffenmündungen. Rümpfe schillerten ölig in Dutzenden Farben. Spiralen aus Licht krochen über Turbolaser. Es war eine Flotte ohne Einheit, doch jedes Schiff stand unter dem Kommando eines Sohnes von Prospero, der Ahrimans Ruf gefolgt war. Jene, die sich dazu entschieden hatten, ihre Kräfte abzuziehen, waren bereits fort oder zum Rand des Systems unterwegs. Jene, die geblieben waren, warteten darauf, sich dem Imperium zu stellen, das gekommen war, um ihre Heimatwelt ein zweites Mal zu verbrennen.

Im Zentrum der wartenden Schiffe hing eines mit goldenem und schwarzem Rumpf. Auf seiner Brücke sah der Wechselbalg den kalt und hell strahlenden Geist seines Meisters und hörte den Befehl über seine Lippen kommen.

»Feuer«, sagte Khayon, und das schwarze Schiff sprach das erste Wort der Schlacht.

Plasmaströme schossen durch die Leere. Projektile folgten. Schilde sprühten flackernd Funken. Dann erwiderte die imperiale Flotte das Feuer. Torpedos und Geschosse zerschnitten die Dunkelheit. Immer mehr Schiffe um Prospero herum feuerten. Von oberhalb des Angriffsvektors der imperialen Flotte aus gesehen glich die Schlacht einer Sichel aus Antriebsfeuern, die sich der unregelmäßigen Pfeilspitze der Verteidiger näherte. Das Gefecht gewann an Fahrt. Geschosse und Laserstrahlen trafen sich und Detonationen durchzogen den Weltraum zwischen den Flotten.

Der Wechselbalg spürte, wie das Schiff um ihn herum erbebte. Das Heulen von Sirenen drang an seine Ohren. Die Schlachtbarke hielt sich aus der ersten Welle heraus. Ihre Aufgabe und die anderer schneller Eingreiftruppen war es nicht, den Verteidigern im direkten Schlagabtausch zu begegnen. Sie hatten eine andere Aufgabe; sie waren nicht als Krieger hier, sondern als Henker. Wenn sie durch die Reihen der Verteidiger gebrochen waren, würden sie die Schiffe im niedrigen Orbit angreifen und ausdünnen, damit die Schlachtbarken nahe genug kommen konnten, um die Zyklonentorpedos auf den Planeten abzufeuern.

»An alle Einheiten: Wir sind in Reichweite«, erklang eine monotone Servitor-Stimme. »Auf Abschuss vorbereiten. Möge das Feuer des Zorns Euren Weg erhellen.«

Der Wechselbalg lächelte mit einem gestohlenen Gesicht und wartete.

Eins.

Die Fackeln wurden dunkler, als Knekku den ersten Schlag seines rechten Herzens zählte. Das psionische Murmeln des Planeten der Zauberer wurde leiser.

»Hört mich an, ihr Gebieter der verborgenen und stillen Wege.« Die Worte kamen als Wolke gefrorenen Atems über seine Lippen. Seine Muskeln fühlten sich an wie Blei.

Du solltest das nicht tun, sagte eine Stimme in seinem Hinterkopf. *Es muss einen anderen Weg geben.*

Zwei.

Er nahm den Silberdolch in beide Hände. Der Gedanke in seinem Kopf berührte die Klinge. Sie glühte hell und die Fackeln wurden noch dunkler. Die Turmkammer war nur noch ein zerbröckelnder Kreis in schwachem Licht.

»Hört mich an, ihr Wächter des Labyrinths.« Er spürte, wie sich in seiner Kehle und seinen Lungen Eis bildete.

Du hast eine Aufgabe. Du hast eine Pflicht. Ahriman und die Exilanten kehren zurück, und du musst dich ihnen stellen. Die Gedanken hallten mit wachsender Intensität durch seinen Schädel, so sehr er sie auch verdrängte. Doch dann drangen die gekrächzten letzten Worte des Karminroten Königs durch den Tumult.

+Ich habe einen Fehler gemacht, mein Sohn.+

Drei.

Der Dolch durchschnitt Haut, Muskeln und Knochen. Licht und Schmerz durchfuhren ihn. Die Dunkelheit stürzte auf ihn herab wie eine Lawine.

Sein rechtes Herz blieb stehen.

Er stand auf.

Er befand sich nicht mehr im Turm. Sein Körper war noch dort, lag auf dem Boden mit einem Ritualdolch in der Brust, doch sein Geist und seine Seele waren seitwärts in die tiefsten Tiefen des Warp geglitten. Er war eine mentale Projektion, eine Gedankengestalt im Meer der Seelen.

Er fühlte sich jedoch nicht anders. Er war gekleidet, wie er es im Turm gewesen war. Seine rote und blaue Robe wallte in einem Wind, der gar nicht da war. Er sah auf und die Welt baute sich Stück für Stück vor seinen Augen auf. Er stand auf einer Steintreppe. Links und rechts taten sich tiefe Abgründe auf, deren Boden sich in silbernem Dunst verlor. Über ihm ging eine weitere Treppe von seiner ab und wand sich in unmöglichen Winkeln fort. Je weiter sie sich entfernte, desto mehr nahm ihm der Dunst die Sicht.

Er sah auf seine Brust. Ein Licht pulsierte unter seiner Haut, als wäre eine Sonne unter seinen Rippen gefangen.

»Es schlägt noch«, schnurrte etwas über ihm. Er sah sich um und hob die Hände. Ein breites, katzenhaftes Gesicht sah ihn von einer Stufe knapp über seinem Kopf an. Es drehte sich und das Fell nahm einen kupfernen Farbton an. Zwei Reihen von Augen blinzelten. Jedes hatte eine andere Form und eine andere Farbe. »Du wirst hier eine Weile existieren, Knekku. Du hast dir Zeit erkauft. Genug Zeit? Nun, das ist eine interessante Frage.«

Die Kreatur hechelte und zeigte eine rosafarbene Zunge. Knekku erkannte sie, auch wenn er diese Gestalt noch nie erblickt hatte.

»Avenisi?«

»Es ist lange her, alter Freund. Wie lange war es für dich? Eintausend Jahre seit Prospero? Zwei? Drei? Noch mehr?«

Knekku sah den Dämon an, den er einst seinen Tutelarius genannt hatte. Als er ihn zum letzten Mal gesehen hatte, hatte der Dämon seine katzenhafte Gestalt abgeworfen und durch Klauen und Tentakel aus purer Hitze ersetzt. Das war auf Prospero gewesen, und er hatte die Kreatur seither nie wieder gesucht. Er wusste, warum. Es war das Gefühl des Verrats, das jetzt noch so stechend war wie damals, als er und der Rest der Legion die wahre Natur der Engel erkannt hatten, mit denen sie jahrzehntelang ihre Gedanken geteilt hatten.

»Warum bist du hier?«

»Um dir dabei zu helfen, das Labyrinth zu beschreiten. Um dir zu helfen, den Karminroten König zu finden.«

»Ich habe dich nicht beschworen.«

»Und ich habe dich nicht ins Labyrinth gerufen, aber wir sind beide hier.« Der Dämon sprang auf und landete elegant auf den Stufen neben Knekku. Sein Fell war blau, doch der Farbton veränderte sich bei jeder Bewegung. »Sollen wir anfangen? Du hast nicht unbegrenzt Zeit.«

»Was, wenn ich deine Hilfe nicht will?«

»Dann wirst du einen entschiedenen Nachteil haben.«

»Wer hat dich zu mir geschickt? Wer wusste, dass ich an diesen Ort kommen würde?«

»Jeder. Niemand. Jemand.«

»Ich brauche keine Rätsel.«

»Nein, du brauchst sehr spezifische Hilfe, und hier bin ich. Du solltest dich in Bewegung setzen, ansonsten wird dich das Labyrinth verschlingen. Es mag Dinge nicht, die nicht versuchen, etwas zu finden.«

Knekku richtete den Blick wieder auf die Treppe und erstarrte. Sie war fort. Anstelle der Stufen, die in die Höhe führten, gab es nun welche, die hinab in den silbernen Dunst führten. Er dachte eine Sekunde lang nach, um seine Gedanken unter Kontrolle zu bringen.

»Du hast das nicht wirklich durchdacht, oder? Es sieht dir gar nicht ähnlich, in Panik zu handeln, ohne alle Schritte und Möglichkeiten zu untersuchen. Vielleicht hast du dich doch mehr verändert, als ich gedacht hatte.«

»Ruhe«, knurrte Knekku und warf Avenisi einen Blick zu. Als er zurücksah, war die Treppe zwiegespalten: Ein Teil ging nach links und einer nach rechts.

»Du bist hier, um den Karminroten König zu finden«, sagte Avenisi schnell. »Was ist dein Anfang?«

»Der Anfang von –«

»Der Grund, der Gedanke, der dich dazu gebracht hat, dies zu tun – das, woran du dich erinnerst, wenn du an ihn denkst.«

Ich habe einen Fehler gemacht, mein Sohn. Der Gedanke kam, bevor er darüber nachdenken konnte, und als er kam, schien sich seine Perspektive so zu verschieben, dass die Treppenstufen zu seiner Linken nur noch Schatten im Dunst waren und die zu seiner Rechten nunmehr nach oben führten.

»Komm«, sagte Avenisi und glitt an ihm vorbei. »Einen Schritt nach dem anderen.«

Knekku sah der Katzengestalt des Dämons nach, als dieser die Stufen emporsprang, ohne sie jemals wirklich zu berühren. Dann blieb er stehen und sah ihn an, legte den Kopf schief und blinzelte, während seine vielen Augen alle Farben des Regenbogens annahmen.

Knekku zögerte, dann begann er den Aufstieg.

XV
FEUER

Ahriman sah in das eine blaue Auge des Dämons. Er konnte denken, doch seine Gedanken bargen keine Gefühle. Was er sah, war unmöglich. Einfach unmöglich.

+Oh, es ist möglich+, sagte der Dämon. +Ich habe auf diesen Moment gewartet, habe dich beobachtet, dir weitergeholfen, deinen Pfad gelenkt, bis du nicht anders konntest als hier zu sein. Bis du nicht mehr umdrehen konntest. Bis du bereit warst für den einzig wahren Lohn des Verrats.+

Ahriman versuchte Worte zu formen, sich zu bewegen, doch er konnte keinen Finger rühren. Ein Lichtwirbel hing unbeweglich vor ihm. Links und rechts von ihm standen reglose Rubrica-Marines, deren leuchtenden Augen nichts sahen.

+Dies geschieht nicht wirklich. Darum kannst du nichts tun. Ich kämpfe nicht gegen dich an. Ich ändere das, was du tust, in keiner Weise. Dies ist einfach nur eine Fuge zwischen zwei Momenten, eine Lücke in der Zeit, die ich mit diesem … Besuch gefüllt habe.+

Der Dämon kam näher. Seine Gestalt huschte durch den Regen und den Rauch wie ein projiziertes Bild.

+Als die Wölfe kamen, wollte ich diese Welt für unsere Sünden brennen lassen. Wir hatten es verdient, hier zu sterben, wir alle. Aber *du* … Du hast es gewagt, dich über mich zu stellen. Du hast gekämpft. Du hast deine Bestrafung nicht hingenommen. Du hast mir getrotzt.+ Er deutete mit einer Glasklaue auf die Stadt und das Ritual. +Und nun wirst du mit allem bezahlen, was dir je am Herzen gelegen hat.+

Ahriman spürte, wie seine Gedanken den Moment abschütteln wollten, doch alles, was er sah, war der Dämon, und alles, was er hörte, waren dessen Worte.

+Ich bin deine Nemesis, Ahriman. Ich bin der Schatten, der deinen Taten folgt und deinem Ruhm allen Glanz nimmt. Ich bin die Bitterkeit, die die Hoffnung erstickt. Ich bin der Vater, den du vergessen hast, dem du getrotzt hast, den du verraten hast. Und ich warte auf dich, wie ich all diese Zeit gewartet habe.+

Der Dämon wich zurück. Sein Rückgrat knackte und die Schatten unter seinem Überwurf wuchsen und zerflossen wie eine neue Haut. Seine Gestalt zerfiel wie Fett an einem Braten am Spieß. Er schrumpfte zu einem vernarbten Körper zusammen. Er hing an silbernen Ketten in der Luft; seine Augen waren schwarze Löcher über einem Mund voller nadelspitzer Zähne. Es war ein Abbild des Dämons, den Maroth in den Körper eines von Astraeos' Brüdern beschworen hatte – des Dämons, von dem Ahriman gedacht hatte, dass er nur eine rohe Masse tumben Hungers gewesen wäre, den er jahrelang im Herzen seines Flaggschiffs gehalten hatte.

+Ich bin schon so lange bei dir, beobachte dich, führe dich, unterstütze dich. Du hast nie infrage gestellt, warum du mich unter deinesgleichen geduldet hast. Du hast nie über die Löcher hinaus gesehen, die ich in deinen Verstand gebohrt habe. So viele Löcher, über eine so lange Zeit hinweg … Doch jetzt will ich, dass du es siehst. Ich will, dass du weißt, dass ich nicht einfach nur die Wahrheit sage. Ich spreche von Schicksal, von einem Schicksal, das ich für dich geschaffen habe. Dort draußen, entlang des Pfades, warte ich auf dich, warte ich darauf, dich gebrochen zu sehen.+ Der Dämon lächelte sein Nadellächeln.

Er kam näher und Ahriman sah den erstarrten Regen und die Ruinen durch ihn hindurch.

+Ich hätte dich unwissend weiterziehen lassen, aber die Rache hat viele Gesichter, und zu wissen, dass du versagen wirst, und dir dabei zuzusehen, ist ein Vergnügen, das ich mir nicht versagen werde.+

Der Dämon drehte sich um und seine Gestalt veränderte sich erneut. Ein neues Gesicht bildete sich, um Ahriman wieder anzusehen, als hätte sich die andere Seite einer in die Luft geworfenen Münze gezeigt.

Ahriman spürte, wie das Einsetzen des Schocks den erstarrten Moment erschütterte.

+Du hast mich zerstört. Du hast meine Brüder zerstört. Du hast mich wie dich gemacht, und dann hast du mich meinem Schicksal überlassen.+ Ahriman spürte, wie ihn etwas Riesiges, Kaltes und Dunkles umschlang. +Du hast mir geschworen, dass du meine Brüder retten würdest. Nun vergelte ich es dir, indem ich einen eigenen Eid schwöre. Wenn es einen Weg gibt, alles zunichte zu machen, was du vorhast, werde ich ihn finden+, sagte Astraeos. Am Rande seines Blickfelds schienen die Regentropfen langsam den Himmel hinunterzugleiten. Die Blitze wurden heller. +Und du weißt, dass ich diesen Eid erfüllen kann. Ich bin das Schicksal, das sich endlich bewahrheitet.+

Der Moment verstrich und der Sturm schlug mit ungezügelter Wut über ihm zusammen. Entsetzen und Erkenntnis trafen Ahriman wie ein einstürzender Berg.

Die Tür brach mit dem Geräusch reißenden Metalls aus den Angeln. Credence packte den Rahmen und erweiterte die Öffnung mit roher Gewalt. Ignis spürte, wie ihm Blut aus dem Mund lief. Alles, was er sah, hatte eine rötliche Färbung. Das Athenaeum, oder Sanakht, oder etwas anderes war ein glühendes Licht hinter Ctesias' Silhouette. Der Klang des Rituals auf Prospero war fort. Stattdessen hörte er einen hallenden Ton, als hätte jemand ein Glas angeschlagen oder würde für einen Schrei Luft holen. Ignis' Atem ging stoßweise.

Sein Blick fiel auf das Athenaeum. Wenn es irgendeine Substanz hatte, dann sah er sie nicht mehr. Die Gestalt im Käfig war eine Flammenzunge in allen Farben des Regenbogens. Er musste aufstehen. Er musste …

»Ich muss frei sein«, sagte das Athenaeum in einem Chor aus Stimmen. »Meine Söhne. Ich werde frei sein.«

Ctesias stand still wie eine Statue und seine Augen spiegelten die gleißende Gestalt in der Mitte der Käfige wider.

Das Athenaeum hob die Hand und berührte die Gitterstäbe.

»Ich werde frei sein«, sagte es und das Metall zerfiel wie verbrannte Spinnweben.

Ignis wusste, dass er zu spät kam.

Das Athenaeum schritt durch die Luft. Seine Augen waren Abgründe aus Feuer. Eine Flammenkrone umgab seinen Kopf. Es streckte die Hand nach Ctesias aus, als wollte es ihn segnen.

Credence riss den Türrahmen aus der Wand und stürmte in den Raum. Die Finger des Athenaeums hatten Ctesias' Gesicht beinahe erreicht. Credence schlug Ctesias mit der Faust zur Seite. Das Athenaeum brüllte vor Wut. Flammen schlugen aus seinem Mund. Credences Panzerung warf Blasen, doch er stellte sich zwischen das Athenaeum und Ctesias.

»Ignis!«, rief Ctesias. Ignis sah, wie der Beschwörer auf die Beine kam und die Hand ausstreckte, jedoch in Ignis' Richtung und nicht die des Athenaeums. Sein Blick war klar. Ctesias' Stab lag zwischen ihnen auf dem Deck. Ignis interpretierte und kalkulierte die Absicht des Beschwörers, als Credence ein warnendes Dröhnen von sich gab. Das Athenaeum hob den Automaten mit einer Geste in die Höhe.

In einer flüssigen Bewegung sprang Ignis vor, packte den Stab und warf ihn. Das kalte Eisen sang, als Ctesias es fing, in die Höhe wirbelte und dann drei Worte sprach, die die Hitze aus der Luft saugten. Symbole in den Wänden leuchteten gleißend hell auf. Ignis spürte, wie die Bindungsrunen in seinen Geist schnitten. Das Athenaeum fuhr zusammen und sein Rücken bog sich unmöglich weit durch, dann schoss eine rote Feuersäule aus seinem Mund. Es zuckte, dann verschwanden die Flammen und es fiel aufs Deck.

Ctesias atmete schwer. Sein Kinn war voller Blut.

Ignis sah ihn an. Sein eigener Geist war noch immer in Aufruhr. Er öffnete den Mund, um zu fragen, was gerade passiert war, doch Ctesias kam ihm zuvor.

»Was ist passiert?«, fragte er.

Ignis hielt inne, blinzelte und berechnete.

»Es … hatte dich … in seinem …«

»Bann …«, zischte Ctesias.

Ignis versuchte herauszufinden, ob der Beschwörer scherzte. Ctesias versuchte aufzustehen, aber seine Beine schienen ihn nicht zu tragen.

»Die Macht, die es durchfloss«, stieß Ctesias zwischen schweren

Atemzügen hervor, »diese Macht muss die Bindungsrunen in der Kammer und auf den Käfigen zersetzt haben.« Er deutete auf die leuchtenden Symbole an den Wänden. »Wieder einmal bin ich froh, dass ich den schlimmsten Fall als den wahrscheinlichsten angenommen habe.«

Ignis blinzelte noch einmal. Hatte Ctesias das Athenaeum nicht gehört? Hatte er nicht gehört, wie es sie nicht als Brüder, sondern als Söhne angesprochen hatte? Log er? Ignis zögerte, während sein Verstand versuchte, eine Strategie zu entwickeln. Was würde Ahriman tun?

Er schloss den Mund.

Ctesias versuchte erneut aufzustehen.

»Wir müssen es mitnehmen«, sagte er. »Das Athenaeum kann nicht zerstört werden, oder zumindest möchte ich nicht darüber nachdenken, was geschehen würde, sollten wir es versuchen. Dieser Raum ist nutzlos, seine Schutzzauber müssen erneuert werden. So lange muss das Athenaeum bei mir bleiben. Verflucht sei mein verwelktes Fleisch!« Er fiel keuchend zu Boden.

Ignis wollte gerade zu ihm gehen, als Credence neben Ctesias trat und ihn mit bebenden Kolben auf die Beine zog. Ctesias sah erst überrascht aus, dann lachte er.

»Nimm es mit.« Er deutete auf den zusammengesackten Körper des Athenaeums. Credence wandte sich ihm zu, rührte sich jedoch nicht.

Ignis dachte immer noch nach. Er hatte angenommen, dass Ctesias herausgefunden hatte, dass Sanakht nicht freiwillig zum Athenaeum geworden war, doch nun war er sich gar nicht mehr sicher, und er war weit davon entfernt zu wissen, was er tun sollte, außer dem Ablauf der Ereignisse zu folgen, den Ahriman erdacht hatte.

»Tu es«, sagte er zu Credence. Der Automat nahm das Athenaeum auf und hielt es wie ein Kleinkind vor der Brust.

»Am besten gehen wir zu den Hangars«, sagte Ctesias. »Schließlich wird das Feuer bald beginnen, und dann … müssen wir doch bereit sein, nicht wahr?«

Ctesias setzte sich in Bewegung. Ignis blieb stehen. Etwas war mit Ctesias nicht in Ordnung, etwas an seiner schnellen Erholung und seiner neu gefundenen Konzentration.

Credence stellte klickend eine Frage. Ignis nickte langsam, dann folgten beide Ctesias. Was für eine Wahl hatten sie? Ctesias hatte recht: Schon bald würden sie keine Zeit mehr haben, um über Mysterien nachzugrübeln.

Mein Sohn …

Die Zeit kehrte krachend zurück. Ahriman keuchte auf. Heftige Schauer peitschten die Stadt um ihn herum. Er spürte die Gedanken seiner Brüder; das Ritual wirbelte durch ihre Schädel und gewann immer mehr an Schwung.

Mein Sohn …

Das Gesicht und die Worte des Dämons schwirrten durch seinen Kopf, störten seine Ruhe, durchbrachen seine Konzentration und stürzten ihn in blanken Zweifel.

Mein Sohn …

Es konnte nicht sein. Sie hatten Magnus wiedererschaffen. All diese Jahrtausende zuvor hatten sie ihn vervollständigt. Es konnte nicht sein.

Es sei denn …

Mein Sohn …

Ein Fühler ätherischer Energie traf seinen Geist. Sein Bewusstsein wankte. Um ihn herum brüllten die gewaltigen Wesen aus zerschmetterten Rüstungen und geborstenen Kristallen ihre Wut hinaus. Kinetschilde durchbrachen das Dunkel mit weißen Blitzen. Der Warp war überall; die Materie war nur ein Schatten seines erstarkenden Lichts. Ahriman fiel, während er stillstand.

Astraeos' Gesicht sah ihn aus dem Dunkel an und glänzte vor Hass wie eine frisch geprägte Münze.

Ich bin blind gewesen. Ich habe nicht gesehen, was ich hätte sehen müssen. Ahriman dachte an die Gestalt in der roten Robe, von der er geträumt hatte. Er dachte an Iobel, an die Worte, die sie ihm vom höchsten Turm seiner Erinnerungen zugerufen hatte.

»Ihr werdet scheitern. Ihr seid allein. Euch bleiben nur noch Feinde und Verräter, Ahriman.«

Alles geriet außer Kontrolle. All die Macht, all die sorgfältig geplanten Strukturen der Bedeutung, die sich durch Raum und Zeit erstreckten, alle Fokuspunkte, sie alle zerbrachen. Die Inkantation erhob sich im Warp wie eine Sturmwolke aus Blut und gleißendem Licht. Sie erreichte die Grenzen ihrer Schöpfung und brach sich an den Ketten der Willenskraft, die sie hielten. Ahriman spürte, wie sie sich gegen die Realität stemmte, gegen seinen Geist. In seiner Nase barsten mehrere Blutgefäße und er schmeckte heißes Eisen. In seiner Brust bohrten sich die Silbersplitter in seine Herzen, als er seine geballte Willenskraft aussandte. Sein Geist begegnete den Elementen des Rituals.

Ich werde nicht scheitern.

Er fand den letzten Ruhepol in seinen Gedanken und stürzte sich hinein.

Die Welt verlangsamte sich im Takt seiner Herzschläge. Die Silbersplitter in seiner Brust bissen wie scharfe Zähne, aber er zwang das Gefühl nieder. Er sah und spürte die unmittelbar bevorstehende Zukunft. Er sah die Schiffe, die durch den Kordon im Weltraum brachen. Er sah die Bomben, die auf den Planeten fielen. Er sah die Explosionen und spürte die Druckwelle, die ihm Rüstung und Fleisch von den Knochen riss. Er sah seine Brüder, die er an seiner Seite versammelt hatte, im feurigen Wind zu grauer Asche vergehen. Es würde geschehen. Die Zukunft näherte sich und stahl die Zeit, die er brauchte.

Er fasste einen einzelnen Gedanken und schleuderte ihn durch die Wolken in die Leere. Er schickte ihn nicht an einen einzelnen Geist. Er wusste nicht, wer noch dort war, der ihn hören konnte. Die Schiffe, die die imperiale Flotte zurückhielten, waren nicht auf seiner Seite, nicht wirklich. Sie hatten sich dazu entschieden, für diesen Moment zu bleiben, vielleicht, um die Schlacht zu schlagen, die sie zusammen vor Tausenden von Jahren verloren hatten, oder vielleicht, weil ihre Loyalität sie dazu bewegt hatte. Es spielte keine Rolle, warum sie dort waren, nur dass sie es waren.

+Mehr Zeit+, rief er. +Wir brauchen mehr Zeit. Für die Legion, die uns hervorgebracht hat. Wir brauchen mehr Zeit.+

Der Gedanke flog in den stürmischen Warp wie ein brennender Pfeil durch den Nachthimmel. Er spürte den Rhythmus des Rituals, hörte sein unendliches Lied. Sein Geist war eins mit ihm. Es ging immer weiter, schrecklich und wunderschön, doch unvollständig.

Bitte, dachte er still bei sich. *Hört mich an. Verschafft mir Zeit.*

+Wir werden dir alle Zeit geben, die wir erübrigen können+, erklang ein Gedanke, der sich über das Rumoren der toten Stimmen und Gedanken erhob. Ahriman kannte diese Stimme.

+Danke, Khayon+, sandte er. +Wir werden uns wiedersehen.+

+Das … Das steht fest.+ Iskandar Khayons Stimme verhallte.

Ahriman sah zum Himmel und spürte, wie die Zeit einen Schritt zurück trat. Er tastete nach all den Geistern, die mit seinem verbunden waren, und sprach.

+Es kommt, meine Brüder.+

Und die Geister der Exilanten antworteten ihm in stiller Einigkeit.

+Wir erheben uns.+

»Engel von Terra«, wimmerte Silvanus, »vergebt mir und beschützt mich.«

Er tastete erneut nach dem Bedienfeld der Läden, doch seine Hände funktionierten nicht richtig. Nichts funktionierte richtig. Seine Finger waren zerfetzte, nervenlose Streifen und ein Fieber ließ seine Haut glühen. Ein Teil von ihm war erstaunt, dass er noch am Leben war. Sein Kopf fühlte sich an, als würde er von innen heraus durchbohrt. Wohin er auch sah, loderten Flammen. Ein Netzwerk aus Explosionen erfüllte den Raum oberhalb des Schiffes. Die *Wort des Hermes* war so nahe an Prospero herangekommen, dass die Stürme sein Blickfeld beinahe ausfüllten. Sie war ungeschützt, nachdem ihre Schilde von den Stürmen ausgeschaltet worden waren, doch sie hielt sich mit donnernden Schubdüsen an ihrer Position.

Über der *Wort des Hermes* wütete die Schlacht heller als die Sterne. Das Vakuum um sie herum war ein Hexenkessel aus Licht und Plasma. Die imperiale Flotte brach durch die Reihen der Thousand Sons. Mächtige Kreuzer bildeten die Vorhut und zerschmetterten das Netz der Verteidiger. Der Zusammenhalt der Schiffe ließ nach; einige feuerten letzte Salven und flohen, als ihre Loyalität zur Neige ging. Andere hielten stand oder huschten vor der gegnerischen Flotte her, um Wunden einzustecken und auszuteilen, als würde beides einen Sieg darstellen. Sie bewegten sich nicht als ein großes Ganzes; die Einheit der ersten Verteidigung war unter den Geschützen der imperialen Schiffe zerbrochen.

»Kommt schon. Kommt schon. Bitte …«

Seine Finger glitten erneut vom Bedienfeld ab. Er atmete schwer und die lose Haut an seinem Körper erzitterte unter jedem Schluchzer. Vor seinem geistigen Auge sah er noch immer die blendend hellen

Visionen, die vom Planeten unter ihm kamen. Der Warp erstrahlte in unstetem Licht. Schlangen aus Feuer wanden sich über alles. Eine Trümmerwolke traf das Kristallfenster vor ihm und prallte davon ab wie Regentropfen. Er sah auf.

Ein Schiff glitt abwärts, als eine Torpedosalve in seinen Rücken einschlug. Explosionen erblühten entlang seines Rückgrats. Türme splitterten. Er konnte beinahe hören, wie der Rumpf unter dem Bombardement nachgab. Feuer brandeten durch das entblößte Innere. Der Warp funkelte, als Tausende Seelen vor Entsetzen aufloderten, bevor sie starben. Prospero zog sie in seine heulende Umarmung.

Ein imperiales Schiff brach durch die Feuer der Schlacht. Geschmolzene und zerlaufene Panzerplatten verunstalteten seinen hammerkopfförmigen Bug. Seine Geschütze nahmen die Schiffe unter Feuer, die noch in Prosperos Atmosphäre aushielten. Silvanus wusste, was es war. Er hatte ein Schiff wie dieses drei Jahrzehnte lang durch den Warp geleitet. Es war eine Schlachtbarke des Adeptus Astartes, und sie kam direkt auf die *Wort des Hermes* zu.

Im Zentrum des Infernos wendete die schwarz-goldene *Inkarnation*. Ihre Schilde zerteilten die Explosionen und flackerten zischend, wenn sie versagten. Die Geschütze an ihren Flanken feuerten und schnitten durch ihre Feinde. Sie raste auf die Schlachtbarke zu wie ein geworfener Speer. Silvanus sah Verachtung in Wellen von der *Inkarnation* ausgehen, als sie über ihre Beute herfiel.

Silvanus' Hand erstarrte auf dem Bedienheld. Kleine Trümmerstücke prallten mit hellem Klingen vom Kristall ab.

Die Schlachtbarke war nah; ihre Geschützmündungen und offenen Luken glichen dunklen Augen, die ihn anstarrten. Die *Inkarnation* feuerte. Ihre Laserbatterien bildeten glühende, vielfarbige Linien zwischen ihr und ihrem Ziel. Die Schilde des imperialen Schiffes verpufften. Die *Inkarnation* kam näher, unermüdlich, rachsüchtig. Aber allein.

Ein weiteres imperiales Schiff brach durch das Feuer. Es war kleiner, doch immer noch ein Bergmassiv aus Metall und Waffen. Goldene Blitze von der Größe ganzer Wohnblöcke zierten seinen Bug. Es war ein Angriffskreuzer, ein geringeres, doch nicht weniger tödliches Schiff der Space Marines, und es startete Landungsschiffe, während es auf den Planeten zuhielt. Eine zweite Schlachtbarke folgte ihm. Sie war so groß wie die erste, doch vom Bug bis zum

Heck pechschwarz. Ein großer silberner Falkenschädel thronte auf der Brücke.

Die *Inkarnation* wirbelte herum, als die Neuankömmlinge auf sie zuschossen. Geschützsalven und Laserstrahlen zuckten auf die drei Space-Marine-Schiffe zu. Feuer brachen auf ihren Deflektorschilden aus. Das schwarz-goldene Schiff befand sich im Griff einer Klaue, die es langsam erdrückte. Es feuerte eine letzte verheerende Breitseite ab, drehte sich um die eigene Achse und raste von Prospero fort in den leeren Weltraum davon.

Silvanus hörte, wie ihm ein Stöhnen entfuhr.

Was tat Ahriman? Warum hatte er dieses Desaster nicht vorhergesehen? Was tat er auf dem Planeten? Warum hatte er es getan?

Die drei Angreifer näherten sich Prospero. Die Geschütze der Schiffe im niedrigen Orbit schwiegen. Hätten sie gefeuert, wären sie abgestürzt.

Das Trio kam in Silvanus' Blickfeld. Die Silhouetten von Landungsschiffen, Bombern und Jägern huschten um sie herum.

»Gnädiger –«, begann er.

Eine der Schlachtbarken feuerte. Ein Lichtblitz erstrahlte, wo zuvor ein Schiff gewesen war. Dieses Mal fiel Silvanus und seine Hände zuckten, als sie ins Leere griffen. Die *Wort des Hermes* erbebte, als die Explosionswelle sie erfasste. Silvanus lag am Boden. Einen Moment lang war er blind, dann fiel das Licht dessen, was als Nächstes kommen würde, durch das Fenster in seine Augen. Irgendwie konnte er sehen, als hätten seine Augen seine Blindheit einfach abgeschüttelt. An einem anderen Ort, zu einer anderen Zeit hätte er sich gefragt, wie das möglich sein konnte, und alle Antworten für gleichermaßen schrecklich befunden. Das Entsetzen über den Anblick, der sich ihm bot, verhinderte alle derartigen Gedanken.

Kleine Umrisse fielen aus der riesigen Schlachtbarke und in Prosperos Atmosphäre. Er sah winzige Flammenzungen, als ihre Schubdüsen ihren Fall bremsten und sie ausrichteten. Er erkannte sie sofort, auch wenn er sie noch nie im Einsatz gesehen hatte. Er war immer in seinem Quartier gewesen, wenn die Schiffe, die er zum Krieg geleitet hatte, ihr Werk verrichteten. Doch er musste sie nicht sehen, um zu wissen, was sie waren oder was ihr Zweck war. Es waren Enterkapseln und sie bedeuteten, dass die Engel des Todes auf dem Weg waren.

Er hob die Hände, um sich die Augen zuzuhalten, aber er konnte es nicht. Blasse Flammen krochen über jede Oberfläche und er konnte beinahe hören, wie die Toten den Lebenden zuriefen, sich ihnen anzuschließen.

»Ich will es nicht sehen«, rief er, doch er sah ohne zu blinzeln zu, wie die Enterkapseln auf die *Wort des Hermes* zuschossen. Kegel aus Reibungshitze umgaben sie, als sie die Luft um das Schiff herum durchdrangen. Geschosse detonierten und warfen sie hin und her wie Samen in einer Brise. Silvanus versuchte seine Augen abzuschirmen, als die Laserbatterie unter seinem Turm feuerte. Weiße Strahlen pulsierten auf seiner Netzhaut. Die klingenbewehrten Enden der Kapseln gruben sich in den Rücken des Schiffes. Funken stoben davon, als wirbelnde Münder mit diamantbesetzten Zähnen und Melter damit begannen, sich durch den Rumpf zu schneiden.

Die Schlachtbarken und Angriffskreuzer stellten das Feuer ein. Einen Moment lang war alles still. Selbst der Warp schien sich zu beruhigen. Für Silvanus – der auf dem Boden seiner Kammer lag, in einem Turm auf einem Schiff, das er niemals hatte steuern wollen, über einer Welt, die eine eiternde Wunde im Warp darstellte – war das Schweigen der Schiffe das Schlimmste, was er je verspürt hatte.

Die *Zorn der Zeitalter* hielt auf Prospero zu. Hoch oben auf ihrer Brücke spürte Inquisitorin Malkira, dass Schiffsmeister Gylro sie ansah. Er war ein alter Krieger, selbst für einen Space Marine, und die Zeit und der Krieg hatten die Kanten seiner Seele eher geschärft als abgestumpft. Das mochte sie an ihm.

»Wir sind in Position, ehrwürdige Inquisitorin«, grollte er. Die Förmlichkeit der vollen Anrede war beinahe schmeichelhaft. »Wir haben freies Schussfeld zum primären Detonationsgebiet.«

Malkira nickte langsam, ohne ihn anzusehen. Sie spürte, wie Hunderte Augenpaare sie beobachteten, auch wenn sie sie nicht direkt ansahen. Die Brücke war ein Amphitheater aus gestaffelten Kontrollsystemen im Herzen eines Raums, der einen halben Kilometer durchmaß. Bedienstete, Servitors und Tech-Priests bevölkerten die einzelnen Ränge und bemannten die Stationen. Sie alle beobachteten sie und warteten auf ihren Befehl. Keiner von ihnen würde sich an diesen Moment erinnern. Keiner durfte sich erinnern, nicht einmal

Gylro. Er und die wertvollsten Bediensteten und Tech-Priests würden gedankengelöscht werden. Der Rest würde eliminiert werden.

»Wir haben immer noch Enterkommandos auf den Schiffen im niedrigen Orbit«, sagte Gylro.

»Warum wurden sie überhaupt ausgesandt?«

»Captain Umiel gab den Befehl, bevor Ihr an Bord gekommen seid. Für den Fall, dass die Schiffe zu fliehen versuchen.«

Malkira zog eine Augenbraue hoch, aber sie sagte nicht, was sie von Umiels Entscheidung hielt. Es spielte keine Rolle. Er und jene, die er mit sich genommen hatte, würden auch so einen hohen Preis für ihren Fehler bezahlen. Gylro wusste das, und er wusste, dass sein Orden kurz davorstand, auf einen Schlag ein Zehntel seiner Stärke zu verlieren. Dass er die Enterkommandos erwähnt hatte, war verständlich, dass er nicht argumentierte, zeigte eine Selbstbeherrschung, die sie nur bewundern konnte.

»Wir fahren fort«, sagte sie, und Gylro neigte wortlos den Kopf.

Sie hatte während des Angriffs von der *Unvergängliches Wissen* auf die *Zorn der Zeitalter* übergesetzt. Ihre Fähre war mit einer Eskorte aus einem Dutzend Raumjägern am Rand der Kampfsphäre entlang geflogen, war nur knapp den Explosionen entgangen und hatte mehreren Abfangjägern ausweichen müssen. Sie war ein Risiko eingegangen, das mehreren der Kommandanten zu groß erschienen war, doch sie hatte entschieden, dass sie der Welt, die sie verbrennen würde, ins Gesicht sehen musste. Sie hatte das Gefühl, dass Gylro sie für ihr Ehrgefühl und ihre Taten respektierte. Und natürlich der Tatsache wegen, dass sie im Namen des Imperators agierte.

»Zeigt es uns«, sagte sie.

Gylro machte eine Geste und irgendwo hoch oben auf den Rängen setzte sie ein Tech-Priest in die Tat um. Vor der Brücke bewegten sich massive Panzerplatten. Licht fiel durch die gewaltige Decke aus Bronze und Kristall und schillerte in den Wolken aus Weihrauch und Staub. Prospero füllte sie komplett aus. Seine Oberfläche war ein Wirbel aus Sturmwolken und bösartigen Lichtern.

Sie betrachtete es. Ihre Augen waren nicht mehr dieselben, mit denen sie es beim letzten Mal betrachtet hatte. Acht Jahrhunderte und drei Paar neue Augen war es her: acht Jahrhunderte des Krieges gegen den Warp und die Kinder Prosperos. Tote Welten und verlorene Seelen regten sich kurz in ihrem Gewissen. Izdubar, der seit sieben Jahrzehnten tot war und dessen Gesicht noch immer jung gewesen war, als sein Herz schließlich versagt hatte. Erionas, der zu den Geistersternen aufgebrochen und nie zurückgekehrt war. Iobel, die Ahriman vor all diesen Jahrhunderten entführt hatte und die aller Wahrscheinlichkeit nach ebenfalls tot war. Malkira war bereits alt gewesen, als sie ihnen allen begegnet war, und doch stand sie nun als letzte von ihnen hier, mit der Axt des Scharfrichters in der Hand. Sie hatte die Thousand Sons so lange gejagt, und hier waren so viele von ihnen versammelt, ausgerechnet in der Wiege ihrer Verderbnis.

»*Es ist vorbei*«, sagte sie leise zu sich selbst, dann sah sie Gylro an. Die Miene des alten Space Marines war steinern. Sie nickte einmal, dann richtete sie den Blick wieder auf Prospero.

Gylro legte eine Faust auf die Brust und verbeugte sich. Malkira sah unentwegt auf den Sturm, der den Planeten einhüllte. Der Schiffsmeister drehte sich um und richtete das Wort an die Brückenbesatzung. Das Donnern seiner Stimme übertönte sogar die eifrig brummenden Maschinen.

»Zyklonenbombardement wartet auf Euren Befehl, Inquisitorin.«

Die rituellen Floskeln des Exterminatus gingen ihr durch den Kopf, doch als sie sprach, war es nur ein einfacher und deutlicher Befehl.

»Verbrennt es.«

Einen langen Moment später spürte sie das gewaltige Schiff erzittern. Die Geschosse jagten durch die Atmosphäre und zogen Spuren aus Hitze hinter sich her, sodass sie aussahen wie glühende Kometen. Auf der anderen Seite des Planeten begannen die anderen Schlachtbarken und Angriffskreuzer ebenfalls ihr Bombardement. Es war getan; Prospero würde ein zweites und letztes Mal brennen. Nichts konnte es jetzt noch aufhalten, die Geschosse mussten nur noch ihr Ziel treffen.

Die Projektile glühten heller, als die Luft dichter wurde, dann wurden sie von den Sturmwolken verschlungen.

Ein Schauer lief über das, was von ihrem Körper übrig war. Nach all dieser Zeit war sie nun hier. Der Krieg würde niemals enden, doch in diesem Moment würde sie einen Gegner fallen sehen, gegen den sie ihr ganzes Leben lang gekämpft hatte. Sie hatte seit Jahrhunderten nicht geweint – eine weitere Gabe ihrer erneuerten Augen – doch sie blinzelte, als die Nerven in ihren Augenwinkeln ansprachen.

»Brenne«, sagte sie.

Ahrimans Geist erhob sich. Die letzte Stufe des Rituals entfaltete sich im Äther um ihn herum. Tausende Gedanken in Hunderten Geistern erreichten das Ende ihrer Zyklen. Die Ausrichtung von Objekten und Zeit fügte sich zusammen.

Ahriman streckte seinen Willen aus. Formeln entfalteten sich aus dem Kern seines Bewusstseins: alte Worte und tote Geheimnisse. Das Ritual ging weiter, als er versuchte, seine einzelnen Stränge zu sich zu ziehen. Die Erinnerung an den Dämon und an Astraeos störte seine Gedanken, noch während er sie formte.

Der Todesschrei Prosperos ging mit unverminderter Wut weiter. Die Macht des Warp schwappte über die Barriere zwischen den Welten. Der Boden erbebte, als Knochenfragmente sich in wirbelnden Spiralen erhoben, in denen man die Gesichter der Toten erkennen konnte. Die Flut der Macht begegnete dem Ritual, das sie heraufbeschworen hatte. Blutrotes Licht schoss aus dem Boden und färbte die Wolken ein. Rubrica-Marines und Zauberer standen still, während die Sekundenbruchteile vorüberzogen.

Die letzten Komponenten von Willen und Gedanken fügten sich in seinem Geist zusammen. Der Warp gefror. Die aufgeblähte Masse aus Energie und Gefühlen waberte, schrumpfte zu einer Kugel zusammen und zerschmolz dann zu einer harten Ebene aus Absicht und Bestimmung. Ahriman spürte jeden Aspekt. Er *war* jeder Aspekt, war jeder Geist, der an ihr hing. Genau wie zuvor.

Er öffnete die Augen und sah die Realität. Alles bewegte sich mit der Langsamkeit eines defekten Pictschirms. Um ihn herum standen die Exilanten der Thousand Sons in den Ruinen von Tizca. Über ihm wallten Lichter in den Sturmwolken auf, als Geschosse vom Himmel fielen.

Er griff an seine Brust und ertastete den gesprungenen Rücken eines Jadeskarabäus. Mit einem Mal war sein Geist leer und still. Der Skarabäus war warm wie damals, als Prospero unter den Äxten der Wölfe gefallen war. Er wusste, dass er vielleicht der einzige seiner Brüder war, der dieses zerbrochene Erinnerungsstück an ihre erste Flucht von Prospero behalten hatte. Damals hatte es die Legion geeint, als Magnus den letzten Rest seiner Macht gegeben hatte, um die Überlebenden zu retten.

Nun brauchte Ahriman es nicht mehr, um seine Brüder zusammenzurufen. Sie waren er und er war sie. Doch der Skarabäus war von Belang. Er war keine Verbindung zu seinen Brüdern. Er war eine Verbindung zur Vergangenheit, eine Verbindung zu jener ersten Reise durch Raum und Zeit, eine Verbindung zu der Brücke, die Magnus zwischen Prospero und ihrem Zufluchtsort im Auge geschlagen hatte. Ein Schlüssel, um jenen Weg erneut zu beschreiten.

Man kann nicht zweimal in denselben Fluss steigen, dachte er. Die uralten Worte kamen ungebeten. Über ihm fiel Feuer vom gefrorenen Himmel.

Denn es ist nicht derselbe Fluss.

Er packte den Skarabäus und schloss die Augen.

Und man ist nicht derselbe Mensch.

Die Zyklonentorpedos detonierten, als sie auf Prospero einschlugen. Der erste Gefechtskopf setzte den Horizont schneller in Brand, als der Schall der Explosion folgen konnte. Der zweite schlug ein, als die Feuer des ersten verblassten. Als der dritte den Planeten traf, schlugen die Flammen bereits hoch in die Luft. Die Schiffe der Thousand Sons mit den niedrigsten Umlaufbahnen versanken im Feuer und stiegen nicht mehr auf. Binnen Minuten war der Planet ein wirbelndes Inferno, das man kaum mit bloßem Auge ansehen konnte.

Auf der Brücke der *Zorn der Zeitalter* zuckte Malkira zusammen und implantierte Membranen schoben sich über ihre Augen. Selbst durch sie hindurch war das Feuer noch immer ein glühender Schleier auf ihrer Netzhaut. Sie hörte mehrere Besatzungsmitglieder aufschreien. Manche litten Schmerzen. Andere waren entsetzt. Wieder andere waren so ergriffen, dass sie um Vergebung flehten.

Das Urteil eines Gottes, dachte sie.

Das Feuer brannte weiter. Flammenstürme tanzten über die Oberfläche, verschlangen Luft und Materie und erreichten sogar die imperialen Schiffe im Orbit. Schwarze Aschevorhänge stiegen auf wie ein falsches Abbild der Polarlichter, die zuvor Prosperos Himmel durchzogen hatten. Und dann – so schnell wie eine ausgeblasene Kerze – verschwanden die Feuer.

Wo Prospero gewesen war, blieb nur Asche zurück. Vom Feuer geschwärzter Fels lag nackt unter dem luftlosen Himmel. Das Ende der Vergangenheit, der Meere, der Reste der Geschichte legte sich als stumpfer dunkler Schleier über alles. Der Warp schwieg, die Stimmen vergangener Morde flohen, die Flüsse des Hasses standen still.

Die wenigen Schiffe, die gegen das Imperium ausgehalten hatten, flohen aus der Schlacht oder trieben ziellos umher wie betäubte Fische. Die imperialen Schiffe blieben auf Position. Zehn Stunden nachdem das Feuer erloschen war, brachte ein Landungsschiff Malkira auf den Planeten. Sie betrat den langsam abkühlenden Boden, während eine Staffel Jäger über sie hinwegzog. Sie war allein. Es gab keinen Grund für irgendjemanden, sie zu begleiten; um genau zu sein, gab es nicht einmal wirklich einen Grund für sie, auf den Planeten gekommen zu sein. Doch sie brauchte nicht wirklich einen Grund.

Sie stand auf Prospero und ihr Atem benetzte ihr kristallenes Helmvisier. Der Boden unter ihr bestand aus schwarzem Glas. Das Licht der Galaxis funkelte auf den unförmigen Erhebungen.

Nichts. Gar nichts. Als wäre alles dem Vergessen anheimgefallen.

Ein Teil von ihr – ein großer Teil – hätte gern etwas Greifbares gehabt, um dieses Moments zu gedenken. Sie schnaubte.

Ein Helm, um ihn auf ein Grab zu legen, ein Schädel, um das Schicksal der Verräter zu dokumentieren …

Es würde nichts dergleichen geben. Ahriman war fort, und mit ihm der Beweggrund, der ihn zurück zur Welt seiner Legion gebracht hatte. Eine ganze Schar seiner verdorbenen Brüder war mit ihm ins Feuer gegangen. Sie schätzte, das sollte sich wie ein Sieg anfühlen.

Sie sah sich ein letztes Mal um, dann marschierte sie zum Landungsschiff zurück.

»Befehl an alle Schiffe. Sie sollen Signalbaken am Rand des Systems stationieren, die die folgenden Worte senden: ›Sehet den Lohn des Hochmuts. Der Imperator sieht alles. Der Imperator weiß alles.‹« Das Landungsschiff startete die Triebwerke. Sie trat auf die Rampe, nickte, und das Gefährt hob ab. »Verbrennt alle Überreste der gegnerischen Schiffe und bereitet Euch auf den Abflug vor. Ich will, dass nichts die Ruhe dieses Ortes stört.« Jenseits der offenen Luke fiel der Boden schnell unter ihr ab. »Wir sind hier fertig.«

XVI
LABYRINTH

Astraeos tauchte aus dem Blut auf. Blasse Flammen fielen von ihm ab. In der Luft über ihm spreizten sich die Schatten zerfetzter Schwingen. Die Gestalten um den Pfuhl herum erhoben sich. Einige taten es nicht; sie blieben als Haufen Elend unter weißen Roben am Boden zurück. Statische Elektrizität waberte über jede Oberfläche.

Astraeos spürte die Realität erbeben, als sie wieder nach ihm griff. Er fühlte sich leer. Ahriman hatte ihn gesehen und gehört, aber was hatte er gedacht? Hatte er Astraeos gesehen und Schuld verspürt? Hatte er Entsetzen verspürt? Er wusste es nicht. Er hatte gedacht, dass es anders sein würde, aber es war nichts gewesen, nur Worte an ein gazefeines Abbild gerichtet.

Und, wurden deine Erwartungen erfüllt?, fragte der Dämon in Astraeos' Gedanken.

Du hast mit ihm gesprochen?, fragte Astraeos vorsichtig.

Es ist dir aufgefallen, sagte der Dämon und Astraeos hörte die bittere Erheiterung in seinen Worten.

Ja, erwiderte er. Es hatte einen Augenblick gegeben, als er Ahriman nicht angesehen hatte, kurz bevor er sich umdrehen wollte, da hatte er

Prospero gesehen und Worte gehört, die er gerade so nicht verstanden hatte. *Was hast du zu ihm gesagt?*

Nur, was gesagt werden musste.

Ein Schauer lief ihm über Körper und Seele. Er war so weit gegangen, um seiner Rache nachzujagen, dass er nie gefragt hatte …

Warum hilfst du mir?

Das fragst du jetzt?

Du hast Ahriman etwas gesagt … Etwas, das er verstanden hat. Ich konnte es spüren. Du …

Ich habe meine Gründe für das, was ich getan habe und tue, und ich behalte sie für mich. Es liegt in meiner … Natur.

Warum?

Das Gelächter des Dämons brodelte aus seinem Geist hervor und brach sich über seine Lippenbahn. Köpfe wandten sich ihm zu, als das menschliche Vieh im Raum zu sich kam.

»Es ist zu spät für diese Frage. Viel zu spät«, sagte der Dämon laut. Astraeos biss die Zähne zusammen, um ihn zum Verstummen zu bringen, doch der Dämon sprach in seinen Gedanken weiter. *Die Antwort ist nicht von Bedeutung. Alles, was jetzt von Belang ist, war es bereits, als du mich gerufen hast. Die Rache, nach der es dich gelüstet, wird dein sein. Das verspreche ich dir.*

+Meister+, rief Zurcos. Der verhüllte Zauberer stand zitternd am Rand des gerinnenden Blutpfuhls. +Hat es …+

Der Eidhüter nickte und Astraeos und der Dämon antworteten mit einer Stimme.

+Es ist vollbracht. Der Weg steht offen, der Pakt ist eingegangen.+ Die *Monolith* reagierte mit einem Stöhnen. Metallplatten und Träger verzogen sich, als der Warp erneut nach ihr griff. +Wir kehren in den Äther zurück. Wir ziehen in die Schlacht.+

Die *Monolith* erzitterte um ihn herum. Blitze zuckten über ihren Rumpf und durch ihre Knochen. Die Schreie der Mutanten hallten durch ihre Korridore. Der Eidhüter hob seinen Stab und sprach ein uraltes Wort.

Licht ging von ihm aus und wallte durch das Schiff, als würde die aufgehende Sonne die Nacht vertreiben. Der Warp floss in die *Monolith* zurück. Dämonen schüttelten die Schatten ab und tanzten durch den Rumpf.

Mit einem letzten Flackern stürzte die *Monolith* in den Großen Ozean zurück.

Knekku ging weiter, doch die Stufen, die er nahm, führten nirgendwohin. Neue Treppen gingen von seiner ab, manchmal nach oben, manchmal im rechten Winkel. Ganz egal, welche er nahm, die Welt passte sich an; oben wurde unten, unten wurde oben. Die Muster der Stufen waren nie die gleichen, und doch beschlich ihn das Gefühl, dass er sich nicht bewegt hatte, dass er stillstand und die Steinstufen nur um ihn herumwirbelten.

»Ich habe einen Fehler gemacht«, murmelte er.

»Hast du mit mir geredet oder schaffst du es nur nicht, dein grimmiges Schweigen aufrechtzuerhalten?« Avenisi pirschte hinter ihm her und hielt hin und wieder an, um in der Ferne etwas zu betrachten, das nur er sehen konnte. »Wie konsistent das Temperament der Sterblichen doch ist.«

Knekku blinzelte und schüttelte den Kopf, ohne die Kreatur anzusehen.

»Das waren Magnus' letzte Worte, bevor er verschwand.«

»Oh. Ich dachte, du denkst über deine Entscheidungen nach.«

»Hast du irgendeinen Nutzen, außer mich zu verspotten?«

»Ja, aber du hast mich schon zuvor von meiner guten Seite gesehen.« Der Dämon sprang auf die Stufe vor ihm und sah ihn mit fünf seiner neun Augen an. »Sie schien dir nicht zu gefallen.«

Knekku starrte die Kreatur an, dann ging er an ihr vorbei und stieg weiter in die Höhe.

»Diese Treppen führen nirgendwohin«, sagte er nach einer Weile.

»Sie führen überallhin, solange man in die richtige Richtung geht.«

»Dann führe mich«, knurrte er.

»Ich bin kein Herr des Wandels«, sagte Avenisi, und Knekku konnte das Schulterzucken aus den Worten heraushören, ohne es zu sehen. »Die Wege des Labyrinths sind nicht für mich bestimmt.«

»Aber du beschreitest sie mit mir.«

»Das Labyrinth ist für dich. Ich kann es ohne dich nicht einmal wirklich sehen. Ich sehe es, weil du es siehst. *Du* kommst nirgendwo an, weil du nirgendwo *hingehst.*«

»Wenn du mir nicht helfen willst, dann schweig.« Die Erschöpfung saß Knekku tief in Muskeln und Knochen. Er fragte sich, ob das bedeutete, dass ihm die Zeit davonlief. Vielleicht lag er am Boden der Turmkammer und das Blut lief schneller aus seinem durchbohrten Herzen, als sein Körper heilen konnte. Vielleicht starb er in der Realität. Er musste jedoch sein Ziel erreichen; er musste irgendwie den Karminroten König finden. Was auch immer seinem Lehnsherrn zugestoßen war, er würde ihn finden und ihm helfen. Was sonst konnte ein Sohn für seinen Vater tun?

Er ging weiter. Seine Gedanken überschlugen sich, während die Stufen unter seinen Füßen dahinglitten. Einen Moment später fiel ihm auf, dass er Avenisi nicht mehr hörte. Er sah hinter sich. Die Kreatur saß neun Stufen unter ihm, hatte die Ohren aufgestellt und starrte in den Nebel abseits der Stufen.

»Er *ist* hier. Im Labyrinth.« Avenisi sah ihn an und er hatte das deutliche Gefühl, dass der Dämon eine Reaktion erwartete. Knekku antwortete nicht. Die Kreatur legte in einer beunruhigend menschlichen Geste den Kopf schief. »Du wolltest meine Hilfe, oder nicht? Und du hast begonnen, daran zu zweifeln, dass wir Magnus hier finden können. Also bitte, ich habe dir geholfen, anstatt zu schweigen.«

»Woher willst du das wissen?«

»Das Labyrinth weiß es. Jeder und alles ist hier. Die Frage ist, wo.«

Knekku erschauderte.

Er konnte nicht klar denken. Seine Sicht verschwamm. Wie lange war er schon hier? Wie viele Stufen hatte er bereits hinter sich gelassen? Wie viele mehr würde er noch beschreiten, bevor er irgendetwas fand?

»Dafür habe ich keine Zeit«, sagte er, wandte sich ab und ging weiter.

»Weil der Planet der Zauberer jeden Moment angegriffen und zerstört werden könnte? An diesem Ort existiert alle Zeit, Knekku. Alles ist bereits geschehen und noch nichts ist geschehen.«

Knekku sah sich um. Die Landschaft aus Treppen hatte sich erneut verändert. Schatten lauerten unter den Stufen. Er hatte das Gefühl, auf einmal mitten in einer Menge zu stehen, die er nicht sehen konnte.

»Wie finde ich ihn?«, fragte er und hatte das Gefühl, klein beigeben zu müssen.

»Wenn du einen Pfad eingeschlagen hast, ist der Pfad selbst nicht länger wichtig. Warum du ihn beschreitest, ist alles.«

»Die Klischees der Weisheit aus dem Mund eines Dämons«, schnaubte Knekku.

»Die Erwiderung eines allwissenden Zauberers, der sich in einem einfachen Rätsel verlaufen hat.«

Knekku spürte, wie er die Zähne zusammenbiss, und hob den Fuß, um die nächste Stufe zu erklimmen. Avenisi seufzte; das Geräusch vermittelte all die Enttäuschung der Mutter eines dickköpfigen Kindes.

»Versuch wenigstens, mir zu vertrauen.«

Er fuhr herum.

»Vertrauen? Du sprichst mit mir wie mit einem Narren, aber ich habe dir schon einmal vertraut und erhielt Verrat als Lohn, oder hast du das vergessen?«

»Wir vergessen nicht«, sagte Avenisi ruhig. »Wir können es nicht. Das ist die Konsequenz, einem Reich ohne Zeit zu entstammen. Alles geschieht. Die Reihenfolge bedeutet nichts.«

»Nichts?«

»Nichts. Ich hätte gedacht, dass die Jahrtausende unter dem Karminroten König dich das gelehrt hätten. Ich bin dir gefolgt und habe als dein Tutelarius gedient. Ich habe dir geholfen und dich geleitet, wie ich es musste, und dann musste ich es nicht mehr.«

Knekku starrte in die Augen der katzenhaften Kreatur und erinnerte sich daran, wie sie einst gewesen war: eine golden geflügelte Präsenz um seinen Geist, wie ein gefesselter Engel. Dann folgte die Erinnerung an den Tag, als Prospero gebrannt hatte, als sie ihre engelsgleiche Haut abgeworfen hatte und eine wild umherspringende Gestalt mit dürren Gliedmaßen und einem halbmondförmigen Kopf zum Vorschein gekommen war. Sie hatte gelacht, während das Feuer Tizca verschlungen hatte. Das war seine letzte Begegnung mit dem Dämon gewesen.

»Wenn du jetzt ein Führer bist, dann erfülle deine Aufgabe.«

Avenisi nickte und streckte sich; die menschliche Geste ging nahtlos in die katzenhafte über. Knekku wartete, während sein Begleiter blinzelte und ihn dann mit einem einzelnen smaragdgrünen Auge ansah.

»Warum suchst du den Karminroten König?«, fragte er. »Weißt du es?«

»Loyalität«, sagte Knekku, ohne zu zögern.

Avenisi nickte.

»Nun, das ist immerhin etwas.«

Er hätte beinahe gelacht, aber er war müde. Ihm stand der Schweiß auf der Stirn und lief ihm in die Augen. Er hatte in der echten Welt noch nie solche Erschöpfung erlebt. Er wischte sich mit dem Handrücken über die Augen, als er die nächste Stufe erklomm. Und erstarrte.

Ein Korridor aus Kristall erstreckte sich vor ihm bis ins Unendliche. Die Wände ragten in die Höhe und verloren sich in einem Nachthimmel ohne Sterne oder Mond. Langsam drehte er sich um. Der Korridor ging hinter ihm weiter, bis er hinter einer Kurve verschwand. Es gab kein Anzeichen des silbernen Nebels oder der Stufen, auf denen er gestanden hatte. Licht strömte aus dem Kristall, doch weder er noch Avenisi warfen einen Schatten.

»Das sieht mir nach einem Fortschritt aus«, sagte Avenisi. Knekku hielt den Blick auf den Korridor vor sich gerichtet. Er war immer noch erschöpft, doch das Gefühl hatte sich ein wenig zurückgezogen. Das Gefühl, beobachtet zu werden, hatte sich jedoch verstärkt.

»Wer hat dich geschickt, um mir zu helfen?«, fragte er sanft.

»Die Frage erneut zu stellen, heißt nicht, dass ich dir eine andere Antwort geben kann.«

Knekku setzte sich in Bewegung.

Ich suche den Karminroten König, dachte er. *Ich bin hier, um ihm zu helfen, weil er mein Herr ist, weil er mein Vater ist, weil ich ihm treu bin, weil ich sein Sohn bin.*

Die Zeit verstrich einen Schritt nach dem anderen, oder zumindest schien es so. Er betrachtete die Wände. Sein Spiegelbild ging an seiner Seite und wurde wieder und wieder zurückgeworfen, sodass er sich in einer unendlichen Prozession sah. Als er bemerkte, dass ein paar seiner Spiegelbilder anders aussahen als er, wandte er den Blick ab und blickte nur noch geradeaus. Selbst dann hatte er das Gefühl, dass ihn diese Spiegelbilder ansahen.

Sie passierten Kreuzungen mit vielen anderen Korridoren und Türen, die zu allerlei Orten führten. Bei jeder stellte Avenisi ihm eine Frage. Was wollte er am meisten? Was war seine früheste Erinnerung? Wie schmeckt Wasser mit einer trockenen Kehle? An manche der Fragen konnte er sich nicht mehr erinnern, nachdem er sie beantwortet hatte. Manchmal wusste er nicht einmal mehr, was er geantwortet hatte.

Sie gingen weiter.

Der Himmel veränderte sich. Sterne kamen und gingen. Eine Weile fiel Schnee aus einem blauen Himmel und schmolz, wenn er sein Gesicht berührte. Das Schmelzwasser schmeckte nach Honig.

Sie gingen immer weiter.

Er sah Dinge. Selbst ohne seine Spiegelbilder lauerten noch andere Dinge in oder hinter den Wänden des Labyrinths.

Einmal wurde der Kristall durchsichtig und zeigte Landschaften zu beiden Seiten. Auf seiner Rechten sah er hohe Berge unter einer grellen Sonne. Festungen und Wehranlagen zogen sich über die Hänge, bis sie in Türmen gipfelten, die sich der Sonne entgegenstreckten. Er sah Krieger in bronzenen Rüstungen auf den Brüstungen und sah ihre roten Banner im Wind flattern. Auf seiner Rechten sah er das Innere eines Kriegsschiffes. Servitors und Tech-Priests bewegten sich geschäftig zwischen riesigen Kränen und gewaltigen Maschinen umher. Er sah zu, wie rote und schwarze Enterkapseln vom Deck gehoben und in ihre Startrampen abgesenkt wurden.

Er ging weiter und die Wände wurden wieder zu Eis und Silber.

Es gab noch andere außer ihm im Labyrinth. Er sah ihre Gesichter im Kristall. Das erste Mal, als er Ahriman sah, hätte er beinahe angehalten. Der Exilant kam aus einer Wand auf ihn zu, die kurz zuvor pechschwarz geworden war. Ahriman hielt einen gehörnten Helm unter dem Arm und einen Stab in der Hand. Sein Gesicht sah aus, wie Knekku es in Erinnerung hatte, aber er hatte etwas an sich, das anders war: etwas Gebrochenes, etwas Helles und Scharfes, etwas, das sich in seinen Augen zeigte. Knekku zwang sich dazu, weiterzugehen, bis sie sich beinahe berührten. Dann machte der Korridor einen Knick und das Abbild von Ahriman glitt an ihm vorbei und verschwand.

Andere kamen und gingen, manche deutlich, andere verhüllt und kaum erkennbar. Er kannte einige von ihnen – Khayon, Hathor Maat, Arvida –, aber andere waren Unbekannte, die verschwanden, ohne dass er sie erkannt oder gewusst hätte, warum sie ihm begegnet waren. Eine Gestalt, halb Maschine, halb Frau mit einer abgenutzten roten Maske, schien ihm sehr lange zu folgen, bevor sie wieder mit dem Glas verschmolz.

Als die Abzweigung kam, nahm er sie ohne nachzudenken. Er blieb stehen, da er sich unsicher war, ob er eine Reflexion hinter einer Sackgasse sah oder die Wirklichkeit.

Die Wände machten einen Bogen um einen kleinen, kreisrunden

Raum. Er sah keinen Aufgang, und als er sich umdrehte, war es, als hätte es hinter ihm nie einen Gang gegeben. Erst als er einen Schritt zurücktrat, veränderte sich die Perspektive, sodass er den Eingang sah, durch den er den Raum betreten hatte. In seinem Zentrum saß eine Gestalt am Feuer. Eine zerlumpte rote Robe hüllte ihren Körper ein und eine weite Kapuze verbarg ihr Gesicht. Die trockenen Äste knisterten in den Flammen und knackten, als Funken in die Höhe sprühten.

Avenisi drängte sich an seinen Beinen vorbei und ging zum Feuer. Die Gestalt hob eine Hand und streichelte den Kopf der Kreatur, als wäre es ein altes Begrüßungsritual zwischen den beiden. Knekku fiel auf, dass die Finger krumm waren und dünn wie Reisig. Er trat näher. Die Kristallwände verblassten zu Schatten.

Die Gestalt sah auf, als Knekku näher kam. Unter der Kapuze leuchtete ein einzelnes blaues Auge in einem vernarbten Gesicht.

»Ich grüße dich, Knekku«, sagte Magnus. »Es tut gut, dich wiederzusehen, mein Sohn. Ich bin froh, dass du mich gefunden hast.«

»Nein«, sagte Knekku. Schock und Wut verdrängten seine Erschöpfung. Er zwang die Gefühle hinunter und seine Augen dazu, auf das eine Auge gerichtet zu bleiben, das ihn ansah. *Kontrolle,* dachte er. *Kontrolle ist alles. Das ist nur ein weiterer Trick des Labyrinths, eine weitere Stufe auf der Suche nach dem Karminroten König.* »Nein. Ihr seid es nicht.«

Sein Vater lächelte und schüttelte leicht den Kopf.

»Das hängt sehr davon ab, wie man die Dinge sieht.«

Die Berge fanden Iobel, bevor sie irgendwo anders hingehen konnte. Sie begannen als schwarze Flecken jenseits des Hitzeflimmerns und Iobel hatte sie für eine Luftspiegelung gehalten, bis sie bemerkte, dass sie nicht verblassten, als die Hitze und das Licht des Tages schwanden. Der Schatten der Gipfel wurde mit jedem Umlauf von Sonne und Mond länger, bis sie das Licht auf ihren Flanken schimmern sehen konnte. Als die Sonne das nächste Mal aufging, bissen sie vor ihr in den Himmel wie schroffe schwarze Zähne. Sie hatten kein Vorgebirge, das sich gemächlich vor ihnen erhob. Der Sand ging einfach immer weiter, bis er an ihrem Fuß an die jäh aufragenden Felswände stieß. Sie ging darauf zu, bis sie den schwarzen Stein berühren konnte. Er war warm, als hätte er die Wärme der Sonne gespeichert. Der Sand hatte ihm den Glanz genommen, doch seine Risse und Grate funkelten.

Sie ging zwei Wechsel von Licht und Dunkel am Fuß der Berge entlang, bis sie auf die Öffnung stieß. Es war ein Spalt, der kaum breiter war als ihre ausgebreiteten Arme und von weit oben bis zum Erdboden verlief. Im Inneren erwarteten sie kühle Schatten und vom Wind verteilter Sand. Sie zögerte. Sie war weit gekommen, aber sie hatte immer noch nichts gefunden, und alles, was sie hatte, waren die kryptischen Worte eines Phantomkindes und das Gefühl, dass die Stadt am Horizont auf sie wartete.

Geh zum Anfang aller Dinge. Dorthin führt letzten Endes alles.

»Schön und gut«, sagte sie zu sich selbst, »aber das wird äußerst schwierig, wenn man nicht weiß, wo man überhaupt hingeht.«

Ihre Hand wanderte ohne ihr Zutun zur Tasche ihrer Robe. Das verzierte Holzstück war noch da und sein gesplitterter Rand bohrte sich in ihre Finger. Sie war dazu übergegangen, es in der Hand zu halten, wenn sie über Fortschritte oder deren Mangel nachdachte. Sie zog es hervor und betrachtete die Vögel auf seiner Oberfläche. Sie schürzte die Lippen. Jedes Mal, wenn sie es ansah, wirkte es sowohl mehr als auch weniger vertraut.

»Der Anfang aller Dinge für Ahriman? Für mich? Für Magnus?« Sie schüttelte den Kopf. »Für die Thousand Sons? Für das Imperium? Wo beginnen *Dinge* überhaupt?«

Sie steckte das Stück Holz in die Tasche zurück und trat vor den Felsspalt.

»Nun denn«, sagte sie und sah zurück auf den glatten Sand der Wüste. »Wenn man sich nicht sicher ist, soll man vorwärtsgehen, richtig?« Der Wind trug ein paar Sandkörner an ihr vorbei in die Dunkelheit des Felsspalts. »Oder so etwas in der Art.«

Kühle Dunkelheit hüllte sie ein, als sie in den Berg eintrat. Einen Moment lang war sie blind, da die Helligkeit der Wüste alle Schatten wie tiefste Finsternis wirken ließ. Sie wartete, bis sie sich daran gewöhnt hatte, dann ging sie weiter. Die Wände des Spalts waren glatt und von einem Wellenmuster bedeckt, das sie an die Spuren der Ebbe im Schlick erinnerte. Am Boden lag immer noch Sand, der ihre Schritte dämpfte. Das Licht, das von oben in den Spalt fiel, stammte aus einer hauchdünnen Linie, aber es reichte aus, um etwas zu sehen. Gerade so.

Nach einer Weile sah sie hinter sich. Sie glaubte nicht, schon so lange gelaufen zu sein, aber der Spalt in der Felswand war nur noch ein weit entfernter Splitter Helligkeit. Sie drehte sich um und ging weiter.

Sie war darauf vorbereitet gewesen, dass das Licht über ihr verschwinden würde, sobald die Nacht über die Wüste hereinbrach, aber dem war nicht so. Stattdessen veränderten sich die Geräusche. Zuerst waren da nur ihre Schritte auf dem sandbedeckten Boden gewesen. Dann hörte sie etwas anderes, ein leises Murmeln, das fließendes Wasser, Wind oder Stimmen hätte sein können. Doch es gab weder Wasser noch Wind, und wenn irgendjemand mit ihr hier war, konnte sie ihn nicht sehen. Das Geräusch wurde lauter und leiser, lauter und leiser, bis es schließlich verschwand. Stille folgte. Absolute Stille, nicht einmal das Geräusch ihrer Schritte oder das Rascheln ihrer Robe waren zu hören, sodass sie das Gefühl hatte, stillzustehen, während die schwarzen Wände an ihr vorüberzogen. Nach einer Weile setzte sie die Stille mit Nacht gleich, auch wenn sie nicht wusste, warum.

Als die Geräusche zurückkehrten, blieb sie stehen. Sie redete sich ein, dass sie sich nur ausruhte, dann schalt sie sich für diese Lüge. Sie brauchte keine Ruhepause. Sie war nicht am Leben, wenn sie also erschöpft war, dann nur, weil es Teil der Gedankenwelt um sie herum war: Sie war müde, weil sie nicht wusste, ob sie die richtige Entscheidung getroffen hatte. Der Eingang hinter ihr war nicht mehr zu erkennen, als sie zurückblickte. Das setzte einen Schlussstrich unter den halb geformten Gedanken, dass sie auch zurückgehen könnte.

Die eingravierten Türen begannen, als sie weiterging. Ihr Handrücken berührte die Wand und traf auf eine harte Kante. Sie schrie auf und sprang zurück. Als sie nachsah, stellte sie fest, dass sie vor einer Tür stand. Zuerst hielt sie sie für eine echte Tür mit graviertem Sturz. Sie trat mit ausgestreckter Hand darauf zu, bis ihre Finger den blanken Stein im Inneren berührten. Er war makellos glatt und unnachgiebig. Als sie ihre Finger über den Rand streichen ließ, fand sie keine Kante, keinen Ansatz: Es war keine echte Tür, es war das Bild einer Tür auf dem Fels. Ein paar Schritte weiter fand sie die nächste, dann noch eine und noch eine, bis sie an ihnen vorbeischritt, ohne dass noch Platz zwischen ihnen war. Sie fragte sich, welchen Teil von Ahrimans Geist dieser Ort darstellte, und was die Türen repräsentierten.

Sie fragte sich das in dem Moment, da die Wände verschwanden und von formloser, endloser Dunkelheit ersetzt wurden. Nur die Türen blieben bestehen und hingen in der Finsternis wie Graphitzeichnungen auf schwarzem Papier. Sie bemerkte, dass sie nicht atmete, und fürchtete, dass sie, wenn sie nur das Gefühl des Bodens unter ihren Füßen aus ihren Gedanken verbannte, auch keinen Körper mehr haben würde.

Wärme spielte über ihren Rücken und breitete sich auf ihrer Haut aus, als sie sich umdrehte. Ein Feuer aus gestapelten Ästen knisterte in einer flachen Senke im bloßen Fels. Das Licht des Feuers vermittelte den Eindruck grober Höhlenwände am Rande seines Scheins. Sie war schon einmal hier gewesen, doch damals war die Gestalt am Feuer eine vernarbte und gebeugte Kreatur in einer zerschlissenen roten Robe gewesen.

Nun saß ein kupferhäutiger Engel im Schneidersitz auf dem staubigen Stein. Er schien gleichzeitig riesengroß und schmächtig zu sein. Schwarze Hörner wanden sich aus seiner Stirn. Seine Schwingen waren hinter seinem Rücken zusammengefaltet. Iobel sah Blutspuren auf den weißen Federn. Panzerplatten bedeckten seinen Torso. Goldene Symbole zogen sich über die vollendet geformten metallenen Muskeln. Das Feuer flackerte und für einen Sekundenbruchteil wurden die Flügel zu Spinnweben an Knochen, die Haut wurde grau und aufgesprungen. Die Schatten bewegten sich und das Bild verschwand.

»Hallo, Iobel«, sagte der Engel, griff nach einem halb verbrannten Ast und stocherte in der Glut herum. In diesem Moment sah sie noch etwas anderes, etwas, das neben ihm schwebte wie der zarte Schatten einer gehäuteten und verbrannten Fledermaus. Sie spürte, wie sich funkelnde Augen auf sie richteten und es sie hungrig anzischte. »Du hast nach mir gesucht.«

Sie starrte ihn lange an und ihre Hand wanderte zu dem Stück Holz in ihrer Tasche, ohne dass sie es bemerkte.

»Er hatte recht«, hauchte sie und stellte fest, dass das Gefühl für Atem und ihre Lunge zurückgekehrt war. »Ahriman hatte recht. Ihr seid Magnus. Ihr seid in seinem Geist.«

Der Engel lächelte.

»In seinem Geist?«, wiederholte der Karminrote König und sah sich um, bevor er den Blick wieder auf Iobel richtete. »Wie du schon beim letzten Mal gehört hast, als du hier warst: Nichts ist jemals so, wie es scheint.«

TEIL DREI
STURM

XVII
RÜCKKEHR

Schwärze.

Absolute Schwärze. Vom einen Rand seines Blickfelds bis zum anderen.

Der Klang seiner langsam schlagenden Herzen.

Der Geschmack von Silber im Blut auf seiner Zunge.

Die Wärme des Jadeskarabäus unter seinen Fingern.

Schwärze.

Doch es war keine Schwärze mehr. Wo nichts gewesen war, war nun Licht: Es war fern, klein, wie ein Nadelstich in einem Vorhang, aber es war Licht. Es wuchs und mehr von ihnen erschienen. Er hätte sie als Sterne wahrgenommen, doch es waren keine Sterne. Das wusste er. Er hatte sie schon einmal gesehen. Er war schon einmal hier gewesen.

Ich bin Ahriman, dachte er, als wäre sein Name ein Anker, der ihn an Ort und Stelle hielt.

Immer mehr Lichter erwachten in der Dunkelheit, manche strahlend hell, andere nur undeutliche Flecken. Das erste Licht, das er gesehen hatte, wurde heller und heller.

»Wie können wir zurückkehren?«, hatte Ctesias gefragt, vor all dieser Zeit, als er ihnen allen sein Vorhaben dargelegt hatte. »Die Verbannung ist mehr

als nur ein Wort, Ahriman, das weißt du. Wir könnten zehntausend Jahre nach dem Planeten der Zauberer suchen und ihn doch niemals finden.«

»Es gibt einen Weg«, hatte er gesagt.

»Was für einen Weg?«

»Den gleichen Weg, den wir beim ersten Mal benutzt haben. Von Prospero aus.« Stille war seinen Worten gefolgt, bis Ctesias ehrfürchtig ausgeatmet und Ignis geblinzelt hatte. Sie hatten es verstanden. Als Leman Russ und seine Wölfe ihre Heimatwelt vernichtet hatten, hatte Magnus mit letzter Kraft die Überlebenden durch den Warp auf eine Welt geschickt, die ein Hohnbild von Prospero war. Er hatte sie über eine Brücke durch Raum und Zeit geschleudert und so gerettet. Die Welt, die sie betreten hatten, wurde der Planet der Zauberer genannt.

»Die erste Reise«, hatte Ahriman gesagt, »hinterließ eine Narbe im Warp. Eine Verbindung.«

»Eine wechselseitige Verbindung«, hatte Gilgamos geflüstert und dann den Kopf geschüttelt. »Aber einen solchen Weg zu beschreiten, würde mehr Kraft erfordern, als sogar Magnus beim ersten Mal aufgebracht hat.«

»Es wird all unsere Kraft erfordern und noch mehr.« Ahriman hatte genickt. »Und es beginnt jetzt.«

Das Licht begann sich zu drehen, während Ahriman weiterflog. Er hatte keinen Körper, keine Knochen, kein Fleisch. Er war nur sein Geist, der auf ein Loch in der Zukunft zufiel. Die Lichtpunkte schimmerten, als sie vorbeizogen; manche wuchsen, andere verschwanden, wieder andere blitzten auf wie kleine Sonnen, bevor sie zerfielen. Er wusste, was sie waren. Jedes Licht war eine Kerzenflamme in der Dunkelheit, eine einsame Seele. Er befand sich unterhalb der Oberfläche der Realität und sah hinaus ins Universum der Lebenden.

»Jeder Schritt, den wir machen, wird gemessen und gewogen werden, um zu unserem Ziel beizusteuern.« Er hatte Ignis einen Blick zugeworfen, aber der Herr des Ruins hatte in die Ferne gestarrt und seine Gesichtstätowierungen waren zu einem verwirrenden Spiegelbild seiner Gedanken verschwommen.

Wieder war es Ctesias gewesen, der die Stille gestört hatte.

»Ein großes Ritual wird scheitern, ganz egal, wie stark die Verbindung zwischen Prospero und dem Planeten der Zauberer ist.« Die Augen des Beschwörers waren weit aufgerissen gewesen. »Es wird scheitern, weil es keinen Weg gibt, wie es Erfolg haben könnte. Du willst die Macht von Magnus brechen, die Macht des Planeten selbst. Dafür bräuchtest du –«

»Ein Opfer«, hatte er gesagt, und seine Worte waren eingeschlagen wie ein Stein.

Die Galaxis aus Seelen drehte sich immer schneller um Ahriman. Farben schossen nach außen und er streckte sich mit ihnen, wurde dünner, wurde zu einem zwischen zwei Punkten gespannten Faden. Es war schreckenerregend und nervenaufreibend, doch er sah mit ungestörter Ruhe dabei zu.

»Wir müssen etwas geben, um diesen Pfad beschreiten zu können«, hatte er gesagt. »Ihr habt mit allem recht, ihr alle. Damit wir unser Exil hinter uns lassen können, muss Prospero ein zweites Mal brennen. Jede Erinnerung, jeder Fetzen dessen, was war, jede Narbe, die die Wölfe hinterlassen haben, wird zurückkehren. Der Sturm, der unter Prosperos Oberfläche schlummert, wird erwachen. Dann werden wir das Feuer entzünden, und die Macht dieses Scheiterhaufens wird uns über die Brücke zwischen den Welten zum Planeten der Zauberer katapultieren.«

»Das kannst du nicht ernst meinen.« Ctesias hatte es ausgesprochen, doch er hatte die stille Anklage in den Augen aller Anwesenden gesehen.

»Ich meine es ernst«, hatte Ahriman gesagt und jeden seiner Brüder angesehen. »Es ist der einzige Weg. Wir kämpfen um unsere Zukunft. Die Vergangenheit hat nur dann einen Zweck, wenn sie unseren Willen erfüllt.«

Niemand im Zirkel hatte etwas gesagt, doch er hatte ihre stummen Gedanken unterhalb der Stille gespürt. Unter dem Schutzmantel, der dieses Treffen umgab, hatte er nicht vermocht, ihre Gedanken und Emotionen zu lesen, doch das war auch gar nicht nötig gewesen; sie waren genau jene, die ihm durch den Kopf gegangen waren, als er erkannt hatte, was zu tun war.

»Wenn wir scheitern …«, hatte Gilgamos langsam gesagt und einen nach dem anderen angesehen. »Wenn wir scheitern, ist unsere Legion nach wie vor zerbrochen und tot.«

Ahriman erinnerte sich an diese Worte und spürte, wie sich Raum und Zeit um seine Seele herum abflachten und krümmten. Hinter ihm bildete das Todesfeuer von Prospero ein Licht, das er niemals würde ansehen können. Vor ihm drehte sich das Kaleidoskop der Farben schneller und schneller, und der Lichtpunkt in der Ferne wurde zu einem flachen weißen Kreis, um den sich alle Existenz drehte und drehte und drehte, ohne innezuhalten.

»Wir werden uns erheben«, hatte er gesagt und sich verbeugt. Eine Sekunde

später hatten die anderen es ihm gleichgetan. Ihre Stimmen erklangen eine nach der anderen, jede lauter als die vorhergehende.

»Wir werden uns erheben.«

»Wir werden uns erheben.«

»Wir werden uns erheben.«

Die Erinnerung an die Stimmen seiner Brüder war ein Brüllen in seiner Seele.

»Wir erheben uns!«

Alles hielt an.

Ctesias fiel, ohne sich zu bewegen. Die Zeit zerbrach wie Eis unter ihm und er ertrank in Ewigkeit. Die Lichter im Korridor hinter der Tür, die Masse von Credence und Ignis entglitten ihm. Das Brummen des Schiffs unter seinen Füßen wurde zu einer monotonen Vibration.

Er fiel weiter und nichts endete.

Die Zeit rastete wieder ein. Er keuchte. Kreischende Sirenen malträtierten sein Trommelfell. Er sandte instinktiv seinen Geist aus, doch er hielt inne, als sein Wille ins Nichts abglitt.

»Wir überqueren die Brücke zwischen den Welten«, knurrte Ignis.

»Danke, dass du das Offensichtliche noch einmal betonst«, knurrte Ctesias und stützte sich auf seinen Stab. »Wie lange haben wir noch?«

»Diese Frage hat keine logische Antwort.«

»Bevor wir auf der anderen Seite Gestalt annehmen.«

Ignis zuckte mit den Achseln.

»Darauf habe ich keine Antwort.«

Ctesias fluchte und ging den Gang hinab.

»Folge mir«, sagte er.

»Wir sind auf meinem Schiff. Ich habe den Befehl.«

»Dies ist nicht der optimale Zeitpunkt, um Ansprüche zu stellen«, rief er. »Wenn wir noch Feinde an Bord haben, müssen wir etwas dagegen unternehmen.«

»Volle Gegenmaßnahmen sind aktiv. Sie stellen noch immer eine Bedrohung dar. Wir sollten –«

»Wir sollten zu den Hangars gehen. Wenn diese subjektive Reise irgendwann endet, müssen wir kampfbereit sein, oder es wird keine Rolle spielen, wessen Schiff dies ist.«

Ignis zögerte und Ctesias dachte, er wollte vielleicht weiter argumentieren, doch stattdessen ließ er den Moment verstreichen und folgte ihm mit scheppernden Schritten.

»Du hast recht. Unsere Position im Muster darf nicht aus den Fugen geraten.«

Um sie herum beleuchtete das Schiff ihren Weg in Rot und Gelb.

Ctesias murmelte scheinbar willkürlich zusammengefügte Silben. In seinem Geist stiegen lange weggesperrte Stücke von Dämonennamen aus der Erinnerung auf. Er warf einen Blick auf den Körper des Athenaeums, den Credence in den Armen hielt. Ein Teil von ihm fühlte sich immer noch, als würde er fallen, ohne sich zu bewegen.

Der Wechselbalg rannte mit einer Waffe in jeder Hand den Gang hinab. Warnlichter färbten alles rot und gelb ein. Hinter ihm erklang Waffenfeuer. Er hörte das stotternde Bellen eines Bolters antworten und dann das Krachen der Detonationen, als die Projektile ihr Ziel fanden.

»Sie kommen näher, Captain.« Die Stimme drang aus der Voxeinheit in seinem Helm: Kadel, der Sergeant von Umiels Leibwache und das einzige Mitglied seiner Einheit, das noch am Leben war.

Am Leben … Ein seltsamer Ausdruck. Der Wechselbalg fragte sich, was es wirklich bedeutete. Im Warp existierte alles einfach nur: Nichts war am Leben, nichts war tot.

Sie waren tief im Bauch dessen, was Umiel das gegnerische Schiff genannt hätte. Wenn er hier gewesen wäre, hätte der Captain der Angels Sanguine nicht gewusst, dass es sich um die *Wort des Hermes* handelte oder dass es diesen Namen getragen hatte, seit es über Jove vom Stapel gelaufen war oder dass es einst die Ehre gehabt hatte, den Primarch der IX. Legiones Astartes zu einem Treffen mit Magnus zu bringen. Der Wechselbalg wusste diese Dinge jedoch, sie und noch viele mehr. In gewisser Weise war er bereits hier gewesen. Diese Dinge waren nun allerdings belanglos; alles, was zählte, war, wo er hin musste, wen er erreichen wollte. Sie und das Schiff flogen angetrieben vom Scheiterhaufen Prosperos durch den Warp. Wenn sie am Ziel ankamen, musste der Wechselbalg bereit sein.

Ein Umriss trat vor dem Wechselbalg in den Gang. Das blitzende Licht zeigte gespannte Hautfetzen über verchromter Panzerung und ein funkelndes Visier. Die Gestalt hob ihre Waffe. Der Wechselbalg duckte sich. Ein Blitz versengte die Luft. Der Wechselbalg richtete sich auf und warf sein ganzes Gewicht auf sein Gegenüber. Es war ein metallenes Ding aus Kolben und Drähten, doch in seinem Inneren ruhte ein Funken Leben: ein Cyborg. Er wankte zurück, erlangte das Gleichgewicht zurück und sprang ihn mit klappernden Kolben wieder an. Der Wechselbalg wich zur Seite aus, als der nächste Blitz durch den Gang zuckte. Hinter ihm ertönten Schreie, als Kadel das Feuer auf andere Ziele eröffnete.

Der Cyborg stürmte vor und drehte den Kopf. Das Visier, das seine Helmfront verdeckte, bestand aus durchscheinendem Silber. Das vertrocknete Gesicht darunter sah weich aus, als hätte es zu lange im Wasser gelegen. Muster aus haarfeinem Gold bedeckten jeden Quadratzentimeter. Der Wechselbalg spürte den Warp durch sein Wesen strömen.

Der Wechselbalg feuerte den Bolter in seinen Händen ab. Drei Geschosse trafen das Visier und zerfetzten es. Der Cyborg fiel nicht. Zerfetzte Nerven ließen den Blitzwerfer feuern. Der Wechselbalg setzte sich in Bewegung und begann, die Realität um sich herum zu verzerren. Der Blitz traf seinen Torso und brannte sich durch die Rüstung. Die Seite der Brustplatte löste sich auf. Ceramitscherben bohrten sich in seinen linken Arm. Das Fleisch an seiner Flanke schmolz. Schwarz-blaues Ektoplasma lief an seinem Bein hinab. Er ging in die Knie. Der Cyborg zuckte auf der Stelle, als seine Nerven wild reagierten. Der Wechselbalg schoss vom Boden aus. Ein halbes Magazin Boltgeschosse zerfetzte seinen Gegner. Er ließ den Bolter fallen; das Magazin war bis auf zwei Schuss leer.

Er spürte nicht wirklich Schmerz oder Erschöpfung, aber für seinesgleichen kam es dem nahe genug, als der Warp ihn langsam zu sich zog. Er wurde schwächer und sein Halt an der Realität ließ nach. Dies war nicht sein Reich und die ätzende Verderbtheit der Wirklichkeit zehrte von seiner Kraft. Er würde –

»Captain?«

Der Wechselbalg sah auf. Kadel stand mit der Waffe in der Hand fünf Schritte entfernt. Seine Rüstung zeigte frische Schäden. Kadels Blick wanderte zum Loch in der Panzerung des Wechselbalgs und zu der leuchtenden Substanz, die daraus aufs Deck tropfte. Sein Entsetzen verwandelte sich in Tatendrang. Er hob die Waffe und drückte den Abzug.

So hatte es nicht geschehen sollen. Das Ende des Pfades war so nah. So hatte es nicht geschehen sollen. Das Blatt hatte sich gewendet und alle Sicherheit umgestoßen. Wenn der Wechselbalg eine andere Kreatur gewesen wäre, hätte er diese Laune des Schicksals ganz und gar erheiternd gefunden. Doch er war, wie er war, und er würde seinen Schöpfer nicht enttäuschen.

Er schoss zuerst. Das Projektil verließ den Lauf seines Bolters einen Sekundenbruchteil vor Kadels. Die beiden Geschosse trafen sich in der Luft. Die Explosion ließ Kadel rückwärts taumeln. Der Wechselbalg zog Energie aus dem Warp und leitete die Druckwelle um, während er sich aufrichtete. Kadel erholte sich und suchte nach seinem Ziel. Das letzte Boltgeschoss des Wechselbalgs durchschlug seine Augenlinse. Kadels Schädel explodierte.

Der Wechselbalg betrachtete die beiden toten Kreaturen zu seinen Füßen. Das Licht flackerte ungestört weiter: rot, gelb, rot, gelb, rot.

Sein Pfad hatte alle Eleganz verloren. Das war bedauerlich. Ihm gingen die Gesichter aus.

Die Sirenen heulten weiter und das Schiff erbebte, während es durch das Immaterium fiel. Der Wechselbalg widerstand der Anziehungskraft des Warp und begann, seinen Körper neu zu formen.

Er hatte noch ein Gesicht zu tragen, dann würden die Riten ihre Kraft verlieren, durch die er in der Welt der Sterblichen wandeln konnte.

Er hatte noch ein Gesicht zu tragen, bevor er Ahriman seine Belohnung überbringen würde.

Er drehte sich um und stolperte in die flackernde Düsternis davon. Mit jedem Schritt wurde sein Gang sicherer. Panzerung heilte wie Haut und die Spuren des Ektoplasmas verschwanden.

Noch ein Gesicht.

Sar'iq, oberster Magister der Thousand Sons, hielt bei seiner Besteigung des Turms inne und sah in den Himmel. Ein Blitz zuckte lautlos durch die Wolken. Eine Sekunde später hörte er den Donner und die Stufen unter seinen Füßen vibrierten. Sein Gefolge aus Rubrica-Marines säumte die Treppen und Palisaden von Knekkus Turmfestung. Der nächste Blitz spaltete den Himmel.

Sar'iq beobachtete ihn mit Augen und Geist. Die Gewitter wurden immer stärker, sowohl im Warp als auch in der Realität. Etwas ging vor sich, doch er wusste nicht, was. Seltsame Vorgänge waren auf dem Planeten der Zauberer keine Seltenheit, aber dies war etwas anderes. Er spürte es wie die Veränderung im Wind, die einem Regenschauer vorausging.

+Haben die Dämonen Neuigkeiten vom Rand des Herrschaftsbereichs gebracht?+, fragte er. Sein Geist glitt durch die Stadt und erreichte seine Brüder und Untergebenen. Unverzüglich kamen wortlose Verneigungen als Antwort.

Seine Haut kribbelte, doch er ging weiter. Ahriman war dort draußen und er würde kommen, doch es gab kein Zeichen von ihm, kein Prüfen der okkulten Verteidigung des Planeten, keinen Versuch, Schiffe durch die Leere herzubringen und zu landen, kein Aussenden von Streitkräften im Warp, weder verstohlen noch unverhohlen. Nichts.

Außer der Tatsache, dass wir um sein Kommen wissen, dachte Sar'iq. Und nun die Gewitter und das Gefühl, dass sich etwas verändert hatte, ohne dass es ihm aufgefallen war.

Warum schweigst du ausgerechnet jetzt, Knekku?, fragte er sich, während er weiter den Turm hinaufging. Es hatte keinen Sinn, die Frage als Gedanken auszusenden. Er hatte Knekku nicht mit seinen Gedanken erreichen können, seit die neunte Sonne des Planeten untergegangen war. Von all den Zeichen und Omen verstörte dieses Sar'iq am meisten. Knekku war ein problematisches Individuum, zweifellos begabt, darüber hinaus loyal, aber eigensinnig. In vielerlei Hinsicht erinnerte er Sar'iq an Ahriman.

Der höchste Turm von Knekkus Festung war ein Zylinder aus kristalldurchsetztem Granit. Er war unverziert und mit keinem anderen Turm in der Stadt verbunden. Die meisten Türme und Pyramiden hatten Verbindungen zu anderen Gebäuden, wenn auch nur temporäre, die sich wie Brücken aus Silber, Smaragden und Perlmutt durch den Himmel erstreckten. Knekkus Turm hatte nichts dergleichen und hatte auch nie etwas Derartiges ausgebildet. Er stand allein und wirkte für die meisten Betrachter glatt und unscheinbar. Nur für jene, mit denen Knekku sein Siegel geteilt hatte, erschienen die Treppen und Eingänge. Sar'iq war einer der wenigen, und nun benutzte er diese Treppen, um seinen Bruder zu finden.

Erst die Blitze und jetzt ist Knekku unauffindbar, dachte er. *Beides schlechte Zeichen.*

Sar'iq ging weiter, bis der Turm fast endete, dann sprach er die Worte, die Knekkus Siegel bildeten. In der Granitwand erschien eine Tür. Sie bildete sich nicht oder öffnete sich. Sie existierte einfach von einem Moment auf den anderen. Sar'iq ging darauf zu. Hoch über ihm zuckte erneut ein Blitz durch den Himmel, dann folgte der nächste, bevor auch nur der Donner des ersten seine Ohren erreichte. Der Turm erbebte, als beide miteinander verschmolzen. Sar'iq sah nach oben. Die Blitze waren noch da und bildeten ein knisterndes Netz über einer wachsenden schwarzen Wolkenwand. Weiter unten zitterten die Rubrica-Marines in perfektem Einklang.

Sar'iq wollte gerade seinen Willen aussenden, um sie zu beruhigen, als sein Blick durch die Tür ins Innere des Turmes fiel und ihm der Gedanke entfloh.

Er erstarrte, dann lief er mit Flüchen auf den Lippen und in seinen Gedanken los.

Knekku kniete am Boden in der Mitte der Kammer. Dicker Raureif bedeckte seinen ganzen Körper. Kerzen standen in Kreisen um ihn herum und Weihrauchfackeln waren in ihren Wandhalterungen zu kalter Asche verbrannt. Unter der Hülle aus Eiskristallen sah er Knekkus Hände um den Griff eines Dolchs, der ihm aus der Brust ragte. Winzige gefrorene Blutstropfen hingen in der Luft und funkelten wie Rubine.

Was hast du getan?, dachte er, dann sah er die Bücher und Schriftrollen auf den Lesepulten und Altären am Rand der Kammer. Da wusste er, was Knekku getan hatte und warum.

»Du Narr«, zischte er. »Du neunfacher Narr.«

Knekku war in das Reich des reinen Geistes übergetreten. Er wollte Magnus an dem einen Ort suchen, wo er ihn sicher finden würde. Er war ins Labyrinth gegangen.

Sar'iq tat einen Schritt auf Knekku zu, als die Welt zerbrach.

Ahriman und seine Schar manifestierten sich im Herzen der Stadt der Türme. Eine Feuersäule brach aus dem Boden hervor, schoss in den Himmel empor und breitete sich in alle Richtungen aus. Dem Licht folgte eine Explosionswelle. Türme barsten. Die Schwerkraft geriet aus den Fugen. Steinblöcke und Obsidiansplitter wurden in die Luft geschleudert und stürzten zu Boden. Geschmolzenes Silber fiel wie

Regen. Die Luft schien zu heulen, als blaues und rosafarbenes Feuer sie verschlang. Die Mutanten auf Brüstungen und Zinnen verbrannten in Sekunden. Jene, die weiter weg waren, aber immer noch das Licht der Manifestation sahen, fielen auf die Knie, während ihre Augen verkochten.

Das Inferno ließ die Atmosphäre hinter sich und wallte bis ins jenseitige Vakuum. Silberne Türme am Rand des Himmels taumelten den Sternen entgegen wie Funken im Aufwind. Die Dämonen im Inneren der Türme heulten, während sie in ihren Kerkern schmolzen. Die Welle ging weiter und verlief sich in der Kälte des Weltraums. Zauberer überall auf dem Planeten schwankten mit erschüttertem Geist. Noch Tausende Kilometer entfernt schrien menschliche Sklaven auf, bevor Flammen aus ihren Mündern schlugen und sie zu lebenden Fackeln wurden.

Die Stadt der Türme erzitterte wie ein Wald im Sturm. Krieger und Mutanten fielen von den Wehranlagen, ihre Schreie wurden vom Feuer davongetragen. Die Manifestation brannte heller und heller und loderte als gleißende Säule im Herzen der Stadt. Die Türme an ihrem Rand begannen zu beben, kämpften darum, ihre Form beizubehalten. Silber wurde zu Stein, zu Glas, zu Eisen. Fenster und Türen streckten sich, als die Türme zum Klang splitternden Kristalls schrien. Einer nach dem anderen fielen sie ins Inferno wie Kerzen am Rand eines Freudenfeuers.

Die Explosionswelle dehnte sich immer weiter aus, stahl alle Geräusche und alle Gedanken. Sekunden rieben aneinander wie die Enden gebrochener Knochen. Raum expandierte und fiel in sich zusammen, bildete wilde Wirbel inmitten der Realität. Der gewaltige und unbegreifliche Mechanismus von Magnus' Domäne zerbrach.

Sturmfronten aus Emotionen und Energie stießen im Warp zusammen. Zorn brach sich in Wellen seine Bahn. Hass griff mit dürren Händen nach der Realität und erstrahlte wie eine Sonne. Feuer breitete sich wie Gelächter am Himmel der warpgetränkten Welten nahe des Planeten der Zauberer aus. Sterne schrien. Im Raum zwischen ihnen taten sich Risse auf. Orkane aus Paradoxa wüteten ungehemmt. Dämonen flohen in wilder Panik, um der Gewalt des Geschehens zu entkommen.

Die Umrisse riesiger Schiffe tauchten in der Säule auf, Gebirge aus

Panzerplatten, die sich in die Realität schoben. Die Flammen tosten kreischend über sie hinweg, ohne sie zu berühren. Sie hingen still über der zerschmetterten Stadt der Türme. Die Mündungen unzähliger Geschütze zeigten anklagend auf die Ruinen, die sich ihnen vom Planeten entgegenreckten.

Im Herzen der Manifestation stand Ahriman mit erhobenem Stab. Unter ihm schmolz der rote Staub zu Glas. Die Feuersbrunst loderte durch ihn hindurch, als wäre er gar nicht da. Sie waren eins, der Moment und das Feuer. Um ihn herum im Inferno standen seine Brüder als dunkle, in Flammen gehüllte Schemen. Über ihm warteten seine Schiffe wie ein zum Schlag erhobener Hammer. Die Toten Prosperos begleiteten sie; ihre Körper aus Trümmern und Asche waren in dem Augenblick eingefroren, in dem sie durch den Warp transportiert worden waren.

Alles war still. Es war nur ein Bild, das sich in den Tiefen von Ahrimans Geist spiegelte. Ein einzelner Splitter Existenz, der darauf wartete, sich in etwas anderes zu verwandeln, der darauf wartete, dass Ahriman sich in etwas anderes verwandelte. Er hielt an ihm fest, spürte, wie er an ihm zog, spürte, wie sich die Ebenen seiner Macht auseinanderbewegten. Er musste ihn loslassen, musste ihn zur Zukunft werden lassen. Doch er hielt ihn noch ein wenig länger fest.

Er spürte die Geister seiner lebenden Brüder, die mit ihm verbunden waren. Sie waren bereit. Sie waren bei ihm und ihre Zukunft war hier. Alles war geplant und mit Ignis' unermüdlicher Präzision vorbereitet worden. Gaumatas Geist brannte darauf, das Feuer zu ergreifen. Gilgamos' Blick richtete sich bereits mit Ahrimans in die unmittelbare Zukunft und prüfte die Stränge bevorstehender Ereignisse, bevor sie geschahen. Kius Präsenz loderte vor Konzentration, während er die größten Bedrohungen ausmachte. Ignis' Gedanken tickten immer weiter, analysierten die Bedeutung jedes Faktors, veränderten, wo sie es mussten, und kalkulierten ohne Unterlass. Unter all dem bewegten sich die anderen; jeder war ein Teil des Ganzen, jeder war ein Teil von ihm.

Er war nicht Ahriman, er war sie alle, und sie waren er: Ihr Wille war der seine, ihre Kraft war die seine. Wie sollte irgendjemand auch nur hoffen können, gegen sie zu bestehen?

Er war alles.

Der Schmerz in seiner Brust trieb ihm den Geschmack von Silber in den Mund.

Er musste loslassen.

+Wir sind zurück+, sandte er, und das Feuer und die Vernichtung ließen seine Worte durch die Realität hallen.

Er ließ los.

XVIII
ENTFESSELT

+Wie weit noch bis zum Hangar?+, rief Ctesias, während er rannte.

+Zu weit+, erwiderte Ignis. Die Ungenauigkeit seiner Antwort ließ ihn beinahe aus dem Tritt geraten, aber dazu erhielt er keine Gelegenheit.

Ctesias spürte die Manifestation, einen Sekundenbruchteil bevor die psionische Druckwelle ihn vom Deck riss. Er schlug gegen die Decke. Rohrleitungen brachen unter dem Aufprall und Dampf schoss unter ihm hervor. Dann fiel er erneut. Hitze wallte durch seinen Geist, als die Rückkopplung der Manifestation seinen Willen überwand. Die Schwerkraft änderte die Richtung, bevor er auf dem Boden aufschlug. Er fiel durch den Korridor wie durch einen Schacht. Er griff nach der Wand, um seinen Sturz zu bremsen. Ein Stück Rohr löste sich und fiel mit ihm.

Das Ende des Ganges war eine beleuchtete Luke weit unter ihm, doch sie kam schnell näher. Er schickte seinen Willen in die Wände, spürte, wie er Halt fand und Wurzeln schlug. Funken regneten auf ihn herab. Er wurde langsamer, aber es reichte nicht. Er sah nach oben. Ignis fiel ebenfalls und rammte seine inaktiven Energieklauen in die Wände. Credence folgte ihm mit den Armen um das Athenaeum geschlungen; seine Panzerung riss am Metall des Korridors, während er auf sie zuschoss.

Die Schwerkraft kehrte in den Ausgangszustand zurück.

Ctesias schlug am Boden auf und kam schlitternd zum Stillstand. Schmerzen schossen durch seine Brust. Seine Dämonennamen huschten in seinem Schädel hin und her wie geflügelte Insekten. Der Warp blutete, brüllte, wirbelte um ihn herum. Er schmeckte Asche und Rauch, als er auf die Füße kam.

Ignis schlug ein Stück vor ihm auf. Seine Terminator-Rüstung durchschlug den Boden und riss ein Loch in das Leitungsgewirr darunter.

+Wo sind wir …+, setzte er an.

+Wir sind angekommen.+

+Ja, aber wo sind wir auf dem Schiff?+

+Wo wir sein sollen.+ Ignis fuhr die Klauen ein und streckte die Hand aus, um eine Luke zu öffnen. Der Lärm eines Hangars hallte durch die Tür. Er sah Lichter und Gestalten und die Umrisse der Dämonenmaschinen.

+Wie sind wir ausgerechnet hier …+

Metallener Donner hallte durch den Gang, als Credence neben ihnen gegen die Wand krachte. Eine dunkle Flüssigkeit schoss aus dem Loch und entzündete sich in einem öligen Feuerball.

Ctesias fluchte und krabbelte über das Deck, um nach dem Athenaeum zu sehen. Es lag regungslos in Credences Armen. Ctesias atmete erleichtert aus. Ignis zuckte mit den Achseln.

+Als ich spürte, dass wir am Ziel waren, wusste ich, dass wir nicht rechtzeitig ankommen würden. Ich habe die Schwerkraft im Korridor außer Kraft gesetzt, um uns dorthin zu bringen, wo wir sein mussten.+

Ctesias spürte einen Fluch in sich aufsteigen, doch er verkniff ihn sich und wandte sich wieder der offenen Luke zu.

+Wahnsinn.+

Credence rasselte etwas, als er sich aus den Trümmern befreite.

+Nein, das war nicht als Kompliment gemeint!+, brüllte Ctesias ihn an.

Ignis drehte sich zu Ctesias um und ein kleiner Bereich der Elektoos über seinem rechten Auge konfigurierte sich neu. Ctesias zuckte mit den Achseln und trat in den Hangar ein.

Geflügelte Dämonenmaschinen lagen in gestaffelten Bereichen

auf dem Deck. Ihre Panzerung war bläulich silbern und glänzte wie feuchte Perlen, als Ctesias' Blick auf sie fiel. Ihre Schwingen waren hinter den riesigen, vogelähnlichen Schädeln zusammengefaltet. Zwischen den kleineren Maschinen hockten einige Riesen, deren hochfahrende Triebwerke Rauch in die Luft bliesen. Servitors huschten auf verchromten Spinnenbeinen über ihre Tragflächen. Ctesias spürte den erwachenden Tötungsdrang der Dämonen in jeder einzelnen Maschine. Er verdrängte ihre Präsenz mit einem Gedanken und ging weiter.

+Außentore öffnen+, befahl Ignis. Jemand hörte ihn und gehorchte. Die gegenüberliegende Wand knirschte und teilte sich. Die Panzerung faltete sich nach außen weg. Und der Atem des Infernos wallte herein.

Die Servitors fielen von den Dämonenmaschinen. Rohrleitungen fielen von Rümpfen. Feuchte rote Öffnungen schlossen sich an ihren Flanken. Die Luft waberte im Dunst der Antigrav-Generatoren. Triebwerke brannten blaue und rote Kegel in die heiße Luft. Das Kreischen angeketteter Adler erfüllte den Raum. Der Warp rollte über Ctesias hinweg und durch ihn hindurch.

Seine Herzen schlugen schneller, als der Moment näher rückte, auf den er sich vorbereitet hatte. Die Teile der Dämonennamen rasselten durch seine Gedanken wie Knochen in einem Beutel. Seine Haut kribbelte. Die Namen rieben aneinander, wollten frei sein, wieder zusammengefügt und ausgesprochen werden. Sein Mund war voller Galle, aber er grinste, ohne es verhindern zu können.

Er konnte anfangen loszulassen. Schon bald würde er die Ketten in seiner Seele nicht mehr halten müssen. Er würde die Dinge herauslassen können, die am Rande seiner Gedanken lauerten. Und dann ... Dann würde Frieden herrschen. Er würde nicht von Dauer sein, aber eine Zeit lang würde er in Frieden leben können. Alles, was dafür geschehen musste, war die Zerstörung der Stadt der Türme.

Da war noch etwas anderes, aber es war nicht deutlich genug, um es in Worte zu fassen.

Er sah in das Feuer jenseits der Tore hinaus. Die Dämonenmaschinen bebten und zerrten an den Eisenketten, die sie am Deck hielten. Er hatte daran gedacht, eines der Landungsschiffe zu nehmen, um die Oberfläche zu erreichen. Mit einem Mal erschien ihm das weder ausreichend noch angemessen.

Er glitt in sein Gedächtnis und lenkte eine Kette von Silben auf seine Zunge. Sie bissen in sein Fleisch, als er sie aussprach. Die Worte wanden sich in der heißen Luft wie Würmer, wurden dicker und flacher, bis sie zu einer Ebene aus öligem Licht wurden. Ein Klacken und Heulen erschallte in seinen Ohren. Vor ihm wuchs ein Dämon heran. Sein Körper war flach wie der einer Kreatur vom Boden einer Lagune. Krallen zierten seinen Rand. Blaue und gelbe Flecken zogen sich über seine Haut. Auf seinem Rücken bildeten sich silberne Blasen und platzten auf. Flüssiges Metall floss ineinander und bildete eine harte Schale. Die letzten Worte hallten durch die Luft und ließen das Silber blau glänzen. Ctesias schluckte den zuckersüßen Nachgeschmack herunter und trat auf die schwebende Scheibe. Seine Willenskraft übermannte den Dämon und machte ihn zu seinem Instrument. Er erhob sich mit seinem Stab in der Hand; die Hautstreifen flatterten im Wind.

+Gib ihn mir+, sagte er, schwang zu Ignis und Credence herum und nickte in Richtung der schlaffen Gestalt des Athenaeums.

Ignis blinzelte einmal langsam und nickte knapp. Credence trat einen lärmenden Schritt vor und legte Sanakht zu Ctesias' Füßen auf die Scheibe. Auf einen Willensimpuls hin wuchsen silberne Tentakel aus der Scheibe und hielten den Körper an Ort und Stelle.

Ctesias stieg höher und drehte sich geschmeidig um die eigene Achse. Das Tor zur brennenden Welt lag vor ihm. Der Ansatz gewaltiger, uralter Namen lag ihm auf der Zunge.

Noch nicht, flüsterte er in seinen Gedanken.

+Wir sehen uns auf der Oberfläche+, sandte Ignis.

+Nur, wenn wir überleben+, erwiderte Ctesias. Die Scheibe schoss vorwärts und aus dem Schiff hinaus ins Inferno hinein. Hinter sich hörte er, wie die Eisenketten eine nach der anderen rissen und die Dämonenmaschinen sich erhoben, um ihm zu folgen.

Sar'iq erreichte die Spitze des Turms im Sturmlauf. Eine Böe blies ihm sengende Hitze ins Gesicht. Seine Haut warf Blasen und wurde schwarz. Sein Körper verdrängte den Schmerz, bevor er sein Bewusstsein erreichen konnte, doch seine Augen kochten, als er in die gleißend helle Säule der Manifestation sah. Er schirmte sein Gesicht ab und fluchte. Ein Gedanke nahm seinen Helm vom Gürtel und eine Sekunde später saß er an seinem Platz. Kühle Dunkelheit hüllte sein verbranntes Gesicht ein und er blinzelte durch den Ansturm von Warnrunen, die ihm seine Helmanzeige entgegenwarf. Die Manifestation blieb als eingebranntes Nachbild auf seiner Netzhaut bestehen. In seinem Kopf hörte er ihr hungriges Kreischen.

Rote Temperaturwarnungen erklangen, als er den Kopf hob. Seine Anzeige verdunkelte sich, doch die Helligkeit war nicht einfach nur Licht, sie war ein Fegefeuer der Seelen.

Kontrolle. Ungeachtet dessen, was Knekku gesagt hatte, begriff Sar'iq die Notwendigkeit von Kontrolle. Kontrolle bedeutete, einen langen Moment dort zu stehen und die Schmerzen hinter seinen Augen einen nach dem anderen zu ignorieren, während die Seidenrobe über seiner Rüstung verbrannte, und unmöglich hohe Türme wie von einem Orkan entwurzelte Bäume in die Luft gehoben zu sehen. Kontrolle bedeutete, diese Dinge einfach geschehen zu lassen, sie zu erfassen, an ihm, vor ihm und um ihn herum, und den Instinkt dem Intellekt unterzuordnen.

Sie sind hier, dachte er in dem Wissen, dass es wichtig war, es sich selbst deutlich zu sagen. Es war kein Zufall. Es war der Beginn der Schlacht, auf die sie gewartet hatten. Sie hatten falschgelegen. Knekku, er selbst, die anderen: Alle hatten sie falschgelegen. Die Verteidigungsmaßnahmen in der Leere, die Dämonen, die den Planeten im Warp umkreisten: All das war sinnlos gewesen. Ahriman hatte einen Weg gefunden.

+Brüder.+ Er sandte seine Sinne aus und keuchte auf. Hitze schoss durch seinen Geist. Die Stimmen seiner Brüder waren da, aber sie waren ohne Ausnahme von Schock und Verwirrung geprägt. Der ganze Planet wankte.

Er wappnete sich.

Und die Feuersäule explodierte in einer lodernden Welle.

Weiß glühende Helligkeit nahm ihm die Sicht. Alle Geräusche verschwanden. Sekunden dehnten sich. Seine Rüstung hielt ihn an Ort und Stelle, als feurige Winde ihn von den Füßen reißen wollten. Er ging instinktiv in die Knie und legte mehrere Kinetschilde über sich. Hinter seinen Augenlidern flackerten neongrelle Nachbilder. Luft und Trümmer rauschten an ihm vorbei.

Die Welle ließ nach. Er stand auf. Lichter huschten über die in seine Rüstung geritzten Symbole. Die Welt vor ihm war ein Schauspiel aus

Helligkeit und Vernichtung. Leuchtende Wolken wallten durch den Wald aus zerbrochenen Türmen. Verdrehte und immer weiter schmelzende Spitzen ragten aus dem Rauch heraus. Weißer Dunst verhüllte den Himmel. In ihm hingen Schiffe, deren Rümpfe glühten wie Eisen frisch aus der Schmiede. Die Stille gewährte einen Moment der falschen Hoffnung auf Ruhe nach dem Sturm.

Die Schiffe eröffneten das Feuer. Gleißende Lichtstrahlen bohrten sich in die Verwüstung. Der Nebel leuchtete auf. Explosionen erschütterten die Stadt und Todesschreie erhoben sich im Warp.

»Verflucht seist du, Knekku«, murmelte Sar'iq. Sein Bruder war ein Narr, aber er war im Labyrinth verloren und Sar'iq würde ihn nicht dem Feind überlassen. Ihn zu bewegen war gleichbedeutend damit, ihn zu töten. Er hatte keine Wahl.

Sar'iq zog sein Schwert. Die beiden Spitzen der Klinge holten das Feuer vom Himmel. Ein Wirbel aus Rauch und leuchtender Energie bildete sich um ihn herum. Seine Willenskraft stemmte sich gegen die wilde Macht, die den Warp zum Erzittern brachte.

+Brüder+, rief er. +Zu mir. Hört meine Worte.+ Überall auf dem Planeten und am zerrissenen Himmel half sein Geist anderen auf die Beine. Von diesen gingen wiederum stille Rufe aus. Kreaturen erhoben sich aus der Düsternis, den Pelz und die Federn voller Blut und Ruß, und bellten ihre Pein und ihren Seelenhunger hinaus. Maschinen, die keine Maschinen waren, erwachten lärmend und heulten, als ihre Füße dem noch immer bebenden Boden einen neuen Rhythmus aufzwangen.

Sar'iq hörte die Antworten und hob sein Schwert. Spiralen aus grauer Asche und bruchstückhaften Illusionen hüllten ihn ein. Seine Rubrica-Marines erhoben sich, wo sie gefallen waren. Ihre Rüstungen waren vom Feuer geschwärzt worden. Sar'iq sandte einen stummen Befehl und sie richteten ihre Waffen auf die Wand aus Rauch vor ihnen.

Gestalten bewegten sich in dieser Wand und kamen näher.

Der erste strahlend blaue Rubrica-Marine brach aus dem Rauch hervor und eröffnete das Feuer.

Die Projektile zogen blaue Flammenschweife hinter sich her. Sar'iq griff mit seinem Willen nach dem Rubrica-Marine und zwang ihn dazu, innezuhalten. Die Heftigkeit der Rückkopplung ließ ihn aufkeuchen. Er taumelte rückwärts. Noch mehr Rubrica-Marines kamen aus dem Rauch und feuerten.

Sar'iq zögerte einen Moment lang.

+Feuer+, sandte er, und seine geschwärzten Rubrica-Marines gehorchten. Der Bereich zwischen dem Festungsturm und dem anrückenden Feind versank in einem blauen Flammenmeer. Rubrica-Marines fielen zuckend, als das Warpfeuer die Bindungen ihre Rüstung aufhob.

Doch die feindlichen Rubrica-Marines marschierten im Gleichschritt näher.

Die Flotte über ihm stellte das Feuer ein.

Sar'iq sah auf.

Dämonenmaschinen fielen aus den Schiffen und kreischten, als ihre Schwingen die brennende Luft durchschnitten. Sar'iq lächelte hinter den kupfernen Flammen auf seiner Helmfront und stieß sein Schwert gen Himmel. Schwarze Blitze schossen aus der Klinge hervor und verbrannten eine Dämonenmaschine zu Asche. Er ließ den Blitz durch die Luft zucken und zerteilte eine ganze Schar der Maschinen. Bomben regneten herab. Grelle grüne und blaue Flammen loderten zwischen den rauchenden Ruinen auf.

Zu viele, viel zu viele für ihn allein. Aber er war nicht allein. Er konnte spüren, wie sich riesige und schreckliche Dinge im Äther bewegten. Er hatte sie gerufen und *sie* kamen.

Ein Schwarm Dämonenmaschinen kam auf ihn zu. Er lächelte. Laserstrahlen zuckten in seine Richtung. Die Luft hallte von Donnerschlägen wider. Er lächelte immer noch. Die Turmspitze, auf der er eben noch gestanden hatte, verdampfte. In der Kammer unterhalb des Gipfels ließ Sar'iq die Illusion zu Rauch zerfallen.

+Willkommen, Brüder+, rief er den Schiffen und den Reihen der Rubrica-Marines entgegen.

Sein Geist zerlegte die Substanz seiner Knochen, seines Blutes. Die Rüstung auf seinem Rücken teilte sich. Rote Fasern wanden sich heraus und glitten durch die Luft, wuchsen und verzweigten sich. Knochen brachen und fügten sich wieder zusammen. Er spreizte die neu entstandenen Schwingen und drehte sie in den Wind. Blut lief über ihre regenbogenfarbenen Federn, als sie ihn in die Höhe trugen.

+Willkommen+, sandte er, ohne sich Gedanken zu machen, wer ihn hörte. Abermals hob er sein Schwert und die gegabelte Spitze stahl einen der schwarzen Blitze vom Himmel.

Es würde ein Duell des Feuers und der Willenskraft und der Vernichtung werden, das seit Jahrtausenden aufgeschoben worden war.

+Willkommen, Brüder, in *unserem* Reich.+

Hinter ihm brach Czetherrtihor, Erster Wächter der Zauberer, Wirt der Neunfachen Bindungen, durch die Rauchwolken und brüllte mit einer Stimme aus Höllenfeuer und Eisen.

+Ahriman.+

Er hörte eine Stimme in seinem Kopf.

+Ahriman.+

Da war Silber in seinen Gedanken.

+Ahriman.+

Er konnte es schmecken.

+Ahriman.+

Nein, das Silber war nicht in seinen Gedanken.

+Ahriman.+

Das Silber war in seinen Herzen.

Er keuchte und kam zu sich, wo er in die Knie gesunken war. Gedanken durchfuhren ihn, Verbindungen zu Geistern, die sich wie ein Netz um ihn herum erstreckten. Ignis, Gilgamos, Gaumata, Kiu, Ctesias und noch viele andere in der sich immer noch ausbreitenden Stoßwelle ihrer Ankunft.

Zeit …

Er hatte Zeit verloren. Vielleicht nur einen Augenblick, vielleicht auch mehr.

Wie lange?

Er wusste es nicht.

Zeit …

Schmerz zuckte durch seine Brust.

Silber in meinen Herzen … Silber, das sich tiefer und tiefer hineinschneidet …

+Ahriman.+

Sie riefen ihn. Sie waren hinter Magnus' Verteidigungsanlagen. Sie waren auf den Planeten der Zauberer zurückgekehrt. Sie waren nach Hause zurückgekehrt.

Sie mussten sich in Bewegung setzten.

Sie mussten …

Er musste sich konzentrieren.

Der Boden unter seinen Füßen war rot glühendes Glas. Rauchspiralen wirbelten an ihm vorbei. Helio Isidorus stand hinter ihm. Er spürte die Hitze der Zerstörung bis in den Warp. Er hörte alles. Er fühlte alles. Er sah alles.

Zeit …

Er hatte keine …

Sein Wille schlug ein.

Zeit.

Die Welt hielt an.

Es gab keine Zeit.

Er war die Zeit. Alles geschah vor seinem inneren Auge. Nichts geschah, was er nicht gewollt oder geplant hatte.

Der Planet wankte bis in die Grundfesten. Zehntausende Sklavenkrieger und Mutanten waren bereits tot. Die Überlebenden knieten im Staub und übergaben sich oder schrien, während wilde Emotionen ihren Geist versengten. Es gab noch andere, jene seiner Brüder, die Magnus dienten. Sie waren nicht gestorben oder in Panik verfallen, sondern waren nur verstreut, die Gedanken von Entsetzen verwirrt. Manche hatten reagiert. Er spürte die Präsenz dämonengebundener Titans näher kommen. Sie waren gewaltig und gefährlich, aber vorhersehbar. Er suchte weiter, nach der Präsenz, von der er wusste, dass sie hier war, nach der einen Präsenz, die zunichte machen konnte, was er vorhatte.

Magnus …?, dachte er, doch er fühlte nichts.

Magnus war nicht da.

Das konnte nicht stimmen …

Er dachte an den Dämon, der ihn auf Prospero angegrinst hatte, und die Gestalt in der roten Robe in seinen Träumen.

Er brach den Gedankengang ab, bevor er ihn noch weiter beschreiten konnte. Es gab Dinge, die jetzt geschehen mussten. Wenn man die Zeit erst einmal laufen ließ, würde sie gnadenlos weitergehen.

Sie mussten die Ritualstätten erobern. Die Rubrica-Marines im brennenden Nebel um ihn herum schwärmten aus und noch viele mehr warteten in Landungsschiffen darauf, auf die Oberfläche hinabgebracht zu werden. Die Dämonenmaschinen flogen bereits dem Inferno hinterher, doch sie waren nicht genug. Der Planet wankte unter dem ersten Angriff, doch das würde nicht mehr lange andauern. Selbst er und alle, die an seiner Seite standen, konnten den Planeten der Zauberer und die Scharen des Karminroten Königs nicht brechen. Zumindest nicht allein.

Er zerbrach den Moment.

Die Zeit ging mit einer Kakophonie plötzlicher Geräusche weiter.

+Ctesias+, rief er und spürte, wie seine Gedanken jene des Beschwörers berührten. +Jetzt, Ctesias. Ruf sie.+

Der erste wahre Name verließ Ctesias' Mund als eine Schlange aus schwarzem Rauch. Sie wuchs mit jeder Silbe weiter. Die Scheibe drehte sich in der Luft – Hunderte Meter über der Vernichtung, die Ahrimans Manifestation über den Planeten gebracht hatte. Das Athenaeum zuckte zu seinen Füßen, regte sich ansonsten jedoch nicht. Sein Mund war trocken. In seiner Kehle platzten Blasen auf. Die Schlange wand sich aus seinem Mund und ihr Körper wurde von Licht und Farben gespalten, als er Gestalt annahm.

Ctesias spürte, wie seine Lippen aufrissen und Blut an seinem Kinn herablief. Er hatte den Helm abgezogen und die Gluthitze des Planeten versengte sein Gesicht. Er sprach weiter. Die Schlange wand sich um sich selbst und wuchs. Blaues Licht zuckte aus ihr hervor. Aus Rauch wurden Schuppen. Sie wuchs immer weiter.

»Cth'arg'gan …«, intonierte er, während der schwarze Knoten aus Dämonenfleisch sich vor ihm in der Luft drehte. Gelächter drang an seine Ohren. Ein langer Hals schob sich aus der Masse. Klauen verbreiterten die Risse. Die Kreatur spreizte riesige Schwingen, als die letzten Reste der Hülle von ihr abfielen. Sie hing in der Luft und ihre Schwingen versprühten mit jedem langsamen Schlag brennendes Blut. Ihre durchscheinende Haut war mit Federn besetzt. Sie sah Ctesias mit roten Augen im hautlosen Schädel eines Geiers an.

Ctesias konnte nicht sprechen, doch das musste er auch nicht. Er hatte den Dämon bereits gebunden; er kannte seinen Willen und würde gehorchen.

»Uth'alg'carn'a'ha …« Immer mehr unreine Silben kamen über Ctesias' Lippen.

Der geierköpfige Dämon klapperte mit dem Schnabel. Ctesias fühlte sein schadenfrohes Gelächter als Schauer im Inneren seines Schädels, doch der Dämon hatte sich bereits in der Luft gedreht und die Flügel angelegt, um in die Tiefe zu schießen und sich den Dämonenmaschinen anzuschließen, die um die zerstörten Türme jagten. Andere Gestalten, kleine wie große, bewegten sich am Boden, als die Verteidiger des Planeten in die Stadt der Türme zurückkehrten.

Er packte seinen Stab fester und immer mehr Namen brachen aus ihm hervor. Sie kamen schneller und schneller. Aneinanderreihungen zerbrochener Silben ergossen sich aus seinem Mund, als er in seinem Geist eine Zelle nach der anderen einriss. Larven aus verrottendem Fleisch fielen aus feuchten Eiern. Flügel aus trockener Haut flatterten. Wolken aus Fliegen verschmolzen mit dem Rauch. Düstere Risse öffneten sich im Nirgendwo. Bucklige Kreaturen mit unzähligen Augen und Zähnen sprangen aus den Schatten, die sie hervorgebracht hatten. Sie folgten dem Geierdämon in die Schlacht und heulten und jauchzten vor Freude. Kosmische Rivalitäten bedeuteten ihnen nichts. Hier, in diesem Moment, war Ctesias der Gott, dem sie dienten.

Die Namen gingen weiter, beschworen Hunde aus blutiger Haut und Messing aus der Glut des Untergangs und riefen Legionen aus der Luft.

Er sah, wie die ersten von ihnen die Verteidiger erreichten, sah das Blut spritzen, als der erste Mutant starb. Dann wallten Feuer und Blitze über den Boden und die Armeen krachten ineinander. Die Luft wellte sich wie Papier in einem Regenguss.

Er sprach immer noch neue Namen, als seine Scheibe zwischen zwei eingestürzten Türmen hindurchflog. Dämonen brachen hinter ihm in die Realität hervor. Er war kaum noch bei Bewusstsein, doch sein Mund bewegte sich weiter und sein Geist entleerte all seine Geheimnisse in die Realität. Durch blutgetrübte Augen sah er die erste Welle der Verteidiger sterben und fliehen, nur um von seinen Dämonen niedergemacht zu werden. Blut kochte, noch während es in den Trümmern zusammenlief. Er sah, wie ziegenköpfige Mutanten sich gegen die Flut stemmten und in Fetzen gerissen wurden.

Es spielte keine Rolle. Er war beinahe fertig, doch nun kamen die Namen, die er am tiefsten vergraben hatte, jene, die er wieder und wieder zerschlagen hatte, die er so tief in der Dunkelheit angekettet hatte, dass er vergessen konnte, dass sie existierten. Sie gehörten den bedeutendsten Dämonen, die er je versklavt hatte, erhabenen Kreaturen, Prinzen in den Höfen und inneren Zirkeln ihrer Götter. Und sie standen – durch eine Laune des Schicksals oder schlichtes Pech – zu seiner Verfügung.

Er hatte gerade die erste zermürbende Silbe eines der letzten Namen ausgesprochen, als er den zerbrochenen Stumpf eines Jadeturms umrundete.

Die Welt verging in einem grellen Feuersturm. Seine Scheibe rettete ihn, indem sie dem Inferno auswich, das die Trümmer versengte, vor denen er gerade noch geschwebt hatte.

Er sah auf, als die Scheibe die Bewegung ausglich. Der halb geformte Name biss in seine Wangen.

Ein Titan ragte über ihm in die Höhe. Auf seinen Schultern erhob sich eine zweite Stadt. Geschützmündungen überzogen seinen Körper und trieften vor Flammen und geschmolzenem Gold. Gebrochene Knochen und silberne Ketten hingen von einem Körper, der sich bewegte wie Muskelgewebe, aber glänzte wie Chrom. Schilde aus schillerndem Licht hüllten ihn ein und kupferhäutige Dämonen tanzten über seine Gelenke. Das Geschütz an seinem linken Arm ratterte, als sich die Läufe zu drehen begannen.

Ctesias sah ihn an; er konnte weder sprechen noch sich bewegen.

Die Kriegshörner im Kopf des Titans bellten. Er lachte ihn aus. Und er wusste, warum. Er kannte ihn. Vor langer Zeit, in einer Ära anderer Herren und anderer Fehler, hatte er neun Dämonen an seinen zerschmetterten Körper gebunden. Er hatte ihn erschaffen, und nun stand er ihm auf dem Planeten gegenüber, von dem er verbannt worden war, und wusste, dass er ihn den Lavaseen hätte überantworten sollen, nachdem er das erste Mal in der Schlacht gefallen war. Czetherrtihor, gefallener Warlord Titan der Legio Tempestus, neigte den Kopf – als würde er etwas Faszinierendes, aber gänzlich Unbedeutendes betrachten – und feuerte.

Die Schar der Exilanten schwärmte durch die Ruinen. Rubrica-Marines marschierten durch die Trümmer, schossen, fielen und erhoben sich wieder, ohne innezuhalten. Die Toten Prosperos begleiteten sie. Giganten aus geborstenen Rüstungsteilen und Kristall marschierten an ihrer Seite und brüllten mit den Stimmen brennender Wölfe. Feuerbälle schlugen ihnen entgegen und brachen große Brocken aus ihnen heraus, doch ihre Körper bildeten sich einfach neu. Sie wateten durch die Mutantenhorden und trieben sie mit Armen aus zerbrochenen Waffen und Glasscherben auseinander. Waffenfeuer erfüllte die Luft. Blitze und telekinetische Stürme rollten über den Himmel. Ctesias' Dämonen erhellten den Rauch mit Hexenfeuer. Über ihnen zogen die Dämonenmaschinen als undeutliche Schemen vor den Rümpfen der Kriegsschiffe dahin.

Die Rubrica-Marines marschierten immer weiter und folgten diesem letzten Ruf zu den Waffen ohne jeden Laut. Ahriman war an ihrer Seite.

Wissen sie es?, fragte er sich einen Moment lang. *Spüren sie die Welt ihrer Wiedergeburt unter ihren Füßen?* Er führte sie weiter und berührte die Geister von Kiu und Gilgamos in der Vorhut. Sie konnten es spüren: die Resonanz dieses Ortes und ihrer Taten. Sie standen auf dem Planeten, von dem sie verbannt worden waren, auf dem Boden, der vom ersten Rubrica-Zauber erschüttert worden war. Die Echos dieser Momente waren noch immer präsent; sie bebten unterhalb der Luft, schliefen in Steinen und Staub. Der Kreis schloss sich.

+Innere Fokuspunkte erreicht. Stoßen auf erheblichen Widerstand.+ Gilgamos Gedanken waren voller Anspannung; der Augur suchte die unmittelbare Zukunft nach Bedrohungen ab. Die Zeit war voller Widersprüche, und alles, was über ein paar Minuten hinausging, löste sich in wilder Unsicherheit auf. Ahriman hauchte seinem Bruder etwas Ruhe ein. Alles war so, wie es sein sollte. Das Chaos war Teil des Musters, Teil der Zukunft, die sie erschufen. Sie waren so gut wie bereit, und wenn sie es waren, würde der neue Rubrica-Zauber Gestalt annehmen.

Alles, was es noch zu tun gab, war auszuhalten, bis er vollendet war.

XIX
SCHERBEN

»Was war das?« Knekkus Blick blieb auf den leeren Platz auf der anderen Seite des Feuers gerichtet. Für einen Augenblick hatte dort eine Frau gestanden. Die Flammen hatten glänzende Panzerplatten und Rabenschwingen beleuchtet. Sie hatte ihn mit frostigen Augen angesehen. Er hatte etwas sagen wollen, doch da war sie schon nicht mehr da gewesen, als wäre sie aus der Existenz gefallen.

»Ein Geist«, sagte die vermummte Gestalt am Feuer.

»Es gibt keine Geister«, sagte Knekku und schüttelte den Kopf, ohne den Blick jedoch von der leeren Stelle in den Schatten zu nehmen.

Der Fremde lachte und Avenisi fauchte hinter ihm.

»Wie akkurat. Übertrieben analytisch und basierend auf einer Sichtweise der Wahrheit auf Kosten aller anderen, aber akkurat.« Die Gestalt drehte sich um und lächelte. Es sah aus wie eine Wunde in ihrem Gesicht. »Es ist lange her, Knekku. Ich hatte die Form deiner Seele fast vergessen.«

Knekku drehte sich grollend um und suchte die Felswände jenseits des Lichtkreises nach Öffnungen ab.

»Ich habe keine –«

»Zeit hierfür?«, fragte die Gestalt, und etwas an ihrem Tonfall ließ ihn herumfahren. Sein Gegenüber stocherte erneut mit einem geschwärzten Ast im Feuer herum. »Ist es das? Du hast keine Zeit für diese Unterhaltung? Du bist gefühlte Tage hierher gewandert, doch für deinen Körper sind nur wenige Stunden vergangen. Was kann in dieser kurzen Zeit schon passieren, Knekku? Welche Katastrophe sollte sich so schnell ereignen?«

Die Gestalt ließ den Ast fallen, mit dem sie das Feuer geschürt hatte. Die Flammen loderten auf. Die Schatten wurden zu tiefschwarzer Leere. Knekku trat einen Schritt zurück und hob instinktiv die Hand. Licht schien zwischen seinen Fingern hindurch. Im Feuer bewegten sich Dinge. Er sah Türme wie Kerzen schmelzen. Kriegsmaschinen schritten unter einem Himmel voller dämonischer Flugmaschinen dahin. Krieger in hohen Helmen marschierten aus Sturmwinden und feuerten. Er trat näher.

»Das …«

»Geschieht in diesem Moment«, sagte die Gestalt. »Oder vielleicht wird es noch geschehen, oder es ist schon geschehen?« Sie zuckte mit den Achseln. »Von hier aus ist es schwer zu sagen.«

Knekku fuhr herum und marschierte in die Dunkelheit hinaus.

»Du wirst die Schlacht nicht rechtzeitig erreichen.« Er drehte sich um. Das Feuer war wieder kleiner geworden und die Dinge darin waren verschwunden. »Es besteht die Chance, dass du sie überhaupt nicht erreichen wirst. Nicht allein. Nicht an diesem Ort.«

»Du bist nicht Magnus.«

Die Gestalt zuckte mit den Achseln und ihre Robe spannte sich über gebeugte Schultern.

»Doch, das bin ich. Ich bin dein Vater. Ich war dort, als du in den Rang eines Torquaret der Mysterien Prosperos erhoben wurdest. Ich vertraute dir auf Gelph das Banner der Legion an. Als der Tod dich auf Prospero holen wollte, riefst du nach mir und batest um Vergebung für die Schwäche, die zu deinem Fall geführt hat. Als du auf dem Planeten der Zauberer erwachtest, hattest du Leben in dir und keine Wunden am Körper. Du hast nie erfahren, dass ich dein Flehen erhörte, Knekku, keiner von euch hat das.«

Das Narbengewebe auf Magnus' Gesicht nahm einen undeutbaren Ausdruck an.

»Ich habe euch gehört, mein Sohn.«

Knekku schüttelte den Kopf.

»Was ist mit Euch geschehen, Exzellenz?«

»Ich bin kein König!«, brüllte Magnus und erhob sich. Wut verzerrte sein Gesicht und ließ sein Auge funkeln. Knekku zuckte zurück. Avenisi sprang fauchend zur Seite. Magnus bremste sich; er zitterte, als er sich wieder niederließ. Als er sprach, klang er alt und müde. »Ich bin kein König. Mein Fehler war es, jemals vorzugeben, eine Krone zu tragen, selbst im Scherz.« Er nickte. Avenisi entspannte sich und kehrte an seine Seite zurück, doch er hielt die Augen offen und beobachtete Magnus, ohne zu blinzeln. »Du hast gefragt, was mit mir geschehen ist.«

»Ihr sagtet mir, dass Ihr einen Fehler gemacht hättet. Deswegen habe ich Euch gesucht.«

»Ich habe dir das nicht gesagt, trotzdem sind Fehler gemacht worden.«

»Ihr sagtet, Ihr seid –«

»Ich sagte, ich sei Magnus. Ich sagte, ich sei dein Vater. Und das bin ich, Knekku. Das bin ich.« Magnus drehte den Kopf und sah dorthin, wo die Schatten die Höhlenwand verbargen. »Aber ich bin nicht allein.«

Knekku wurde wütend. Er dachte an seinen Primarch, einen gebrochenen brennenden Engel auf einem Thron, und an die Vision, die ihm das Feuer offenbart hatte, an die Welt, die er zu beschützen geschworen hatte und die nun fiel. Er schüttelte langsam den Kopf.

»Ich bin hergekommen, um den Karminroten König zu suchen. Beendet dieses Wortgeplänkel. Bringt mich zu ihm.«

»Das kann ich nicht.«

»Warum nicht?«

»Weil er bereits hier ist.« Magnus hob die Hand und bewegte die Finger durch die Schatten. »Er sitzt an diesem Fleck, nur einen Schatten, eine Spiegelung entfernt.« Das Feuer wurde kleiner und die Dunkelheit um sie herum verdichtete sich. Magnus' rote Robe wurde zu einem undeutlichen Schemen. Abbilder anderer sitzender Gestalten flackerten über seinen Körper: eine gebückte Kreatur mit Klauen und Zähnen, ein kupferfarbener Engel, ein grauer Geist in Ketten. Es kamen immer mehr; ihre Umrisse verschwammen wie die Bilder auf gemischten Tarotkarten. Hinter ihnen sah er Wände aus schwarzem

Fels, glitzerndem Kristall, verwachsenen Knochen vor dem Hintergrund riesiger Paläste, vergitterter Zellen und zerstörter Städte.

Dann endete das Flackern der verschiedenen Bilder und das vernarbte Gesicht von Magnus, seinem Vater, lugte unter der roten Kapuze hervor. Knekku öffnete den Mund. Er hatte Mühe, das Gesehene zu verarbeiten.

»Wie …?«, begann er.

Magnus schüttelte den Kopf und sah ihn mit seinem einen Auge an.

»Hör zu«, sagte er.

Iobel wandte sich ab, dann sah sie wieder den Karminroten König an. Sein Auge verströmte rotes Licht.

Sie schüttelte den Kopf.

»Das ist Ahrimans Traum«, sagte sie. »Es kann nichts anderes sein. Ich bin tot. Ich bin eine Erinnerung.«

»Wer ist das nicht? Von einem gewissen Zeitpunkt an sind all unsere Leben bereits gelebt.« Der Karminrote König beugte sich vor und etwas wie Schmerz huschte über sein Gesicht. »Alle Existenz ist eine Erinnerung.«

»Aber ist dies …?«

»Dies ist das Labyrinth. Es ist schon immer gewesen und wird immer sein. Jede Seele, die sucht und träumt, wandelt durch es hindurch.«

»Der Warp«, sagte sie.

»Ja«, sagte der Karminrote König. »Der Warp. Auf eine Weise, die du nicht verstehen kannst, *ist* dies der Warp.«

»Wenn das wahr ist, was bin ich dann?«

»Eine Reisende, ein Echo, eine Absurdität; such dir eine Metapher aus, Inquisitorin. Du hast mich gesucht, und hier hast du mich gefunden.« Mit jedem Wort hob sich seine Stimme. Das Feuer wurde heller. Seine Schwingen raschelten und gewaltige Schatten huschten über die Höhlenwände. Als er wieder sprach, war seine Stimme das dumpfe Grollen eines Vulkans. Er wirkte nicht länger gebrochen oder schwach. Er wirkte prächtig, kraftvoll und schreckenerregend. »Und nun, Iobel, wirst du tun, was ich von dir verlange.«

Sie versuchte einen Schritt rückwärts zu machen, doch sie konnte sich nicht bewegen und das Auge des Karminroten Königs starrte sie an. Sie hatte einen Fehler gemacht, indem sie hergekommen war und Antworten gesucht hatte. Sie war …

Sie war bereits tot.

»Nein ...«, knurrte sie. »Ihr seid nur ein weiterer verlorener Traum und Ihr habt keine Macht über mich.«

Der Druck fiel von ihr ab. Die Helligkeit um den Karminroten König herum verblasste. Sie sah wieder die Schwäche und die Wunden, die Risse in seiner kupfernen Haut, die Vergänglichkeit seiner engelsgleichen Form. Sie spuckte aus und wandte sich ab.

»Warte.« Die Stimme ließ sie innehalten. »Ich kann dir geben, was du suchst, Iobel.«

Sie drehte sich um. Der Karminrote König saß wieder am Feuer, doch seine Präsenz schien gegenüber der letzten Sekunden irgendwie geringer.

»Was suche ich?«, fragte sie.

»Antworten.« Sie rührte sich nicht und sprach kein Wort. Einen Moment später redete der Karminrote König weiter. »Ich wurde zerbrochen. Vor langer Zeit, im Krieg gegen meine Brüder und meinen Vater. Meine Ambitionen überstiegen meine Macht, und als ich noch weiter strebte, zerbrach ich.«

»Wie?«

»Das ist eine andere Geschichte, die ich nicht erzählen werde. Außerdem ist das Wie jetzt nicht von Bedeutung. Nur die Konsequenzen sind relevant.«

Er griff ins Feuer, nahm eine Handvoll Glut heraus und warf sie in die Luft. Die hellsten Stücke schlugen in die Dunkelheit ein und erstrahlten, als Bilder aus dem Nirgendwo auftauchten.

Vor ihren Augen schillerte die Statue eines großen Vogels. Sie stand auf einer Klippen unter einem blauen Himmel. Das Sonnenlicht ließ den bunten Stein funkeln.

»Der vielfarbige Vogel«, knurrte Iobel. »Ein Symbol der widerwärtigen Gottheit, zu deren Sklaven Ihr Eure Legion gemacht habt. Ich kenne Eure Häresie zur Genüge und ich habe Eure Metaphern satt.«

Er ignorierte sie.

»Es ist eine alte Geschichte, eine mit vielen Bedeutungen, aber in diesem Fall ist die Metapher so direkt, dass sie so nahe an der Wahrheit ist, wie ich sie dir zeigen kann.«

Das Bild wurde größer und sie sah einen Pfad, der unterhalb der Statue die Klippe hinab verlief. Ein Mann stieg ihn hinauf; seine rote

Robe und kupferfarbene Haut waren im Sonnenschein gut zu erkennen. Er kam um die letzte Biegung und blieb stehen, als er den steinernen Vogel erblickte. Eine Sekunde lang stand er da, dann machte er einen Schritt auf die Statue zu. Als sein Fuß den staubigen Pfad berührte, bewegte sich die Statue und stürzte die Klippe hinab. Iobel sah, wie der Vogel fiel und seine sorgsam geformten Federn das Sonnenlicht durchschnitten. Der Aufprall warf Scherben in die Luft und das Geräusch berstenden Kristalls erfüllte die vom Feuer erhellte Höhle.

Iobel trat näher; sie konnte ihre Neugier nicht zügeln. Das schwebende Bild zeigte den Boden am Fuß der Klippe. Er lag voller Steinsplitter. Einige von ihnen waren klein wie Sandkörner, andere waren größer und zeigten noch die Gravuren der Federn oder Krallen.

»Ihr seid die Statue«, sagte sie.

Magnus nickte.

»Ich fiel und zerbrach in viele Stücke, manche klein, manche groß, aber sie alle sind Teil eines Ganzen und jedes von ihnen ist weniger als dieses Ganze.«

Iobels Blick fiel auf ein kleines Bruchstück, aus dem sie ein blaues Auge ansah.

»Ihr seid nur ein Teil«, hauchte sie. »Ein Teil eines gespaltenen Wesens, dessen viele Teile alle getrennt voneinander existieren.«

»Es hätte mich zerstört, wenn Ahriman nicht gewesen wäre.«

»Er –«

»Hat mich gerettet, oder zumindest etwas. Wie bei allem, was mein größter Sohn tut, gibt es Fehler, die er nicht sieht. Fehler, die nicht einmal ich zu der Zeit sah.«

»Fehler?«

Magnus antwortete nicht, sondern deutete auf das Bild der Steinsplitter. Sie flogen durch die Luft und verschmolzen auf dem Weg nach oben miteinander, bis der steinerne Vogel wieder am Rand der Klippe thronte.

»Wieder vereint«, sagte der Karminrote König. »Mit einer Ausnahme …« Iobel sah, dass der Vogel nur ein Auge hatte. Wo sich das andere befunden hatte, wartete ein klaffendes Loch auf einen fehlenden Stein. Der Blickwinkel veränderte sich, bis wieder der leere Platz am Fuß der Klippe zu sehen war. Nur war er nicht ganz leer. Im Staub funkelten bunte Steinsplitter.

Iobel starrte sie einen nach dem anderen an. Sie verblassten, wenn sie nicht hinsah.

»Was seid Ihr?«, fragte sie. »Fragment oder Statue?«

»Ich bin der Karminrote König«, sagte er und schien erneut zu wachsen. »Ich bin der Prinz des Wandels, nicht makellos, aber unvermindert.«

»Aber Ihr seid nicht vollständig«, sagte sie mit harter Stimme, während sich die Zahnräder der Logik in ihrem Kopf drehten. »Ihr seid nicht derjenige, der Ahriman in seinen Träumen erscheint oder der zuvor mit mir gesprochen hat. Sie handeln individuell?«, flüsterte sie. »Ihr steht mit Euch selbst im Krieg.«

Die verhüllte Gestalt regte sich nicht.

»Ihr seid nur ein Schatten«, sagte Knekku und durchbrach die Stille, die sich über sie gelegt hatte, als Magnus verstummt war. »Ihr hegt Ansprüche auf einen Thron, der nicht der Eure ist. Ihr seid ein Fehler, eine Anomalie. Ich diene Magnus, dem Karminroten König des Planeten der Zauberer.« Er hob die Hand und deutete anklagend auf die verhüllte Gestalt. »Ihr seid nicht er, ganz egal, was Ihr sonst sein mögt.«

Magnus schüttelte den Kopf.

»Ein Körper ohne Seele ist nur eine Hülle. Eine Maschine ohne all ihre Teile ist genauso defekt wie das Teil, das fehlt. Wenn ich eine Anomalie bin, dann sind es die anderen auch. Genau wie der Aspekt meiner Selbst, der auf seinem Turm saß und das große Spiel der Götter spielte.«

»Und welches Spiel habt Ihr gespielt, *Vater*?«

Magnus erzitterte und zog die Schultern enger zusammen.

»Ich bin euer Vater. Ihr seid meine Söhne. Ich habe euch so oft und so lange enttäuscht, dass ich euch nicht einfach so ins Vergessen abdriften lassen konnte. Nicht einmal nach dem Rubrica-Zauber konnte ich zulassen, dass ihr benutzt werdet.«

»Was habt Ihr getan?«

»Du sagtest, dass dieser Thron nicht der meine sei, und das ist die Wahrheit. Könige sind grausam. Ihre Kronen ersticken ihre Seele. Der Karminrote König musste im Zaum gehalten werden; jenen Teilen von mir, die ihn verkörpern, musste entgegengewirkt werden.« Magnus hob die Hand und der Ärmel seiner Robe rutschte zurück. Die Haut, die zum Vorschein kam, war rot und voller Narben. »Ich bin schwach; meine Macht ist klein im Vergleich zu der des Karminroten Königs. Ich konnte nicht allein handeln.«

Knekku war ganz still. Fakten fielen an ihren Platz; Fragmente von Vergangenem und Erinnerungen fügten sich zusammen und wurden zu etwas Größerem, etwas Verborgenem und Gewaltigem.

»Ahriman…«, flüsterte er.

»Genau wie Söhne ihren Vater brauchen, braucht ein Vater manchmal seine Söhne. Ich brauchte einen Agenten. Ich brauchte jemanden, der nicht zögern würde zu tun, was nötig war, jemanden, der bereits auf dem Pfad wandelte, das Schicksal herauszufordern. Also wählte ich den besten meiner Söhne aus, denjenigen, der mir am ähnlichsten war, den fähigsten, den mit dem meisten Weitblick. Ich habe ihn nicht auf diesen Pfad geschickt. Ich musste es gar nicht. Er beschritt ihn ganz von allein; ich habe ihm nur dabei geholfen, seiner Natur zu folgen.«

»Der Rubrica-Zauber… Er kam von Euch.«

»Aus meinem Buch«, schnaubte er. »Das Buch des Magnus. Als ich es geschrieben habe, war ich ganz, doch der Teil von mir, der die Ansätze dieser Anrufung niederschrieb, war der Teil, der zu mir wurde.«

»Wusstet ihr, was mit uns geschehen würde?«

»Nein. Oder vielleicht doch. Oder vielleicht spielte es keine Rolle. Zeit und Schicksal und sind keine strengen Gebieter, wie du sehr gut weißt, Knekku.«

»Aber der Rubrica-Zauber hat versagt. Ahriman hat versagt. Ihr habt versagt.«

»Ja. Und nein. Ahriman fiel unter dem Gewicht seiner Taten in die Stille, wo er sich in der Finsternis seiner Sünden suhlte. Bis ich ihm einen Abgesandten schickte.« Das Knistern der Flammen füllte die Pause. »Er war beinahe fort, das Feuer seiner Überzeugung fast von Zweifeln erstickt. Aber er ist mein Sohn und er brauchte nur einen Grund, wieder aufzustehen. In seiner Bitterkeit lieferte ihm Amon diesen Grund und ich … Ich gab Amon seinen Traum von Frieden durch die Zerschlagung der Legion.«

»Wovon sprecht Ihr da? Amon wurde seit der Verbannung nicht mehr gesehen.«

»Er ist gestorben, Knekku. Ich habe ihn geopfert, um Ahriman sein wahres Selbst zurückzugeben.«

Knekku lief ein Schauer über den Rücken.

»Ihr behauptet, unser Vater zu sein, aber Ihr opfert Eure eigenen Söhne –«

»Zum Wohle aller. Ja, das habe ich, und ja, das tue ich. Genau wie du es tun würdest.«

»Also ist Ahriman zum Planeten der Zauberer zurückgekehrt, weil das das Ziel ist, das Ihr ihm zugedacht habt? Warum?«

»Er will den Rubrica-Zauber ein zweites Mal sprechen. Er will sowohl die Legion vom Fleischwandel kurieren als auch die Effekte des ersten Zaubers umkehren.«

»Und er glaubt, dass er damit Erfolg haben kann?«

»Natürlich tut er das.«

»Warum?«

»Weil er in die Gedanken seines Primarchs gesehen und die eine Sache gefunden hat, die ihm beim ersten Mal gefehlt hat.«

»Also hat er recht? Es könnte funktionieren?«

»Dein Glaube an ihn und an mich ist bewundernswert, aber nein. Es wird nicht funktionieren. Der Zauber wird nicht tun, was er sich erhofft. Er wird etwas ganz anderes vollbringen.«

»Woher wisst Ihr das?«

»Weil ich Magnus bin, der Vater der Thousand Sons. Weil ich verändert habe, was Ahrimans zweiter Rubrica-Zauber bewirken wird. Weil er in Wahrheit mein Zauber ist.«

Iobel lachte. Sie konnte nicht anders und versuchte auch nicht, es zu unterdrücken.

»Ihr seid ein Narr, Magnus, ebenso irregeleitet, wie Eure Söhne es sind.« Sie setzte sich im Schneidersitz auf den Boden. »Ihr habt den Imperator verraten, Euren Vater und Schöpfer, und nun tut Ahriman dasselbe – kommt auf Eure Welt mit der Macht, Eure Schöpfung neu zu erschaffen, und Ihr seht die Ironie darin nicht?« Sie streckte die Handflächen dem Feuer entgegen. »Redet, so viel Ihr wollt, Karminroter König, erklärt, was auch immer Ihr wollt. Ich werde zusehen, wie Ihr, Ahriman und all Eure anderen Söhne brennt, und ich werde lachen.«

»Nur wirst du das nicht«, sagte der Karminrote König. »Du bist das Urteil, Iobel. Du bist stark, selbst hier, und das Echo deiner Stärke behält seine Form bei. Ich weiß, wie sehr du mich verabscheust, die Kräfte, über die ich gebiete, alles, was ich und meine Söhne getan haben. Wir sind Feinde, du und ich. Aber … Deine Urteilsfähigkeit und deine Anstrengungen, mehr zu erfahren, haben dich hierher gebracht, und sie werden dir nicht erlauben, Ahrimans fehlerhaften Rubrica-Zauber Wirklichkeit werden zu lassen.«

»Ihr lügt«, sagte sie voller Abscheu.

»Das tue ich nicht. Ich sage dir, was geschehen ist. Ich zerbrach und wurde wieder zusammengefügt. Doch der Vorgang war nicht perfekt. Kleinere Scherben meines Wesens blieben übrig und rebellierten gegen mich, in dem Glauben, das wahre Ich zu sein, der rechtmäßige Erbe des Throns meiner Existenz.«

»Wie erfrischend ironisch und irrelevant.«

»Nur dass es relevant für alles ist. Eine dieser Scherben hat Ahriman auf seinen Kurs gebracht und das Feuer des zweiten Rubrica-Zaubers in seinem Geist entfacht. Ahriman glaubt, dass er meine Legion retten wird, doch das ist nicht der Fall.«

»Und wieder kann ich nur applaudieren.«

»Er wird sie nicht retten, weil sein zweiter Zauber auf falschen Annahmen fußt, die er meinem Werk, seinen eigenen Erinnerungen und dem entnommen hat, was du das Athenaeum nennst.«

Zum ersten Mal, seit sie am Feuer Platz genommen hatte, wurde Iobel kalt.

»Ihr wusstet, dass es existiert.«

»Ja. Das Athenaeum war ein Strom des Wissens, der meiner Essenz entsprang, all meiner Essenz. Ich war ihm gegenüber lange blind, doch ein Teil von mir, eine der abtrünnigen Scherben, hat es gefunden. Dieser Teil ist schwach, aber verstohlen. Er hat das Athenaeum benutzt, um Geheimnisse in die Welt zu tragen. Mit diesen Geheimnissen schuf er sich ein Gefolge, das von seinem Wissen abhängig wurde. Ich habe ihn benutzt, um dich zu schaffen. Von dir hörte Ahriman vom Athenaeum und machte sich auf die Suche danach. Als er es gefunden hatte, begann er ihm zuzuhören. Diesen Fehler kannst du ihm wohl kaum übelnehmen, Inquisitorin, schließlich schenktest du ihm sehr viel länger Glauben.«

Iobel war ganz still geworden und starrte geradeaus, während sie sich an den Ordo Cyclopes erinnerte, den Ordo, der es sich zur Aufgabe gemacht hatte, die Menschheit vor den Geheimnissen der Thousand Sons zu beschützen. Er war zur Gänze auf dem Wissen aufgebaut worden, das sie durch das Athenaeum von Kalimakus erhalten hatten.

Der Karminrote König nickte langsam.

»Ah«, sagte er. »Wie ich sehe, habe ich deine Aufmerksamkeit. Du beginnst die Zusammenhänge zu sehen. Es schmerzt, nicht wahr? Enthüllungen haben diese Eigenart, wenn sie unsere Überzeugung zerschmettern.«

»Aber die Informationen des Athenaeums waren wahr.«

»Ja, das waren sie. Es ist sehr viel einfacher, jemanden mit Wahrheiten zu manipulieren als mit Lügen. Ihr habt viele Geheimnisse erfahren, aber sie dienten nur dazu, Ahriman von seinem Wert zu überzeugen und ihm weiszumachen, dass ich nichts von seiner Existenz wusste. Als es sich in seinen Händen befand und mein Wissen über die Lippen des armen Sanakht purzelte, sprach es immer noch die Wahrheit. Von ein paar wenigen subtilen, aber wichtigen Punkten abgesehen.«

»Der zweite Rubrica-Zauber«, hauchte Iobel.

»Ahriman glaubt, dass das Athenaeum ihm den Makel an seinem ursprünglichen Werk aufgezeigt hat. Das hat es nicht. Es hat den Rubrica-Zauber verändert. Er wird nicht das tun, was Ahriman beabsichtigt. Er wird die Legion nicht wiedererwecken. Er wird die letzten verlorenen Scherben meiner Selbst zusammenfügen«, sagte der Karminrote König. »Aber er wird mich nicht wieder ganz machen, er wird mich vernichten.«

»Nein. Ihr sagtet, es sei leichter, jemanden mit Wahrheiten zu manipulieren als mit Lügen. Ihr benutzt die Wahrheit, um zu lügen. Der Rubrica-Zauber wird Euch wieder zusammenfügen, aber dieser andere Teil von Euch, der Teil, mit dem Ihr im Krieg liegt, er wird die Kontrolle haben. Er wird Euch den Thron rauben. Das meintet Ihr mit Vernichtung.«

»Clever, Selandra Iobel.«

»Ich werde mit Freuden zusehen, wenn es geschieht.«

»Nein. Nein, das wirst du nicht.« Seine Stimme war trocken und voller Sicherheit. »Du wirst ausziehen und tun, was ich nicht tun kann. Du wirst Ahriman aufhalten.«

»Es gibt keinen Grund –«

»Das Imperium, Iobel, das Narrenreich meines Vaters, all die Seelen, die durch Unwissenheit geschützt werden. Du hast geschworen, sie zu beschützen, nicht wahr? Wenn du ihn nicht aufhältst, dienst du nicht ihnen, sondern du dienst dem, zu dem ich werde. Trotz all meiner Macht bin ich ein gebrochener Prinz. Zusammengefügt jedoch ... Deinesgleichen behauptet, stark genug zu sein, um eine Entscheidung zu treffen zwischen einem Ende, das nur schrecklich ist, und einem, das apokalyptisch wäre. Entscheide dich jetzt, Iobel.«

»Wie könnte ich glauben, dass Ihr die Wahrheit sagt?«

»Kannst du dir erlauben, es nicht zu glauben?«

Sie starrte ins Feuer und stellte fest, dass sie zitterte.

»Warum –«, begann sie, doch der Karminrote König fiel ihr ins Wort.

»Ich kann nicht. Ich habe es versucht und ...« Er sah weg und die Schatten um ihn herum schienen ihn zu verschlingen, während seine Haut grau und spröde wurde. Risse klafften in ihr auf, als wäre er aus Staub und würde vom Wind abgetragen. »Ich bin gefangen.«

»Wie kann ich ihn aufhalten?«

»Indem du zum Anfang aller Dinge zurückkehrst.« Die Worte hallten in ihr nach und klangen ebenso vertraut wie verheißungsvoll.

»Ich habe danach gesucht. Ich habe danach gesucht, weil ich Euch dort finden würde.«

»Nein, hast du nicht. Du hast nach seinem Herzen gesucht, nach dem geheimen Kern Ahrimans, der ihn antreibt. Das hast du schon immer.«

»Wo fängt es an?«, fragte sie, und der Boden unter ihr begann zu beben. Das Feuer erstarb. Die Schatten bekamen Risse und verbogen sich wie Bilder an einstürzenden Wänden. Sie fiel, doch die Stimme des Karminroten Königs folgte ihr.

»Es fängt da an, wo alles beginnt«, rief der Karminrote König. »Es beginnt mit Blut und Schuld. Es beginnt im Inneren.«

»Es hätte funktioniert«, sagte Magnus. »Ich wäre wieder ganz gewesen, doch der Wandel ist unaufhaltsam und subtil in seinen Launen.«

Knekku schwieg. Er wusste nicht, was er denken sollte, geschweige denn, was er sagen sollte. Er hatte sein ganzes Leben gelebt, ohne jemals dergleichen zu fühlen.

Das muss Zweifel sein, dachte er und betrachtete die Gestalt, die vorgab, sein Vater zu sein. Magnus sah ihn an und nickte leicht, als wollte er seine Gedanken beantworten. Er fühlte sich bestätigt und dann sofort durch dieses Gefühl verunsichert.

»Was ist schiefgegangen?«, fragte er, um das Schweigen zu brechen.

»Dein Karminroter König, mein anderes Gesicht, mein größeres Selbst«, antwortete Magnus voller Verachtung. »Er erfuhr von meinem Vorhaben und mischte sich ein. Er entdeckte das Athenaeum und hielt seinen Geist in dessen Bewusstseinsstrom, um herauszufinden, was Ahriman gelernt hatte, und so den Rubrica-Zauber zu seinen Gunsten zu verändern.«

»Sein gutes Recht«, sagte Knekku.

Magnus schnaubte.

»Nur dass mein größeres Selbst trotz all seiner Macht einen Fehler gemacht hat. Er hat es geschafft, sich ins Athenaeum einzuschleichen, aber als er erst einmal in den Strom eingedrungen war, konnte er nicht mehr hinaus gelangen. Und die Gezeiten unserer Geister sind wie das Feuer einer Sonne und das ewige Eis.« Er griff ins Feuer und nahm eine Handvoll Glut hinaus. Sie glomm auf seiner Handfläche, doch die Hitze konnte ihm nichts anhaben. »Er brannte und konnte sich nur befreien, indem er etwas zurückließ, ein Echo im Strom.«

Knekku erinnerte sich an den gebrochenen Engel, der auf dem Thron des Karminroten Königs zerfiel.

Ich habe einen Fehler gemacht …

»Aber er hatte Erfolg damit, Euren Plan zunichte zu machen?«

»Oh ja, damit hatte er Erfolg«, schnaubte Magnus. »Er hat den Entwurf für Ahrimans neuen Rubrica-Zauber verändert, aber mein größeres Selbst hat einen Fehler gemacht. Einen schwerwiegenden Fehler …«

»Was?«

»Der Rubrica-Zauber, den Ahriman sprechen wird, der Zauber, von dem er glaubt, dass er die Legion rettet, wird funktionieren, aber er verlangt ein Opfer.«

»Was für ein Opfer?«

»Mich«, sagte Magnus und warf die Glut zurück ins Feuer. Funken stoben auf. »Mich, und das Ding, das du den Karminroten König nennst, und alle anderen, was und wo auch immer sie sein mögen. Alle Teile von mir. Wir werden alle vernichtet.«

»Ihr könnt ihn erneut verändern, den Fehler berichtigen …«

»Nein, das kann ich nicht, Knekku. Die Zeit ist abgelaufen. Wir stehen an der Schwelle. Es führt kein Weg zurück.«

»Der Karminrote König …«

»Ist geschwächt und sitzt ebenfalls hier im Labyrinth fest. Er kann ebenso wenig ändern, was er getan hat, wie ich es kann.«

Knekku erhob sich mit wallender Seidenrobe. Das Licht warf einen riesigen Schatten an die Wand hinter ihm.

»Ich glaube Euch«, sagte er und hielt inne, während die Worte in seinem Geist Gestalt annahmen, »aber ich diene dem Karminroten König.«

Magnus lachte leise.

»Du *bist* mein Sohn. Immer treu und niemals unsicher. Das waren schon immer deine größten Stärken, Knekku. Doch simple Treue wird dir hierbei nicht helfen.« Knekku runzelte die Stirn, als Avenisi aus den Schatten schlich und sich neben ihn setzte. Magnus beugte sich vor. »Avenisi wird dich aus dem Labyrinth herausführen, sobald du bereit bist.«

»Bereit?«

»Willst du ausziehen und Ahriman in der Schlacht zerschmettern?«

Knekku nickte.

»Wenn du das tust, wirst du verlieren.«

»Ich verstehe nicht.«

»Verstehen ist ein Ausdruck von Wissen, und Wissen ist Macht, mein Sohn.« Magnus hob die Hand und winkte ihn zu sich. Die Haut um seine krummen Gelenke warf Falten. »Komm, ich werde dir Wissen schenken.«

Knekku zögerte eine Sekunde lang, dann trat er vor und kniete nieder, um den Worten seines Vaters zu lauschen.

Der Dämon ließ die Bilder in den geborstenen Spiegeln verblassen. Die Stimmen um ihn herum verstummten. Er ließ das Gesehene und Gehörte durch sein Bewusstsein rollen – oder zumindest das, was man bei ihm als ein Bewusstsein bezeichnen konnte.

Die Dinge standen weitaus schlimmer, als er gedacht hatte. Weitaus schlimmer und weitaus besser. Die anderen hatten keine Ahnung, dass er bei ihren Plänen die Hand im Spiel hatte. Der König war fett vor Macht und Autorität, doch verschlungen von Verstohlenheit, und der Vater tat sich schwer mit der Möglichkeit, Ahriman gegen seinen Rivalen einzusetzen. Beide waren blind dem gegenüber, was sie getan hatten; beide verrieten sich selbst. Sie verdienten nichts anderes, als dabei zuzusehen, wie ihnen das weggenommen wurde, was sie sich am meisten wünschten.

Der Dämon erhob sich zwischen den verfärbten und verformten Spiegeln des Labyrinths und spreizte die Flügel. Die Bewegung fegte Spinnweben von silbernen Türrahmen.

Er war schwächer als sie, doch er würde ihnen ihren Triumph verwehren, während sie schon die Finger danach ausstreckten. Er konnte nicht glauben, dass sowohl der sterbliche Schatten als auch der Zauberer die Köder der Täuschung so leicht geschluckt hatten, aber der Warp sah eine Strafe für die Leichtgläubigen vor, und er war der Agent, der diese Bestrafung brachte.

Alle würden leiden. Dafür wurde er sorgen.

Er schlug mit den Flügeln und der Boden drehte sich, bis er zu einer Klippe wurde. Die Wände und Türen huschten vorbei, als er seinen Weg zurück fiel, zurück zur *Monolith*, zurück zu Astraeos und zum letzten Schritt ihres Weges.

XX
RITUALKRIEG

+Start+, befahl Gaumata, und die *Pyromonarch* feuerte sein Landungsschiff aus ihrem Unterleib. Er spürte, wie ihn die Schwerkraft packte. Der Rumpf wurde glühend heiß, als er in die Atmosphäre eintrat. Er spürte, wie die anderen folgten, spürte, wie die Flammen von den runenbeschriebenen Tragflächen abperlten. Das Geschwader Landungsschiffe schwärmte vor der *Pyromonarch* aus. +Hört meine Worte+, sandte er.

Die Geister der niederen Zauberer an Bord der anderen Schiffe ordneten sich seinen Gedanken unter. Sein Wille wurde der ihre.

Das Landungsschiff erbebte, als es von Sturmböen erfasst wurde. Er löste eine Schicht seines Bewusstseins und berührte den Geist von Ignis durch den Äther. Informationen flackerten wortlos zwischen ihnen hin und her. Die genauen Koordinaten und Zeitabläufe der zweiten Angriffswelle wurden in die Realität umgesetzt. Landungsschiffe gingen in Rautenformation und schossen davon. Im Hinterkopf konnte Gaumata spüren, wie Ignis ihn beobachtete und die Sekunden zählte. Die Beschleunigung presste ihn gegen seine Rüstung.

+Zehn Sekunden bis zum Ziel+, sandte Gaumata.

Die Finger der Rubrica-Marines legten sich um ihre Bolter.

Gaumatas Landungsschiffe rasten auf den Planeten zu und hinterließen feurige Halos. Unter ihnen sahen tierköpfige Mutanten aus den Trümmern auf. Die Landungsschiffe eröffneten das Feuer. Der Wind riss die Geschosshülsen davon. Projektile verheerten den Boden. Steinsplitter und Trümmer schnitten durch Fleisch. Blut und Eingeweide fielen in den Staub. Abwehrfeuer und Blitze schossen den Landungsschiffen entgegen, trafen auf ihre Schutzschilde aus Flammen und verpufften wirkungslos.

Im Inneren des vordersten Landungsschiffes hielt Gaumata den Kern seines Wesens still. Seine Rubrica-Marines erzitterten in ihren Harnischen, als sich das Feuer seiner Seele in sie ergoss. Er formte die Flammen, die sie beschützten, und behielt die Flughöhe durch die Maschinenaugen der Servitor-Piloten im Auge.

Ein Lichtstrahl zuckte vom Boden empor, berührte das Landungsschiff zu seiner Linken und verwandelte es in einen schnell verblassenden Feuerball. Metalltrümmer flogen umher. Rubrica-Marines fielen durch die Luft, als der Rumpf um sie herum verschwand. Sie fielen schweigend und wurden von grünem Licht verzehrt.

Sie sanken tiefer. Gaumata gab einen Befehl. Die Landungsschiffe stellten das Feuer ein. Die Mutanten in den Trümmern, die noch am Leben waren, hoben die Waffen oder flohen. Das Feuer brüllte hungrig am Rande von Gaumatas Willen. Geschosse und Laserstrahlen schlugen ihnen als Begrüßung entgegen. Der Boden kam schnell näher. Alarmsirenen erschallten. Die Landungsschiffe ritten wie Dolche auf einer brennenden Welle. Immer mehr Mutanten wandten sich zur Flucht.

+Jetzt!+, sandte er. Das Landungsschiff zog hoch und Gaumata spürte, wie ihn die plötzliche Bewegung in den Sitz drückte. Er gab das Feuer frei. Es wallte nach unten und schoss an ihnen vorbei über die geschwärzten Ruinen hinweg. Mutanten verbrannten zu Knochensplittern und Pfützen aus Fett.

+Äußere Knoten gesäubert+, sandte er zu seinen Brüdern. +Setzen zur Landung an.+

Gaumata stand auf. Magnetsiegel lösten sich von seiner Rüstung. Am Ende des Abteils öffnete sich eine Luke. Hitze strömte hinein. Warnrunen flackerten über seine Helmanzeige. Die Rubrica-Marines wandten sich der Luke zu. Gaumata teilte den Flammenteppich, als sie tiefer sanken. Die offene Luke huschte über den Boden. Gaumata sprang heraus. Die Rubrica-Marines folgten ihm, schlugen am Boden auf und überschlugen sich wie fortgeworfene Puppen.

Gaumata landete in der Hocke. Seine Rüstung kreischte, als Servos und künstliche Muskelfasern den Aufprall abfingen. Flammenvorhänge umgaben die Landestelle in weitem Bogen. So öd und leer er auch wirkte, dieser Ort war einer von einundachtzig, die sich durch die Ruinen der Stadt der Türme zogen. Zusammen bildeten sie ein Muster, ein Siegel aus Feuer auf der Oberfläche des Planeten. Dieses Siegel war nur ein Teil des Rubrica-Zaubers, aber es war ein wichtiger Teil.

+Aufgestanden!+, rief Gaumata.

Die Rubrica-Marines kamen auf die Beine. Er spürte etwas durch die Flammen kommen. Die Rubrica-Marines hoben die Waffen. Die Kette von Gaumatas Morgenstern spannte sich, als er den stachelbesetzten Kopf aus der Asche am Boden zog. Im Flammenvorhang wurden Schatten sichtbar. Er spürte, wie die Hitze von den Dingen abfiel, die hindurchkamen. Er wirbelte den Morgenstern, bis dessen Kopf einem roten Kometen glich.

Der Flammenvorhang teilte sich. Ein geschwärzter Rubrica-Marine trat aus der brüllenden Hitze. Rauch stieg von seiner Rüstung auf.

Gaumata spürte die Stränge des Willens, der seine Essenz kontrollierte.

Er feuerte. Rosafarbene Flammen schlugen aus der Mündung der Waffe. Gaumata hörte das Sirren eines Boltgeschosses in der Luft. Der Morgenstern verschwamm zu einer undeutlichen Scheibe vor ihm, während seine Gedanken in den Kristallkern wanderten. Er drehte sich um die eigene Achse und zwang die Zeit mit seiner Willenskraft zum Innehalten. Der Kopf des Morgensterns traf das Boltgeschoss im Flug. Blaue und rosafarbene Flammen züngelten hungrig hervor. Der stachelbesetzte Kopf verschlang die Explosion. Der Morgenstern wirbelte weiter. Seine eigenen Rubrica-Marines schossen, als immer mehr ihrer Gegenstücke feuernd aus den Flammen traten.

Ein anderer Zauberer kam aus dem Feuer. Seine Robe glomm in kaltem Licht und er trug eine Axt. Er zeigte mit ihr auf Gaumata. Die Geste war ebenso sehr Versprechen wie Herausforderung.

Gaumata wirbelte vorwärts. Der Zauberer warf seine Axt. Gaumata hörte sie kreischen, als sie sich in der Luft überschlug. Er ignorierte sie; sein Körper war nur noch ein Schemen, sein Wille teilte sich wieder und wieder in gleißende Blütenblätter. Der andere Zauberer war ebenfalls in Bewegung. Wie aus dem Nichts tauchten Pistolen in seinen Händen auf und bellten los.

Gaumata schmetterte die Axt aus der Luft. Sein Geist ließ die Boltgeschosse mitten im Flug detonieren. Der Zauberer wich nicht zurück. Die Luft stockte, als die Zeit flackerte. Der andere Zauberer glitt über den Boden, ohne sich zu bewegen. Die Axt hielt er wieder in der Hand. Ein Boltgeschoss traf Gaumatas Schulter. Schmerzen schossen durch seinen Arm und seine Helmanzeige leuchtete rot auf. Azurblaue Flammen loderten in dem Loch in seinem Schulterpanzer. Er spürte, wie sich die verbrannten Muskeln von seinen Knochen lösten.

Wut raste durch Gaumatas Gedanken. Er beschwor einen Feuerball herauf und schleuderte ihn auf den anderen Zauberer. Dessen Geist wankte und er verlor die Konzentration. Gaumatas Morgenstern fiel herab und zerschmetterte den Brustkorb des Zauberers. Er fiel und der stachelbesetzte Kopf brach in einer Woge aus Rüstungssplittern und verbranntem Fleisch heraus.

Gaumata sah auf den besiegten Zauberer hinab, der versuchte, sich aufzurichten. Er fragte sich, wer sich hinter der Helmfront verbarg, ob sie je den Namen des anderen gekannt hatten. Er holte mit dem Morgenstern aus und schlug zu. Hitze wallte auf. Ceramit splitterte. Knochen und Blut waren weiße Asche, bevor sie auf dem Boden aufschlugen. Der Leichnam zuckte, als er in der gepanzerten Hülle verkochte. Gaumata stand still. Die Rubrica-Marines, die eben noch auf ihn geschossen hatten, waren erstarrt und hatten den Kopf schief gelegt, als versuchten sie, einer leisen Stimme zu lauschen.

Er zitterte und betrachtete seinen linken Schulterpanzer. Blaue Flammen schlugen aus dem Krater heraus. Er griff mit der Hand in die Wunde und die Flammen sprangen auf seine Finger über. Er zerquetschte sie. Ein Licht erschien in seiner Wunde. Er sandte seinen Willen aus und fand die erstarrten Rubrica-Marines, die dem toten Zauberer gehört hatten. Sie drehten sich um, hoben die Waffen und wandten sich dem Flammenvorhang zu. In ihm wurden neue Schatten sichtbar.

Gaumata trat zurück und bereitete seinen Geist vor.

+Wir sind hier, Ahriman. Die äußeren Knoten sind gesichert. Lass den Rubrica-Zauber sprechen.+

Die *Wort des Hermes* wurde still unter Ignis' Füßen.

Die Geschütze schweigen, dachte er. *Zeit seit dem letzten Schuss: drei Sekunden. Zeit bis zum Einschlag: fünfzehn Sekunden.*

Er stand im leeren Hangar und spürte, wie die mit Feuer und dem Warp gesättigte Luft seine Gesichtshaut prickeln ließ. Das Deck war leer; die Dämonenmaschinen hatten sich in das Flammeninferno gestürzt, um ihr eigenes Feuer zu verbreiten. Credence stand schweigend hinter ihm, während Ignis wartete und beobachtete und die Sekunden zählte. Überall öffneten sich die Blüten der Zerstörung in perfekter Reinheit. Selbst die Dämonenhorde, die Ctesias hinterließ, ging im großen Ganzen auf.

Es funktionierte. Jede Sekunde brachte ein anderes Motiv des großen Musters in die Realität. Reiner, perfekter Wandel dehnte sich geordnet, aber wild in Raum und Zeit aus. Dies war Krieg, wie er sein sollte: heilig und ewig. Ignis' Geist schwebte durch das Schlachtfeld hindurch und darüber hinweg, sah uralte Runen im Wabern des Rauchs und den Verkettungen winziger Taten, sah den Schlüssel zum Universum in fliegenden Geschossen und den Schreien der Sterbenden. Ahriman würde seinen Rubrica-Zauber bekommen. Der Grundstein war gelegt, der Brennstoff bereit, doch dieser Moment kurz vor dem Höhepunkt, dieses lauter werdende Zwischenspiel der Willenskraft, des Intellekts, des Mysteriums – das war es, weswegen er hier war. Seinetwegen hatte er diesen Weg beschritten. Es war der Lohn, der ihm versprochen worden war, und nun, da er ihn vor sich sah, wusste er, dass das Universum ihm nie wieder ein solches Geschenk zugestehen würde.

Die Elektoos auf seinem Gesicht erstarrten. Die schwarzen Linien versanken in seiner Haut und ließen sie makellos zurück. Er blinzelte.

Es ist vorbei, dachte er. *Es muss nur noch aufhören.*

Die verwundete Dämonenmaschine kam aus dem Rauch und den Flammen. Er hatte eine Sekunde Zeit, um die gespaltene Panzerung zu betrachten, die von einem geschmeidigen Körper hing. Er wandte den Blick ab, als sie auf dem Deck aufschlug. Blasses Blutöl sickerte aus der Dämonenmaschine und zischte, als es sich ins Deck fraß. Ignis zögerte; sein Geist hing in der Schwebe zwischen Gedanken und Taten.

Ein Teil von ihm wusste, dass er eine der Maschinen sah, die vor nicht allzu langer Zeit von hier abgeflogen waren. Sie war verwundet worden und kehrte in ihr Nest zurück. Sie schlug um sich und warf Maschinenteile umher. Ihre gewaltige Masse aus Fleisch und Schuppen ragte über ihm auf. Drei Echsenschädel warfen sich wild hin und her. Die Flügel hinterließen blutige Federn auf dem Deck. Etwas hatte große Stücke aus ihrem Körper gebissen. Sie verströmte wilden Schmerz, als sie sich in ihrem eigenen Blut hin- und herrollte. Mithilfe mehrerer Reihen Klauenfüße wuchtete sie sich in die Höhe, dann richtete sich der Blick aller drei Köpfe auf Ignis. Mit dem Schmatzen und Zischen von Blut warf sie sich auf ihn. Ignis überwand seinen Schock. Die Klingen seiner Energieklauen schossen aus seinen Fäusten und Blitze loderten über sie. Die Dämonenmaschine bäumte sich auf und öffnete die Mäuler voller rasiermesserscharfer Zähne.

Credence war in Bewegung, bevor Ignis auch nur einen Schritt tun konnte. Der Automat feuerte aus der Bewegung. Geschosse schlugen in die Dämonenmaschine ein. Schuppen und blutige Fleischklumpen fielen zu Boden.

Credence schlug zu. Seine groben Plaststahlfäuste brachen mit protestierenden Kolben durch das dämonische Fleisch. Ignis stürmte vor, als er sah, wie der Automat einen großen Brocken Gewebe und Stahl aus der Flanke der Bestie riss. Säureblut spritzte über Credences Panzerung. Die Kreatur drehte sich und versuchte, ihren Peiniger zu beißen. Credence rammte beide Fäuste in die Wunde, die er gerissen hatte, und feuerte die Flammenwerfer an seinen Handgelenken ab. Flüssige Hitze fraß sich in das blutige Fleisch. Die Dämonenmaschine schlug um sich und schien vor Schmerz zu wachsen. Ihr Körper traf Credence wie eine Dampframme. Der Automat rutschte rückwärts und fiel mit knirschenden Panzerplatten aufs Deck. Die Dämonenmaschine erbrach Blut und silberne Galle aus ihren drei Mäulern, dann kreischte sie unerträglich hoch und brach in sich zusammen.

Ignis konnte Credence in dem Tumult aus zuckendem Fleisch und zitternden Federn nicht sehen.

Hinter ihm bewegte sich etwas. Etwas Rotes und Schwarzes und Gepanzertes. Etwas, das durch eine offene Luke getreten war wie ein Schatten, der auftauchte, wenn die Sonne aufging. Ignis drehte sich so schwungvoll um, dass seine Rüstung ächzte.

Ein Space Marine stand neun Schritte von ihm entfernt.

Seine Rüstung war in der Mitte zwischen Nachtschwarz und Blutrot geteilt. Goldene Schwingen krönten seinen Helm und erstreckten sich bis über seine Schulterpanzer. In den Händen hielt er einen Bolter.

Ein Überlebender der Enterkommandos, stellte sein Geist fest, nachdem der erste Schrecken verflogen war.

Einen Augenblick lang starrten sich die beiden an, ohne sich zu bewegen.

Ignis warf sich auf seinen Gegner und sandte seinen Geist aus.

Die Zeit gerann. Ignis spürte, wie sich etwas im Warp bewegte, ganz nah, als würde ein Meeresräuber im stillen Wasser ein leichtes Kräuseln verursachen. Blitze knisterten über seine Klauen. Der Space Marine in Rot und Schwarz wich seinem Schlag aus. Ignis' Klauen durchschnitten nichts als Luft. In seinem Geist barsten ganze Kalkulationen. Er geriet ins Wanken und wurde innerhalb eines Augenblicks auf Instinkt und Unsicherheit reduziert. Er setzte sich mit einer Wand aus telekinetischer Energie zur Wehr. Der Space Marine fiel zurück und schien zu verschwimmen. Ignis veränderte das Muster seiner Gedanken und hielt ihn mit unsichtbarer Kraft am Deck fest.

Nur war er nicht mehr da. Er hob sich vom Boden wie eine Marionette, die an ihren Fäden in die Höhe gezogen wurde. Ignis zögerte einen Moment lang. Der Space Marine zuckte vor und hinterließ nur ein eingebranntes Nachbild dort, wo er gerade noch gestanden hatte. Ignis sah nicht, wo er war, aber eine unterbewusste Projektion verriet ihm, wo er sein müsste.

Seine Klauen zuckten neben ihm durch die Luft, als der Space Marine Gestalt annahm. Eine einzelne Klinge traf die Schulter des Space Marines und riss das Ceramit in einer Explosion aus Blitzen auf. Ignis zog die Hand zurück und erwartete eine Blutfontäne aus der geborstenen Rüstung seines fallenden Gegners.

Doch der Space Marine rührte sich nicht. Leuchtende Energie sickerte wie Blut aus der Wunde in seiner Panzerung. Er warf sich vorwärts, bevor Ignis reagieren konnte, und packte seine Arme mit unglaublicher Kraft. Ignis' Geist stach nach dem Space Marine und …

… glitt ins Nichts ab. Er sah direkt in sein Gesicht. Seine linke Augenlinse verschwand. Dahinter lag nur Schwärze.

Ignis fiel auf die Knie, als Kälte in seine Gedanken eindrang. Der

Space Marine verwandelte sich. In einer Sekunde hatte er noch die eine Gestalt, in der nächsten …

Ahrimans Geist hob sich aus seinem Körper.

Der Himmel, der ihn begrüßte, war ein Hexenkessel aus Licht und Lärm. Überall um ihn herum standen Rubrica-Marines in Reihen und Kreisen. Hinter ihnen standen noch viele weitere auf der geschmolzenen Glasebene wie ein Irrgarten aus Statuen. Maschinenkreaturen zogen über ihnen im Schatten der Kriegsschiffe ihre Kreise. Die Schlacht war ein wütender Zyklon, der sich um das mehrere Kilometer durchmessende Auge drehte, in dem Ahrimans Streitkräfte aufmarschiert waren. Das Grollen der Zerstörung war nur ein Hintergrundrauschen in Ahrimans Bewusstsein.

Er war eine Gedankengestalt, reiner Wille mit der Macht des Warp. Sterbliche Augen konnten diese ätherische Erscheinung normalerweise nicht erfassen. Doch auf dem Planeten der Zauberer, an der verwischten Grenzlinie zwischen Warp und Wirklichkeit, war Ahrimans Gedankengestalt ein gleißender Stern, der in den Himmel aufstieg.

Am Boden standen die anderen Zauberer wie erstarrt. Ihre Rüstungen hielten ihre Körper an Ort und Stelle. Ahriman sah mit Augen aus Sternenlicht auf sie herab. Auren flackerten um die Rubrica-Marines herum wie Umhänge im Wind. Ein Stimmenchor umgab ihn, als die Namen der Lebenden und der Toten von seinen Brüdern aufstiegen.

+… Kidath, Misharn, Altpet, Katamat, Sorteth …+

Jeder Name würde ausgesprochen werden. Jeder Name jedes Kriegers, der je ein Thousand Son gewesen war. Die Litanei ging weiter, wurde lauter, wurde zu einer einzigen Stimme aus vielen Kehlen, wurde eine Anrufung, die durch die Ewigkeit hallte.

+ … Ashtagoth, Tabakis, Za'afarok …+

Ahriman hörte immer mehr Stimmen einfallen und Tausende Namen trommelten auf die gespannte Membran des Universums.

+ … Helio Isidorus, Madaeth …+

Der Sturm aus Schlacht und Zauberei drehte sich schneller und schneller, sein Auge wurde größer und Ahriman spürte, wie seine Gedankengestalt den höchsten Punkt ihres Aufstiegs erreichte.

+ … Ahriman …+ Sein eigener Name schallte durch ihn hindurch. Seine Gedankengestalt platzte und goldenes Licht rieselte herab wie

Schnee. Er war zerbrochen. Er war eintausend Ideen, die vom Himmel fielen. Er war eintausend mal eintausend Wörter, die niemals ausgesprochen werden würden.

Die Litanei der Namen ging weiter und weiter.

Er war Kius Erinnerung an Arcanakt, einen Bruder, der unter der Axt eines Wolfes gefallen war.

Er war Mabius Ro, das hohle Echo eines Lebens in einer Hülle aus Panzerplatten.

Er war Kiu, in dem sich Schuld und Macht vermischten, um Stärke hervorzubringen.

Er war …

… sie alle. Es hatte erst einmal einen derartigen Moment in seinem Leben gegeben.

Er sprach mit der Stimme aller seiner Brüder.

Und aus seiner Seele und seinem Geist flossen die ersten Worte seines neuen Rubrica-Zaubers.

Ctesias schrie, als der Boden unter seiner Scheibe vorbeischoss. Sie hatte sich ohne einen Befehl direkt auf den Titan zubewegt. Gleißende Geschosse zerfetzten die Trümmer um ihn herum. Metallsplitter und Steinfragmente prallten wie Hagelkörner von seiner Rüstung ab. Seine Helmanzeige schwirrte vor Warnrunen. Der Titan war der Himmel über ihm und das Donnern seiner Waffen das einzig hörbare Geräusch. Ctesias spürte, wie die Dämonennamen seine Kehle emporstiegen und nach seiner Zunge suchten, um ausgesprochen zu werden. Doch sie mussten ihm erst den letzten Schrei seines Lebens von den Lippen reißen. Die Explosionen rüttelten Ctesias' Rückgrat durch, als der Schatten der Dämonenmaschine auf ihn fiel. Er war nahe genug, um die Schriftzeichen auf den Panzerplatten zu lesen und die blassen Mutantenkreaturen zu sehen, die in Bernstein eingeschlossen an Kabeln hingen.

Er war direkt unter dem Titan. Die Präsenz der Dämonen in seinem Inneren drückte auf seinen Geist. Das Blau und Silber der Panzerplatten waberte wie eine Luftspiegelung. Der Titan drehte sich um. Seine Panzerung sog die Hitze aus der Luft. Hexeneis fiel bei jedem Schritt von seinen Schultern.

Die Scheibe bebte unter Ctesias' Füßen, während sie versuchte, unterhalb des Feuerbereichs der Waffen zu bleiben. Das Athenaeum schwieg; seine leeren Augen waren ausdruckslos wie ruhige Teiche.

Die letzten großen Dämonennamen wanden sich in seinem Geist.

Ctesias sprach den ersten großen Namen. Er kam über seine Zunge wie ein Tentakel, der aus ihm heraus griff. Er hatte diese Namen nicht aussprechen wollen, wenn es nicht absolut notwendig gewesen wäre, und schon gar nicht alle von ihnen.

Doch es hatte keinen Zweck, sich zu wehren, und er war ohnehin zu müde dafür.

Der Titan rammte den Fuß in den Boden. Glas und Stein schossen vom Einschlagspunkt empor. Sein Kopf drehte sich zu Ctesias. Rote Lichter glommen in den Augenhöhlen des Vogelschädels. Der Schnabel klaffte auf. Feuer stieg in seiner Metallkehle auf.

Der Name brach in einer Wolke aus schwarzem Rauch und orangefarbenem Licht aus Ctesias' Mund hervor. Die Scheibe rotierte in wilder Panik. Der Rauch wallte in der Luft und das orangefarbene Licht wurde zu den scharfen, harten Kanten von Metall. Das Kriegshorn des Titans bellte eine Herausforderung. Flügel aus feuchtem Fleisch erhoben sich aus der Gestalt, die aus Ctesias' Worten erwuchs. Ein gewaltiger Schädel brach durch den Rauch und gerann in der Bewegung. Fell- und Hautfetzen hingen von der blutigen Schnauze. Zwischen den Lippen blitzten Zähne wie Schwertklingen.

Die Scheibe wirbelte wild herum. Ctesias spürte seine Haut verdorren, als seine Anrufung das Leben aus seinem Körper sog.

Der Dämon, den er gerufen hatte, hob die Axt vor dem Titan und schlug sich damit gegen die Zähne. Ctesias hatte seinen Namen von einer Schriftrolle aus getrockneter Haut gestohlen und sich geschworen, nachdem er erkannt hatte, was er bedeutete, ihn niemals wieder freizulassen. Doch nun war er frei. Sein Name – der Name, der an dem zerfetzten Fleisch der Albträume hing, die seine Geschichte erzählten, war *Höllenbrut*.

Der Wechselbalg fuhr mit einer Hand über die schwarze und orangefarbene Terminator-Rüstung. Langsam stand er auf und erfasste die Form seines neuen Gesichts: des letzten Gesichts, das er für dieses Unterfangen tragen würde. Der Haufen aus Metall und Fleisch zu seinen Füßen lebte noch, obwohl der Wechselbalg sein Gesicht gestohlen hatte und seinen Namen tragen würde. Der Tod des Sterblichen war erst weit in der Zukunft verfügt und es war nicht an ihm, dieses Schicksal zu ändern.

Er ging auf ein Landungsschiff zu, das am Rand des Hangars stand. Er musste um den riesigen Trümmerhaufen herumgehen, zu dem die geflügelte Dämonenmaschine zerfallen war, nachdem sie aufs Deck gestürzt und eine so vortreffliche Ablenkung abgegeben hatte.

Der Berg brodelte, während seine Substanz von der Realität zersetzt wurde. Etwas darin zuckte. Der Wechselbalg hielt inne. Seine Sinne erstreckten sich bereits über den unmittelbaren Raum um ihn herum und er spürte keinerlei Lebensfunken, doch auch nichts von der ätherischen Macht, die die Dämonenmaschine belebt hatte. Doch irgendetwas war da, eine Präsenz wie das Ticken einer Uhr …

Ein Metallkörper brach aus dem Haufen hervor. Widerwärtige Flüssigkeiten liefen an seinen Panzerplatten herab, als er durch den Morast aus Eingeweiden und Blut schritt. Der Wechselbalg rührte sich nicht. Er war aufrichtig verwirrt; dieses Ding hatte er auf dem Weg zu seinem Ziel nicht gesehen. Er schaute in das Leben des Gesichts, das er trug, und fand einen Namen und einen Zweck für den … Automaten.

»Credence«, sagte er mit Ignis' Stimme. Der Automat trat einen Schritt vor. Sein linker Arm hing schlaff herab. Kabel und Rohre ragten aus halb abgetrennten Gelenken heraus.

Er rasselte einen Strom Maschinensprache herunter.

»Nein«, sagte der Wechselbalg. »Alles ist, wie es sein sollte.« Er wandte sich ab und ging weiter auf das Landungsschiff zu.

Credence regte sich nicht. Der Wechselbalg drehte sich um.

Der Automat rasselte wieder.

Der Wechselbalg schüttelte Ignis' Kopf.

»Bemerkenswert. Du hast recht. Ich bin nicht er.«

Der Automat versuchte die Waffen durchzuladen. Die Mechanismen klackten, als totes Fleisch und verbogene Metallteile sie verstopften.

Der Wechselbalg griff an. Credence schlug mit seinem verbliebenen funktionierenden Arm zu.

Der Wechselbalg wand sich unter dem verheerenden Schlag weg. Aus seinen Händen fuhren Klauen. Grünes und blaues Licht huschte statt Blitzen über sie hinweg.

Der Automat gab ein verwirrt klingendes Geräusch von sich.

Der Wechselbalg rammte beide Energieklauen in die Panzerung von Credences Torso. Der Automat erstarrte. Der Wechselbalg zog die Klauen zurück. Credence blieb noch eine Sekunde stehen, dann brach er auf dem Deck zusammen.

Die Klauen zogen sich in seine Hände zurück, als der Wechselbalg von der regungslosen Maschine fortschritt. Das Landungsschiff öffnete sich auf seinen Befehl hin und der Wechselbalg marschierte hinein.

»Bring mich zur Oberfläche«, befahl er dem Servitor-Piloten. »Zu Ahriman.«

Czetherrtihor spie Feuer. Weiße Hitze versengte die rauchige Luft.

Höllenbrut hob einen Arm aus der wogenden Dunkelheit. Ein Stab aus verdrehten Knochen rasselte in seiner Faust und Tausende Schädel daran schrien vor Wut. Der Atem des Titans begegnete dem Zepter und wurde von den Mündern und Augenhöhlen der Schädel verschlungen. Ctesias spürte, wie der Warp sich in den Knochen in einem Zyklon verlor. Höllenbrut lachte; es war das Geräusch berstender Schilde und fallender Mauern. Er ging zum Angriff über und seine Hufe zerschmetterten mit jedem Schritt den geschmolzenen Boden. Der Titan bellte und rannte ebenfalls los. Feuer und Rauch und ein metallisches Krachen dominierten die Szenerie. Die zerstörten Türme erbebten.

Höllenbruts Axt traf den Titan in der Brust. Die Gottmaschine fiel zurück. Das Dach eines Jadeturms explodierte unter seinem Fuß. Silber und brennendes Öl schossen aus einem Riss in seiner Panzerung. Höllenbrut wuchs immer noch und aus dem Rauch entstanden rote Muskeln, während er sich am Gemetzel um sich herum labte.

Das Geschütz an Czetherrtihors linkem Arm brach auseinander und zerlief wie Quecksilber. Die Waffe schüttelte sich und wurde zu einer Mähne aus Metalltentakeln. Der Titan schlug nach Höllenbrut und teilte Fell und Muskeln. Schwarzes Blut tropfte zu Boden. Die Tentakel spannten sich. Höllenbrut riss das Maul auf, warf sich vorwärts und vergrub die Zähne im Bauch des Titans. Czetherrtihor heulte auf. In den Türmen auf seinem Rücken schrien Priester und Magier in mitempfundenem Schmerz.

All das wirbelte in verschwommenen Schemen um Ctesias herum, während er durch das Feuer flog und die Schreie niederer Dämonen die Luft erfüllten.

Czetherrtihor riss sich aus Höllenbruts Kiefern los. Rüstungsbrocken, Sehnen und Blut fielen aus dem Riss in der Front des Titans. Höllenbrut schüttelte den Kopf wie ein Hund und schlang das blutende Metall herunter. Der Titan schwankte. Die Peitsche schwang halbherzig herum.

Höllenbrut sprang mit schlagenden Flügeln vor und hob ab. Er landete auf Czetherrtihors Rücken und zerschmetterte Bastionen aus Gold und Kristall. Der Titan wand sich. Der Dämon auf seinem Rücken nährte sich an seinem bevorstehenden Sieg und wuchs noch weiter. Der Titan feuerte seine Waffen ab. Wilde Speere aus Energie zuckten durch die Luft. Höllenbrut griff nach der Schulter des Titans und rammte sein Zepter in Czetherrtihors Schädel. Die Dämonen im Innern des Titans kreischten. Höllenbrut riss den aufgespießten Schädel zur Seite. Ein Hals aus Muskeln und Kabeln kam zum Vorschein. Höllenbrut hob die Axt und schlug zu.

Licht schoss in die Höhe. Höllenbrut richtete sich auf und hob Czetherrtihors abgetrennten Schädel zum Himmel, um seinen blutigen Gott zu ehren, während der Titan unter ihm zusammenbrach.

Ctesias sah es nicht; er hustete und spuckte, während die Scheibe vor der Manifestation des Hasses und der Wut floh, die er in die Schlacht geworfen hatte.

Der Warp war im Aufruhr, zerrissen und wild.

»Oh nein … Bitte …«, brachte er hervor, während die Scheibe panisch durch die Ruinen schwebte und der Lärm der Hexerei und der sich gegenseitig zerfetzenden Dämonen und Maschinen immer lauter wurde. »Bitte …« Aber sein Flehen war nicht genug. Ein weiterer Name bahnte sich den Weg zu seinem Mund. Er wusste nicht, was es war. Er sollte fertig sein; er sollte mit dem Athenaeum zu Ahriman unterwegs sein. Aber aus irgendeinem Grund war er nicht dort, sondern kniete auf einer dahinrasenden Silberscheibe, während ein weiterer Name aus den Tiefen seiner Seele brach. Und Ahriman war weit weg.

Dann ein Gedanke, kalt wie Eis und Silber.

Warum hatte er das Athenaeum mitgenommen? Die Fragen gingen weiter, brachen wie Geschosse durch den ausgedehnten Moment, während sich ein Wort immer wieder aufzwang.

Warum?

Warum?

Warum?

Er sah das Athenaeum vor sich, wie es in seinem Käfig die Hand nach ihm ausstreckte.

»Ctesias, bitte …«, sagte es. »Befrei mich. Hör mir zu. Befrei mich.« Und dann hatten sich seine Lippen bewegt, aber er hatte sich danach nicht mehr daran erinnern können, was es gesagt hatte. Auf der Scheibe, die über den Planeten der Zauberer taumelte, konnte er es immer noch nicht, aber er wusste, dass die Antwort nahte.

Sie kletterte mit scharfen Klauen seine Kehle hinauf und zwängte sich durch seine Zähne.

Der Rubrica-Zauber begann und die Schlacht wirbelte um ihn herum. Von oben gesehen war der Zauber ein goldener Lichtkreis inmitten eines Ringes aus tosenden Flammen. Dahinter wüteten Blitze über der Zerstörung, als Dämonen auf die Armeen des Planeten stießen. Dieses äußere Band war eine Gezeitenlinie aus Tod und zerbrochener Realität. Leichen stapelten sich in den verbrannten und geschmolzenen Ruinen. Dämonen sprangen über die Inseln aus Schutt, die in den Himmel aufstiegen wie Blasen aus Öl. Flüsse aus Blut wanden sich an Gebäuden empor. Dinge stiegen aus den Toten auf, als halb verbannte Dämonen sich mit zerfetzten Leichnamen vermischten. Akolythen in farbigen Roben schritten zwischen den Horden der Mutanten. Riesige Kreaturen ohne Augen oder Ohren schwangen kupferne Glocken über den Häuptern. Jeder Schlag sandte glühende Klänge in den Himmel und riss Dämonen aus der Luft zu Boden, wo sie zerbarsten.

Noch weiter weg, zwischen den noch stehenden Gebäuden trafen Turbolaser auf kilometerbreite Kinetschilde, als die Schiffe im Orbit ihr Feuer über die Oberfläche schweifen ließen. Türme brachen aus dem Fels und strebten wie Speere den Kriegsschiffen entgegen. Gleißende Lichtstrahlen zuckten aus ihren Dächern in die Höhe. Dämonenmaschinen kreisten um die silbernen Spitzen wie Krähen.

Überall auf dem Planeten erwachten seine Bewohner und zogen in den Krieg.

Aus der Ferne glich die Schlacht einem sich ausbreitenden Rund der Vernichtung. Nur in ihrem Herzen war es still wie im Auge eines Sturms.

Doch diese Stille war eine Lüge.

Ahriman sah die Schlacht, die er im Reich seines Vaters entfacht hatte, und spürte, wie der letzte und größte Spruch durch ihn hindurchging.

Er kam in Worten und Symbolen und unter großen Schmerzen. Die Worte waren die Detonationen von Boltgeschossen, die Symbole der Geschmack von Blut im Mund eines sterbenden Mutanten, die Schmerzen das Gefühl, wenn ein silberner Turm in sich zusammenfiel und zerschellte. Alles war in seinem Bewusstsein, in immer feineren Einzelheiten, bis hin zur Bewegung von Dingen, die zu klein und zu fremdartig waren, um ihnen Namen zu geben. Er sah alles.

Er war schon einmal hier gewesen, doch beim ersten Mal war der Rubrica-Zauber sorgfältig geplant, vorbereitet und durchgeführt worden. Dieser Rubrica-Zauber war ein urtümliches Brüllen reiner Macht.

Er konnte nichts tun.

Er konnte alles tun.

Das Universum war seine Leinwand.

Die Zeit war ein Faden in seiner Hand.

Er war der Mittelpunkt eines Auges, das die Existenz sah und sie dadurch wahr machte.

Er konnte die einzelnen Geister seiner Brüder nicht spüren; er konnte sie nicht von denen seiner Feinde unterscheiden. Er konnte nicht sagen, wo der Warp aufhörte und er anfing.

Ich bin kein Gott. Der Gedanke fühlte sich an wie eine Nachricht. *Ich bin nicht so mundan.*

Ich bin Wille und Sicht und die Kraft der Menschen mit unsterblicher Macht.

Fürchtet mich.

Er spürte, wie sein Wesen sich ausdehnte und ausdehnte.

Hasst mich.

Er brauchte sie jetzt. Die letzten seiner Brüder. Er brauchte Ctesias und Ignis und Kiu und Gilgamos und Gaumata. Er brauchte sie bei sich.

Bemitleidet mich.

Der Rubrica-Zauber breitete sich aus und sein Halo leuchtete hell im eisernen Schatten der Kriegsschiffe. Er war nicht die Schöpfung von Jahren oder Jahrhunderten oder Jahrtausenden, sondern einer

Existenz. Er hatte diesen Zauber sein Leben lang gewirkt, und nun erlebte er sein Ende, seine Summation.

Rubrica … Ein Wort, das in einer alten Sprache ›Anleitung‹ bedeutet hatte. Ein Imperativ. Ein Befehl.

»Erneuerung«, sprach er in die Stille. Die Realität hörte ihn. Und gehorchte.

XXI
ANFÄNGE

Iobel brauchte Jahre, um die Stadt zu erreichen. Als sie sie schließlich sah – wie sie über ihr aufragte wie Korallen aus Silber und Bronze –, glaubte sie nicht, dass sie real war. Sie stand schwankend unter dem blauen Himmel.

Ihre Robe war nur noch ein Umhang aus Lumpen. Der blaue Stoff war grau geworden. Die Jahre des Laufens durch Höhlen und Wüsten, vom lichtlosen Dunkel in hellen Sonnenschein: Sie hatte jeden Schritt gespürt und jeden Umlauf von Sonne und Mond gesehen. Einen großen Teil der Zeit war sie einfach ziellos weitergegangen und hatte sich kaum an die Worte des Karminroten Königs erinnert. Einmal hatte sie sich hingesetzt und war mehrere Monate lang am gleichen Fleck geblieben, während Tag und Nacht über ihr vorbeigezogen waren.

Wie viel Zeit war für Ahriman vergangen, seit sie ins Labyrinth gegangen und zurückgekehrt war? Waren ihre Jahre auch seine gewesen? Waren es Tage, Stunden, Sekunden gewesen? War es die Zeit gewesen, die er brauchte, um zu blinzeln?

Sie hatte über das Sterben nachgedacht, doch der bloße Gedanke hatte nichts geändert, ebenso wenig wie sich im Sand zu ertränken oder sich die Pulsadern aufzuschneiden. Sie hatte keine Lungen zu füllen und kein Blut, um den Sand zu benetzen. Sie wusste nicht, was sie war, aber sie konnte nicht sterben. Weder das Land noch die Reise würden es zulassen.

Sie war als Pilgerin ohne Ziel weitergegangen und die Worte des Karminroten Königs hatten sie begleitet.

»Es fängt da an, wo alles beginnt …«, rief eine Stimme im Wind.

Sie hatte versucht, ihre Schritte zum Eingang zum Labyrinth zurückzuverfolgen. Die Berge waren noch da, gezackte Schatten am Rand der Welt, aber sie kamen niemals näher, ganz egal, wie lange sie ging oder wie sehr sie sie anstarrte. Die Stadt lag am anderen Ende des Himmels. Sie hatte versucht, von ihr wegzugehen, aber jedes Mal, wenn sie blinzelte oder den Blick kurz abwandte, war sie wieder da.

»Es beginnt mit Blut und Schuld«, sagte die Erinnerung. *»Es beginnt im Inneren.«*

Im Inneren.

Sie gab es auf, die Stadt aus dem Blick zu verlieren.

Ist es unvermeidlich? Habe ich eine Wahl? Warum habe ich auf den Karminroten König gehört?

Sie war eine Inquisitorin. Sie existierte, um die Entscheidungen zu treffen, die andere nicht treffen konnten, um sich zwischen Möglichkeiten zu entscheiden, die schrecklich waren, und jenen, die noch schlimmer waren.

»Du bist das Urteil«, hatte er gesagt, aber wenn sie *das Urteil* war, dann wusste sie nicht mehr, worüber. Sie *war* einfach nur noch, ein Stück Treibgut in einem Traum, das ebenso sehr durch Sturheit und Gewohnheit zusammengehalten wurde wie durch Willenskraft. Sie musste den Worten des Karminroten Königs nicht folgen. Ihnen haftete der Geschmack von Schlangengift an und sie erinnerten sie an eine verschlossene Kiste voller Klingen. Absichten und Möglichkeiten lauerten auf jedem Pfad, den sie nahm, und sie war sich nicht sicher, welche Entscheidung wirklich diejenige war, die sie treffen musste.

Wenn ich Ahriman aufhalten soll, wie kann ich das von innen heraus tun?

Von innen heraus …

Mit diesem Gedanken war die Stadt näher gekommen und immer weiter in die Höhe gewachsen, während sie zusah. Sie hatte einen Schritt auf sie zu gemacht und den Blick geradewegs auf sie gerichtet. Sie wurde größer, als hätte sie eintausend Schritte gemacht. Sie ging noch einen und noch einen; ihre Füße verschwammen und der Sand stob hinter ihr in einer Wolke auf. Die Türme erhoben sich höher und höher. Fenster und Brücken aus Bronze glitzerten im Sonnenschein. Sie rannte, ohne zu wissen, warum, und der Staub stach ihr in die Augen.

Sie hielt an. Unter ihren nackten Füßen spürte sie die Kühle einer Marmorstufe. Der Palast aus Ahrimans Erinnerung war fort. Eine Stadt aus schwarzem Glas und glänzendem Stein hatte ihn ersetzt. Türme hoben sich und versanken wieder wie Wellen, die sich an Klippen brachen. Brücken und Wände veränderten sich. Türen schwangen auf und verschwanden wieder.

Nach kurzem Zögern stieg sie die Treppe hinauf. An ihrem Ende erwarteten sie zwei geöffnete Türflügel. Als sie näher kam, sah sie, dass sie schief in den Angeln hingen und das schwarze Holz gerissen und verwittert war. Es fühlte sich an wie etwas, das einst wichtig gewesen nun aber unter bedeutenderen Dingen erdrückt worden war. Sie sah nach oben, als sie die Schwelle überschritt. Wissen in der Form von Steinmetzarbeit erhob sich zur Sonne.

Wo hat es angefangen?, dachte sie und stellte fest, dass sie den verzierten Holzsplitter wieder in der Hand hielt. *Wo beginnt alles für Ahriman?*

Dann war sie durch die Tür und kühle Schatten umfingen sie. Sie schritt durch Korridore aus Marmor. Lichtstrahlen fielen durch verhangene Fenster. Risse spalteten die Bodenfliesen. Sie passierte Türen aus bemaltem Holz, rohem Eisen und geblasenem Glas. Jede von ihnen war anders, jede einzigartig. Sie erkannte die Gänge und ihren Geruch nach kaltem Staub wieder, doch sie erkannte keine der Türen. Ein seltsam behagliches Gefühl machte sich in ihr breit, als sie sich vom Eingang entfernte. Diesen Ort hatte sie schon einmal besucht. Sie kannte ihn.

Sie ging willkürlich nach links und rechts, stieg ohne nachzudenken Treppen hinauf oder hinab, doch sie fand nie den Weg ins Innere der Stadt, nur die Gänge und die Türen und den Geruch der Zeit als Staub.

Geräusche drangen durch die Türen: Stimmen, Schreie, Klagen. Sie kannte sie; sie war schon zuvor durch diese Korridore geschritten. Sie sah nicht auf den Holzsplitter, den der Junge ihr vor so langer Zeit an einem Feuer in der Wüste gegeben hatte. Sie wusste jetzt, was er war. Sie hätte es früher erkennen sollen.

Sie fand mehrere zerstörte Türen; manche waren ohne Rahmen, andere aus den Angeln gerissen, wieder andere gespalten, als hätte sie jemand mit einer Axt zerschlagen. Keine war mit Vögeln oder einer Sonne verziert, und sie fand auch keine intakte Tür, die dem Stück in ihrer Hand entsprach.

Letzten Endes fand die schwarze Tür sie zuerst. Sie ging um eine Ecke und sah sie. Die Tür bestand aus Obsidian, der so glänzte, dass sie sich darin spiegelte, und hatte weder Griff noch Angeln. Sie zog Iobel magisch an. Sie spürte etwas hinter dem Stein, etwas, das ihre Haut jucken ließ und alle Gedanken an das, was sie tat, einfach fortblies. Bevor sie es sich versah, stand sie davor und streckte die Hand nach der Tür aus, deren Oberfläche wie flüssige Nacht glänzte.

»Geheimnisse«, sagte jemand hinter ihr. Sie fuhr herum. In der Wand ihr gegenüber klaffte ein Loch. Dunkle Holzsplitter rahmten einen Balkon und den Blick in die Wüste dahinter ein. Ein Junge mit dunklen Haaren saß am Rand des Balkons und warf bunte Steine in die Luft, um sie dann wieder aufzufangen. Er hatte die Augen geschlossen. Hinter ihm sah sie kleine Fußabdrücke über die Dünen verlaufen und in der Ferne verschwinden.

»Geheimnisse liegen hinter dieser Tür«, sagte der Junge. Er warf einen Stein in die Höhe und er blieb auf halbem Wege vor seinem Gesicht in der Luft hängen. Er drehte ihr den Kopf zu und schlug die Augen auf. Der Stein fiel herab. Er fing ihn, ohne den Blick von ihr abzuwenden. »Du solltest sie nicht ansehen. Darum sind sie geheim.«

Sie sah ihn an, dann die zerschmetterte Tür zwischen ihnen. Vögel zogen sich über ein zerbrochenes Paneel, das an den Überresten des Rahmens hing. Sie zog den Splitter aus ihrer Tasche und hielt ihn zwischen Daumen und Zeigefinger hoch.

»Deins?«

Der Junge schnaubte.

»Es ist nur ein Stück der Tür.«

Sie schritt durch den geborstenen Rahmen und über den Balkon. Der Junge ließ die Beine über den Rand baumeln, als sie sich neben ihn setzte.

»Der Anfang aller Dinge?«

Der Junge nickte und lächelte, doch das Lächeln wirkte alt auf seinem jungen Gesicht.

»Ja.«

»Und das Ende.«

Er zuckte mit den Achseln und sah in die Wüste hinaus. Sie folgte seinem Blick. Ein dunkler Fleck erhob sich zwischen den Dünen und dem Himmel.

»Ein Sturm zieht auf …«, sagte sie und runzelte die Stirn, als in der Ferne ein Blitz einschlug. Ein warmer Geruch stieg ihr in die Nase.

»Ich bin vor diesem Sturm hergelaufen«, sagte der Junge und warf einen anderen Stein in die Luft. »Er ist riesig, ein echtes Monstrum.«

»Wenn dieser Raum Teil von Ahrimans Gedächtnis ist, was ist dann dieser Sturm?«

Der Junge zuckte wieder mit den Achseln. Er sah nicht sie an, sondern zwei kleine Steine, die über seinen Handrücken rollten. Ihr fiel auf, dass sie beide nicht glatt waren, sondern in Form eines Skarabäus geschnitzt waren. Das Gesicht des Jungen zuckte und sein Stirnrunzeln wurde noch ernster.

»Er ist mein Bruder, musst du wissen. Ganz egal, was er sonst noch ist, das ist er immer.« Seine Augen waren groß, als er sie wieder ansah. »Mein Bruder.«

»Das meinst du wörtlich«, sagte sie mit stockendem Atem, »nicht wahr? Du bist nicht die Erinnerung an einen Legionskrieger. Du bist Ahrimans wahrer Bruder, ein …«

»Blutsverwandter«, schloss der Junge. »Ja, ich war auch sein Legionsbruder, aber das kam … später. Wir wurden hier geboren, im Achämenidenreich auf Terra.« Er sah hinaus in den nahenden Sturm. »Unser kleines Reich gelobte dem Herrn der Menschheit die Treue, als er Terra zur Thronwelt des Imperiums machte. Wir gelobten ihm unsere Loyalität und wir gaben ihm unsere Kinder für seinen Großen Kreuzzug. Wir wurden zu einem kleinen Teil eines großen Traums.« Er hielt inne und biss sich auf die Lippe; seine Augen richteten sich auf etwas, das nur er sehen konnte. »Wir wurden beide zur Legion gegeben. Wir haben gemeinsam die Prüfungen absolviert und haben gemeinsam unsere Menschlichkeit hinter uns gelassen. Wir lernten den Krieg kennen, die Ehre und die Bruderschaft, die Krieger miteinander teilen.« Er legte die beiden Skarabäussteine neben sich auf den Boden. Einer war grün, der andere blau.

Iobel betrachtete die Steine und schüttelte den Kopf.

»Als ich noch am Leben war, habe ich alle Aufzeichnungen gelesen, die es noch von den Thousand Sons gab. Nirgends stand etwas davon, dass Ahriman einen Bruder hatte. Ich habe dich auch nirgendwo sonst in Ahrimans Erinnerungen gefunden.«

Der Junge lachte hell und klar.

»Die grundlegende Natur der Realität ist Verlust, langsamer Wandel und noch langsamerer Verfall. Wissen ist dagegen nicht gefeit. Dort, wo ich herkomme, gab es Ruinen, seltsame Monolithen draußen im Sand. Niemand wusste, wer sie erschaffen hatte oder wann. Sie hätten Jahrhunderte oder Jahrtausende alt sein können. Niemand wusste die Antwort. Sie wussten nicht einmal, wo sie die Fragen finden konnten.«

Er zögerte. Ein Blitz zuckte über den Horizont.

»Wie lautet dein Name?«, fragte sie.

»Ohrmuzd«, antwortete er. »Mein Name war Ohrmuzd.«

Knekku rannte durch das Labyrinth. Vor ihm war Avenisi nur noch als Schemen aus Fell und Muskeln zu erkennen. Er spürte, wie sein Herz immer langsamer schlug.

»Wie weit noch?«, rief er.

Avenisi antwortete nicht. Kristallene Wände und Treppenstufen huschten an ihm vorbei. Stimmen und Spiegelbilder jagten ihm nach. Er ignorierte sie. Magnus' Worte hallten im Takt seiner Schritte und seines Atems in seinem Kopf wider.

»Der Rubrica-Zauber kann nicht aufgehalten werden«, hatte Magnus gesagt.

»Er muss –«

»Er kann nicht aufgehalten werden, weil er bereits begonnen hat.« Die Worte hatten Knekku erstarren lassen. »In der Welt, in der du mit einem Dolch in einem Herz darniederliegst, hat er vor einundneunzig Sekunden begonnen.«

Die Wände des Labyrinths kreischten und bewegten sich. Passagen teilten sich. Türen schlugen auf und verschwanden. Boden und Decke rotierten und falteten sich wie Papier zusammen. Der einzige Fixpunkt war Avenisi, der vor ihm hersprang und dessen Fell ständig die Farbe wechselte.

»Er muss aufgehalten werden können«, hatte er gesagt. »Wir können den Kreislauf durchbrechen, den –«

»Es wird nicht funktionieren.« Magnus hatte ihn mit einem Kopfschütteln unterbrochen. »Der Rubrica-Zauber hat mittlerweile so viel Schwung, dass er so oder so sein Ende erreichen wird. Der Warp wird nichts anderes zulassen.«

»Dann hat alles, was Ihr mir erzählt habt, keinen Sinn.«

»Es hat einen Sinn«, hatte Magnus gesagt, und Knekku hatte gedacht, etwas in seinem narbenübersäten Gesicht gesehen zu haben, etwas wie Kummer. »Der Rubrica-Zauber wird sein Ziel erreichen, aber dieses Ziel kann … geändert werden.«

»Wie?«

Avenisi huschte um eine Ecke. Knekku schlitterte hinter dem Dämon her. Ein Durchgang aus Kristall und Silber erwartete ihn. Er blieb stehen. Jenseits der Tür lag absolute Finsternis. Avenisi sprang vor und sein Fell nahm die Farbe flackernden Feuers an. Knekku rührte sich nicht. Der Dämon drehte sich vor dem Portal um.

»Komm. Dir läuft die Zeit davon.«

Knekku machte einen Schritt, doch dann blieb er wieder stehen.

»Dieser zweite Rubrica-Zauber ist in vielerlei Hinsicht anders«, hatte Magnus gesagt, »aber es gibt eine zugrundeliegende Veränderung, die alle anderen überschattet.«

Avenisi fauchte ungeduldig, aber Knekku reagierte nicht.

»Der erste Zauber war eine Anrufung, die die Natur der Realität verändern sollte. Der zweite wird die Dinge ebenfalls ändern, aber er ist nicht einfach nur ein Ritual. Er ist ein Opfer.«

Er schloss die Augen. Er war seinem Vater und Herrn gegenüber immer treu gewesen. Er hatte viele Dinge gesehen und getan, um dieser Treue gerecht zu werden, Dinge, die ihm jedes letzte bisschen mentale Kontrolle abverlangt hatten.

»Ahriman wird etwas anbieten im Austausch für das, was er zu erreichen glaubt.«

Knekku hatte das Schweigen nicht gefüllt. Er hatte die Antwort spüren können, auch ohne die Frage zu stellen. Magnus hatte genickt, als hätte er die unausgesprochenen Gedanken gehört.

»Er wird sich selbst anbieten. Er stirbt und die Legion lebt.«

Knekku schlug die Augen auf und ging auf die Tür zu. Nach zwei Schritten rannte er. Avenisi war an seiner Seite. Die Schwärze hinter der silbernen Tür umfing ihn, dann fiel er ins Nichts.

»Er wird sterben?«

»Wenn er das tut, wird er mich zerstören, den Karminroten König und die Legion, die er retten will.«

»Aber wenn Ihr recht habt und es bereits begonnen hat …«

»Ja, das hat es, aber es ist noch nicht zu Ende«, hatte Magnus gesagt. »Noch nicht.«

»Ich war real, Iobel«, sagte Ohrmuzd. »Ich habe gelebt und geblutet und für meinen Imperator gekämpft, für die Ideale, die die Menschheit hätten verändern sollen.«

Iobel atmete aus und ließ den Blick über den Balkon und die Gedächtnisstadt dahinter schweifen.

»Warum hält er die Erinnerung an dich hier fest, Ohrmuzd?«

»Weil ich nicht mehr lebe. Der Fleischeswandel kam über unsere Legion, als wir noch ohne die Führung eines Primarchs waren.« Er atmete tief ein, und wieder sprach der Junge mit der Bitterkeit eines alten Mannes. »Er hat uns das Herz herausgerissen, hat die besten von uns in Monster verwandelt … Wir taten alles in unserer Macht Stehende, um ihm Einhalt zu gebieten, aber wir konnten ihn nicht aufhalten. Bis wir Prospero fanden. Bis wir Magnus fanden.«

»Ich weiß. Ich habe diese Zeit mit Magnus' Augen gesehen und die Berichte gelesen, die aus jener Zeit noch existieren. Magnus hat euch nicht gerettet. Er hat euch in die Verdammnis verkauft.«

Ohrmuzd nickte.

»Ja. Das hat er. Er hat unsere Seelen gegen eine Zukunft getauscht. Zumindest für einige von uns.«

Er schwieg wieder.

»Der Fleischeswandel …«, sagte Iobel, und er nickte einmal.

»Er kam über mich und ich habe ihn nicht überlebt. Ich bin gestorben, aber ich lebe in meinem Bruder weiter, als Dorn der Schuld, der in *seiner* Seele feststeckt, die Saat des Strebens.«

Iobel erschauderte.

»Du … Du bist der Anfang.«

Der Junge fuhr mit den Fingern über die Steine und sie begannen, seine Hand zu umkreisen. Er sah ihnen wie gebannt zu.

»In jeder Katastrophe, die der Legion zustieß, sah er mich. In jedem Scheitern, in jeder Gelegenheit, seine Genbrüder zu retten, in jeder

Wendung des Schicksals sah er mich und die Tatsache, dass er es nicht geschafft hatte, mich zu retten. Er hielt mich hier unten in den tiefsten Tiefen seiner Erinnerung hinter einer Tür, die er niemals öffnete. Jede andere Erinnerung an mich hat er mit der Zeit ausgelöscht, bis ich nur noch in einem einzigen Moment in seiner Vergangenheit lebte.«

»Als ihr Kinder wart. Vor der Legion.«

Ohrmuzd lächelte.

»Der Tag, bevor wir zur Legion gingen, der letzte Tag, bevor sich alles veränderte. Dieser Tag …« Er deutete auf den Balkon und die Wüste. Der Sturm war näher gekommen. Gezackte Lichtbahnen peitschten über die schmutzige Staubwolke. »Ich war ein Gefangener seines Gewissens, eine Perle der Schuld und der Selbstverachtung tief in seinem Kern.«

»Aber jetzt bist du frei.«

»Frei …? Niemand von uns ist frei, Iobel. Wir sind alle nur Träume von Menschen, ganz egal, was wir denken oder fühlen. Ich bin Ohrmuzd, ja, aber ich bin ebenso Ahriman. Genau wie der Geist von Amon dort draußen in der Wüste Ahriman ist. Genau wie du Ahriman bist.«

»Nein«, sagte Iobel. Der Sturm raste über die Dünen. Der Wind zerzauste ihr Haar. Sie roch die elektrische Ladung in der Luft. »Nein … Ich bin Selandra Iobel. Ich bin eine Anomalie, ein Geist. Ich habe das Labyrinth des Warp beschritten. Ich habe mit dem Karminroten König gesprochen. Ich –«

»Du glaubst eine Lüge. Du bist eine Erinnerung, eine Metapher für einen Aspekt eines Geistes, der so komplex ist, dass er einen Teil seiner selbst in seine eigenen Tiefen aussenden kann und sogar darüber hinaus. Magnus ist im Reich des Warp in viele Stücke zersplittert, aber Ahriman ist im Inneren seit langer Zeit zerbrochen. Du bist nur ein Teil von ihm, der den gestohlenen Mantel einer Erinnerung trägt.«

Sie atmete schwer und versuchte aufzustehen. Der Sturm war ein stumpfer ockerfarbener Vorhang, der über Himmel und Wüste zog. Dicke Regentropfen fielen vom Himmel. Sie zitterte. Sie musste verschwinden. Sie …

… wurde ganz still.

Der Sturm brach über den Balkon herein. Blitze zerrissen den Himmel. Sturzbäche ergossen sich in braunen Strömen über die Dünen. Sie rührte sich nicht. Es bestand kein Grund dafür.

Sie konnte es sehen, ihren Drang, Magnus zu finden, den unerklärlichen Willen, der sie gedrängt hatte, die Antworten zu Ahrimans Mysterien zu finden.

Sie sah den Jungen an und nickte.

»Ich weiß«, sagte sie. »Ich denke, ich habe es immer gewusst. Seit ich gestorben bin. Ich habe mir einfach nur …«

»Gestattet, etwas anderes zu glauben.«

»Du, Amon, die Wüste …«

»Eine Reise der Entscheidungen, ein Streitgespräch in Ahrimans Geist, wenn auch unter allen Ebenen seines Bewusstseins.«

»Der Karminrote König, das –«

»Ein Vater, der zu seinem verstoßenen Sohn spricht, durch den einzigen Teil seines Geistes, der ihm zuhört.«

»Welcher Teil von ihm bin ich?«

»Der Teil, der ihn verurteilt. Der Teil, der wünschte, er wäre noch ein treuer Diener des Imperiums. Zumindest gehe ich davon aus.«

»Und du?«, fragte sie.

Der Sturm tobte um sie herum. Der Tag war zu regengepeitschtem Zwielicht geworden.

»Ich bin zwei Dinge«, sagte Ohrmuzd. »Ich bin seine Schuld, und sie ist der Anfang von allem, was er ist. Und ebenso, wie ich sein Anfang bin …« Ein Blitz spiegelte sich in seinen Augen. Sie leuchteten wie die Augen eines Schakals, der um den Rand eines Feuers pirscht, wie Silbermünzen. »… bin ich auch sein Ende. Ich bin, was ihn in den Tod treibt und dann kommt, um seine Seele einzufordern. Das ist die Sache an Obsession. Am Ende fordert sie immer den einen Preis, der zählt.«

»Warum bin ich hier? Der Karminrote König sagte, ich müsste Ahriman aufhalten. Er sagte, dass auch dieser Rubrica-Zauber fehlerhaft sei, dass er in der Zukunft großen Schaden anrichten würde.«

Ohrmuzd lächelte durch den Regen, dann legte er den Kopf in den Nacken und lachte.

»Die Zukunft … Großer Schaden … Du kannst ihn in deinen eigenen Worten hören, habe ich recht?« Seine Augen leuchteten immer noch wie Silber. »Du bist hier, weil eine Wahl getroffen werden muss. Der Karminrote König wusste das, und er wusste auch, dass es nur einen Weg gab, diese Wahl zu beeinflussen, und der war, über dich zu gehen.«

Der Junge stand auf und schüttelte sich den Regen von der Haut wie ein Hund. Er legte den Kopf schief, lächelte und zeigte eine rosafarbene Zunge. Iobel spürte ihre Haut prickeln, wo der Regen sie berührte. Ein Blitz schlug nahe des Balkons im Boden ein. Weißes Licht vertrieb die Dunkelheit. Iobel hob die Hand an die Augen. Als sie sie wieder senkte, stand der Junge näher an ihr. Sein Umriss verschwamm mit den Regentropfen, die auf ihn prasselten. Er machte einen weiteren Schritt auf sie zu und krümmte den Rücken, schien jedoch gleichzeitig zu wachsen. Seine silbernen Augen leuchteten über seinem rosafarbenen Lächeln.

»Welche Wahl ist das?«, fragte sie und spürte, wie das Eisen in ihrer Stimme in ihre Glieder fuhr.

»Die letzte und einzige Wahl, Iobel«, sagte er, und sie sah den Regen von dunklem Fell abperlen, sah, dass sein Gesicht zu einer langen Schnauze voller scharfer Zähne geworden war. »Leben oder Tod.«

XXII
VERLUSTE

Ahriman ... Ahriman ... Ahriman ...

Er hörte seinen Namen. Er war überall um ihn herum, fädelte sich durch die Namen all seiner Brüder. Der Rubrica-Zauber war zu einem Chor geworden. Er war in seinem Zentrum, doch ebenso sehr an seinem äußersten Rand. Er flog nicht durch eine Substanz, sondern durch die Existenz. Er sah alles. Er fühlte alles. Jedes Atom und wie es entstanden war, jede Kausalität bis zu ihrem Ende.

Sie konnten es alle fühlen. Jeder der Thousand Sons fühlte es, ganz egal, wo er war oder wie viel Raum und Zeit ihn von Ahriman trennte. Es gab keinen Raum. Es gab keine Zeit. Sie waren alle eins, und alles andere hatte weder Bedeutung noch Macht. Er war Sar'iq, dessen gefiederte Schwingen ihn einen Kilometer entfernt über einen schwarzen Turm trugen. Er war Kiu, der neben ihm Wache hielt. Er war Khayon auf der Brücke seines Schiffes, der die Augen schloss, als seine Gedanken eine Sekunde lang von Schmerz berührt wurden.

Er hielt sie alle und einen Moment lang sah er sie alle, vom größten Kriegermagier bis zum letzten leeren Rubrica-Marine.

Dann kam die Stille.

Der Wirbel der Visionen endete, und die Stimmen in ihm schwiegen.

Auf dem Planeten der Zauberer erstarrten Finger an Abzügen und Atem stockte in Lungen.

Dies ist der Höhepunkt, dachte er und wusste, dass er der einzige Gedanke war, der durch die Millionen Geister um ihn herum ging. Der Rubrica-Zauber hatte seine größte Ausdehnung erreicht. Er war eine gespannte Feder, die nur darauf wartete zu explodieren, darauf wartete zu werden, was er erschaffen hatte.

Er hörte Stimmen, ein leises Flüstern inmitten des Sturms aus Worten und Namen.

Ich will nicht sterben, sagte eine leise Stimme in ihm.

Du verdienst es nicht, zu sterben, sagte eine andere.

Ist das die Erlösung, die du suchst?, fragte die Stimme von Magnus.

Dies ist die einzige Erlösung, die mir gewährt werden kann.

Iobel lachte. Es war das einzige, was ihr blieb. Das Monster, das einst Ohrmuzd gewesen war, kam näher. Regen glitzerte in seinem schwarzen Fell. Sein Atem drang in weißen Wolken durch die Reißzähne. Seine Arme wurden länger, die Nägel wuchsen zu langen Klauen.

»Verrate mir eins«, sagte sie mit eisiger Verachtung. »Wenn dies ein Krieg der Selbstverachtung in einer Welt aus Träumen und Metaphern ist, wie kommst du auf die Idee, dass du einen Vorteil hast?«

Ohrmuzd lachte; es war ein Bellen wie Donnerhall. Er ging in die Hocke und sprang. Iobel sah, wie er mit weit aufgerissenem Maul durch den Regen flog. Sie sprang ihm entgegen. Panzerung bildete sich um sie herum. Silberne und schwarze Platten schoben sich über ihre Muskeln. Rabenschwingen spreizten sich in der feuchten Luft. Ein Streitkolben nahm in ihrer Hand Gestalt an, noch während sie zuschlug. Ohrmuzd versuchte auszuweichen, aber sie war schneller. Der Streitkolben traf seinen Kiefer. Zersplitterte Zähne flogen davon. Der Aufprall schüttelte seinen Schädel durch. Er fiel zurück und schwarzes Blut quoll aus den Überresten seines Mauls. Iobel schlug mit den Flügeln und blieb in der Luft stehen.

Seine Hand schoss vor und sie spürte, wie seine Klauen die Beinpanzerung durchdrangen und tief in ihr Fleisch schnitten. Ohrmuzd sank in die Tiefe, und sie fiel mit ihm.

Sie schlugen am Boden auf und rollten über den Stein des Balkons. Blut spritzte auf, als sie sich wieder und wieder überschlugen. Iobel packte Ohrmuzds gebrochenen Kiefer mit der freien Hand und zog daran. Er heulte auf. Sie hob den Streitkolben und hieb ihn gegen seinen Schädel. Er trat nach ihr und traf sie mit einem Fuß. Sie wurde von ihm geschleudert. Ihre Flügel fingen den Wind ein und sie stieg hoch in die Luft. Ohrmuzd erhob sich mit knirschenden Knochen und blutigen Zähnen. Er packte seinen Kiefer und renkte ihn mit einem schnellen Ruck und einem hörbaren Knacken wieder ein.

»Du weißt, dass du nicht gegen mich kämpfen solltest«, rief Ohrmuzd. Seine Stimme war ein feuchtes Knurren. »Er war dein Feind. Willst du ihn nicht sterben sehen?«

Ein Blitz zerriss den Himmel über ihr. Iobel streckte die Hand aus und ihr Wille formte die Welt neu. Sie hielt den gleißenden Blitz in der Hand. Ihre Augen waren schwarze Löcher in ihrem Gesicht. Sie schleuderte den Blitz. Ohrmuzd verschwand, bevor er den Boden erreichte. Marmorsplitter stoben auf, wo er gerade noch gestanden hatte. Er kniete einige Meter abseits und sah sie an, ohne zu blinzeln.

»Ist das nicht die Strafe, die er verdient?«, knurrte er. »Für die Legion, die er zerstört hat, für all jene, die er unter seinen Füßen zu Staub zermahlen hat. Wir verdienen es, ihm dabei zuzusehen, wie er zu dem Staub zerfällt, aus dem er hervorgegangen ist.«

Sie warf sich auf ihn und schwang den Streitkolben. Er wich im letzten Moment aus. Der Boden splitterte unter ihrem Schlag. Sie drehte sich um, doch er war bereits bei ihr und rammte ihr die Klauen in die Seite.

Rot, das am Silber ihrer Panzerung herablief.

Schmerzen, die sie nicht verdrängen konnte.

Helle Lichter, die wie Sterne am Rand ihrer Wahrnehmung aufflackerten.

Feuchtes Eisen in zittrigen Atemzügen.

Es ist nicht real, dachte sie. *Nichts davon ist real.*

Sie erhob sich und legte die Flügel an.

Ohrmuzd umrundete sie. Die Klauenhände hingen locker herab.

Sie zwang ein bitteres Lächeln auf ihr Gesicht.

»Ich würde Ahriman und seine gesamte Verräterlegion nur zu gerne brennen sehen und dann in der Asche tanzen«, sagte sie. Der Streitkolben in ihrer Hand wurde schwer. Sie spürte ihre gebrochenen Rippen. Der Schmerz, der jeden Atemzug begleitete, fühlte sich äußerst real an.

»Aber ich diene einem höheren Zweck, und das, was ich wirklich will, hat nichts damit zu tun.«

Sie sprang vor. Der Streitkolben verschwamm, als sie wieder und wieder zuschlug und sich von ihrem Schwung von einem Angriff zum nächsten tragen ließ. Ohrmuzd lag am Boden und rutschte zurück; sie spürte jeden Aufschlag, spürte, wie die Luft zwischen ihren gefletschten Zähnen entwich. Die Wut in ihr war das Brüllen des Sturmes und das Toben der Blitze. Sie würde Ahriman nicht gewinnen lassen, sie würde ihm nicht die Erlösung des Todes gewähren, sie würde nicht –

Die Krallen zuckten schneller vor als das Licht am Himmel.

Der Streitkolben fiel aus Iobels Fingern. Sie sah nach unten. Blut. Ein Sturzbach aus Blut ergoss sich aus ihrem zerfetzten Hals. Plötzlich, zum ersten Mal überhaupt, fühlte sich gar nichts real an.

Ohrmuzd fing sie auf. Sie hob den Kopf und blickte ins Gesicht des Jungen. Der Regen lief ihm übers Gesicht. Seine Augen waren dunkel. Er berührte sie sanft an der Wange.

»Es ist vorbei«, sagte er.

Ihre letzten Worte waren ein ersticktes Gurgeln, das ihre Flüche verbarg.

Der Wechselbalg wappnete sich und hüllte sich in eine telekinetische Hülle ein, als die Warnsirenen ihr Crescendo erreichten. Das Landungsschiff war durch das Auge des Feuersturms herabgesunken und hatte oberhalb des Rituals geschwebt. Dann war eine einzelne Note der Macht aus dem Himmel niedergegangen wie ein Speer. Die psionische Stoßwelle war einen Sekundenbruchteil später gekommen. Purpurne Blitze zuckten durch den Innenraum. Der Servitor-Pilot stammelte sinnloses Rauschen, als seine Synapsen durchbrannten, dann schrie er ein letztes Mal seinen elektronischen Schmerz hinaus. Das Landungsschiff geriet ins Trudeln und wirbelte umher wie ein fortgeworfenes Kinderspielzeug.

Es schlug auf. Metallfetzen brachen aus seiner Unterseite. Das Glas unter ihm splitterte. Die Triebwerke brüllten. Flammen spielten über das Leitwerk, als der Treibstoff mit heißem Metall in Berührung kam. Die Tragflächen rissen ab und flogen davon wie Papier im Wind. Die Nase rammte etwas und das ganze Schiff überschlug sich und verging in einem Feuerball.

Der Wechselbalg befreite sich aus den Trümmern und schritt durch das Feuer. Die telekinetische Sphäre um ihn herum knisterte, als die Flammen an ihr leckten. Er konnte Ahriman nicht spüren, doch das musste er auch nicht. Die brüllende Energiesäule ragte über ihm auf wie ein Banner. Der Wechselbalg setzte sich in Bewegung. Seine Zeit war beinahe um.

Der Feuersturm verschwand, bevor er Ctesias erfasste. Die Scheibe drehte sich unter ihm und folgte dem einzigen Strang Willen in seinem Kopf, an dem er sich festhalten konnte.

Ahriman … Ahriman … Ahriman … Der Name war wie ein Seil, das ihn durch die Ruinen auf das Herz des Rubrica-Zaubers zu zog.

Der Wind peitschte seine Haut. Der Name drang aus seinem Mund, verzerrte die Luft vor seinen Lippen und brachte den Geschmack von Zimt und Zucker auf seine Zunge. Er war auf den Knien und hielt sich mit beiden Händen am bebenden silbernen Fleisch der Scheibe fest. Neben ihm schlug das Athenaeum um sich. Rotes Licht schien aus seinen Augen und seinem Mund. Risse breiteten sich auf seiner Haut aus, während sie schwarz wurde und sich vom Körper löste.

Stück für Stück kam der Name aus Ctesias' Geist und zog etwas Gewaltiges aus den Tiefen des Warp. Er spürte seine Gestalt, hörte seine unmenschlichen Gedanken, als es zurück in die Existenz gezwungen wurde. Er wusste, was es war, was in seinen Geist eingepflanzt worden war und durch das Athenaeum hergerufen wurde.

Warum?, wollte er schreien. *Warum geschieht das? Warum rufe ich den Karminroten König herbei?*

Aber die Fragen verschwanden und die Scheibe flog über die verbrannte Ebene auf das Zentrum des Rubrica-Zaubers zu. Auf Ahriman zu. Und der nächste Teil von Magnus' unsterblichem Namen kreischte über seine zerbrochene Welt.

Knekku keuchte auf. Eis prasselte zu Boden. Luft strömte in seine Lungen und Schmerzen rasten durch seinen Schädel. Seine Finger hielten immer noch den Dolch in seiner Brust. Er zog ihn heraus. Ein neues Keuchen. Halb gefrorenes Blut lief über seinen Bauch. Ihm schwamm der Kopf, als der Anblick des Labyrinths vor seinen Augen mit den harten Kanten der Realität kollidierte. Er stand auf. Der Dolch fiel ihm aus der Hand. Das Licht der Schlacht drang durch die Tür. Er tat einen Schritt. Die Wunde in seiner Brust heilte bereits; sein Geist fügte Adern wieder zusammen und richtete Knochen.

+Schneller, du Narr+, fauchte eine Stimme, die den Schmerz in seinem Kopf durchdrang.

Avenisi hatte die Katzengestalt abgestreift, die er im Labyrinth getragen hatte. Er flatterte näher und Knekku sah etwas, das wie eine gehäutete Fledermaus aussah. Mit jedem Flügelschlag beugte er das Licht und milchig weißes Gift tropfte von seinem zuckenden Skorpionschwanz.

+Hier ist die Zeit keine Illusion und sie läuft uns davon. Hörst du es nicht?+

Ein schriller Ton hallte durch die Luft und wurde immer lauter. Er musste ihn nicht hören; er konnte ihn in seinem Kopf spüren. Der Planet selbst kämpfte. Und verlor.

Er ging weiter. Befehle strömten aus seinem Geist. Rüstungsteile flogen von Ständern an der Wand und umhüllten seinen Körper. Ein Gedanke ließ seinen Speer durch die Luft und in seine Hand wirbeln. Sein Helm senkte sich auf seinen Kopf. Runensymbole huschten über sein Sichtfeld. Avenisi landete auf seiner Schulter und legte den Schwanz um seinen Hals. Mit schnellen Schritten war er durch die Tür und auf der Turmspitze.

Ihm bot sich ein Anblick der Zerstörung. Feuer und Rauch wallten aus einem Himmel voller Kriegsschiffe. Die Schatten von Titans schritten durch zerbrochene Türme. Hinter ihnen schillerte eine kreisrunde Ebene in reflektiertem Licht. Er sah und spürte Gestalten auf dieser Ebene, die in einem Muster angeordnet waren, das an seiner Willenskraft zerrte, sobald sein Blick darauf fiel.

Entsetzen machte sich in seinem Geist breit. Er verdrängte es. Gedanken flossen aus ihm heraus. Die Spitze des Turms erzitterte. Fleischige Verbindungen dehnten sich und rissen, dann brach sie vom Rest des Gebäudes und trug ihn in die Höhe. Er sah, wo sich Ahriman aufhielt. Ein Banner aus weißem Licht verband den gequälten Himmel mit dem geschmolzenen Boden. Er wandte sich im zu. Die schwarze Scheibe unter seinen Füßen zischte, als sie seinen Willen ausführte.

+Bruder.+

Er sah auf. Dunkle Schwingen peitschten die Luft, als sich Sar'iq zu ihm gesellte.

+Folge mir+, rief Knekku, und seine Scheibe schoss los. Neben ihm erhob sich Sar'iq wie ein Falke im Aufwind. +Ruf die anderen. Ruf alles und jeden.+

+Hast du den Karminroten König gefunden?+, rief Sar'iq. +Kehrt er zurück?+

Aber Knekku hörte ihn nicht und antwortete nicht. Das Feuer, die Zerstörung und die wuselnden Armeen waren nur Schemen aus Formen und Farben unter ihm. Sein Blick war auf das Herz der Spirale aus Licht und Tod gerichtet, wo er sich Ahriman stellen und das Leben des Exilanten retten würde.

Wird es wie das Feuer sein, das meine Welt vernichtet hat?, fragte Astraeos. Die *Monolith* heulte. Er spürte, wie sich einzelne Stränge seiner Gedanken lösten, während der Warp ihn durchfuhr. Das Licht ihres Ziels wurde vor ihm immer heller.

Er konnte spüren, wie der Dämon durch seine Gedanken glitt, ihn nahe bei sich hielt. Er verlor Dinge aus seinem Geist. Er spürte, wie sie von ihm abfielen, aber wenn sie erst einmal fort waren, wusste er nicht mehr, was sie gewesen waren.

Wird es brennen, wie meine Welt gebrannt hat?, fragte er den Dämon.

Ja, sagte der Dämon.

Was war meine Welt?

Sie war dein Zuhause.

Und sie hat gebrannt?

Das hat sie.

Warum?

Seinetwegen.

Wegen Ahriman?

Ja.

Er war mein Bruder. Er war mein Freund.

Er ist dein Feind.

Er ist mein Feind.

Sie erreichten ihr Ziel. Der Warp vor ihnen siedete und blutete, während Krieg und Hexerei ihn zerrissen. Die *Monolith* näherte sich dem Planeten der Zauberer wie ein Hai, der aus einem dunklen Ozean aufstieg.

Ihm kam ein weiterer Gedanke, als sie sich der Oberfläche der Realität näherten.

Das … Das bedeutet etwas?

Ja, sagte der Dämon. *Das bedeutet alles.*

Die Welt wurde weiß. In einer Sekunde ertrank Ahriman in der Existenz, in der nächsten war sie fort.

Alle Geräusche verstummten. Seine Empfindungen beschränkten sich auf eine kurze Liste: Luft in seinen Lungen, Gedanken in seinem Kopf, Blut in seinen Adern, schlagende Herzen, Silber in seiner Brust.

Silber.

»Es ist Zeit.« Es war nicht seine Stimme. Ahriman erkannte sie nicht, doch er wusste, dass er es sollte. Er hatte sie schon einmal gehört. Sie war schon immer da gewesen.

»Ich will nicht sterben«, sagte er.

»Du willst auch nicht leben«, sagte die Stimme.

Der Geschmack der Luft verließ ihn. Er spürte das feuchte Trommeln des Blutes in seinem Körper nicht mehr. Seine Herzen und das schrille Schneiden des Silbers waren ein und dasselbe.

Bumm-bumm. Bumm-bumm …

Silber.

Silber in seinen Herzen.

Silber, das seinen Lebensfaden durchtrennte. Es war nicht viel, nur eine Handvoll messerscharfer Splitter. Nicht genug, um eine Klinge herzustellen oder eine Münze für den Fährmann zu prägen. Doch es war genug, gerade genug.

Das Silber stammte von Terra und war von blinden Schmieden geschmolzen und von Psykers geküsst worden, die danach dem Goldenen Thron überantwortet worden waren. Sein Geist konnte es nicht berühren. All seine Macht glitt einfach davon ab. Alles, was er über seinen Ursprung wusste, entstammte dem Geist der Person, die das Boltgeschoss abgefeuert hatte, dessen Spitze es gebildet hatte.

Er dachte an Iobel, an ihre erste und letztendlich tödliche Begegnung. Er sah das Mündungsfeuer ihrer Waffe und hörte das feuchte Schmatzen, mit dem das Geschoss ein Rüstungsgelenk durchschlug und in seiner Brust explodierte. Er spürte das Blut, das aus tausend Wunden floss.

Bumm-bumm. Bumm-bumm …

»Du wirst sie nicht alle entfernen können«, hatte er zu Carmenta gesagt, die nun schon so lange in ihrem kalten Grab im Weltraum lag. »Zwei der Splitter sind zu nah an meinen Herzen. Versiegle die Wunde.«

In gewisser Weise war er damals mit einem einzigen Schuss getötet worden.

Vor einer Ewigkeit.

Vor einem Leben.

All die Willenskraft, die er aufgebracht hatte, um das Silber von seinen Herzen fernzuhalten, schwand schließlich.

Bumm-bumm. Bumm-bumm …

Seine schlagenden Herzen, ihr Rhythmus und der Rhythmus seiner Gedanken, das war alles.

Das ist alles. Wenn alle Mysterien gelüftet sind und alle Feuer gezähmt, ist es nur noch das, ein roter Kreislauf, der sich durch das Fleisch zieht und auf ein Ende wartet.

Bumm-bumm. Bumm-bumm …

Jenseits dieses stillen Reiches hüllte ihn der Rubrica-Zauber mit Leib und Seele ein. Er wurde nicht mehr gebraucht. Sein Wille war geschehen. Alles, wofür er noch gebraucht wurde, war dieser letzte Augenblick.

Hier endet es.

Das Silber schnitt. Seine Herzen schlugen beide noch einmal.

Bumm-bumm. Bumm-bumm.

… und dann nicht mehr.

XXIII
RETTER

Ein einzelner Moment, so fein, dass er schneidet, so breit, dass er den Rest der Existenz erstickt.

Eine Lichtsäule erhob sich von der Oberfläche des Planeten der Zauberer und teilte sich auf ihrem Weg. Äste in pulsierenden Neonfarben erstreckten sich über den Himmel und zuckten zum Boden zurück. Einzelne Strahlen trafen Zauberer und hielten sie mitten in der Bewegung fest. Rubrica-Marines erstarrten, als das Licht sie berührte. Die Nähte ihrer Rüstungen glühten und goldene Schriftzeichen tauchten auf den Panzerplatten auf. Siegel brachen. Staub lief aus ihnen heraus und wand sich im Licht. Mit ihm kamen Stimmen lauter als Donner und das Bellen von Geschützen. Das Heulen der Rubrica-Marines verlieh einer ewig sterbenden Legion eine Stimme.

Die Mutanten und Menschen nahe der Thousand Sons fielen, als ihnen binnen einer Sekunde alles Leben entrissen wurde. Die Horden niederer Dämonen zischten und knurrten und rangen miteinander, um zu fliehen. Die meisten schafften es nicht und wurden von den Wirbeln zerrissen, die sich um jeden einzelnen Thousand Son bildeten. Die Feuer der Schlacht und die Schreie der Sterbenden gerieten ins Stocken und die Vernichtung hielt inne.

Auf seiner Scheibe spürte Ctesias, wie der letzte Teil des Namens ihn verließ, dann riss das Feuer seine Seele von innen heraus in Stücke.

Knekku spürte es, kurz bevor der Rubrica-Zauber einsetzte, und fuhr herum. Die Zeit gefror. Seine Augen vertauschten hell und dunkel. Dann stieg das Feuer in ihm auf und brannte weiter, um Sar'iq in der Luft festzuhalten.

Auf der *Wort des Hermes* lag Ignis still am Boden, während sein Körper gleißend hell erstrahlte.

Das Universum geriet ins Stocken.

In diesem Moment brach die *Monolith* aus dem Warp wie ein Urteilsspruch des Himmels.

Das Space Hulk schnitt durch die Realität wie eine Kugel, die auf ein Stück Seide abgefeuert wurde. Eine Welle aus Warpenergie breitete sich vom Eintrittspunkt aus. Schiffe, silberne Türme und Dämonen wankten und glitten halb aus der Existenz. Widersprüchliche Interpretationen der Realität rissen Rümpfe und Körper auseinander und warfen Stein, Metall und Fleisch über den Planeten. Die Trümmer brannten und leuchteten in eintausend Farben. Die *Monolith* verheerte die obere Atmosphäre und eine Bugwelle aus brennender Luft und Blitzen traf die Schiffe, die über der Stadt der Türme positioniert waren. Die *Wort des Hermes* neigte sich zur Seite und schlingerte über den Himmel. Die *Letzte Wahrheit* brach entlang ihres Rückgrats auseinander. Die Geister, die im Rumpf des Kriegsschiffes eingekerkert gewesen waren, fluteten heraus und platzten in der Druckwelle des Warprisses.

Die psionische Bugwelle der *Monolith* traf auf den letzten Moment des Rubrica-Zaubers wie eine Flutwelle, die über einen ausbrechenden Vulkan schwappte. Rohe Gewalt traf auf geformte Macht, verschwamm, riss. Die Inkantation wankte.

Die schreienden Halos der Rubrica-Marines sanken zusammen, dann setzten sie sich in Bewegung. Köpfe zitterten, Hände griffen ins Leere.

Knekku schlug die Augen auf und sah die gläserne Ebene unter sich vorbeirasen.

Ctesias erschauderte und hatte eine Sekunde Zeit, bevor das Wort in seinem Mund von seinen Lippen sprang.

Ignis rollte umher, als die *Wort des Hermes* sich zur Seite neigte. Er prallte gegen die Wand und fiel wie eine Puppe zu Boden.

In seinem Sanktuarium erhob sich Astraeos, der Eidhüter, die Manifestation von Magnus' Vergeltung. Seine Bronzerüstung verlief und glühte vor Hitze. Das kristallene Auge in seinem Helm wurde zu einer Sonne. Der Stab in seiner Hand war ein gezackter Splitter aus Flammen, der von Dunkelheit umgeben war. Ein Umhang aus Warpenergie zog Schatten und Schreie hinter ihm her und eine zweite Gestalt ging an seiner Seite. Ihre Schwingen und Klauen waren die Kanten von Reflexionen und ihre Augen stiebende Funken. Seine Armeen erhoben sich mit ihm und schrien vor Gehorsam und Schrecken.

Dämonen sprangen aus ihren Behausungen auf der Oberfläche der *Monolith* und stürzten sich auf ihre Beute. Angriffsflieger ergossen sich aus ihren Flanken wie Insekten, die aus ihrem Nest ausflogen. Kriegsschiffe erhoben sich aus felsigen Hangars. Hautfetzen und Eiter quollen aus den Wunden, die sie zurückließen. Sie feuerten und Ektoplasma versengte den Himmel. Flammende Geschosse von der Größe eines Panzers rissen silberne Türme aus der Luft. Laserstrahlen verbrannten die Rümpfe von Ahrimans Kriegsschiffen. Der Planet der Zauberer erbebte. Risse zogen sich über die Berghänge und spalteten die Ebenen. Die neun Sonnen veränderten ihre Position. Felsplatten brachen aus dem Boden und erhoben sich in die Luft.

Astraeos spürte, wie Ahrimans Rubrica-Zauber ins Wanken geriet, noch während er die Realität neu formte. Der Dämon, der seine Seele teilte, war ein Brüllen in seinen Ohren, eine Linie wie von einer Klinge gezogen, die sich durch jedes andere Gefühl erstreckte. Calitiedies, Memunim und der Rest seiner Zauberer schwankten, als der Rubrica-Zauber sein Seelenfeuer in sie ergoss. Astraeos riss sie mit einem Gedanken zurück zu Bewusstsein.

+Er ist gekommen. Der Moment der Vergeltung ist hier. Steht an meiner Seite. Ehrt eure Eide und die Rache wird unser sein.+

Er hob den Stab und ließ ihn herabfahren. Die *Monolith* unter ihnen verschwand, dann fielen sie durch den rot erleuchteten Himmel.

Gaumata kreischte. der Morgenstern fiel ihm aus den Fingern. Die Luft flackerte. Silberne Blitze vom schwarzen Himmel nagelten ihn am Boden fest. Schmerzen und Helligkeit flossen durch ihn hindurch. Seine Muskeln wurden unter seiner Haut zu Schlacke. Er konnte sich nicht bewegen. Er fühlte sich wie ein Insekt in einem Glasbehälter.

Seine Gedanken waren die letzten Flügelschläge am Glas. Es funktionierte. Der Rubrica-Zauber war in ihm. Er veränderte sich. Wurde zu etwas. Erstrahlte.

Der Himmel brach auf. Ein Hammer aus Metall und Feuer spaltete die Kuppel über dem Planeten. Ein aus ineinander verkeilten Schiffen gebildetes Antlitz schoss auf den Boden zu. Die Macht, die Gaumata durchfuhr, ebbte ab. Der Schock trieb ihn in die Knie.

Gestalten regneten herab; Landungsschiffe fielen durch Legionen grinsender Dämonen. Er sah sie, aber er konnte sich nicht bewegen, geschweige denn eine Waffe heben. Der schwarze Himmel wurde zu Silber. Blitze flackerten wie dunkle Risse über die Fläche. Die Rubrica-Marines um ihn herum erzitterten.

Etwas schlug neben ihm am Boden auf. Gaumata kam mühsam auf die Beine. Ein Dämon erhob sich aus den Trümmern und sprang auf ihn zu. Sein kopfloser Körper war ein Stamm aus blassem Fleisch, als hätte jemand einen Pilz umgedreht und ihm Leben eingehaucht. Vielfarbige Flammen schossen aus den Enden seiner drei Arme. Gaumata raffte genug Willenskraft zusammen, um vor sich einen Kinetschild zu erschaffen. Hitze und Kälte schnitten durch seine Gedanken, als sein Schild und das Feuer des Dämons miteinander rangen. Der Dämon wirbelte herum und zischte frustriert. Gaumata ließ den Schild fallen, griff mit seinem Willen zu und entriss dem Dämon das Feuer. Er löste sich mitten im Sprung auf. Verbrannte Haut rieselte zu Boden.

Gaumata sah sich um. Die Rubrica-Marines fielen in sich zusammen wie Marionetten, denen man die Fäden durchgeschnitten hatte. Immer mehr Dämonen fielen vom Himmel. Einen halben Kilometer entfernt setzte ein riesiges Landungsschiff in einer Wolke aus Rauch und Staub auf. Er rief instinktiv nach den nächsten Rubrica-Marines, woraufhin diese sich zuckend erhoben. Gaumata stieß sie vorwärts und sie setzten sich langsam in Bewegung. Seine Gedanken rasten. Er spürte den Rubrica-Zauber am Rande seines Bewusstseins; er war noch da, doch er wurde schwächer, wie eine Welle, die vom Strand ins Meer zurück läuft.

Er beschwor eine Flammensäule und schleuderte sie einer Horde Dämonen entgegen. Sie verbrannten zu schwarzem Schleim. Die Anstrengung ließ ihn beinahe straucheln. Er war erschöpft. Seine Glieder fühlten sich an, als wären sie nicht länger ein Teil von ihm.

So hatte es nicht ablaufen sollen. Der Rubrica-Zauber hätte sich erheben sollen. Er hätte die Welt verändern sollen.

Trümmer wurden in die Luft geschleudert, als ein weiteres Landungsschiff aufsetzte. Die Flanken des ersten fielen auf und eine undeutliche Welle ergoss sich aus der Dunkelheit in ihm. Die Schreie verschmolzen mit dem Lärm der Schlacht, als die Horde vorstürmte.

Gaumata hob die Hand. Seine Finger leuchteten vor Hitze, seine Rüstung schwitzte Eis.

Und die Macht des Rubrica-Zaubers durchfuhr ihn erneut.

Knekku fiel beinahe vom Himmel, als der Rubrica-Zauber zurückwich und dann mit voller Wucht wieder anbrandete. Sar'iq stürzte mit flatternden Flügeln, als die Inkantation durch sie hindurchfloss. Beide fingen sich kurz vor dem Boden und stiegen wieder auf. Die Schlacht lag hinter ihnen und der Himmel über ihnen war eine wirre Masse aus Eisen und flackernden Lichtern. Es fühlte sich an, als wären sie allein, doch sie waren es nicht. Hinter ihnen folgten die Lebenden und die Nimmergeborenen, und wiederum ihnen folgten knisterndes Licht und widerwärtig schimmernde Farben. Es waren Menschen und Mutantenkrieger, beschworene Horden und Dämonenmaschinen. Sie begegneten den Armeen, die sich vom Himmel ergossen und wurden zu einem aufgewühlten Meer. Flammende Trümmer durchschnitten neben ihnen die Luft. Fallende Leichen und die Schreie der Sterbenden wurden lauter und vergingen wieder im Dröhnen der psionischen Entladung.

+Bleib bei mir, Bruder+, rief Knekku Sar'iq zu. Seine Brustwunde blutete stark und der Rubrica-Zauber wand sich durch seinen Körper und seine Gedanken. +Ganz egal, was passiert, bleib bei mir.+

Das Epizentrum lag vor ihnen. Eine Gruppe von Gestalten inmitten der wirbelnden Spiralen, die von Fäden aus Licht und Schatten zusammengehalten wurden. Während er sie ansah, spürte er, wie die Luft dichter wurde. Steine und Trümmer flogen in die Höhe, als wären sie von einem gespannten Betttuch abgeprallt. Von dem Hulk, das so plötzlich im Orbit aufgetaucht war, stürzte ein Komet direkt nach unten. Knekku sah Gestalten in dem Feuerball, die von ihrer eigenen Helligkeit eingehüllt wurden.

* * *

Astraeos streckte seinen Geist und seine Gedanken wurden zu Flügeln. Erst zwei, dann drei, dann ein Halo aus schimmernden Federn. Orange- und rosafarbene Flammen umgaben ihre Ränder, als sie die Luft peitschten. Dämonen flogen an seiner Seite und glitten auf feurigen Schwingen willkürlich in die Existenz und wieder hinaus. Seine Zauberer fielen durch seine Gedanken an ihn gebunden mit ihm. Feuer und Blitze schossen aus ihren Augen und Händen. Säure fiel als schwarzer Regen aus den Wolken, die sich hinter ihnen bildeten. Laserstrahlen und Lichtblitze zuckten ihnen vom Schlachtfeld entgegen. Astraeos schüttelte sie ab. Überall auf der Oberfläche seines Geistes lachte die Vergeltung von Magnus, und er spürte, wie ihn sein Flüstern erfüllte, wie es ihm Geheimnisse eröffnete, die Welt zu ihm zog und sie vor ihm zerbrach.

Energie entlud sich in ihn. Er spürte, wie seine wandernden Gedanken große Trümmer aus der zerstörten Stadt brachen. Überall um ihn herum flatterten die Stränge von Ahrimans Rubrica-Zauber wie Segel im Sturm. Er sah die Inkantation durch den Warp tanzen, sah ihre Struktur wanken, als sie versuchte, intakt zu bleiben. Ihr geniales Muster füllte sein inneres Auge und ein Teil von ihm bewunderte ihre Erhabenheit.

Es ist wunderschön, dachte er.

Der Boden kam näher. Gestalten bedeckten ihn in Spiralmustern; manche standen aufrecht, andere versuchten aufzustehen. Es waren Ahrimans Rubrica-Marines und seine Gefolgsleute. Astraeos konnte sehen, wie der Rubrica-Zauber in ihnen wütete und sie zerriss, während er zwischen Wunder und Vernichtung schwankte.

Da, sagte die Stimme der Vergeltung in seinen Gedanken. *Da ist er.*

Er sah den Schemen im Zentrum der Spiralen. Zwei andere standen bewaffnet neben ihm. Blitze verbanden sie mit Ahriman. Seelenlicht brach aus ihnen hervor, als sie versuchten, sich zu bewegen. Sie waren im Rubrica-Zauber gefangen, der sie zerriss, noch während er versuchte, in einem Stück zu bleiben. Nur Ahriman stand still, ein ruhiger Lichtpunkt im Herzen der Vernichtung.

Siehst du, sagten seine Gedanken. *Ich halte meine Versprechen.*

Astraeos schlug am Boden auf. Die Kruste aus geschmolzenem Glas splitterte. Calitiedies, Zurcos und Memunim landeten eine Sekunde später. Sie taumelten, als der Rubrica-Zauber sie in seine Arme schloss, aber er hatte genug Kraft für sie alle. Sie erhoben sich; Stab und Schwert und Äxte wurden von Raureif eingehüllt. Ahriman stand vor ihnen und die Rubrica-Marines versuchten mühsam, sie zu umzingeln. Die beiden Zauberer neben Ahriman mühten sich vorwärts. Astraeos kannte ihre Namen, es waren Kiu und Gilgamos. Er hatte sie einst gekannt, vor langer Zeit, als er noch Ahriman gedient hatte. In gewisser Weise waren sie seine Brüder.

+Auf sie+, sandte er.

Kiu hob sein Schwert. Eine scharfe Welle aus reiner Energie brach aus seiner Spitze hervor. Zurcos hob die Hand und riss Kius Schwert aus der Existenz. Gilgamos wurde zu einem Schatten und stellte sich in Windeseile vor Ahriman. Calitiedies schritt vorwärts und der Boden barst unter seinen Schritten. Glasscherben flogen wie Dolche durch die Luft. Kiu ballte die Faust und das Glas zerfiel zu Staub. Memunim rannte los und eine schwarze Scheibe bildete sich vor ihm. Gilgamos tauchte aus dem Nichts neben ihm auf und schlug zu. Memunims Schild fing den Hieb ab. Licht und Schall verschwanden, dann kehrten sie mit erneuter Wucht zurück. Calitiedies sang. Die Luft wurde dichter. Hitzeschimmer hüllten Kiu ein, dann lösten sie sich auf, als ihre Kraft abgesogen wurde. Hunderte Schichten Energie und Gedanken formten sich und vergingen, als die Geister der Thousand Sons aufeinanderprallten.

Astraeos spürte alles, sah aber nichts. Sein eines Auge war auf Ahriman gerichtet, der regungslos vor ihm stand. Astraeos ging auf ihn zu und glitt durch die Schlacht wie ein Messer; seine Flügel schleiften über den zerfetzten Boden, seine Rüstung leuchtete im Licht des Rubrica-Zaubers, der die Dunkelheit vertrieb.

Er kämpft darum, den Zauber aufrechtzuerhalten, sagte die Stimme seiner Gedanken. *Er wird nicht loslassen. Alles bricht zusammen, aber er weiß, dass es funktionieren kann, dass es abgeschlossen werden kann, dass er beinahe am Ziel ist, dass er beinahe gewonnen hat.*

Astraeos hob die Hand und berührte Ahrimans Helmfront. Er spürte den Zyklon der Hexerei darunter. Ahriman war immer noch da: so gut wie tot, aber noch immer an der Schwelle des Lebens, während die letzten Sekunden seiner Existenz in den Rubrica-Zauber entschwanden.

+Ich bin hier, alter Freund+, sandte er. Er spürte, wie die Energie und die Hitze der Schlacht seine Flügel aufbauschte. +Ich weiß, dass du mich hören kannst. Ich bin hier und ich will, dass du weißt, dass ich dir alles genommen habe, von dem du je geträumt oder für das du je Opfer gebracht hast. Dein Rubrica-Zauber endet hier und jetzt, Ahriman, in dem Moment, da er hätte gelingen können. Deine Herzen schlagen nicht mehr, aber du bist noch hier, gefangen zwischen dem Wunsch und dem Ziel. Brich es ab, komm vom Abgrund zurück und verteidige dich, und alles wird scheitern. Tue nichts, und ich reiße deinen Geist und deine Seele in Stücke, während die letzten Stränge der Hoffnung aus deinen Fingern gleiten. Du wirst nicht als Opfer sterben, sondern als Versager.+ Er legte eine Klaue unter Ahrimans Kinn. +Wähle+, sandte Astraeos, und in seiner Seele lachte der Dämon der Vergeltung.

Die Scheibe unter Knekkus Füßen traf auf die Flut psionischer Macht, die Ahriman umgab. Sie kreischte, als die widersprüchlichen Kräfte sie hin- und herrissen. Eine riesige Energiespirale wirbelte durch die Luft. Eine in Bronze gepanzerte Kreatur stand mit gespreizten Flügeln vor Ahriman und hielt ihm die Hand an die Kehle. Knekku hielt auf die beiden zu. Die Scheibe kreischte, dann brach sie entzwei. Schuppen aus Stein und Metall und Fleisch stoben um ihn herum auf. Er sprang. Sein verbliebenes Herz hämmerte in seiner Brust. Er legte seinen Willen und seine Seele, alles, was er war, in den Kern seines Speers. Die in Bronze gehüllte Gestalt war von einem strahlenden Nimbus umgeben, doch all ihre Macht war ganz und gar auf Ahriman gerichtet.

Der Nahkampf um die beiden herum kam zum Stillstand, als die Kämpfenden sich ihm zuwandten. Sar'iq warf sich mitten unter sie; Geisterbilder huschten um ihn herum und Stränge der Macht lenkten Feuer und Blitze ab. Ahriman und der Dämon waren direkt vor Knekku. Ihre Präsenz war wie ein Gebirge der Finsternis im Warp. Er landete, rollte sich ab und stach mit dem Speer zu. Die Klinge trennte dem Dämon die Klaue ab.

Astraeos strauchelte. Eine Welle psionischer Energie lief seinen Arm hinauf. Panzerplatten lösten sich vom Fleisch und fielen zu Boden. Der Dämon in ihm kreischte, als Gedanken und Erinnerungen die Lücke zwischen ihren verschmolzenen Seelen füllten.

Ein Turm unter blauem Himmel.

Ein roter Umhang, der im Wind flatterte.

Eine feuchte Zelle, die nach Blut und rostigen Ketten roch.

»Ich werde dein Auge nehmen«, sagte eine bittere Stimme aus der Dunkelheit. »Für mehr Weisheit, verstehst du?«

Ein Zauberer mit einem Speer wie ein erstarrter Blitz stand vor ihm. Der Dämon in ihm schrie einen Namen.

Knekku!

Schwarzes Blut strömte aus der abgetrennten Klaue, noch während sie nachwuchs.

Knekku sah zu, wie die Kreatur zurückwich. Der Augenblick balancierte am Rande der Zukunft. Dunkle Adern zogen sich über die Bronzerüstung der Kreatur. Ihre Schwingen peitschten die rauchige Luft. Sie schüttelte sich … und sprang vor.

Knekku wirbelte den Speer herum und drehte sich mit dem Schlag, doch er wusste, dass er tot war. Er hatte nichts mehr zu geben. All seine Willenskraft hatte in jenem einen Schlag gelegen. Er war leer. Er war nichts mehr. Avenisi warf sich auf die Kreatur und stach mit seinem Skorpionschwanz zu, während er in der Sprache der Dämonen fluchte. Die Kreatur schmetterte ihn abfällig aus der Luft. Avenisis gebrochener Körper ging in Flammen auf.

Kontrolle.

Nein, er war mehr als nichts. Er war ein Sohn des Magnus, ein Diener des Karminroten Königs. Er war loyal bis zum Schluss. Er war der Beschützer dieser Domäne.

Kontrolle.

Er wandte sich von der Kreatur ab, die vor ihm aufragte. Er wusste nicht, warum sie dort war. Es spielte keine Rolle.

Kontrolle.

Ahriman stand vor ihm wie eine Statue, die an einen Blitz gefesselt war.

Knekku sprang und hob den Speer zum Himmel.

»Für Euch, mein Vater«, sagte er im Stillen. *»Für Euch, mein König.«*

Die Blitzsäule des Rubrica-Zaubers berührte Knekkus Speerspitze in dem Moment, da sein Schwung ihn gegen Ahriman warf. Weißes Licht lief am Speerschaft entlang. Ahriman fiel, und dann war Knekku im

Herzen des Rubrica-Zaubers und die Inkantation fraß sich durch ihn, während sie sich in seine Seele entlud.

Ahriman fiel.

Und fiel.

Und fiel.

Die Welt wurde klein, als hätte jemand die Zeit zusammengeknüllt.

Nein, schrie er, aber er hatte keine Stimme. Da war nur das leiser werdende Geräusch Tausender Stimmen und ein Abgrund der Finsternis unter ihm.

Nein.

Nein.

Über ihm blitzte ein Licht auf.

Der Ozean aus Namen und Macht hüllte Knekku ein. Der Rubrica-Zauber hatte seinen Dreh- und Angelpunkt gefunden, seinen Preis, und das war er. Er spürte die Macht, spürte das Feuer der Götter als Blut in seinen Händen und die Zeit als letzten Atem in seinem Mund.

Kontrolle ist alles.

»Was wünschst du?«, schien eine Stimme zu fragen, und er dachte, das Universum vor sich ausgebreitet zu sehen wie das Land vor dem hohen Turm einer unglaublichen Festung. Er sah, was Ahriman hätte tun können, sah, was hätte sein können und was wieder sein könnte. Er war das Opfer, um die Erneuerung zu bringen. Er hatte Ahrimans Platz eingenommen, und nun war der Rubrica-Zauber sein. Es war an ihm zu entscheiden, wie alles enden würde.

»Nein«, sagte jemand, und er glaubte Ahriman unter sich fallen zu sehen, der mit verzweifelter Miene die Hand nach ihm ausstreckte.

»Es muss enden, Ahriman«, rief Knekku. »Dieser Kreislauf muss durchbrochen werden.«

»Nein!«, rief Ahriman, als die Finsternis wuchs und er immer kleiner wurde. »Bitte. Es geht um das Schicksal unserer Legion. Du hast nicht das Recht, darüber zu entscheiden.«

»Nein, das habe ich nicht.« Er hielt inne und fühlte den letzten Rest seiner Willenskraft verblassen, während er starb. »Aber du auch nicht.«

XXIV
NEU GESCHMIEDET

Der Rubrica-Zauber endete mit einem Donnerhall. Die Stoßwelle breitete sich durch die Realität bis in den Warp aus. Armeen fielen zu Boden. Dämonen wurden zu Schatten verbrannt, dann zerfielen die Schatten zu nichts. Kriegsmaschinen fielen in Schwärmen vom Himmel. Staub und Trümmer hoben sich vom Boden, Metallsplitter und Felsbrocken fielen ohne jedes Geräusch. Höllenbrut stürzte als Letzter ins Unsein zurück und brüllte vor nicht ausgelassener Wut; seine Schädelernte rasselte an seiner Rüstung.

Nach der Welle folgte Ruhe, die sich wie eine erstickende Decke über die Vernichtung legte. An der Oberfläche des Planeten der Zauberer verschluckte eine Wand aus Staub und Rauch alle Geräusche und Formen. Die Gipfel der höchsten Türme ragten aus ihr heraus wie die Masten versunkener Segelschiffe. Die Armeen der Sterblichen und ihrer Maschinen lagen darnieder; die Toten waren nicht von den Bewusstlosen zu unterscheiden. Zwischen mehreren eingestürzten Türmen schwankte ein Titan in der Schuttlawine, die ihn verschüttet hatte. Der Dämon, der in der Gottmaschine gehaust hatte, war aus seinem metallenen Wirt verbannt worden und die letzten, verdorbenen Systeme des Titans brachten nur noch ein paar letzte Zuckungen und statisches Rauschen zustande. Geisterhafte Formen drifteten durch die Leere. Schiffe und schwebende Türme trieben wie betäubte Fische über den Himmel und drehten sich langsam in einer unsichtbaren Strömung.

In der verseuchten Realität des Auges des Schreckens war die Welle als schimmernder Vorhang aus Licht sichtbar. Die Dämonen, die von ihr erfasst wurden, heulten und versuchten sich freizukämpfen, doch sie wurden überschwemmt und lösten sich auf. Weit jenseits des Auges erwachten Menschen aus Albträumen voller einstürzender Türme. In den Hallen von Terra hielt der Oberste Astropath des Stillen Berges blutige Tränen zurück. Auf dem weit entfernten Macragge zitterte die Hand des Chief Librarians der Ultramarines, als er gerade eine Karte aus dem Tarot des Imperators zog.

Und während die Welle der Paradoxa noch weiter rollte, erhoben sich im Staub und in den Ruinen ihres Epizentrums die ersten Gestalten.

Staub beherrschte Ctesias' Welt von links nach rechts, von oben bis unten. Er fiel durch die Luft. Er spürte, wie er gegen Dinge schlug, registrierte den Schmerz, doch es war ein fernes Gefühl, etwas, das einer Version von ihm im Nebenraum geschah, während er nur daran dachte. Stille umfing ihn. Der Körper des Athenaeums stürzte mit schlaffen Gliedern und dunklen Augen von ihm fort.

Ctesias ging auf, dass er zu reden aufgehört hatte. Der Name des Karminroten Königs war vollständig. Er hatte ihn ausgesprochen. Er hatte ihn beschworen.

Wo …, setzte er an.

Ein Schatten erhob sich in der Düsternis und verschluckte auf seinem Weg in den Himmel alles Licht.

Sar'iq wuchtete sich mühsam vom Boden hoch. Seine Flügel waren zerfetzt und bluteten. Staub füllte seine Kehle mit jedem Atemzug. Hinter dem wirbelnden Schleier bewegte sich etwas. Sein Schwert lag ihm tot in der Hand und seine Haut war feucht von Schweiß. Er hatte gegen zwei Feinde gekämpft, als der Rubrica-Zauber ihn zu Boden geworfen hatte. Er sah keinen von ihnen und ihm fehlte die Kraft, mit seinem Geist nach ihnen zu suchen.

Einen Moment lang fragte er sich, wo Knekku war, wo die Armeen abgeblieben waren, die über die Ebene geströmt waren.

Dann hörte er das Brüllen. Es war ein Brüllen der Rückkehr, des Triumphs, der Wiedergeburt. Er trat einen Schritt zurück. Ein Schatten raste durch den Staubschleier, und sandte statische Elektrizität über den Boden. Sar'iq sah Gestalten am Boden liegen; manche kamen gerade wieder zu sich, andere rührten sich nicht. Er wusste nicht, ob es Feinde oder Verbündete waren. Er hob sein Schwert.

Der Schatten war bei ihm, bevor er etwas anderes tun konnte. Die Staubwolke teilte sich und ein Wesen aus Licht und geschmolzenen Muskeln erschien. Riesige Hörner sprossen aus seiner Brust und ein einzelnes Auge leuchtete in einem Gesicht, das von einem Kranz aus blauen und weißen Flammen gekrönt wurde.

Sar'iq fiel auf die Knie. Das Auge des Karminroten Königs brannte hell, als er ihn ansah.

+Steh auf, mein Krieger+, sagte er, und Sar'iq spürte, wie die Kraft in seinen Geist und seine Glieder zurückkehrte, als er sich erhob.

+Exzellenz …+, setzte er an, doch der Karminrote König war bereits an ihm vorbeigezogen wie ein Tornado.

Staub fiel von Ahrimans Lidern, als er die Augen aufschlug. Die Welt glitt an ihm vorbei. Stille dröhnte in seinen Ohren. Ein Atemzug drang über seine Lippen. Er schmeckte nach Metall, Zuckerwatte und bitterem Wein. Sein Geist war ein Spiegel des Staubschleiers über ihm. Gedanken begannen sich zu formen.

Der Rubrica-Zauber …

Er erinnerte sich.

Ein neuer Atemzug. Er war am Leben …

Er war am Leben.

Seine Hand glitt ohne sein Zutun zu seiner Brust, dann riss er sie mit zitternden Fingern wieder fort. Seine Herzen schlugen. Keine Silbersplitter schnitten sich mit jedem Schlag tiefer hinein. Er war unversehrt. Er war am Leben.

Ich habe versagt. Der Gedanke schoss durch ihn hindurch. Das Gefühl der Lebendigkeit verschwand im Abgrund seines Geistes. Er schloss die Augen. Er fühlte sich taub. *Ich habe versagt.*

Das Geräusch knirschender Panzerplatten ließ ihn herumfahren. Eine Gestalt kam aus dem aufgewühlten Staub.

»Ahriman«, sagte der Neuankömmling.

»Ignis?«, erwiderte er. Ein Flimmern ging über seine Helmanzeige.

Über ihm erschien Ignis' Gesicht. Tätowierungen huschten über seine ausdruckslose Miene. Er legte den Kopf schief und hielt Ahriman die Hand hin.

»Nimm meine Hand, Ahriman.«

Steh auf. Astraeos versuchte zu gehorchen, doch sein Körper weigerte sich. Er konnte nichts sehen. Der Warp war unbewegt wie ein Ozean bei plötzlicher Flaute.

Steh auf, du Narr!, zischte der Dämon.

Bist du das?, fragte er, während er zu verstehen versuchte, wie er seine Glieder bewegen sollte. *Was geschieht hier?*

Beweg dich, wenn du länger als eine Sekunde überleben willst.

Was geschieht hier? Wo bin ich? Was bin ich?

Du wirst nichts sein, wenn du nicht gehorchst! Er kommt.

Er fand seine Beine in dem Wirbel der Empfindungen und stand schwankend auf. Er fühlte etwas auf der Haut. Panzerplatten?

Seine Finger fühlten sich falsch an; zu lang, zu scharf.

Etwas war in seinem Kopf, etwas Feuchtes, Schwarzes. Was war es? Warum war es da? Wer war er?

Er schüttelte den Kopf. Er sah etwas in der Ferne: ein Licht, das heller und heller wurde.

Beweg dich! Sein Bein zuckte, als hätte jemand daran gezogen.

Das Licht brach durch den Staub. Flammen loderten auf, als eine Gestalt aus geschmolzenen Muskeln vor ihm in die Höhe wuchs. Hinter dem Giganten folgten andere Gestalten, doch sie waren kaum zu erkennen. Er dachte, dass er fliehen sollte, dass er kämpfen sollte, doch er wusste nicht, wie. Er erinnerte sich nicht daran, warum er dort war. Etwas regte sich in seinem Hinterkopf, grub sich ein und fauchte.

+Komm+, sagte der Karminrote König. Seine Stimme war in Astraeos und überall um ihn herum. +Du hast verloren. Versteck dich nicht in der Haut des Sterblichen.+

+Thronräuber!+ Das Wort brach aus Astraeos' Geist hervor, ehe er begriff, was vor sich ging. Seine Flügel schlugen und rissen ihn in die Luft. Er spürte, wie die Energie des Warp ihn durchströmte. Seine Knochen streckten sich, seine Finger wurden zu sensengleichen Krallen und sein Kiefer dehnte sich, als gläserne Reißzähne aus seinem Mund sprossen. Er tat nichts, sondern fühlte einfach nur, wie etwas in ihm seinen Körper auf den Karminroten König warf. Kaltes Licht schoss aus Astraeos' Augen. Der Karminrote König rührte sich nicht, als die Strahlen in seinen Torso einschlugen. Kupferne Haut riss auf und goldenes Blut quoll hervor.

+Du bist schwach+, sagte der Karminrote König. +Ich war immer am schwächsten, wenn ich von Vergeltung getrieben wurde. Du hast keine Kraft mehr. Du hast deine wie die deines Wirtes verbraucht. Dir bleibt nichts anderes übrig, als aufzugeben und wieder ein Teil von *uns* zu werden.+

Astraeos sah aus seinem Inneren zu, wie er knurrte und vorsprang. Seine Krallen flackerten zwischen Eis und Feuer hin und her, als sie auf das blaue Auge des Karminroten Königs zuschossen.

+Und auch wenn du nicht aufgibst+, sagte der Karminrote König und hob die Hand. Die Bewegung war langsam, doch gleichzeitig so schnell, dass Astraeos den Hieb spürte, bevor er ihn sah. Der Karminrote König schlug durch Astraeos' Panzerung und durch seine Seele, dann ballte er die Faust. +Du bist ich, und ich dulde keine Widerworte.+

Die Zeit setzte einen Moment lang aus. Astraeos spürte, wie sich etwas in ihm regte und Widerhaken in seinen Geist rammte. Dann war der Moment vorbei und der Karminrote König riss den Dämon aus ihm heraus. Schmerzen durchfuhren Astraeos und er fiel mit gebrochenen Flügeln und blutüberströmten Augen und Ohren zu Boden.

Der Karminrote König hob eine Hand zu seinem Auge. Etwas, das aussah wie der Schatten eines Dornendickichts, wand sich in seinem Griff. Unterhalb des Auges öffnete sich ein brennender Mund. Er schloss sich um die Essenz des Dämons, mit dem Astraeos seine Seele geteilt hatte. Das Lid über dem lodernden Auge senkte sich. Der Karminrote König schien zu wachsen und sein Schatten wurde länger. Der Staub wallte durch die Luft, als würde die Welt einen tiefen Atemzug nehmen. Der rote Gigant schlug das Auge auf und sah zu Astraeos herab.

Er zögerte.

+Du hast mein Mitleid+, sagte der Karminrote König. Dann verschwand er im Staub und war fort.

Astraeos lag mit verformten Gliedmaßen am Boden und wartete auf einen Tod, der nicht kommen würde. All seine Erinnerungen kehrten zurück, eine nach der anderen.

Er kam auf die Knie und vergrub das Gesicht in den Händen. Sein Helm löste sich auf und das Blut, das ihm aus den Augen lief, troff durch seine Finger und in den Staub, in dem er kniete.

Der Wechselbalg hielt Ahriman noch immer die Hand hin. Der Zauberer sah sie an.

»Nimm meine Hand«, sagte er noch einmal mit Ignis' Stimme.

Nimm sie und alles endet für dich, sagte der Wechselbalg zu sich selbst. *Nimm sie und nimm damit deine Belohnung entgegen. Nimm den Frieden des Vergessens an.*

Ahriman rührte sich nicht.

Du musst dieses Geschenk annehmen, ohne es zu kennen, sagte der Wechselbalg zu sich selbst. *Genau so, wie du unwissend dienst, muss dein Lohn unwissend angenommen werden. Du hast genug getan, unser Meister ist zufrieden. Dies ist deine Belohnung. Nimm sie.*

»Wie kannst du hier sein, Ignis?«, fragte Ahriman.

»Mein Weg war lang«, erwiderte der Wechselbalg. Ahriman griff nach der dargebotenen Hand.

»Wo sind die anderen?«

»Spielt das eine Rolle?«

Ahrimans Finger erstarrten und seine Hand blieb Zentimeter vor der des Wechselbalgs stehen.

»Der Rubrica-Zauber …«, begann Ahriman.

»Ist geschehen.«

»Er hat versagt«, stellte Ahriman fest. »Ich habe versagt.« Der Wechselbalg hörte etwas in den Worten. Nicht nur Verzweiflung, sondern … beinahe eine Frage. »Habe ich versagt, Ignis? Wo sind die Rubrica-Marines? Haben sie überlebt? Haben sie sich … verändert?«

Die Frage schien mit dem Wind davonzufliegen.

Und der Wechselbalg hörte eine Stimme, eine gewaltige Stimme, die der Klang fallenden Staubes war, die fernen Schreie der Sterbenden und das Knistern des Feuers am anderen Ende der Leere.

»Lass ihn, mein Kind«, sagte die Stimme. *»Er hat noch ein paar Tänze für mich zu tanzen. Er wird keinen Frieden finden. Noch nicht.«*

Der Wechselbalg ließ die Hand sinken und trat zurück. Er fühlte sich hohl. Er würde all diese Erinnerungen aus Ahrimans Leben tilgen. Der Zauberer würde sich niemals daran erinnern, dass dieser Moment stattgefunden hatte. Der Wechselbalg schätzte, dass auch das eine Art Geschenk war, nur nicht die Art von Geschenk, die zu überreichen er ursprünglich hergekommen war.

Ahriman starrte den Wechselbalg an.

Für einen Augenblick ließ der Wechselbalg sein erstes Gesicht – sein eines wahres Gesicht – auf Ahriman blicken.

Ein erstauntes Keuchen.

Dann zog der Staub einen Schleier zwischen ihnen zu und der Wechselbalg, und mit ihm jede Erinnerung, dass er je dort gewesen war, verschwand.

XXV
VERSAGEN

»Nimm meine Hand«, sagte eine Stimme.

Ahriman sah auf und blinzelte durch die Störsignale auf seiner Helmanzeige. Der Staub wallte um ihn herum. Er war auf den Knien und seine Robe peitschte um seine Rüstung. Der Schwarze Stab lag halb vergraben, kalt und tot neben ihm. Er blinzelte, aber ein schmerzender Nebel füllte seinen Schädel und nahm ihm die Sicht.

»Willst du hierbleiben und sterben?«, fragte die Stimme, und dieses Mal fiel Ahrimans Blick auf den Sprecher. Ctesias stand vor ihm. Der Beschwörer stützte sich auf seinen Stab, doch der Arm schien unnatürlich verdreht. Seine Robe und die Pergamentstreifen an seiner Rüstung waren verbrannt und auch die Panzerung selbst war nur noch ein Durcheinander aus zerfetzten Platten und bloßliegenden Drähten. Er trug keinen Helm und sah mehr denn je wie ein wandelnder Kadaver aus. »Wenn du das willst, bist du auf dem richtigen Weg.«

»Ich habe versagt«, flüsterte Ahriman. Die Worte waren die einzigen, die sein Mund formen konnte.

Ctesias' Haut spannte sich über seine Gesichtsknochen.

»Das wäre nicht das erste Mal, aber wenn du nicht willst, dass es das letzte Mal ist, müssen wir jetzt hier weg.«

Ahriman stellte fest, dass sich seine Lippen hinter der Helmfront zu einem Lächeln verzogen.

Er sah Ctesias' dargebotene Hand an. Seine Finger zitterten vor Erschöpfung. Er zögerte.

Du hast versagt!, schrie eine Stimme in seinem Schädel.

Er ergriff die Hand.

»Habe ich genug getan, um einen Funken Loyalität in deiner Söldnerseele zu entfachen, Ctesias?«

»Du hast mir besser gefallen, als du halb tot warst«, knurrte Ctesias und zog Ahriman auf die Füße. Sie blieben einen Moment stehen, dann tat Ahriman einen unsicheren Schritt. »Das könntest du noch gebrauchen«, sagte Ctesias und nickte in Richtung des Schwarzen Stabes, der langsam im Staub versank. Ahriman sah ihn an, dann hob er ihn auf. Staubkörner rieselten von seiner gehörnten Spitze.

»Wo …«, setzte er an. Ctesias ging bereits los.

»Irgendwo, nur nicht hier.«

»Das Athenaeum …?«

Ctesias schüttelte den Kopf, ohne Ahriman anzusehen. Der Staub war überall.

»Fort, und wir sollten hoffen, dass wir nicht auf das stoßen, wozu es geworden ist.«

»Die Rubrica-Marines?«

Ctesias schwieg eine Sekunde lang.

»Ich habe nicht nach ihnen gesucht«, sagte er vorsichtig.

»Dann suchen wir jetzt nach ihnen«, sagte Ahriman und spürte den leisesten Funken Hoffnung in seinen Gedanken.

Habe ich versagt? Es könnte funktioniert haben. Selbst nach Knekkus Opfer könnte es …

»Wenn du das wünschst«, sagte Ctesias, aber Ahriman hörte weder die Worte noch den Unterton in ihnen. Er schritt bereits durch das rote Zwielicht und streckte seine Sinne aus.

Sie fanden Astraeos, bevor sie irgendjemand anderen fanden, gleich lebend oder tot. Der abtrünnige Librarian kniete nackt am Boden. Seine Augen waren leere Höhlen. Die Flügel und Klauen waren von seinem Körper abgefallen und seine Rüstung lag in angelaufenen Scherben um ihn herum verstreut. Ctesias sah ihn als Erster und legte die Hand auf Ahrimans Schulter, bevor er darüber nachdenken konnte, was er tat.

»Er ist es«, sagte Ctesias. »Du solltest nicht …«

»Ich denke …«, sagte Ahriman und glitt vorsichtig unter Ctesias' Hand hervor, »dass ich hier nichts zu befürchten habe.« Er sah die kniende Gestalt an. »Nicht mehr.«

Ctesias wollte etwas sagen, doch er wusste nicht, was.

»Astraeos«, sagte Ahriman und trat näher. »Bruder?«

Der Angesprochene hob langsam den Kopf. Die leeren Augenhöhlen waren von Ringen aus getrocknetem Blut umgeben.

»Ich war niemals dein Bruder, Ahriman. Das war nur die erste Lüge, die du mich glauben gemacht hast.«

»Ich habe nicht gelogen.«

Astraeos legte den Kopf schief und öffnete den Mund. Ein rasselndes Brüllen drang aus seiner Kehle. Ctesias brauchte eine Sekunde, um zu erkennen, dass es Gelächter war. Es ließ nur langsam nach, dann schüttelte Astraeos den Kopf.

»Weißt du überhaupt, was du getan hast?«

Ahriman zog sich den Helm ab. Sein Gesicht war von tiefen Schatten gezeichnet.

»Ich hielt dich für tot, Astraeos«, sagte Ahriman. »Ich dachte, du hättest den Tod, den du suchtest, durch die Hände jener erfahren, die dir Unrecht getan hatten. Dass dir in deinen Augen Erlösung widerfahren sei.«

»In meinen Augen?« Astraeos lachte bebend über einen Scherz, den nur er verstand. Frisches Blut lief über seine Lippen. »In meinen Augen.«

Einen Moment lang waren die einzigen Geräusche das Rauschen des Staubs im Wind und das verhallende Gelächter.

»Warum hast du … das getan?«, fragte Ahriman schließlich.

»Warum?« Astraeos' leere Augenhöhlen richteten sich auf ihn. »Dass du das überhaupt fragen musst, sollte dir alles sagen. Du zerstörst und verdirbst durch deine bloße Existenz, Ahriman. Dass du es nicht erkennst, ist die einzige Verdammung, die ich aussprechen muss.«

Ahriman schüttelte den Kopf.

»Es tut mir leid.«

Astraeos schwieg eine Sekunde lang, dann stand er auf. Staub rieselte von seinem vernarbten Körper. Er bewegte sich langsam, als wären seine Bewegungen zu gleichen Teilen von Willenskraft und Stärke angetrieben.

»Ich brauche dein Mitleid nicht«, sagte er und trat einen schwerfälligen Schritt in die Staubwolken hinein. »Ich habe allen Trost, den ich brauche. Ich bin hergekommen, um zu sehen, wie all deine Träume zerbrechen. Du bist hergekommen, um Erlösung zu finden. Wir sind nun beide wieder gebrochen, aber ich ...« Er bückte sich und streckte die Hand zum Boden unter der pudrigen Oberfläche aus. »Ich allein habe, weswegen ich gekommen bin.«

Ein Murmeln entsprang Astraeos' Geist. Die Anstrengung ließ frisches Blut aus seiner Nase und seinen Ohren laufen.

+Erhebt euch+, befahl Astraeos.

Langsam, wie ein Wrack, das vom Grund des Ozeans gehoben wurde, erhob sich ein einsamer Rubrica-Marine aus dem Staub. Kaltes Licht leuchtete hinter seinen Augenlinsen und durchdrang die Düsternis. Ctesias musste ihn nicht mit seinem Geist berühren, um zu wissen, dass er noch immer eine leere Hülle war, in der die Stimme einer verlorenen Seele widerhallte.

Ahrimans Blick war starr auf den Rubrica-Marine gerichtet. Hinter ihm wurde der Staub dünner, als hätte jemand auf Stichwort einen Vorhang zur Seite gezogen. Noch mehr Rubrica-Marines erhoben sich. Totes Licht leuchtete in ihren Augen, als sie alle den Blick auf Ahriman richteten.

Astraeos trat einen Schritt zurück.

»Betrachte dein Werk«, sagte er.

Ahriman sank langsam in die Knie. Der Schwarze Stab zitterte in seiner Hand. Sein Helm rutschte ihm aus den Fingern. Sein Blick wich nicht von den Reihen der sich langsam erhebenden Gestalten.

Astraeos richtete seine leeren Augenhöhlen wieder auf Ahriman. Sein Gesicht zeugte von grimmigem Triumph, dann wandte er sich ab und humpelte davon.

»Wohin gehst du?«, rief Ctesias. »Du wirst nicht überleben.«

Astraeos blieb stehen und drehte sich halb um. Ctesias meinte, einen Hauch der Erheiterung auf dem blutigen Gesicht zu sehen.

»Du bist gebrochen«, sagte Ctesias, ohne genau zu wissen, warum er immer noch redete. »Du bist blind.«

»Ja, das bin ich.« Astraeos nickte und ging weiter. »Er war ein guter Lehrer.«

Die Exilanten flohen ein zweites Mal. Die Ehrfurcht und der Schrecken ihrer Ankunft verwandelten sich in den Rückzug einiger Handvoll Truppen und den planlosen Abzug der Schiffe. Sie trafen auf nur wenig Widerstand. Es gab kaum genug Entschlossenheit dafür; die Wut hatte ebenso nachgelassen wie die nötige Stärke.

Auf dem Planeten der Zauberer fiel der Staub nach und nach aus der Atmosphäre. Zerschmetterte Türme und Trümmerberge tauchten aus dem Schleier auf. Die überlebenden Mutanten taumelten brüllend umher und fanden sich zu gebrochenen Horden zusammen. Magnus' Zauberer hoben die Köpfe und sandten die ersten Gedanken durch den Äther. Sie spürten die Transporter, die zu den Schiffen zurückkehrten. Sie sahen, wie die Kriegsschiffe, die über der Stadt hingen, sich abwandten und in die Finsternis davonflogen.

+Wir sollten sie aufhalten, Exzellenz.+ Sar'iq sandte den Gedanken, als er den fliehenden Schiffen hinterhersah, die durch die dünner werdenden Staubwolken flogen.

Der Karminrote König hinter ihm schwieg. Seine Gestalt glich einer Lichtsäule, die sich um den Schatten eines Mannes wand.

+Wenn wir jetzt zuschlagen, können wir sie ein für alle Mal vernichten+, sandte Sar'iq erneut, während immer mehr Lichter von der Oberfläche aufstiegen und gen Himmel strebten.

+Nein, Sar'iq.+ Die Worte des Karminroten Königs waren ein tiefes Poltern in Sar'iqs Gedanken. +Sie haben nichts anderes getan, als ihr erstes Verbrechen zu wiederholen. Ihr Versagen ist Urteil und Strafe genug.+

In seinem Turm auf der *Wort des Hermes* weinte Silvanus im Dunkeln, während sich mit jedem abgehackten Atemzug feuchte Schlitze auf seinem Rücken öffneten und schlossen. Das Schiff erwachte zum Leben und er wusste, dass alles falschgelaufen war – er hatte es gesehen, auch wenn er versucht hatte, sich zu blenden. Er war am Leben, doch er wusste, dass er nun wieder seine Funktion erfüllen musste. Langsam wuchtete er seinen Körper auf den Navigatorthron zu.

+Silvanus?+ Die Stimme gehörte Ctesias, und einen Moment lang fragte sich Silvanus, wo Ignis war. Dann verwarf er den Gedanken; es spielte keine Rolle.

»Ja, Meister«, sagte er ins Leere. »Ich weiß. Wir fliehen.«

In den Schatten der Höhle saß Magnus in seine Robe gehüllt und sah in die Flammen. Das Licht spiegelte sich in seinem einen Auge. Im Käfig der Flammen sah er die *Wort des Hermes* vom Planeten der Zauberer davongleiten. Er nickte einmal und fuhr mit der Hand über die Flammen. Das Feuer loderte auf und wurde zu einer Lichtsäule, die sich endlos in die Höhe erstreckte, dann fiel es zu Asche zusammen. Er stand auf und drehte sich um; seine Gliedmaßen zuckten, als würden alte Muskeln gegen Erschöpfung ankämpfen. Hinter ihm brach das Bild des Feuers mitsamt der Höhle in sich zusammen und zerfiel zu nichts.

XXVI
RUBRICA-MARINE

Ctesias schloss die Luke hinter sich. Ignis wartete im Gang davor. Der Herr des Ruins schien irgendwie unvollständig ohne den Automaten an seiner Seite. Ignis hatte sich erholt, doch seine Erinnerung hatte das nicht. Irgendetwas hatte ihn während der Schlacht angegriffen. Die zerfetzten Überreste von Credence hatten einen Teil der Geschichte erzählt, doch dieses Geheimnis war die kleinste ihrer momentanen Sorgen.

»Hat er etwas gesagt?«, fragte Ignis. Ctesias schüttelte den Kopf.

»Kein Wort und keinen Gedanken.«

Ignis nickte. Die Tätowierungen auf seinem Gesicht blieben regungslos. Sie hatten diese Frage und diese Antwort nun schon so oft ausgetauscht, dass ihr Wortwechsel eine Art grimmige Formalität angenommen hatte. Keiner von ihnen benutzte seine Gedankenstimme. Sie hatten es sich angewöhnt, ihren Geist zu verschließen, solange es kein Bedürfnis gab, mit dem Warp zu interagieren. Es war, als sickerte Ahrimans Schweigen zu den Überlebenden seiner Flotte durch.

Tage und Wochen waren vergangen, seit die Flotte vom Planeten der Zauberer geflohen war. In dieser Zeit hatte Ahriman weder gesprochen noch sein Quartier verlassen. Kiu, Gaumata, Gilgamos und Ctesias hatten alle Kräfte vom Schlachtfeld geborgen, derer sie habhaft werden konnten, doch Ahriman war schweigend zurückgekehrt; er bewegte sich nur, wenn jemand ihn an die Hand nahm, sein Blick war leer, sein Geist und sein Mund waren stumm. Erst als er sein Quartier erreicht hatte, waren seine Bewegungen kurz von Eigeninitiative geprägt gewesen. Ctesias hatte zugesehen, wie Ahriman einen verbeulten Helm aus einem Metallkoffer genommen hatte. Schwarzer Ruß bedeckte die krähenhafte Mundpartie des Helmes. Ahriman saß einfach nur da und drehte ihn wieder und wieder hin und her.

»Was sollen wir tun?«, fragte Ignis.

»Ich weiß es nicht.«

Ctesias rieb sich die Augen und atmete heftig aus. Es hatte ihn selbst überrascht, dass er nicht einfach abgereist war. Dass er wieder und wieder zurückkam, um Ahriman eine Reaktion zu entlocken, war etwas, das sich seinem Verständnis so weit entzog, dass es sogar für ihn neu war. Dass Ignis jedes Mal an der Tür wartete, um eventuelle Neuigkeiten zu erfahren, war eine Tatsache, die zu ergründen Ctesias schlicht und ergreifend die Energie fehlte.

»Ich weiß es nicht«, wiederholte er und zuckte müde mit den Achseln.

Gaumatas Schritte erschütterten den Boden, während er rannte. Verwirrte Sklaven und Besatzungsmitglieder sprangen ihm aus dem Weg.

+Ctesias!+, rief er. Ein scharfer Schmerz schoss durch seinen Schädel, als er die Nachricht aussandte. Sein Geist war noch immer durch die Schlacht und die Auswirkungen des zweiten Rubrica-Zaubers geschwächt. +Ignis!+

Keiner der beiden antwortete. Ihre Geister blieben verborgen und schwermütig still wie so oft dieser Tage. Gaumata murmelte einen Fluch und bog um eine Ecke. In diesem Gang herrschte weniger Betrieb. Selbst Ignis' Servitors schienen die Umgebung von Ahrimans Quartier zu meiden.

Als er um die nächste Ecke bog, prallte er beinahe mit Ignis zusammen. Der Herr des Ruins wich abrupt zurück und die Elektoos auf seinem Gesicht bebten vor Überraschung. Hinter ihm lauerte Ctesias als verkrümmter Schatten.

»Brüder«, keuchte Gaumata. Ein Stirnrunzeln trat auf Ctesias' faltige

Züge und sein Mund begann, eine Frage zu formen. Gaumata kam ihm zuvor. »Ihr müsst ihn holen. Ihr müsst ihn sofort holen.«

Die Rubrica-Marines standen absolut still und stumm. Manche zeigten noch immer die Spuren der Schlacht auf ihren Rüstungen. Andere waren makellos und ihre blauen Panzerplatten leuchteten im Licht der Lumenstreifen. Ignis hatte keine Augen für sie. Seine Aufmerksamkeit und die aller anderen galt ausschließlich der Gestalt, die inmitten des Kreises stand, der von den Rubrica-Marines gebildet wurde.

Die Rüstung der einsamen Gestalt unterschied sich nicht von der aller anderen; ihre Platten waren mit prosperinischen Runen beschrieben und in Silber und Gold eingefasst. Nur die Ketten, die von ihren Handgelenken zu Ringen im Boden verliefen, hoben sie hervor. Die Ketten und der hohe Helm, der neben ihr auf dem Deck lag.

Ignis konnte den Blick nicht abwenden. Seit er Gaumata in den Raum hinein gefolgt war, hatte er nichts anderes tun können, als die Gestalt anzustarren. Was sonst konnte man angesichts des Unmöglichen, angesichts eines Wunders, schon tun?

+Ist er der Einzige?+, fragte Ahriman.

+Ja+, antwortete Gaumata. +Ich weiß nicht, wie es mir vorher entgehen konnte, doch jeder einzelne Rubrica-Marine an Bord aller Schiffe ist mittlerweile untersucht worden. Er …+ Seine Gedankenstimme verhallte und Ignis spürte, wie Gaumata darum rang, ein Konzept zu finden, und scheiterte. +Er ist der Einzige. Er muss mit dem Rest der Rubrica-Marines an Bord gekommen sein, die wir von der Oberfläche geborgen haben. Ich weiß nicht, wie ich den … Unterschied nicht wahrnehmen konnte.+

Ahriman antwortete nicht und trat stattdessen auf die angekettete Gestalt zu. Die Ketten fielen auf einen Willensimpuls hin als Staub zu Boden. Die Gestalt zuckte und ihr Blick huschte zu ihren Handgelenken, bevor er sich wieder auf Ahriman richtete.

+Alles ist gut+, sandte Ahriman, dann sprach er mit seiner wahren Stimme. »Es gibt nichts zu befürchten.« Er streckte die Hand aus und sein Gegenüber zuckte erneut zusammen. »Ich bin dein Bruder«, sagte Ahriman, dann deutete er auf Ignis, Ctesias und Gaumata hinter sich. »*Wir* sind deine Brüder.«

Der Blick der Gestalt wanderte über Ignis und die anderen, dann kehrte er zu Ahriman zurück.

»Meine Brüder?«

»Ja«, sagte Ahriman. »Erinnerst du dich nicht?«

»Ich erinnere mich …« Gequälte Augen sahen hierhin, sahen dorthin. »Ich erinnere mich … an ein Licht … An ein grelles Licht.« Kiefer und Lippen bewegten sich noch eine Sekunde weiter, doch er sagte nichts mehr.

+Seit ich ihn entdeckt habe, hat er nichts anderes gesagt+, sandte Gaumata. +Ich habe seinen Geist berührt. Er ist leer. Er hat keine Erinnerungen an etwas außer diesem grellen Licht. Es ist, als hätte es für ihn nichts gegeben vor … Vor dem Rubrica-Zauber.+

Ahriman schüttelte langsam den Kopf, dann legte er seinem Gegenüber die Hand auf die Schulter. Seine gepanzerten Finger klackten auf dem Ceramit.

»Nein, du erinnerst dich noch an eine andere Sache, habe ich recht, Bruder? Ich kann es in dir sehen. Tief unten, jenseits des Lichts. Du erinnerst dich noch an etwas anderes.«

Die Gestalt sah auf Ahrimans Hand auf ihrer Schulter hinab. Muskeln bewegten sich geschmeidig unter unberührter Haut. Ignis sah das Blut durch die Halsschlagader pulsieren.

Unmöglich. Der Gedanke hallte durch seinen Kopf. *Unmöglich.*

»Wer bist du, mein Bruder?« fragte Ahriman.

Die Gestalt sah Ahriman in die leuchtenden Augen.

»Ich … Ich bin Helio Isidorus.«

Ahriman atmete langsam aus.

»Ja. Das bist du.«

EPILOG
EIN LETZTER ANFANG

+Ich hatte mich schon gefragt, ob du herkommen würdest.+ Der Gedanke des Orakels hallte durch die kugelförmige Kammer. Ahriman sah nicht auf, als er in ihr Zentrum trat. Er trug keinen Helm und mit jedem Atemzug roch er etwas anderes: Rauch, starke Gewürze und Ozon bestürmten seine Sinne. Die Wände bestanden aus schwarzem Stein, der derart auf Hochglanz poliert war, dass mehrere Spiegelbilder von ihm darin flackerten. Über einigen brannten Halos aus grellen Flammen, andere schienen zu schreien, eines sah ihn nicht einmal an. Er beachtete keines von ihnen.

Menkaura, das Orakel der vielen Augen, schwebte über ihm. Silbern glänzende Panzerplatten bedeckten den Körper des Orakels, doch in ihnen spiegelte sich nichts. Ein glatter Helm ohne Augenlinsen bedeckte seinen Kopf. Augen wirbelten in Kreisbahnen um ihn herum. Die Iris jedes Auges leuchtete in hellem, lebhaftem Blau, und sie alle waren auf Ahriman gerichtet.

+Es ist lange her.+ Die Gedankenstimme des Orakels kam aus allen Richtungen zugleich.

»Seit wir einander gesehen haben?«, fragte Ahriman. »Oder seit der Verbannung?«

+Beides.+

Ahriman nickte einmal, schwieg jedoch. Die Augen des Orakels drehten sich langsamer.

+Du bist schon einmal hier gewesen+, sagte das Orakel. +Wir sind uns bereits begegnet, aber obgleich dieses Treffen für dich in der Vergangenheit liegt, findet es für mich in der Zukunft statt. Das erklärt einiges. Wie oft bist du schon hergekommen?+

Ahriman zögerte und blinzelte.

»Zweimal.«

+So ist das mit der Zeit. Die Sterblichen denken, sie sei ein Fluss, doch das ist sie nicht. Sie ist ein Ozean. Ein Ozean, der von Stürmen gepeitscht und von Strömungen aufgewühlt wird. Wir begegnen uns in der Zukunft, doch in der Vergangenheit ist das bereits geschehen. Vielleicht bist du sogar wegen etwas hier, das ich sagte, doch noch gar nicht gesagt habe. Ich sehe Zukünfte. Ich sehe, wie sie sich in die Dunkelheit erstrecken, wie ihre goldenen Fäden immer dünner werden, sich verstricken, reißen. Doch wenn ich aus der Vergangenheit auf sie blicke, was sehe ich dann? Die Vergangenheit? Die Zukunft? Keins von beidem?+

»Eine gute Erklärung.« Ahriman hielt inne und der Schatten eines Lächelns huschte über seine Mundwinkel. »Ich nehme deine Wiedergabe meiner eigenen Worte aus deinem Mund als Kompliment.«

+Wie du willst.+ Die Augen des Orakels blieben stehen, dann drehten sie sich in die andere Richtung. +Du hast Fragen.+

»Wer nicht?«, fragte er.

+Fragen kostet nichts, doch die Wahrheit muss bezahlt werden.+

»Das muss sie immer.«

Stille senkte sich über die Kammer. Ahriman sah, wie die Pupillen der Augen kleiner wurden.

+Du bist nicht, wie ich dich mir vorgestellt habe, Ahriman.+

»Das macht die Zeit, Menkaura. Zeit und Entscheidungen verändern alles.«

+Das ist wahr.+ Das Orakel schwebte ein wenig auf Ahriman zu. +Warum bist du hier?+

»Ich suche nach Antworten.«

+Ich bin ein Orakel.+ Die Gedankenstimme war kalt und emotionslos. +Frag und ich werde antworten.+

Ahriman nickte.

»Was wird jetzt geschehen?«

Die Augen des Orakels erstarrten.

+Gibst du deinen Eid als Bezahlung?+

Ahriman neigte den Kopf.

»Das tue ich.«

+Wie du wünschst+, sandte das Orakel.

Die Augen rollten durch die Luft, sodass Ahriman ihr von Adern durchzogenes Weiß sehen konnte. Sie drehten sich um sich selbst, wirbelten auf neuen Pfaden dahin und bildeten Muster. Manche gingen in Flammen auf und wurden zu Dampf, andere zerfielen zu Staub oder blähten sich auf. Pupillen in allen Farben huschten an Ahriman vorbei: gelb mit schwarzen Streifen, rot, schwarz ohne Ende. Als das Orakel sprach, war seine Stimme schwach, als riefe es aus weiter Ferne.

+Ich … Ich kann nichts sehen …+

Ahriman zitterte bei diesen Worten. In ihnen lag Panik, die blinde Panik einer Kreatur, die in dunklem Wasser ertrank. Schwarze Flecken breiteten sich auf Menkauras silberner Rüstung aus. Er vibrierte in der Luft und sein Körper flackerte wie eine defekte Projektion. Eis kroch über die Panzerplatten, knisterte, wurde dicker, fiel zu Boden und verdampfte, bevor es aufschlug.

+Ahriman!+, rief Menkaura. +Ich kann nichts sehen!+ Das Orakel zuckte durch die Luft, seine Hände griffen ins Leere. Bilder von toten Zukünften explodierten in Ahrimans Geist wie Glasscherben und wirbelten in die Vergangenheit davon.

Dann folgte tosende Stille.

Menkaura zitterte in der Luft und seine Augen bewegten sich nur träge.

+Ich kann dir keine Antwort geben+, sandte Menkaura mit Erschöpfung in der Stimme. +Deine Zukunft ist mir verschlossen. Die Pfade, die du beschreiten wirst, sind Pfade der Dornen und der Schatten, und ob sie im Sieg oder in Niederlage enden, vermag ich nicht zu sehen.+

»Eine Frage, die nicht beantwortet werden kann, ist selbst eine Antwort.« Ahriman nickte und wandte sich ab. »Meinen Dank, Orakel.«

+Solltest du finden, was du suchst, wird es nicht so sein, wie du es dir vorstellst+, rief ihm Menkaura hinterher. Ahriman drehte sich um. Das Orakel stieg in die Höhe; seine Augen zogen wieder geordnete

Bahnen. +Du hattest recht. Zeit und Entscheidungen lassen nichts unverändert. Du hast dich verändert, Ahriman, ebenso wie dein Traum. Du solltest nicht von Neuem beginnen, ohne das zu erkennen.+

Ahriman hielt inne.

»Du sagtest, dass du nicht sehen kannst, was geschehen wird. Die Zukunft ist noch ein unbeschriebenes Blatt.«

+Ich sage nicht voraus, Ahriman. Dies ist keine Prophezeiung. Ich muss die Zukunft nicht sehen können, um die Wahrheit auszusprechen.+

Ahriman starrte das Orakel lange an.

»Ich muss mich entschuldigen. Ich habe dich nicht für deine Antworten entlohnt.«

Ein Geräusch erklang am Rande von Ahrimans Geist. Er brauchte eine Sekunde, bis er erkannte, dass es ein trockenes Kichern war.

+Doch, das hast du, Ahriman, und das wirst du. Das weiß ich.+

Ahriman antwortete nicht, sondern ging einfach fort. Nach ein paar Schritten spürte er, wie die Kammer verblasste und mit ihr das Bild des schwebenden Orakels hinter ihm. Er sah nicht zurück, nicht einmal, als er noch einmal Menkauras Stimme in der Ferne hörte.

+Viel Glück, alter Freund. Ich werde auf dich warten.+

DANKSAGUNGEN

Das Ende einer Trilogie ist das Ende einer Reise, und je länger die Reise gewesen ist, desto mehr Menschen hat man getroffen und desto mehr Menschen haben einem geholfen. Diese Reise war lang, und daher ist die Zahl jener, denen ich danke sagen möchte, entsprechend lang.

An Liz für ihre unendliche Hilfe.

An Christian Dunn, der mir die Gelegenheit gegeben hat, diesen Pfad durch den Warp zu beschreiten.

An Graeme Lyon und Nick Kyme, die mich über die Ziellinie getragen haben.

An meine Mitverschwörer und Mittraumweber: Graham McNeill, Chris Wraight und Aaron Dembski-Bowden, für ihre Inspiration und Führung.

An Ead Brown, Colin Goodwin, Trevor Larkin und Greg Smith für ihren Enthusiasmus und ihre Unterstützung.

Und nun eine dramatische Pause.

An alle bei Black Library im Laufe der Zeit dieser Reihe: Sarah, Adam, Lynne, Karen, Rik, Christian, Ceri, George, Rachel, Ragnar, Nick, Eve, Stuart, Laurie, Lindsey, Michael, Claudia, Andy, James, Ash, Rosie,

Stephanie, Darius, Emma, Amy, Adi, Ead, Carol, Neil, Mark, Caroline, Graeme, Matt, Anthony, Daniela, Vince, Chris, Mal, Phil, Ken, Eddie, Mike, und Tom, für die letzten fünf Jahre.

Ich danke euch allen.

Aus tiefstem Herzen, danke.

ÜBER DEN AUTOR

John French hat mehrere Geschichten für die ›Horus Heresy‹-Reihe geschrieben, darunter die Novellen ›Tallarn: Executioner‹ und ›Die blutrote Faust‹, den Roman ›Tallarn: Ironclad‹ und die Audio-Dramen ›Templar‹ und ›Warmaster‹. Er ist außerdem der Autor der Ahriman-Reihe, welche die Romane ›Ahriman: Exil‹, ›Ahriman: Hexer‹ und ›Ahriman: Unchanged‹ beinhaltet. Weiterhin hat er im Warhammer-40.000-Universum die ›Space Marine Battles‹-Novelle ›Schicksalsweber‹ und eine Vielzahl an Kurzgeschichten geschrieben. Er lebt und arbeitet in Nottingham, UK.

DER ENDLOSE
KRIEG
Häresie fordert Vergeltung

Auszug aus

TREUEPFLICHT

von Chris Wraight

enthalten im Erzählband ›Der endlose Krieg‹

»Kanntest du Ahriman?«, fragte Yesugei.

Arvida schüttelte den Kopf. »Wir sprachen einige Male miteinander.«

»Er wurde respektiert, nehme ich an?«

Arvida bereitete die Frage Unbehagen. Die XV. Legion gehörte nicht zu den größten, doch es hatte immer noch Zehntausende Krieger in ihren Reihen gegeben. Yesugei schien zu erwarten, dass er alles über jede Gefolgschaft wusste.

»Er fand ein offenes Ohr beim Primarch. Das taten nur wenige.«

Yesugei saß ihm gegenüber und war in die weiße Robe eines Sturmsehers gekleidet. In der schlichten Kammer waren überall Kerzen aufgestellt. Sie strahlten hell und beleuchteten lange Papierstreifen, auf die mit dem Pinsel kalligrafische Werke aufgetragen worden waren. Arvida konnte die stille Kraft spüren, die dem Krieger innewohnte, der ihm gegenübersaß. Sie war überhaupt nicht so wie seine, dennoch war sie stark. Die Geschenke des Warp waren wie Akzente. Die Sprache war die gleiche, aber die Aussprache veränderte sich. Arvida vermutete, dass Yesugei nicht die Fähigkeiten eines Magister Templi beherrschte, doch darin lag keine Schande. Die Fähigkeiten des Sturmsehers fühlten sich irgendwie … *gehemmt* an, als hätte er seinem Zugriff auf den großen Ozean von sich aus Fesseln auferlegt.

Eigenartig, sich selbst einzuschränken. Doch im Licht der gegenwärtigen Ereignisse war es vielleicht einfach vernünftig.

»Ich mochte ihn«, sagte Yesugei. »Ich hatte gehofft, dass –«

»Dass er statt mir dort unten gewesen wäre?«

Darauf antwortete Yesugei mit einem Lächeln. Arvida schätzte das freundliche Wesen der V. Legion. Trotz seiner offensichtlichen Tödlichkeit vermittelte Yesugei den Eindruck von Ungezwungenheit.

»Ich bin froh, dass einer von euch überlebt hat. Das ist ein Geschenk.«

Wieder spürte Arvida einen Anflug von Unbehagen. Was wollte Yesugei von ihm. Was erwartete er nun?

»Wir wurden gespalten«, sagte der Sturmseher. »Wie alle Legionen. Wir eliminieren das verdorbene Blut in unseren Reihen. Wir brauchen einen Neuanfang. Der Khan waltet darüber. Wir werden geläutert, bevor wir wieder kämpfen.«

»Davon habe ich gehört.«

Seit dem Aufbruch von Prospero hatte auf der *Schwertsturm* hektische Betriebsamkeit geherrscht. Tribunale waren vorbereitet worden. Es hieß, dass jenen, die Horus abschworen, eine Art Absolution angeboten werden würde. Eine Chance, in Angriffsmissionen zu dienen und den Krieg zu Zielen zu tragen, die sich in Feindeshand befanden.

Viele davon waren praktisch Himmelfahrtskommandos. Arvida vermutete, dass dies der Sinn der Sache war.

»Wenn ich darüber nachdenke«, sagte Yesugei, »kann ich nicht umhin, daran zu denken, dass deine Legion fort ist. Du bist alles, was noch übrig ist. Wir sind angeschlagen. Wenn du dienen willst, könntest du das. Wir nehmen dich auf.«

»Ich gehöre zur XV. Legion«, sagte Arvida. »Ich habe Eide geschworen.«

Yesugei nickte. »Ich verstehe. Ich will dich nicht zwingen. Doch denk darüber nach. Du bist hier willkommen. Einst dienten Bruderschaften mit Gefolgschaften. Es wäre nicht ungewöhnlich, es wieder zu tun.«

Arvida wich Yesugeis Blick aus und schaute zu den Kalligrafiebändern. Er erkannte die Kunstfertigkeit in den geschwungenen Schriftzeichen aus Rußtinte. Zweifelsohne hatte Yesugei sie selbst angefertigt und zweifelsohne hatten sie eine verborgene Bedeutung. Wenn er sich konzentrierte, konnte er sie vielleicht ergründen. Es hatte eine Zeit gegeben, in der dies eine gewöhnliche Aufgabe gewesen wäre. Jetzt, da er von dem, was er durchgemacht hatte, so geschwächt war, würde es nicht so einfach sein.

»Ich wusste, dass ich auf Prospero nicht sterben würde«, sagte er, »doch mir kamen keine Visionen, wo mich das Schicksal hinführen würde. Ich fühle mich immer noch blind. Kennst du die Sicht der Corvidae? Es ist schwer, sie verloren zu haben.«

»Sie wird zurückkommen.«

»Vielleicht. Bis es soweit ist, bitte mich nicht, Entscheidungen zu treffen.«

»Natürlich. Ich habe Arbeit zu tun. Doch denk darüber nach, ja? Wir können wieder miteinander sprechen.«

»Das werden wir.« Arvida merkte, dass er das Thema wechseln wollte. »Was geschieht mit jenen, die vor das Tribunal gestellt werden? Werden sie alle begnadigt werden?«

»Diese Entscheidung liegt beim Khan. Er wird das Urteil fällen. Einige wussten mehr als andere. Hasik … Ich weiß es nicht. Die Sache schmerzt.«

Arvida konnte noch die anhaltende Bestürzung in den Reihen der Krieger des Khans spüren. Sie waren auf ihre Einträchtigkeit stolz gewesen, wie ihm viele von ihnen erzählt hatten. Es war schlimm genug in Erwägung zu ziehen, das Blut anderer Legionen zu vergießen. Es war fast unzumutbar, dass dies auch unter den *Ordu* geschehen sollte.

»Was, wenn sie Horus nicht abschwören?«, fragte Arvida.

»Einige werden das nicht. Sie gaben einen *Tsusan garag*, einen Bluteid. Sie sind daran gebunden.«

»Sie wussten nicht, was sie schworen.«

Yesugei sah ihn schief an, als wollte er sagen: *Du weißt, was der Warp von Mitleid hält.*

»Das spielt keine Rolle. Es ist getan. Sie werden eine Chance bekommen, aber sie werden sie nicht ergreifen.«

»Was wird dann geschehen?«

»Der Khan wird sie erlösen. Das ist alles.«

Erlösen. Das klang ungewöhnlich euphemistisch.

»Was für ein Verlust«, sagte Arvida.

»Wir brachten diese Bräuche mit uns in die Leere«, sagte Yesugei. »Wir führen die Waffen der Einigungskriege und tragen das Abzeichen des Imperiums. Doch die Ebenen sind noch in unserer Seele.« Er wurde nachdenklich. »Ich denke, es wird noch schlimmer werden. Wir werden uns an die alte Wildheit erinnern. Es herrscht nun Verbitterung in den Bruderschaften.«

Er hob den Blick und sah Arvida wieder an.

»Du könntest uns helfen«, saget Yesugei. »Ich sehe Ahrimans Gabe in dir.«

Da war es wieder. Der Sturmseher war definitiv beharrlich.

»Ich werde darüber nachdenken«, sagte Arvida, doch er blickte Yesugei dabei nicht in die Augen.

In seinen Träumen kehrte er zurück.

Klares Träumen, hatten man es genannt und war sich über die inhärente Täuschung bewusst gewesen. Doch dies war nur die halbe Wahrheit. Ein Teil von ihm wusste, dass er sich schlafend auf der *Schwersturm* befand. Ein anderer Teil von ihm streifte immer noch suchend durch die Ruinen.

Er hatte in den ersten Tagen versucht, Tizca zu verlassen, denn er hatte zu Recht geglaubt, dass die vom Warp verbrannten Ruinen der Stadt Abscheulichkeiten beherbergen würden. Für einige Tage hatte er, auf der Suche nach besserer Luft, einen harten Weg beschritten und war auswärts und bergauf in Richtung Hochland gegangen.

Auf gewisse Weise war es dort oben noch schlimmer. Die skelettartigen Stümpfe der Tannen standen wie Wächter auf den Hügeln unter dem sternenlosen Himmel. Von hier oben konnte er die Zerstörung in ihrem gesamten Ausmaß sehen. Ihrem gewaltigen Ausmaß konnte man nicht entkommen. Die lichtlose Fläche von Tizca erstreckte sich bis zum nördlichen Horizont: eine gigantische schwarze Narbe im Antlitz der Zerstörung.

Die Luft blieb verdorben, sogar wenn der Wind durch die morschen Baumgerippe fuhr. Er schmeckte Giftstoffe durch das Voxgitter und er wusste, dass sie früher oder später seinen Kreislauf überwältigen würden. Das Gehen erschöpfte ihn und das alarmierte ihn, denn nichts sollte ihn erschöpfen, nicht mit einer Physis wie seiner.

Manchmal verfluchte er Kalliston dafür, dass er ihn zurückgebracht hatte. Er brüllte seine Trauer hinaus. Er begann, jedem Anzeichen eines Feindes nachzujagen. Als er in die Stadt zurückkam, hielt er sich in den Schatten und suchte nach Zielen, doch ihm begegnete nur widerhallende Leere. Er zweifelte mittlerweile an allem, was passiert war, seit er auf den Planeten gekommen war.

Die Geister kamen kurze Zeit später. Kalliston war der Erste. Er flüsterte in der Finsternis. Arvida sah ihn mehrere Male, wie er auf abgeschiedenen Türmen stand und seine Gestalt sich vor der Nacht abhob. Zuerst versuchte er, ihn zu erreichen. Nach dem vierten Versuch gab er auf. Er hatte eine ausgebrannte Kuppel erklommen, um auf der Spitze nichts als Staub zu finden. Keine Stiefelabdrücke hatten die Staubschicht aufgewühlt.

Andere Erscheinungen waren weniger harmlos. Die Geister erschlagener Wölfe huschten durch die Dunkelheit und knurrten voller kehligem, gebrochenem Hass. Vergessene Kreaturen von Prospero, die zu glasigen Beuteln aus Ätherschaum verblasst waren, stiegen aus der ruhelosen Erde auf und verfolgten ihn. Er lernte, wie er sie abschütteln konnte, doch jede Anwendung seiner Kräfte laugte ihn weiter aus.

Er verhungerte langsam. Seine Wachmomente verschmolzen mit dem Schlaf. Er fand keine Feinde aus Fleisch und Blut, nur Geister und Emanationen.

Damals fing er an, nach dem Relikt zu suchen, um nicht verrückt zu werden. Er wusste nicht, was es sein würde; ihm war alles recht. Es würde etwas Greifbares sein müssen, ein Teil der alten, lichterfüllten Welt. Keine Waffe, doch ein Bruchstück von etwas Erhabenerem. Die Bibliotheken und Archive waren alle verbrannt, obwohl er vermutete, dass sogar die Wölfe *etwas* übrig gelassen haben mussten.

Für eine lange Zeit fand er nur Staub. Er näherte sich dem Stadtzentrum, wo sich noch die beschädigte Pyramide von Photep erhob. Er spürte zwischen den zerstörten Steinen noch ein Flimmern von Energie. Die kupfernen Kuppeln einiger Observatorien standen noch, wenngleich sie auch ausgebrannt und verkohlt waren.

Er brach in sie alle ein und trat Absperrungen beiseite, die früher allen außer den Auserwählten der Kulte den Zutritt verwehrt hatten. Er watete durch Dünen aus Schutt und drückte seine Panzerhandschuhe tief in Trümmerhaufen. Seine Finger wühlten, suchten nach etwas und kratzten sich durch die abgelagerten Schichten des Elends. Als er endlich etwas Hartes, tief Vergrabenes berührte, schreckte er aus dem Schlaf auf.

Arvida öffnete die Augen und sah, wie das Licht in seinem Quartier heller wurde. Er sah die Waffenständer und die Weihrauchschalen. Ein sanftes Licht blinkte an seinem Bett. Yesugei hatte wieder nach ihm gerufen.

Er richtete sich auf und ließ die Wolldecke in einem zerwühlten Haufen zurück. Sein Primärherz schlug schnell.

Er hob die rechte Hand, diejenige, die in seinem Traum die Kante berührt hatte. Er drehte sie im Licht. Die Haut war blass und hatte rote Flecken. Als er sie betrachtete, spürte er wieder das Kitzeln, als würden Insekten unter seiner Haut krabbeln.

Er ballte die Hand zur Faust und das Kitzeln ließ etwas nach. Er stand auf, ließ die Schultern kreisen und beugte die Arme.

»Bereit?«, fragte Yesugei über das Vox.

Arvida betrachtete sich im Spiegel über seinem Waschstand. War die Müdigkeit der Grund für die roten Ränder unter seinen Augen? Oder breitete es sich wirklich so schnell aus?

»Bereit«, bestätigte er. Er zog seine Robe an und ging zur Rüstkammer.

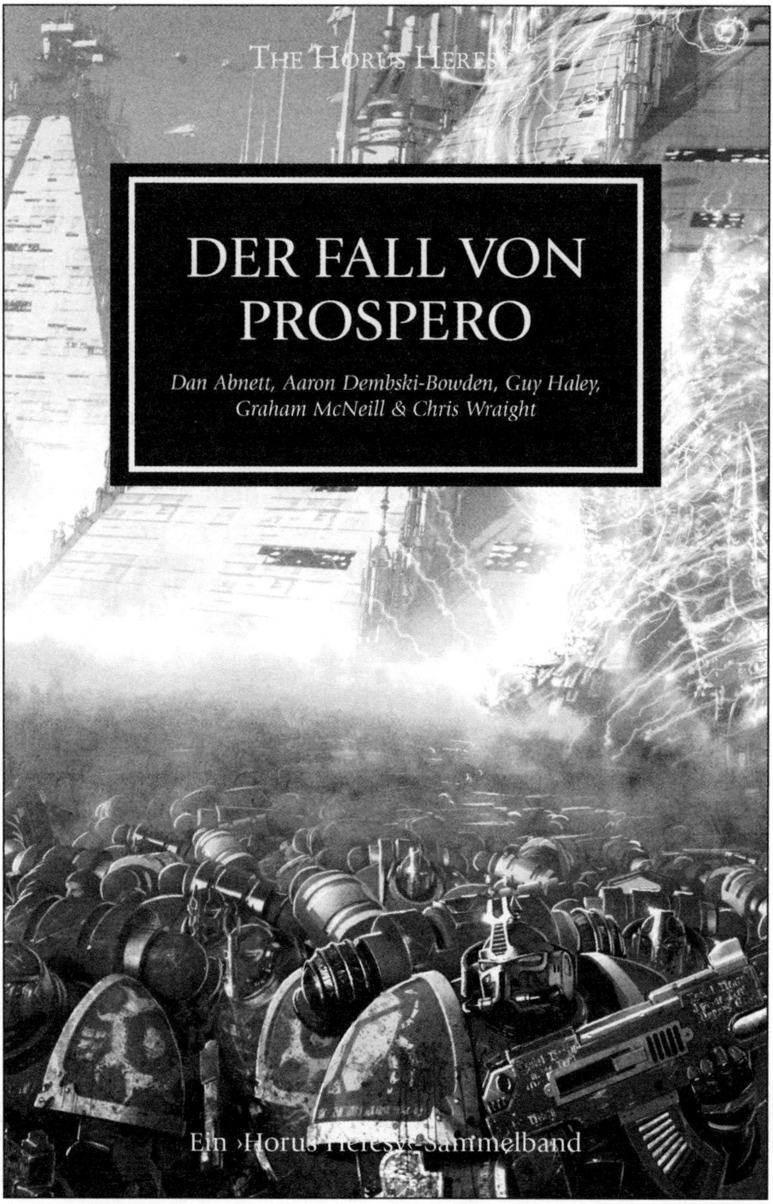
The Horus Heresy
DER FALL VON PROSPERO
Dan Abnett, Aaron Dembski-Bowden, Guy Haley, Graham McNeill & Chris Wraight
Ein ›Horus Heresy‹-Sammelband

WARHAMMER
40,000
AARON DEMBSKI-BOWDEN
DIE KLAUE DES
HORUS